Tod inclusive

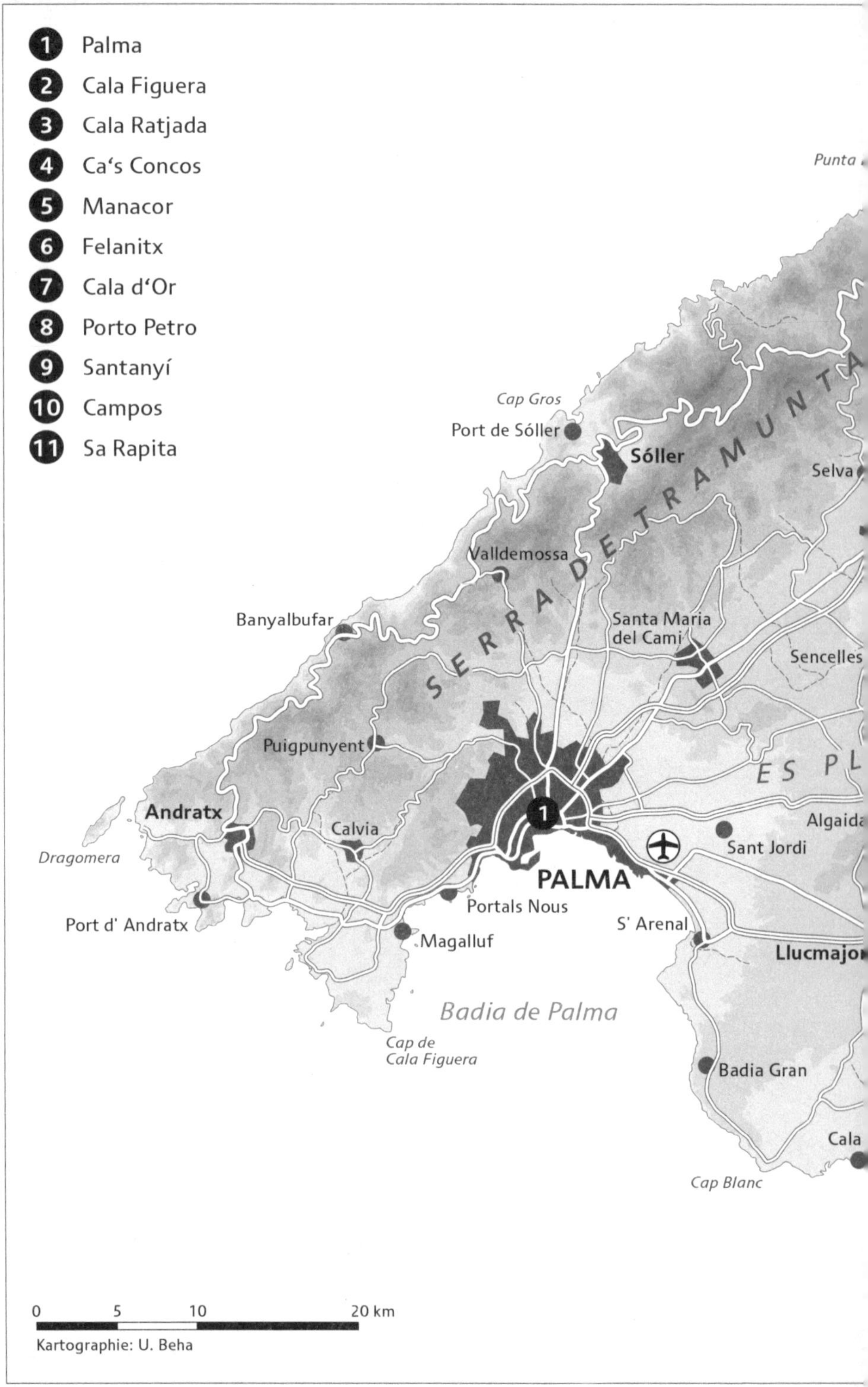
1 Palma
2 Cala Figuera
3 Cala Ratjada
4 Ca's Concos
5 Manacor
6 Felanitx
7 Cala d'Or
8 Porto Petro
9 Santanyí
10 Campos
11 Sa Rapita
Punta
Cap Gros
Port de Sóller
Sóller
Selva
SERRA DE TRAMUNTANA
Valldemossa
Banyalbufar
Santa Maria del Cami
Sencelles
Puigpunyent
ES PL
Andratx
Calvia
1
Algaida
Sant Jordi
Dragomera
PALMA
Portals Nous
S' Arenal
Port d' Andratx
Magalluf
Llucmajor
Badia de Palma
Cap de Cala Figuera
Badia Gran
Cala
Cap Blanc
0
5
10
20 km
Kartographie: U. Beha

Cap de Formentor
Punta Galera
Cap des Pinar
Pollença
Alcúdia
Badia d' Alcúdia
Cap de Ferrutx
Cap del Freu
Can Picafort
Sa Pobla
3
Cala Ratjada
Muro
Artà
Santa Margalida
Llubi
Maria de la Salut
LLANURA DEL CENTRO
Son Severa
Sineu
Cala Millor
Petra
Manacor
Es Cubells
Sant Joan
5
SERRA DE LLEVANT
Portocristo
Porreres
Felanitx
6
Ca's Concos
Portocolom
4
Campos del Port
10
s'Alqueria Blanca
7
Cala d'Or
8
Portopetro
Santanyi
9
11
Cala Figuera
2
Ses Salines
Colònia de Sant Jordi
Cap de Ses Salines

Andreas Schnabel, geboren 1953 in Hamburg, ist ausgebildeter Rettungssanitäter, arbeitete als Hauptbrandmeister, Taxifahrer, Rundfunkreporter, RTL-Sportredakteur, TV-Producer, Filmproduzent, Event- & TV-Regisseur und Theater-Autor. Er lebt als Autor in Pulheim bei Köln. www.andreas-schnabel.com

Dieses Buch ist ein Roman. Handlungen und Personen sind frei erfunden. Ähnlichkeiten mit lebenden oder toten Personen sind nicht gewollt und rein zufällig.

ANDREAS SCHNABEL

Tod inclusive

MALLORCA KRIMI

emons:

Bibliografische Information der Deutschen Bibliothek
Die Deutsche Bibliothek verzeichnet diese Publikation
in der Deutschen Nationalbibliografie; detaillierte bibliografische
Daten sind im Internet über http://dnb.d-nb.de abrufbar.

Umschlagmotiv: Christian Hausen
Umschlaggestaltung: Tobias Doetsch
Satz: César Satz & Grafik GmbH, Köln
Druck und Bindung: CPI – Clausen & Bosse, Leck
Printed in Germany 2013
ISBN 978-3-95451-112-9
Mallorca Krimi
Originalausgabe

Für Christiane und Heidrun

EINS

Freiherr Guntram von Michelsen zu Ahrenshoop erwachte aus einer Art bleierner Narkose. Er hatte einen widerlichen Geschmack im Mund, der von dem Wattebausch zu stammen schien, den man ihm auf Nase und Mund gedrückt hatte, bis ihm schwarz vor Augen wurde. Das Erste, was er wieder spürte, waren stechende Halsschmerzen. Er wollte sich aufrichten, aber es ging nicht. Lag er überhaupt? Nein, er saß auf einer Art Stuhl, und es kam ihm vor, als würde auf ihm eine unerbittliche Wolke lasten, die ihm sämtliche Bewegungsfreiheit nahm. Er spürte keinerlei Gurte, dennoch war er überall fixiert. Da er seinen Kopf keinen Millimeter bewegen konnte, sah er, so gut es ging, an sich hinunter. Im äußersten unteren Augenwinkel konnte er erkennen, dass sein Unterarm mit einer mit Fell ausgekleideten Manschette an die Stuhllehne gefesselt war. Seine Augen, seine Hände und die Füße konnte er bewegen, aber den Rest seines Körpers nicht. Selbst sein Kopf war fixiert, als hätte man ihn in einen Schraubstock eingespannt. Neben ihm erschien, langsam aus dichtem Nebel auftauchend, ein alter Mann mit langen weißen Haaren, die ihm offen über die Schultern fielen. Sein gütiges Gesicht lächelte ihn an.

Freiherr Guntram wollte etwas sagen, aber statt einer Stimme entfuhr seiner wunden Kehle lediglich ein klägliches Zischen, und jeder Versuch, sich dem netten Alten mitzuteilen, wurde mit einem stechenden Schmerz, der ihm den Kehlkopf zu zerschneiden schien, bestraft. Dennoch überwand er sich. »Was … ist mit … mir? Sind … Sie … Gott?« Wieder hörte er sich selbst nur zischen. Es hörte sich an wie böse Schlangen, die in schlechten Abenteuerfilmen mit dem Helden sprachen, bevor sie von ihm getötet wurden.

Der Alte legte den Zeigefinger auf seine Lippen. »Pst, junger Mann. Sagen Sie nichts, ersparen Sie sich unnötige Schmerzen.« Er hob lächelnd ein Skalpell in die Höhe. »Ich habe, als Sie schliefen, dafür gesorgt, dass sie mir meine kleine Freude nicht mit ihren Zwischenrufen kaputt machen können.«

Freiherr Guntram war verwirrt. Wenn um ihn herum nur nicht dieser Nebel wäre. Er versuchte krampfhaft, seine Gedanken zu ordnen, aber auch sie waren wie gelähmt. Irgendwie entrückt sah er eine Gesichtsmaske auf sich zukommen, die ihm über Mund und Nase gestülpt und an seinem Kopf fixiert wurde. Dann spürte er, wie der lächelnde Alte einen Schlauch oben an der Maske anschloss. Freiherr Guntram fürchtete, nun wieder bestäubt zu werden, mit Gas vielleicht, und sog panisch seine Lungen voll Luft, aber es war nichts zu riechen, und sein Atem wurde wieder flacher.

Der Alte setzte sich neben ihn und schlug ein Buch auf. »So, mein adeliger Freund, ich habe hier etwas Kultur für dich. Es wäre schlimm, wenn ein gestandener Mann, wie du einer bist, vor seinen Schöpfer träte, ohne ein wenig Kultur genossen zu haben.«

Freiherr Guntram konnte in den Worten seines Peinigers keinen Sinn erkennen. Er bemerkte, dass offenbar kein Gas, sondern tropfenweise Wasser von oben in die Maske geleitet wurde. Er kostete das Nass. Es war Seewasser.

»Der Zauberlehrling«, hob der Alte neben seinem Ohr an, »von Johann Wolfgang von Goethe.«

Was ist denn jetzt los?, dachte Guntram, will der mir ein Gedicht vorlesen? Hat er mich dafür festgeschnallt?

»Hat der alte Hexenmeister sich doch einmal wegbegeben! Und nun sollen seine Geister auch nach meinem Willen leben.«

Immer mehr Wasser tropfte stetig in seine Maske, sodass seine Lippen von dieser salzigen Brühe umspült wurden und er nur noch durch die Nase atmen konnte.

»Walle! Walle manche Strecke, dass, zum Zwecke, Wasser fließe und mit reichem, vollem Schwalle zu dem Bade sich ergieße.« Freudige Erregung ließ das Gesicht des Alten aufleuchten, und Freiherr Guntram spürte, wie er seinem Ohr immer näher kam. Jetzt küsste ihn dieser Wahnsinnige auch noch.

Das Wasser in der Maske stieg unerbittlich weiter. Es stand ihm schon bis zur Nase. Panik kam in ihm auf, aber selbst die fühlte sich irgendwie bleiern an.

»Und nun komm, du alter Besen! Nimm die schlechten Lumpenhüllen! Bist schon lange Knecht gewesen, nun erfülle meinen Willen!«

Der Alte begann wirr zu lachen, als Guntram immer mehr Wasser durch die Nase inhalierte, und weidete sich an dem Anblick der aufgerissenen Augen des Sterbenden. Das Seewasser brannte fürchterlich in den Lungen.

»Walle! Walle manche Strecke, dass, zum Zwecke, Wasser fließe und mit reichem, vollem Schwalle zu dem Bade sich ergieße.«

Gierig begann der Alte, seinem Opfer Stirn und Ohren abzulecken. Ein letztes Aufbäumen, dann sackte Freiherr Guntram von Michelsen zu Ahrenshoop tot in sich zusammen.

Zufrieden betrachtete sein Peiniger den leblosen Körper. »Ist es nicht wunderbar, sich nächtliche Stunden mit verlöschendem Leben zu versüßen«, murmelte er und strich ihm fast liebevoll den kalten Todesschweiß von der Stirn.

***

Heute war zwar Mittwoch, also Markttag, dennoch gab es endlich mal etwas Luft auf der Plaça Mayor. Es war Fiesta. Normalerweise war die Plaça als Zentrum des Marktes den einheimischen Obst- und Lebensmittelverkäufern vorbehalten. Nicht so in der Woche der Fiesta, da mussten selbst sie an die alte Eselstränke hinter der Kirche ausweichen. »St. Jaume«, ein Feiertag, den es nur in Santanyí gibt, wird um den 25. Juli herum gefeiert. Zu Ehren von Jaume, dem Schutzheiligen der kleinen Kreisstadt im Südosten Mallorcas.

Michael Berger, den alle nur »Residente« nannten, war seit vielen Jahren zum ersten Mal wieder rundherum glücklich. Dementsprechend zufrieden lehnte er sich auf einem Stuhl seiner Stammbar, der Bar »Sa Plaça«, zurück und strich sich mit der flachen Hand über seinen kahl geschorenen Kopf. Es war für ihn auch jetzt, nach Monaten, noch immer ein unfassbares Hochgefühl, neben dieser wunderschönen Frau sitzen zu dürfen. Er war Mitte fünfzig, bis über beide Ohren in Gräfin Rosa von Zastrow verliebt und von der Liebe und Wärme, die er durch sie erfuhr, geradezu überwältigt. In solchen Momenten des Glücks dachte er manches

Mal an die Zeit zurück, als er seine Familie in Köln durch einen Brand verloren hatte, und sah dann wieder die kleinen, durch die enorme Hitze verkrümmten Leiber seiner Lieben vor sich, die nur notdürftig von einem Papierlaken bedeckt im Straßendreck lagen. Schwer traumatisiert war er vor sich und allem Irdischen geflüchtet, hatte seinen Posten als Kriminalhauptkommissar der Kripo Bonn aufgegeben und war als verlotterter Privatdetektiv hier im Südosten Mallorcas gestrandet. Wie sicher er sich damals gewesen war, nie wieder in seinem Leben lachen, geschweige denn lieben zu können! Und nun saß dieser Traum von einer Frau neben ihm und hatte versprochen, ihn sogar zu heiraten. Wie sehr hatten sie erst gestern Abend zusammen gelacht, und wie unvergleichlich war die vergangene Nacht gewesen. Dass sie sich weiterhin siezten, entsprach seinem Wunsch und wirkte seiner Angst entgegen, denn all die Menschen, die er geduzt hat, waren inzwischen tot. Ein »Sie« zwischen ihnen war für ihn die Garantie, dass seiner Gräfin nichts passieren würde.

Er hatte die blonde, zierliche Mittvierzigerin hier auf Mallorca kennengelernt. Die Gräfin war auf die Insel gekommen, um sich um die Beisetzung ihres hier verstorbenen Mannes zu kümmern, und er hatte ihr dabei geholfen. Im Gegensatz zu ihr, die zuvor nie auf Mallorca gewesen war, beherrschte er Mallorquin und hatte zudem nicht auf die gute Bezahlung verzichten können. Ganz nebenbei war es ihm damals gelungen, die Gräfin vor dem raffgierigen Spross einer russischen Mafiafamilie zu schützen, der es auf ihre frisch geerbte, dreihunderttausend Quadratmeter große Finca mit großem Herrenhaus und Meerblick abgesehen hatte. Im Gegenzug rettete ihn die Gräfin vor dem Finanzamt. Damit er endlich eine Sozialversicherungsnummer und damit auch eine Aufenthaltsgenehmigung bekam, gründete sie eine Detektei und stellte ihn ein. Irgendwann hatte er sich schließlich seine Liebe zu dieser phantastischen Frau eingestehen müssen, die eigentlich schon vom ersten Augenblick da gewesen war, als sie die Bar Sa Plaça betreten hatte.

Es war aber nicht nur die Liebe zu Gräfin Rosa, die sein Glück ausmachte, es war das Zusammensein mit seiner ganzen Familie, wie er den bunt zusammengewürfelten Haufen von Lebewesen nannte, die auf dem gräflichen Anwesen seitdem ein Zuhause gefunden hatten.

Da war zum Beispiel Tomeu, ein ehemaliger Strafgefangener, der als Gutsverwalter für die Gräfin arbeitete. Der stotternde vollbärtige Riese hatte etwas von einem pechschwarzen Yeti, aus dessen Fell die beiden gütigsten Augen hervorstachen, die man sich nur vorstellen konnte. Vermutlich war genau dieser Blick der Grund, weshalb sich Carmen Lukas, die bildschöne Assistentin des Comisarios, in ihn verliebt hatte. Dass die beiden immer wieder scherzhaft als »Die Schöne und das Biest« bezeichnet wurden, kam nicht von ungefähr. Tomeu hatte trotz seines wilden Äußeren ein Herz aus Gold.

Seit einigen Monaten war da außerdem Esmeralda, ein fünfjähriges kleines Flüchtlingsmädchen, das von Carmen und Tomeu vom Fleck weg adoptiert worden war, als sie sie zum ersten Mal gesehen hatten. Esmeralda war der Sonnenschein des gräflichen Finca-Clans und hatte alles, was dort kreuchte und fleuchte, fest im Griff, vor allem Rosas Tante, die Großherzogin Auguste von Schleswig-Holstein Gottorf. Die sonst so resolute alte Dame war wie Wachs in den Händen dieses entzückenden Mädchens. Das Gleiche galt für Anatol, ihren Butler und Lebensgefährten.

Komplettiert wurde der gräfliche Haushalt durch Shakespeare, Tomeus ebenfalls riesigen Irischen Wolfshund, und Filou, Rosas Haus- und Hofschwein. Seit sie ihn als kleines Ferkel aufgenommen hatte, folgte ihr das Tier auf Schritt und Tritt – bereit, sich mit einem infernalischen Quieken auf jeden zu stürzen, der seiner Herrin Böses wollte. Filous Mut und Spürsinn hatten der Gräfin schon manches Mal aus einer gefährlichen Situation geholfen.

Zur Familie gehörten, obwohl nicht auf der Finca wohnhaft, auch Comisario Principal Cristobal García Vidal von der Policía National und Angela Bischoff, seine Freundin und Kollegin von der Kripo Köln, die als Verbindungsbeamtin der spanischen Kollegen zu den deutschen Behörden nach Mallorca abgestellt war. Der Comisario war nicht nur Bergers engster Freund, sondern auch sein Hauptarbeitgeber, und die beiden waren meist damit beschäftigt, gemeinsam die kniffligsten Fälle zu lösen.

Nun saßen sie wieder einmal in ganz großer Runde in der Bar Sa Plaça, die von dem Mallorquiner Bernardo zusammen mit seiner Familie geführt wurde. Hier gab es nicht einfach nur einen guten Milchespresso, sondern den besten »Cortado« der Welt, und nur derjenige, der diese kleine Köstlichkeit einmal in seinem Leben probiert hat, kann erahnen, warum es Berger und seine Freunde so oft herzog.

Immer, wenn Esmeralda mit einem Verbot oder einer Anweisung ihrer Eltern nicht einverstanden war, kuschelte sie sich bei der Gräfin oder dem Residente ein. Diesmal war es Berger, dem diese »Ehre« zuteil wurde.

»Esmeralda, mein Schatz, heute Abend gibt es nun mal Fisch«, sagte er, »und du wirst ohne zu meckern mitessen. Fisch aus der See ist wichtig für den Menschen, da er Omega-3-Fettsäuren enthält.«

Damit war die Fragestunde, mit der Esmeralda einen nahezu um den Verstand bringen konnte, eröffnet. »Was ist Omega-3?«

»Das ist ein Name für Fettsäuren.«

»Wozu sind die?«

»Ohne die können Menschen nicht leben. Die muss man essen.«

»Und was passiert, wenn man die nicht isst?«

»Dann stirbt man aus, wie die Neandertaler.«

»Was sind Neandertaler?«

»Ausgestorbene Urmenschen.«

»Was sind Urmenschen?«

»Omas und Opas, die schon ganz lange tot sind.«

»Wie lange?«

Ein verzweifelter Blick des Residente ging zur Gräfin. »Könnte mich bitte jemand vor einem Kindsmord schützen«, raunte er, »und dieser entzückenden Geisel der Menschheit ein Eis kaufen?«

Die Kleine hatte ihn fest am Haken. »Wie lange?«, wiederholte sie.

»Ganz, ganz, ganz, ganz lange.«

Esmeralda überlegte. »Und alle, die keinen Fisch essen, gehen tot?«

Berger nickte ernst.

»Sind Mama und Papa deswegen gestorben, weil es in der Wüste keine Fische zu essen gab?«

Berger strich ihr zärtlich durchs Haar. »Genau, mein Schatz. Das ist der Grund.«

»Und warum hat mir der liebe Gott dann euch geschickt und keinen Fisch?«

»Weil wir dafür sorgen, dass du nachher mit Tomeu zusammen Fisch kaufen kannst. Und weil dich Gott ganz besonders lieb hat, hat er auch dafür gesorgt, dass dir Tomeu jetzt gleich auch noch ein großes Eis kaufen kann.«

»Ist in Eis auch Omega-3?«

Die Großherzogin griff ein. »Geh mit Tomeu, mein Engel, und koste das Eis, das er dir kauft. Wenn es ganz besonders gut schmeckt, dann ist da auch Omega-3 drin.«

Das Gesicht der Kleinen hellte sich auf. Sie machte eine paar Schritte auf Tomeu zu und zog ihn an einer Hand aus seinem Stuhl. »Komm, wir wollen Eis kaufen.«

Als die beiden vor der Eisvitrine standen, platzte die Gräfin heraus: »Wie kommen Sie dazu, dem Kind so etwas zu erzählen? Dass seine Eltern tot sind, weil es in der Wüste keinen Fisch gegeben haben soll, ist Schwachsinn. Auch bei Kindern sollte man immer bei der Wahrheit bleiben.«

Berger rollte mit den Augen. »Stimmt, ich hätte es so formulieren sollen: Weißt du Esmeralda, als du mit deiner Mami und deinem Papi durch die Wüste geflohen bist, da kamen geile Polizisten und haben deiner Mami die Kleider geklaut. Als dein Papi sie dafür ausgeschimpft hat, haben ihn die Polizisten einfach totgeschossen und der Mami so lange mit ihren dicken Pimmeln in den Bauch gepiekt, bis sie angefangen hat, vor Schmerzen zu brüllen, und dann verblutet ist.«

»Ich finde«, mischte sich die Großherzogin ein, »die Geschichte mit den Fischen irgendwie kindgerechter.«

»Man kann aber nicht einfach behaupten, dass die Neandertaler deswegen gestorben sind, weil sie nicht genug Fisch gegessen haben. Die restlichen Rheinländer waren evolutionstechnisch erfolgreicher und haben sich daher durchgesetzt.«

»Weil sie so klug waren, Hering zu essen«, beharrte Berger.

Gräfin Rosa wurde laut. »In den rheinischen Wäldern gibt es keine Heringe!«

»Jetzt nicht mehr.«

Alles musste lachen, sogar der sonst so ernste Comisario García Vidal. »Da dieses Thema nun ausdiskutiert scheint, würde mich interessieren, wann denn eigentlich das große Ereignis der offiziellen gräflichen Verlobung stattfinden soll.«

Selbst diese nach Bergers Maßstäben indiskrete Frage konnte ihm heute die gute Laune nicht verderben. »Nächstes Wochenende.«

»Und wie viele Gäste werden erwartet?«

»Um die sechshundert«, flötete die Gräfin.

García Vidal grinste böse. »Wenn aber nur ein paar mehr kommen sollten, werden die ersten Gäste am anderen Ende des Grundstücks über die Klippe ins Meer geschoben.«

»Das hoffe ich doch.« Berger warf seiner Gräfin eine Kusshand zu. »Wir machen diesen ganzen Zirkus ja sowieso nur, um die in den rheinischen Wäldern jagenden Adelsscharen so weit zu dezimieren, dass sich die Heringe wieder in den Villeforst trauen. Und für jeden ›Von und Zu‹, den wir auf diese elegante Weise entsorgt haben, kassieren wir eine Prämie.«

»Wenn die wirklich alle über die Klippe springen«, die Großherzogin rührte in ihrem Cortado, »müssen wir damit rechnen, dass sich das Meer gegen so viel angeborene Gehässigkeit wehren wird.«

Angela Bischoff lachte auf. »Man stelle sich vor, es gäbe wirklich das Jenseits mit Petrus an der Rezeption. Dann wäre das der erste Tumult in der Himmelsgeschichte.«

»Kind«, fuhr die Großherzogin an Rosa gewandt fort. »Du und Angela, ihr wolltet euch doch vor dem großen Ereignis noch einmal so richtig von innen her aufmöbeln lassen.«

»Schon«, bestätigte die Gräfin, »wir wissen nur nicht genau, wo. Das Wellness-Angebot auf Mallorca ist riesig. Da ist es gar nicht einfach, die Spreu vom Weizen zu trennen.«

Berger stutzte. »Was gibt es denn da zu trennen? Hinlegen, massieren lassen, wohlfühlen, fertig! So schwierig kann das doch nicht sein, oder?«

»Ahnungslosigkeit, dein Name ist Berger«, Angela Bischoff lachte auf. »Das fängt schon mit der Auswahl des Ambientes an. Dann ist es wichtig, dass die Anwendungen von Fachleuten durchgeführt werden, und letzten Endes gibt das den Ausschlag, was gemacht wird.«

»Zu meiner Zeit gab es nur Massageöl. Aber da hat einem schon ein ganz kleines Fläschchen die ganze Nacht lang Spaß gemacht.«

Alles sah auf Tante Auguste, die mit einem breiten Grinsen ihr Kinn auf ihren Gehstock stützte.

»Zu deiner Zeit«, sagte Gräfin Rosa, um dem Gespräch wieder eine seriöse Note zu geben, »regierte auch noch Bismarck. Heutzutage muss man schon Fachmann sein, um den Überblick zu behalten.«

»Uns reichte damals ein kurzer Blick auf den Masseur.«

»Tantchen!«, herrschte Rosa sie an.

»Ich meine ja nur«, brummte die alte Dame beleidigt.

»Und zwischen was kann man sich da entscheiden?«, fragte García Vidal neugierig.

»In den gehobenen Einrichtungen gibt es für jeden etwas …«

»… und von allem ein bisschen«, führte Angela Bischoff die Rede der Gräfin fort. »Es bleibt jedem selbst überlassen, welches Relaxanz-Gift von welcher Spinne er nimmt oder mit was die Wickel getränkt sind, die man bekommt.«

Der Comisario ließ nicht locker. »Und was steht da zur Auswahl? Bei den Wickeln zum Beispiel?«

»Das kommt ganz auf den Geldbeutel an. Eine eher günstige Variante ist Kamelmilch. Bei Eselsmilch wird es dann schon teurer, und wer Stutenmilch verlangt, muss tief in die Tasche greifen.«

»Und für Kassenpatienten gibt's das Bad im Ejakulat von Kampfstieren«, fügte Berger trocken an. »Die müssen die Viecher vorher nur selbst melken.«

Die Gräfin lief vor Verlegenheit rot an. Was sie aber mehr entsetzte, war nicht der derbe Spruch ihres Verlobten, sondern die Tatsache, dass sich die Großherzogin vor Lachen auf die Schenkel klopfte. »Tante Auguste, etwas mehr Contenance, wenn ich bitten darf.«

»Wieso denn?« Die alte Dame klatschte sich prustend mit Berger ab. »Den muss ich mir für meine Bridge-Runde merken. Meine Mädels werden sich ausschütten vor Lachen.« Sie hatte Mühe, sich zu beruhigen.

Mitten in das allgemeine Gelächter hinein klingelte Garcia Vidals Handy. Nach ein paar ›Sí‹ und einem abschließenden »Adios« beendete er das Gespräch.

»Señor Residente, der Tag droht für Sie ein guter zu werden«, sagte er dann.

Berger horchte auf und sah ihn gespannt an.

»Ich nehme an, Sie ahnen es schon. Wir wurden soeben zu einer Leiche gerufen.«

***

Als die beiden in der Cala S'Almunia eintrafen, einer Bucht südlich von Cala Llombards, herrschte dort so etwas wie eine betretene Volksfeststimmung. Badegäste und Schaulustige waren ob der Tatsache, dass da eine Leiche badete, zwar befangen, wollten aber auf jeden Fall zu denen gehören, die einen Blick auf sie warfen, wenn er auch nur kurz war. Garcia Vidal und Berger hatten Mühe, sich den Weg über die steile Treppe, die voller Menschen war, hinunter in die Bucht zu bahnen.

Schon von Weitem war das Gezeter von Comandante Hidalgo zu hören. Der Chef der örtlichen Polizei, der Policía Local, hatte schon einmal vorsorglich schlechte Laune, denn er wusste, dass er sich die Frage, wie es passieren konnte, dass ausgerechnet in der Hauptsaison, vor all den Touristen, eine Leiche in die Cala S'Almunia gespült wurde, von seinem Bürgermeister würde anhören müssen. Also gab er sie an den Comisario weiter. »Señor, wie kann so etwas passieren?«

»Ruhig Blut, Comandante. Lassen Sie uns doch erst einmal sehen, wer wie gestorben ist, dann wissen wir vielleicht auch, warum er sich ausgerechnet Ihr Gebiet ausgesucht hat.«

An der Südseite der Bucht hatten Polizeitaucher die Leiche an ein Schlauchboot gebunden, um sie vorsichtig an den Strand zu ziehen. Diese Vorgehensweise zeigte García Vidal, dass sie wohl schon etwas länger im Wasser schwamm. Es war offenbar nicht möglich, sie vom Wasser aus zu bergen, ohne größeren Schaden anzurichten.

Als man den Toten, es war ein vollständig bekleideter Mann, ins flache Wasser gezogen hatte, wurde der Körper mit Hilfe einer Schaufeltrage vorsichtig aus dem Wasser gehoben und an Land getragen. Die Kollegen der Guardia Civil hatten inzwischen einen Pavillon aufgebaut, den sie über die Leiche stellten, um sie den neugierigen Blicken der Gaffer zu entziehen. Der Nachteil dieses Sichtschutzes war der, dass sich der oftmals nicht angenehme Geruch einer Leiche im kleinen, von der Sonne beschienenen Zelt besonders gut entfalten konnte.

»Weiß man schon, um wen es sich handelt?«, polterte Hidalgo los, als er den Pavillon betrat.

»Er hat Sie mit Sicherheit nicht gekannt«, entgegnete Berger trocken. »Sonst hätte er sich in aller Stille im Norden der Insel aufgehängt.«

Hidalgo tat gut daran, diese Gehässigkeit geflissentlich zu überhören. Der Residente war schon seit Jahren sein erklärter Lieblingsfeind, doch er wusste nur zu gut, dass er dem Deutschen im verbalen Duell unterlegen war, selbst wenn sie Mallorquin miteinander sprachen.

García Vidal wandte sich an den Gerichtsmediziner. »Señor Medico, können Sie uns schon etwas sagen?«

Der Doc hatte die Leiche inzwischen teilweise entkleidet und ermittelte mit einem einer Lanze ähnlichen Thermometer die Lebertemperatur.

»Hm – die Kerntemperatur liegt leicht unter der Wassertemperatur, das bedeutet, dass er die Nacht über im Meer war. Sehr viel länger kann er nicht im Wasser gelegen haben, sonst wäre sein Zustand weitaus desolater.«

»Dass er lange Hosen trägt, spricht wohl ebenfalls dafür, dass er in der Nacht umgekommen ist«, ergänzte der Comisario.

Sie durchsuchten seine Kleidung nach Papieren und Wertgegenständen, doch sämtliche Taschen waren leer.

Berger sah sich den Toten genau an. »Er schien eine Art Taucherbrille aufgehabt zu haben, als ihm der Sensenmann begegnet ist.« Er zeigte auf den nahezu kreisrunden Abdruck im Gesicht des Toten. »Für jemanden in Straßenkleidung ist das aber höchst ungewöhnlich.«

»Das denke ich auch«, brummte der Doc, der neben der Leiche kniete. »Trotzdem bin ich mir fast sicher, dass bei der Obduktion nicht viel rauskommen wird. Keine Anzeichen äußerer Gewalteinwirkung. Vermutlich müssen wir auf die Ergebnisse der toxikologischen Untersuchung warten, bis wir uns mit der Todesursache festlegen können.« Er sah zu García Vidal auf. »Sollen wir ihn einpacken, oder braucht ihr ihn noch?«

»Geben Sie uns ein paar Minuten. Vielleicht hat er uns doch noch etwas zu erzählen«, murmelte Berger und legte den Kopf auf die Seite, wie er es immer zu tun pflegte, wenn er angestrengt versuchte, mit einem Kriminalfall Kontakt aufzunehmen.

»Befragen Sie gerade wieder ihren Urin?«, fragte García Vidal und grinste.

»Sonst spricht ja niemand mehr mit ihm«, kam es gehässig von Hidalgo. Der strafende Blick des Comisarios erstickte jegliche weitere Bösartigkeit im Keim.

»Irgendetwas stimmt hier nicht.« Berger ging, seinen Kopf immer wieder von der einen auf die andere Seite legend, um den Leichnam herum. »Der Mann ist gepflegt. Da ist kein Härchen in seiner Nase, keines in seinen Ohren, seine Fingernägel sind manikürt, und er trägt eine Breitling. Wie kommt der zu so einer Kleidung?« Er deutete auf die Beine des Toten und auf das karierte Häuflein Stoff, das neben ihm lag, seit der Doc es ihm ausgezogen hatte. »Das Holzfällerhemd und die Jeans gibt es gerade bei Lidl auf dem Grabbeltisch.«

»Und was sagt uns das?«

»Der Mann hat nicht viel Gepäck dabeigehabt. Er ist vermutlich nur für kurze Zeit nach Mallorca gekommen und musste seinen Aufenthalt zwangsweise verlängern. Daher ist ihm die Kleidung ausgegangen, und er hat auf die Schnelle Ersatz gebraucht. Außerdem hat er einen Mietwagen, sonst wäre er gar nicht zu Lidl nach Felanitx oder Campos gekommen. Da die Leiche hier angespült wurde, sollten wir ihn im unteren Drittel der Ostküste suchen.«

»Und das alles sagt Ihnen Ihre Blase?«, fragte Hidalgo staunend.

Der Doktor lachte. »Das ist der kleine, aber feine Unterschied, Comandante. Zu Ihnen spricht höchstens Ihr Hintern.«

García Vidal machte Fotos von dem Gesicht des Toten.

»Glauben Sie denn wirklich, dass das für eine Computersuche ausreicht?« Berger konnte sich noch immer nicht mit den Errungenschaften des digitalen Zeitalters anfreunden. »Das Gesicht des armen Teufels ist doch völlig aufgedunsen.«

»Es geht dabei nicht ums Aussehen, sondern um die biometrischen Grundzüge des Gesichts. Wenn ich dem Computer sage, wie lange die Leiche ungefähr im Wasser gelegen hat, dann rechnet er automatisch hier und da etwas vom Gesichtsumfang ab.«

»Und das errechnete Gesicht wird dann mit den Gesichtern all der Menschen verglichen, die mit dem Flugzeug auf Mallorca gelandet sind?«

»Sí, Señor, und nicht nur mit den Gesichtern der Fluggäste. Auch alle Fährbesucher werden aufgenommen.«

»Beim Verlassen der Fähre?«

»Nein, während der Überfahrt. Im Foyerbereich der Schiffe hängen überall Kameras, deren Bilder wir auswerten können.«

Berger schüttelte den Kopf. »Big Brother is watching you.«

»Ich weiß, wie Sie darüber denken, Miguel. Im Grunde fühle ich mich bei dem Gedanken an die nahtlose Überwachung auch nicht sehr wohl, aber ich weiß wirklich nicht, wie wir unseren Staat anders schützen sollen.« Während er das sagte, simste García Vidal die Bilder an Carmen, die inzwischen ins Büro gefahren war und schon darauf wartete, sie ins System einpflegen zu können.

»Dann gnade uns Gott«, entgegnete Berger, »wenn unsere Gegner, wer es immer sein mag, einmal über unsere Mittel verfügen.«

»Was macht Sie so sicher, dass sie das nicht schon längst tun? Ich habe manchmal das Gefühl, dass wir es sind, die meilenweit hinterherhinken, wenn es um den neuesten Stand der Technik geht.«

Berger lachte auf. »Ihnen fehlt einfach nur die kriminelle Energie. Hätten Sie die Absicht, nur nach Ihren eigenen Vorstellungen und Maßstäben zu leben, dann wären Sie der Trendsetter und nicht die Bösen.«

***

Wenig später trafen sie in García Vidals kleinem Büro an der Carrer de Felanitx in Santanyí ein. Eigentlich waren die Kollegen der Policía National, der spanischen Kripo, vor ein paar Jahren nur provisorisch in dem Polizeistützpunkt untergebracht worden, bis sie ein Extragebäude bekommen sollten. Die öffentliche Hand war jedoch so gut wie pleite und hatte das Projekt auf Eis gelegt. Daran zeigte sich einmal mehr, dass auf der Welt nichts beständiger ist als ein Provisorium.

Carmen hatte die Fotos und Daten über den Leichenfund aus der Cala S'Almunia bereits in die Datenbank eingepflegt, und der Computer begann soeben damit, das Gesicht des Toten mit den Gesichtern all der Menschen zu vergleichen, die in den vergangenen vier Wochen über den internationalen Flughafen eingereist oder mit einer der Fähren im Hafen von Palma angekommen waren.

»Hola, Carmen«, sagte García Vidal und zapfte sich mit einem Pappbecher Wasser aus dem Spender. »Was sagt unsere *máquina digitalis*?«

Carmen sah nicht einmal vom Bildschirm auf. »Diese Dinger nennt man Computer, Chef. Und wenn man sie mit dem ihnen gebührenden Respekt behandelt, stürzen sie auch nicht so häufig ab wie bei Ihnen.«

»Hört, hört, welche Hochachtung vor Drähten und Blech. Sagst du nicht immer wieder, dass so ein Teil im Prinzip dumm ist und man ihm genau sagen muss, was man von ihm will?«

»Sí, Señor, und das tut er dann auch anstandslos.«

García Vidal lachte gehässig auf. »Das wüsste ich aber. Wenn ich etwas eingebe, passiert nichts weiter, als dass mein Computer überlegt, wie er mich ärgern kann.«

»No, Señor, er überlegt, wie er sich verhalten soll. Sie geben nämlich meist etwas ein, was reziprok zu dem steht, was Sie eigentlich wollen.«

»Das glaubst du doch wohl selbst nicht, oder?« Der Comisario setzte sich an seinen Schreibtisch. »Warum hängt er sich denn trotz reiflicher Überlegung dann letztlich immer auf?«

Berger zapfte sich ebenfalls ein Becher Wasser. »Aus purer Verzweiflung, Cristobal. Er weiß, was Sie wollen, muss aber das tun, was Sie ihm sagen.« Carmen kicherte.

García Vidal sah ihn beleidigt an. »Also, Angela ist keine Maschine, weiß aber immer, was ich will.«

Berger lächelte breit. »Sie tun ja auch immer das, was sie sagt.«

Der Computer piepte, und García Vidal schaute genervt auf Carmens Bildschirm. »Was hat der denn bitte zu diesem Thema zu sagen?«

»Zu diesem Thema gar nichts. Er meldet, dass er eine Übereinstimmung hat.«

García Vidal erhob sich von seinem Platz und stellte sich hinter seine Assistentin, damit er besser sehen konnte. Berger trat daneben und las: »Freiherr Guntram von Michelsen zu Ahrenshoop.«

»Was ist denn ein Freiherr von Michelsen zu Ahrenshoop?«, Carmen brach sich bei diesem Namen fast die Zunge ab.

»Ein Freiherr ist im Spanischen ein *Barón*, Michelsen ist der Nachname, und Ahrenshoop ist ein Ort an der deutschen Ostseeküste.«

»Oje, schon wieder ein Adliger?« Carmen sah den Residente mit großen Augen an.

Berger nickte. »Davon gibt es in Deutschland eine ganze Menge.«

Der Comisario pfiff durch die Zähne. »Haben die auch alle so viel Geld wie Ihre Gräfin oder die Herzogin?«

»Wenn dem so wäre«, konterte Berger, »dann wäre Deutschland schon längst wieder eine Monarchie.«

Der Comisario schaute auf das Foto des Freiherrn zu Ahrenshoop. »Was meinen Sie, sieht der nach Geld aus?«

»Ahrenshoop liegt im Osten Deutschlands. Wenn die Familie Geld hat, dann hat sie es entweder nach der Wende gemacht oder das Wirtschaftswunder auf der Butterseite des Eisernen Vorhangs erlebt.«

»Der Mann ist Steuerberater, kommt aus Hamburg, ist sechsunddreißig Jahre alt und unverheiratet«, las Carmen vor und beendete so die Mutmaßungen. »Das sagt zumindest die Datenbank von Interpol. Wenn wir mehr Informationen haben wollen, müssen wir die deutschen Behörden um eine Fahndung bitten. Die können auf die Melderegister der Länder und Gemeinden zugreifen.«

»Und was sagt unsere Meldedatei?«

»Er ist vor vier Tagen in der Villa Sirena in Cala Figuera abgestiegen. Außerdem hat er seit seiner Ankunft einen Mietwagen von ›Autos Vima‹, einen schwarzen C3.«

García Vidal erhob sich. »Okay, dann werde ich mich mal auf den Weg nach Cala Figuera machen. Miguel, ich wäre Ihnen dankbar, wenn Sie mitkommen würden.«

»Moment«, rief Carmen, als die beiden schon aufbrechen wollten. »Hier kommt gerade eine Vermisstenmeldung rein.« Sie ließ den Cursor über den Bildschirm wandern. »Die Villa Sirena meldet einen überfälligen Gast. Gestern Morgen wurde er an der Rezeption zuletzt gesehen, und sein Zimmer blieb in der vergangenen Nacht unbenutzt.«

Berger lächelte grimmig. »Dann hat der Barón offensichtlich Tod inclusive gebucht.«

***

Tomeu war mit Esmeralda Fisch kaufen gegangen, sodass Angela Bischoff, die Gräfin und die Großherzogin unter sich waren und in Ruhe miteinander über Gott und die Welt ratschen konnten. Maria Antonia, die Wirtin der Bar Sa Plaça, brachte eine neue Runde Cortados.

»Señora Condesa, ich habe vorhin mit einem Ohr gehört, dass Sie es sich vor der großen Feier in Ihrem Hause einmal richtig gut gehen lassen wollen.«

Gräfin Rosa nickte. »Das wollen wir. Hätten Sie denn eine Empfehlung für uns?«

»Was Wellness betrifft, soll die Finca ›Zarzarrosa‹ der letzte Schrei sein. Da gibt es alles, was gut und teuer ist. Für unsereins ist es schier unmöglich, da einen Termin zu bekommen, aber für Sie, Duquesa, wird man sicher gern eine Ausnahme machen.«

Angela Bischoff zog die Stirn kraus. »Ist das dieser Schönheitstempel bei Porto Petro?«

»Sí, Señora.«

Tante Auguste stützte das Kinn auf den Griff ihres Gehstocks. »Wird man da auch jünger?«

Maria Antonia lachte auf. »Señora Duquesa, in Ihrem Alter kann man gar nicht jünger sein, als Sie es sind.«

Rosa lachte. »Da hat sie recht, Tantchen. Ich für meinen Teil wäre stolz, wenn ich in deinem Alter noch so jung im Kopf wäre wie du.«

»Ist das dein Ernst, mein Kind?«

»Mein voller Ernst. Ich weiß nicht, ob wir das auch irgendwann einmal schaffen. Als junger Mensch hat man heute gar keine Zeit mehr, sich irgendwelche Sachen mal gründlich durch den Kopf gehen und Erlebtes auf sich einwirken zu lassen.«

Angela Bischoff nahm diesen Gedanken versonnen auf. »Dadurch bringen wir unsere Kinder um ihre Kindheit, unsere Jugend um ihre Jugend, die Erwachsenen um ein schönes Leben ...«

»Und wir Alten«, setzte die Großherzogin den Gedanken fort, »werden letztendlich um einen würdigen Tod betrogen.«

»Wo ist das Problem, Tantchen?« Gräfin Rosa lachte vergnügt auf. »Du behauptest doch immer, das Alter sei das letzte große Abenteuer, das das heutige Leben noch zu bieten hat. Gleichzeitig nennst du das Alter Sterben auf Raten. Dann war dein Tod doch bisher ein Riesenspaß, oder?«

Die drei Damen lachten herzlich.

»Du hast recht, mein Kind, man muss es sich aber leisten können, in Würde zu sterben.« Tante Auguste nahm einen Schluck von ihrem Cortado. »Und weil ich es mir leisten kann, lassen wir es auf dieser Beauty-Finca mal so richtig krachen.« Sie sah sich zu Maria Antonia um. »Können wir da denn auch unsere Männer mitnehmen?«

»Wozu wollen Sie Ihre eigenen Männer mitnehmen?« Maria Antonia grinste sie verschmitzt an. »Ich habe gehört, dass es da Massagen geben soll, bei denen die nur stören würden.«

»Ein Bordell für Mädels?«, fragte Angela Bischoff erstaunt.

»*Dios mio*, nein!« Maria Antonia schüttelte so energisch den Kopf, dass sich ihr Haarknoten öffnete. »Aber wenn Frauen sich rundum wohlfühlen wollen, stören Männer grundsätzlich.«

»Denn wenn wir uns nicht wohlfühlen, liegt es daran, dass sie nerven«, fügte die Großherzogin hinzu. »Dennoch fände ich es schade ohne sie. Außerdem würden die doch nie in eine Schönheitsfarm für Männer gehen, wenn es das überhaupt gibt.«

»Ich«, sagte Rosa, »hätte meinen Residente gern bei mir. Schließlich sind wir frisch verliebt, und ein Schlammbad mit ihm kann ich mir äußerst spannend vorstellen.«

»Ich verstehe«, erwiderte Angela Bischoff grinsend. »Eine Art Tango in Fango.«

Die Großherzogin stieß mit ihrer Stockspitze auf den Boden. »Dann ist es beschlossen. Wir fahren *mit* unseren Männern – wenn die uns da mit diesem Handicap überhaupt nehmen.«

Angela schaute sie zweifelnd an. »Sollten wir sie nicht lieber vorher fragen?«

Die alte Dame winkte ab. »Wenn sie Zeit dafür haben, wird nicht lange gefragt, sondern angeordnet. Polizisten können das ab.«

***

Die Villa Sirena, ein rechteckiges, architektonisch wenig ansprechendes Gebäude mit fünf Etagen, thronte direkt über der Hafeneinfahrt von Cala Figuera. Von den Hotelzimmern aus hatte man einen traumhaften Blick auf entweder einen der charmantesten Häfen Mallorcas oder, zur anderen Seite hin, auf das tiefblaue Mittelmeer. Und welchen Touristen interessiert schon der Anblick eines Hotels, wenn man aus seinem Inneren einen erstklassigen Ausblick hat? Die Managerin der Villa Sirena erwartete García Vidal an der Rezeption.

»Señor Comisario, mein Name ist Magalie Charatx, ich danke Ihnen, dass Sie so schnell kommen konnten.«

»Dafür sind wir da«, entgegnete er charmant. »Darf ich Ihnen Señor Berger vorstellen, oder kennen Sie sich bereits?«

Sie lachte ihn an. »Es gibt wohl niemanden im Kreis Santanyí, der den Residente nicht kennt.« Sie nahm ihren Schlüsselbund und die ausgedruckten Belege des vermissten Gastes und kam zu ihnen ins Foyer. »Ich vermute, Sie wollen zunächst das Zimmer des Herrn von Michelsen sehen.« Die beiden nickten und folgten ihr in den Lift.

Der Freiherr zu Ahrenshoop hatte eines der schönsten Zimmer des Hotels. Im obersten Stockwerk an der Längsseite gelegen, konnte man vom Balkon aus sowohl das Meer als auch den Hafen sehen. Es war groß wie ein Familienappartement und anheimelnd eingerichtet, man musste auf keinen Komfort verzichten. Sogar Internet gab es hier. Das, was eigentlich als Schminktisch für die Gattin gedacht war, hatte der alleinstehende Steuerberater als Schreibtisch genutzt. Den Unterlagen nach, die noch darauf lagen, hatte er sich Arbeit von Deutschland mitgebracht. Berger stöberte darin.

»Entweder war der Mallorcaaufenthalt gar nicht als Urlaub geplant, oder es handelt sich bei dem Mann um einen Workaholic.«

»Beides, würde ich sagen.« Die Managerin blätterte in ihren Unterlagen. »Señor von Michelsen hat das Zimmer nur deswegen bekommen, weil wir eine Stornierung hatten und es kurzfristig freigeben konnten. Wir sind ansonsten ausgebucht. Und weil er es wohl sehr eilig mit der Buchung hatte und wir ihm den High-Speed-Internetanschluss zusagen konnten, akzeptierte er auch den Preis für ein Doppelzimmer. Er frühstückte sogar mit seinem Notebook zusammen.«

»Hatten Sie Gelegenheit, sich mit ihm zu unterhalten?«

Sie nickte. »Ja, Gott sei Dank ist unser Hotel nicht so groß, da kann ich noch jeden Gast persönlich begrüßen. Er machte einen sehr gesetzten Eindruck für einen so jungen Mann, und er erzählte mir, er wolle seine Schwester besuchen, die zurzeit auf einer Finca in der Nähe von Porto Petro lebt.«

»Hm«, kam es nachdenklich vom Comisario. »Wenn man eines seiner Geschwister besuchen will, zieht man doch nicht in ein zwanzig Kilometer weit entferntes Hotel, obwohl eine ganze Finca zur Verfügung steht. Schon gar nicht, wenn der Besuch kurzfristig erfolgt.«

»Es muss ja nicht unbedingt ein freudiger Anlass gewesen sein«, widersprach ihm die Hotelmanagerin. »Vor Kurzem ist ganz in der Nähe eine Frau auf einer Finca von ihrem Lebensgefährten misshandelt worden. Ihr großer Bruder quartierte sich bei uns ein und stattete seinem Schwager von hier aus einen kurzen Besuch ab.«

García Vidal lachte auf. »War der Mann der Frau zufällig ein Plattenproduzent?«

Sie nickte. »Ich glaube ja, wieso?«

»Weil der uns nach dem Besuch des Schwagers weismachen wollte, er sei so heftig auf das Sprungbrett seines Pools gesprungen, dass er weit über den Rand des an dieser Stelle fünf Meter breiten Beckens flog und im Schotter landete. Dabei sah es aus, als hätte ihn ein Bus gestreift.«

Nun musste Magalie Charatx ebenfalls lachen. »Da hat der Bruder wohl kräftig zugelangt.« Ihr Gesicht verfinsterte sich wieder. »Aber hier sieht es aus, als hätte der Bruder den Kürzeren gezogen. Señor von Michelsen ist doch sicherlich der Tote, den Sie aus der Cala S'Almunia rausgefischt haben?«

Berger nickte. »Leider. Er sah allerdings ganz und gar nicht so aus, als sei er mit irgendetwas kollidiert.«

»Es war also ein Unfall?«

»Auf den ersten Blick scheint es so«, sagte García Vidal. »Und es wäre gut, wenn die Presse nichts von irgendwelchen Zweifeln an diesem Anschein schreiben würde. Wir haben hier auf Mallorca genug Mord und Totschlag, da brauchen wir das nicht auch noch in unserem friedlichen Cala Figuera.«

»Wenn die Leiche in der Cala S'Almunia angeschwemmt wurde, muss von Michelsen an einem Küstenstreifen etwas weiter nördlich zu Tode gekommen sein.« Berger sah Magalie Charatx fragend an. »Wissen Sie zufällig, auf welcher Finca die Schwester des Toten wohnt?«

Sie schüttelte den Kopf. »Aber ich denke doch, dass sie sich bald bei Ihnen melden wird. Sicher sorgt sie sich um ihren Bruder, wenn er sich nicht bei ihr meldet.«

***

In einem Rechtsanwaltbüro an der Avinguda de Gabriel Roca, Palmas mondäner Uferpromenade, hatten sich einige Herren und eine Dame in einem abgedunkelten Hinterzimmer um einen schweren Holztisch versammelt. Angel Broix, der Notar, sah sich prüfend in der Runde um. »Ich stelle hiermit fest, dass wir vollzählig sind.«

Einer der Begleiter der Dame nickte finster. »Sí, Señor Broix, wir können beginnen.«

Broix sprach schnell und für einen Laien kaum verständlich, dennoch kam keinerlei Protest von den Anwesenden. Er griff nach einem Dokument und las vor: »Hiermit erkläre ich, Antonia Stefanie Friederike Adelgunde von Siehl, im Beisein von Ahmet Ben Ahat, dem Hodscha der islamischen Gemeinde von Palma de Mallorca, dem christlichen Glauben abzuschwören und aus freiem Willen zum Islam überzutreten.« Er machte eine Pause und blickte zu der Frau, die ihm gegenüber saß. »Wenn dem so ist, Señora von Siehl, dann bestätigen Sie das bitte.« Sie reagierte nicht. Sie sah ihn zwar an, aber Broix hatte das Gefühl, dass ihr Blick glatt durch ihn hindurchging.

»Halten Sie sich an die Absprache«, wies ihn einer ihrer Begleiter an. »Sie müssen sagen: Wenn Sie dem zustimmen, antworten Sie bitte mit: ›Ja, ich will.‹«

»Ja, ich will«, sagte die Frau mit leiser Stimme.

»Sie muss es aber sagen, wenn *ich* sie frage«, protestierte Angel Broix.

»Dann fragen Sie sie richtig, und sie macht es.«

Broix sah sie an. »Also wollen Sie?«

Wieder schien es ihm, als sähe er in zwei tote Augen.

»Herrgott noch mal«, fluchte der Begleiter. Er wurde zusehends ungeduldig. »Ist das denn so schwer? Sie müssen sie so fragen, dass sie mit ›Ja, ich will‹ antworten kann.«

»Ja, ich will«, echote die anscheinend ziemlich benebelte Dame.

Angel Broix nahm irritiert die Lesebrille von der Nase. »Hören Sie mal, ist Señora von Siehl überhaupt bei sich?«

Der Begleiter griff in die Innentasche seines Sakkos, zog einen dicken Umschlag heraus und schob ihn über den Tisch. Obwohl der Notar sicher sein konnte, dass er in seinem eigenen Büro unbeobachtet war, blickte er scheu nach links und rechts, bevor er hastig nach dem Kuvert griff und es vom Tisch auf seinen Schoß zog. Mit geübten Fingern öffnete er den Umschlag auf einer Seite und vergewisserte sich, dass der Inhalt ausreichte, um sein Gewissen zu beruhigen. Er setzte seine Brille wieder auf und versuchte es erneut.

»Señora von Siehl, wenn Sie dem Christentum abschwören und dem Islam beitreten wollen, sagen Sie bitte: ›Ja, ich will.‹«

»Ja, ich will«, kam es sofort von ihr.

Der Notar hatte das gute Gefühl, dass erneute Zweifel an der Zurechnungsfähigkeit der Dame seine Dienstleistung noch etwas teurer machen könnten. »Und wenn Sie der festen Meinung sind, die Kaiserin von China zu sein, und sofort eine rosa Elefantendame auf grün gepunktetem Toast serviert bekommen möchten, antworten Sie bitte mit: ›Ja, ich will.‹«

Das Echo kam prompt.

»Sehen Sie«, schimpfte er, »mit dieser vollgedröhnten Person könnten wir hier den größten Quatsch beurkunden.«

Der Begleiter griff erneut in die Innentasche seiner Jacke und entnahm ihr einen zweiten Umschlag.

Blitzschnell wechselte auch dieses Kuvert den Besitzer. Doch diesmal befühlte Broix es nur und befand den Inhalt schon vom Gewicht her als aussagekräftig genug.

Der Begleiter griff ein drittes Mal in sein Sakko, zog eine Pistole aus einem Schulterhalfter und legte sie vor sich auf den Tisch. »Hier habe ich ein Gutachten, das der Dame endgültig geistige Gesundheit bescheinigt. Aber ich denke mal, das wollen wir beide nicht bemühen?«

»Nein«, krächzte Broix. »Ich denke, der erforderliche Papierkram ist bereits erledigt.« Er hatte Mühe, sich auf seinen Text zu konzentrieren, und schaute immer wieder wie elektrisiert auf die Schusswaffe. »Dann werde ich jetzt weiterlesen.«

»Wenn Sie so freundlich sein wollen«, erwiderte der Begleiter überspitzt höflich.

»Des Weiteren werde ich die natürliche Vormachtstellung des Mannes im Islam als für mich bindend anerkennen und all meine irdischen Güter und Barschaften meinem zukünftigen Ehemann zu seiner alleinigen Verfügung übereignen. – Wenn das nach wie vor Ihr Wunsch ist, Señora von Siehl, antworten Sie bitte mit: ›Ja, ich will.‹«

»Ja, ich will«, kam es wieder völlig emotionslos von der abwesend wirkenden Frau.

Angel Broix schob die vorgelesene Erklärung zur Seite und lächelte erleichtert. »Dann sollten wir mit der Eheschließung durch Hodscha Ben Ahat beginnen.«

Auf ein Handzeichen des Begleiters begann der Hodscha mit seiner kurzen Zeremonie, die aus einem circa einminütigen Wortschwall bestand. Ein junger Mann, der die ganze Zeit über stumm am Tisch gesessen hatte, nickte kurz, und damit schien die Trauung beendet. Ein dritter Umschlag verschwand im Umhang des islamischen Geistlichen.

»War das alles?«, erkundigte sich Angel Broix erstaunt.

»Wir haben uns, auch in Ihrem Interesse, auf das Nötigste beschränkt«, antwortete der Begleiter.

»Aber sie hat doch gar nicht ›Ja, ich will‹ gesagt.«

»Ihr Mann will, und das hat er dem Hodscha gegenüber bekundet.«

Der Notar war sichtlich erschüttert. »Und die Frau wird nicht gefragt?«

»Wozu?« Die Anwesenden erhoben sich. »Ihre Meinung ist ab sofort nicht mehr von Belang.«

ZWEI

Der Comisario stand auf dem Balkon des Hotels und klappte ratlos sein Handy zusammen.

»Was ist denn nun schon wieder?«, erkundigte sich Berger.

»Hier auf der Insel gibt und gab es nie eine Freifrau von Michelsen.«

»Weder auf den Flugplätzen noch auf den Fähren oder in den Häfen?«

»Weder noch.«

»Entweder ist seine Schwester verheiratet, oder von Michelsen hat der Managerin Lügen erzählt.« Er überlegte kurz. »Sind denn aus Deutschland irgendwelche Vorstrafen bekannt?«

»Der scheint nicht einmal falsch geparkt zu haben.«

Der Kollege Bastos trat zu ihnen. »Hier Chef, das sind die SMS und E-Mails, die auf dem Server des Telefonanbieters gespeichert waren, die der Tote hier in Spanien bekommen oder verschickt hat. Ich habe sie an der Rezeption für uns ausdrucken lassen.«

Dass Berger sich der Zettel annahm, goutierte der Comisario mit einem Nicken. »Ich danke Ihnen. Was das Schriftliche betrifft, ist mein Deutsch einfach nicht gut genug.«

Berger überflog die Zeilen. »Er scheint in Hamburg eine Freundin gehabt zu haben. Hier steht etwas von einer Toni, die er auf Mallorca finden wollte.«

»*Eine* Toni? Eine Frau?«

»Sí. Das ist, nehme ich an, der Spitzname für eine Antonia. Seine Schwester heißt so.«

»Ein Steuerberater, der von seinem Hotelzimmer aus arbeitet, müsste doch ein Notebook dabeihaben. Anders geht das heute doch gar nicht mehr.« García Vidal sah sich zu Bastos um. »Habt ihr in seinem Auto ein Handy oder einen Computer gefunden?«

Berger schaute erstaunt auf. »Im Wagen?«

»Sorry, das hatte ich vergessen zu erwähnen. Der Mietwagen stand sauber geparkt auf der Straße vor dem Hotel. Die Spurensicherung ist gerade dabei, alles auf links zu drehen.«

»Wusste ich's doch«, meinte Berger grimmig. »Der Freiherr wurde von jemandem zu dem Ort gefahren, an dem er gestorben ist, und dann ins Wasser geworfen. Sonst stünde sein Auto nicht hier vor dem Hotel, sondern dort, wo er ins Wasser fiel. Wer aus Versehen ertrinkt, der hinterlässt außerdem ein Handy oder in seinem Fall ein Notebook.«

»Mailen kann man aber auch von einem Internetcafé aus«, erwiderte Bastos.

»Aber das hier in Santanyí hat schon seit Jahren zu. Nichtsdestotrotz, der Mann ist für mich ermordet worden. Die toxische Untersuchung wird irgendetwas zutage bringen, was meine Vermutung bestätigt.«

»Kollege«, forderte der Comisario Andrea Bastos auf, »gehen Sie doch mal bitte runter an die Rezeption. Ich brauche die Zeiten, wann von Michelsen den Internetzugang des Hotels benutzt hat, und vom Anbieter ein komplettes Journal des Onlineverlaufs. Wir müssen wissen, wo er überall gesurft hat.«

Bastos nickte und machte sich auf den Weg.

»Und Sie, Señor«, Berger schnippte nervös mit den Fingern, »sollten Angela bitten, Kontakt mit den deutschen Behörden aufzunehmen. Die sollen rausfinden, ob diese Antonia oder Toni wirklich seine Schwester ist, und bei der Gelegenheit will ich auch alle Infos über unseren Toten haben.«

»Okay, und was machen wir in dieser Zeit?«

»Wir durchstöbern mit Carmens Hilfe sämtliche Einträge im Computer der Einwanderungsbehörde. Vielleicht finden wir dort etwas über eine geborene Antonia von Michelsen.«

»Cristobal, haben Sie eine Ahnung, wie viele Antonias tagtäglich Spaniens internationale Flughäfen frequentieren?«

»Sí, Señor«, kam es zurück, »die Festplatten sind groß, aber Carmen ist fleißig.«

***

Yussuf Hussein Ibn Draghi al Madgier war aufgeregt. Immer wieder nahm er ein inzwischen völlig abgegriffenes Foto einer blonden Frau in die Hand und betrachtete es. Er hätte nie gedacht, dass er einem Foto gegenüber etwas wie Zuneigung empfinden konnte, aber bereits beim ersten Blick auf diesen gelockten Engel war es um ihn geschehen gewesen. »Mein Gott«, flüsterte er. »Hätte ich nur früher gewusst, wie schön Frauen sein können.«

Zwei Tage war Yussuf zum Lager seines Onkels Sheik Omar al Madgier unterwegs gewesen, um seiner Braut zum ersten Mal zu begegnen, und das Foto half ihm über seine grundsätzlichen Zweifel an einer Eheschließung hinweg. Ihr Äußeres entsprach in jeder Hinsicht seinen ästhetischen Ansprüchen. Dabei interessierte es ihn überhaupt nicht, dass die Frau ein wenig älter war als er selbst. Ihre umwerfende Schönheit schien unvergänglich zu sein. Sie war von edlem Wuchs, die Haltung aufrecht, ihr Blick voller Stolz und von einer selbstverständlichen Wärme, die er von arabischen Frauen her nicht kannte. Er war sich sicher, dass selbst siebzig Jungfrauen im Paradies nicht in der Lage wären, ihn so zu beeindrucken, wie dieses Wesen des Himmels es auf der Erde tat. Wenn es schon eine Frau sein musste, dann auf jeden Fall diese. Auch wenn er keine Ahnung hatte, wie er das seinem Kameraden und Freund Hakim klarmachen sollte.

»Nun mein Sohn, gefällt sie dir?« Sheik Omar war geradezu geräuschlos in das Zelt seines Neffen getreten und hatte ihn in das Foto vertieft vorgefunden. Yussuf sprang von seinem Lager auf, um sofort wieder vor seinem Onkel niederzuknien, der seinen Handkuss lächelnd entgegennahm. Yussufs Vater war der jüngere Bruder des Sheiks und diente als Generaloberst bei der algerischen Armee. Als Mitglied des Generalstabes war er einer der Führer der westlichen Welt Algeriens, während Sheik Omar als sogenannte graue Eminenz vieler Beduinenstämme galt. Ohne Armee ging in Algerien gar nichts, aber ohne die Beduinen auch nicht, und so war der Clan der Al Madgier mit Macht und Einfluss von beiden Seiten gesegnet. »Ein Stündchen wirst du dich noch gedulden müssen, bevor dir deine Braut zugeführt werden kann.«

»Lieber Oheim.« Yussuf erhob sich, gab aber acht, dass er seinen Onkel an Höhe nicht überragte. »Was bedeutet schon eine weitere Stunde in der Finsternis, wenn einen die Morgenröte im Paradies erwartet?«

»Selbst die Morgenröte wird irgendwann vergehen. Ein schönes

Weib ist nicht dafür geschaffen, den Boden zu fegen und Couscous zuzubereiten oder Hammelaugen zu kochen. Du brauchst noch ein bis zwei weitere Frauen für diese alltäglichen Arbeiten.«

Obwohl Yussuf ergeben nickte, gab es keinen Gedanken, der ihm ferner lag, als sich auch noch mit einer weiteren Frau zu belasten. »Es sei, wie du sagst, Onkel. Du hast sicher schon eine für mich ausgewählt?«

»Du wirst einmal ein weiser Mann, mein Sohn, dazu würdig, mein Nachfolger zu werden. Ich habe in der Tat eine junge Frau für dich im Sinn, es ist die Tochter eines befreundeten Sheiks. Sie ist gerade zum ersten Mal erblüht, hat also genau das richtige Alter, sodass du sie in deinem Sinne formen kannst.«

»Möchtest du weitere hundert Goldpfunde für sie?«

»Nein. Betrachte sie als Dank dafür, dass du etwas für die Familienpolitik getan hast, als Zugabe.«

***

Zu dem Verleiher, von dem der Tote den C3 gemietet hatte, waren es von der Villa Sirena nur ein paar Schritte. Die Seniorchefin begrüßte den Residente wie einen alten Freund.

»Señor Berger, *como estás, qué tal*?«

»*Mui bien*, Señora, mir geht es doch immer gut.«

»Wenn es Ihnen nicht gerade schlecht geht.« Sie lachte ihn an. »Was zieht Sie in meinen bescheidenen Laden, Señor? Ist Ihr Auto wieder kaputt?«

»Nein, Señora, das hier«, er zeigte auf den Comisario, »ist Cristobal García Vidal von der Policía National. Leider kommen wir dienstlich.«

»Ist etwas mit einem unserer Autos?«

»Sie haben vor ein paar Tagen einen schwarzen C3 Diesel an einen gewissen Guntram von Michelsen vermietet.«

Sie nickte. »Sí, Señor. Der Mann wohnt in der Villa Sirena. Gab es einen Unfall?«

»Nein, Señora. Mit dem Wagen ist alles in Ordnung. Nur leider haben wir Señor Michelsen tot in der Cala S'Almunia treibend aufgefunden.«

Ihr war der Schrecken ins Gesicht geschrieben. »Mein Gott, ein Badeunfall?«

»Es sieht ganz so aus, Señora.« Der Comisario übernahm nun das Gespräch. »Wir haben gehört, dass Señor von Michelsen hier auf Mallorca eine Familienangehörige besuchen wollte.«

»Sí, Señor, seine Schwester. Er wollte sie zum Geburtstag überraschen. Er fragte mich nach einem Finca-Hotel, das irgendwo zwischen S'Alqueria Blanca und Porto Petro sein sollte.«

García Vidal war erstaunt. Er kannte diese Gegend, aber dort war keine Finca, die zu einem Hotel umgebaut worden war. »Konnten Sie ihm weiterhelfen?«

»No, Señor, leider nicht. In der Gegend ist zwar ein Wellness-Zentrum errichtet worden. Dort gibt es Ayurveda-Seminare, und man kann sich alle nur erdenklichen Schönheitspackungen machen lassen. Aber ob die dort auch einen Hotelbetrieb haben, weiß ich nicht.« Während sie sprach, machte sie von allen Dokumenten aus dem Ordner Kopien und reichte sie García Vidal. »Das ist alles, was ich über Señor von Michelsen habe. Wissen Sie, wann und wo ich den Wagen abholen lassen kann?«

»Er steht an der Vila Sirena. Im Moment ist die Spurensicherung noch dabei, alles auszuwerten, danach können Sie ihn haben.«

»*Gracias*, Señor Comisario, aber sagen Sie bitte Ihren Kollegen, dass sie mit ihrem schwarzen Puder keine Sauerei anrichten sollen. Das ist ja ein Teufelszeug, haben Sie schon mal versucht, einen Wagen nach einer derartigen Untersuchung zu säubern?«

»Ich werde es den Kollegen ausrichten«, erwiderte García Vidal grinsend. »Und haben Sie Dank für Ihre Hilfe.«

***

Der Konsulatssekretär war sichtlich bemüht, keinen Fehler zu machen, und dementsprechend steif wirkte der sonst eher lockere junge Mann. Dies war seine erste Anstellung nach dem Staatsexamen an der deutschen Fachhochschule des Bundes, und es schien ein kniffliger Fall zu sein, bei dem eine nicht unvermögende Deutsche einen Araber geheiratet hatte. Ausgerechnet er, der frisch examinierte Jungdiplomat Ewald Wirz, sollte nun die ganzen Dokumente beglaubigen.

Vor ihm saß der finster dreinschauende Araber, der mit Adleraugen jeden seiner Handgriffe beobachtete. Auf einem Stuhl hinter ihm hatte seine tief verschleierte Ehefrau Platz genommen. Den Platz rechts neben dem Herrn belegte der Dolmetscher. Es wurde Spanisch gesprochen.

Wirz sprach den frisch gebackenen Ehemann an. »Sie sind Abdul Qadir Ibn Abd Allah Abu Salama?«

Der Angesprochene nickte und schob ihm wortlos seinen algerischen Pass und den deutschen Personalausweis seiner Ehefrau über den Tisch.

»Und wenn ich das hier richtig sehe«, Wirz überflog eins der in Spanisch verfassten Dokumente, »ist das eine Heiratsurkunde?«

»Sí«, bestätigte der Dolmetscher.

»Und Sie, gnädige Frau, sind demnach Abiya Abu Salama, geborene Antonia Stefanie Friederike Adelgunde Freifrau von Michelsen zu Ahrenshoop und verwitwete von Siehl.« Er beugte sich zur Seite, um der verschleierten Dame zumindest in die Augen sehen zu können, dem Einzigen, was zwischen den Tüchern hervorschaute.

Außer sich vor Zorn erhob sich der Ehemann von seinem Stuhl und brüllte ihn auf Arabisch an. Kreidebleich wich Wirz zurück. »Was ist denn mit Ihnen los?«

»Wie kommen Sie dazu«, versuchte der Dolmetscher den Wortschwall zu übersetzen, »die Ehefrau dieses Mannes derart respektlos anzusprechen?«

Wirz hatte sich im Gegensatz zu dem aufgebrachten Araber sehr schnell wieder gefasst. »Sagen Sie dem Herrn bitte, dass er sich erstens im Ton mäßigen und zweitens wieder setzen soll, sonst lasse ich ihn aus dem Konsulat entfernen. Ich bin mir sehr sicher, dass ich in Ausübung meines Amtes ebenfalls Respekt verdient habe, den der Herr jedoch komplett vermissen lässt.«

Nachdem der Dolmetscher übersetzt hatte, beruhigte sich Abu Salama wieder, funkelte Wirz aber weiter mit feindlichem Blick an. Ohne ihn aus den Augen zu lassen, zischte er dem Übersetzer etwas zu.

»Señor Abu Salama verbittet es sich, dass seine Gattin von Ihnen angeblickt, geschweige denn angesprochen wird.«

»Und ich verbitte mir einen derartigen Ton.« Wirz legte die Heiratsurkunde in den Pass des Arabers, klappte ihn zu und schob alles wieder über den Tisch. »Um die Identität Ihrer Gattin feststellen zu können, müssen wir sie erstens ansprechen dürfen und zweitens ihres unverschleierten Antlitzes ansichtig werden. Sonst können wir die Übereinstimmung des Personalausweisfotos mit der Ausweisinhaberin nicht überprüfen. Ich kann Herrn Abu Salama anbieten, dass diese Aufgabe eine Kollegin übernimmt, aber ohne Überprüfung der Identität gibt es keine Beglaubigung der Eheschließung.«

Wutentbrannt zischte der Ehemann eine Antwort.

»Herr Abu Salama wünscht, umgehend Ihren Vorgesetzten zu sprechen.«

Ewald Wirz erhob sich von seinem Stuhl. »Ich werde Frau Konsulin Flach über Ihr Anliegen informieren.«

»Ihr Vorgesetzter ist eine Frau?« Dem Dolmetscher war das Entsetzen ins Gesicht geschrieben.

»Aber natürlich«, entgegnete Wirz lächelnd.

Nachdem seine Worte dem Ehemann übersetzt worden waren, schoss der wie angestochen hoch, drehte sich um, zerrte seine völlig überrumpelte Frau am Arm von ihrem Stuhl, schrie etwas und verließ wutschnaubend das Büro.

»Herr Abu Salama ist in seinem Land ein angesehener Mann, man würde es ihm niemals zumuten, mit einer Frau, die womöglich unverschleiert ist, sprechen zu müssen, geschweige denn deren Anweisungen entgegenzunehmen. Er wird sich bei der deutschen Botschaft in seinem Heimatland über diese skandalöse Behandlung beschweren.«

»Das bleibt ihm überlassen«, entgegnete Wirz lächelnd, »aber seine Frau wird er so lange hier auf Mallorca lassen müssen. Ohne Identitätsprüfung gibt es keinen Reisepass, und den braucht sie, wenn sie in Algerien einreisen will.«

***

Gräfin Rosa, die Großherzogin und Angela Bischoff saßen noch immer in der Bar Sa Plaça, als Berger und der Comisario auf dem Rückweg ins Büro auf einen kurzen Cortado erneut dort einkehren wollten. Ein Blick durch das geöffnete Fenster ließ den Residente stoppen. Er stieß García Vidal mit dem Ellenbogen in die Seite und nickte in Richtung der Damen. »Cristobal, sehen Sie in die Gesichter der Dreifaltigkeit. Ich vermute, es geht uns gleich an den Kragen.«

»Wie kommen Sie darauf?«

»Schauen Sie nur. Selbst Angela hat ein diabolisches Grinsen im Gesicht.«

»Stimmt«, der Comisario machte einen Schritt zurück. »Lassen Sie uns umdrehen. Ich fürchte, dass mir der Cortado zum ersten Mal nicht schmecken wird.«

Gräfin Rosa sah herüber und winkte ihnen zu.

»Zu spät, alter Freund. Wir sind entdeckt.«

Mit hängenden Schultern betraten sie die Bar.

»Na, ihr beiden«, flötete Angela Bischoff, »habt ihr den Bösewicht?«

»Welchen Bösewicht?« Berger griff sich einen freien Stuhl und platzierte ihn vor den Damen. »Kommen Sie, Cristobal, setzen Sie sich neben mich, erwarten wir das Urteil.«

»Mein Geliebter.« Gräfin Rosa lächelte ihn an. »Warum zicken Sie schon wieder herum, bevor es etwas zu zicken gibt?«

Berger gab dem Wirt ein Zeichen, dass er zwei Cortados bestellen wollte. »Ich zicke nicht herum, ich sitze völlig gelöst vor dem Tribunal und erwarte in aller Demut das Urteil.«

»Was denn für ein Urteil?« Sie tätschelte seine Hand. »Wir haben nur beschlossen, dass Sie und Ihr Freund etwas Balsam für Ihre Seele benötigen.«

Auch Angela Bischoff griff nach der Hand des Comisarios. »Ihr beide, also du und der Residente, solltet mal wieder was für euer Äußeres tun.«

»›Du solltest mal wieder was für dein Äußeres tun‹«, brummte Berger, »ist die kleine Schwester von ›Du siehst scheiße aus‹. Lassen wir das auf uns sitzen, Cristobal?«

»Sí, das lassen wir. Lehnen wir uns dagegen auf, dann gibt es nur so lange Ärger, bis wir wirklich fertig aussehen. Da gebe ich lieber gleich nach.«

Berger nahm den Cortado entgegen, den Lorenzo, der Schwiegersohn des Wirtes, ihm reichte. »Wenn die Mafia Ihnen etwas zu befehlen versucht, Comisario, sind Sie nicht so nachgiebig.«

»Gegen die Mafia, mein Freund, hätten wir eine Chance.«

»Okay.« Berger öffnete sein Zuckertütchen. »Und was haben sich die Damen ausgedacht, um unsere nachlassende Schönheit wiederzubeleben?«

»Bei Porto Petro hat kürzlich ein Wellness-Tempel eröffnet, die Finca ›Zarzarrossa‹. Da wollen wir hin.« Angela Bischoff lächelte ihren Comisario verlockend an. »Wären eine schöne Entspannungsmassage und vielleicht noch eine belebende Fango-Packung nicht auch für euch ganz nett?«

»Sieh an.« Berger ergriff die Hand seiner Gräfin und gab ihr einen Kuss darauf. »Es wäre tatsächlich nett, wenn wir uns diese Wannen teilen würden. Ich dachte an Schlammcatchen. Da bekommt der Begriff ›schmutziger Sex‹ eine ganz neue Bedeutung.«

Sie genoss diesen Handkuss sichtlich. »Sie, liebster Residente, werden aber mit Cristobal in einer Wanne sitzen. Ich bin mir nicht sicher, ob es unter diesen Voraussetzungen ein Vergnügen für Sie werden wird, oder sollte ich da etwa eine latente Neigung verpasst haben?«

»Und wer kommt mit in meine Wanne?«, protestierte die Großherzogin.

»Für dich, mein Tantchen, haben wir das Entzückendste, was Mallorca zu bieten hat. Ein kleines Schwein, das geradezu vernarrt in dich und in Schlamm ist.«

García Vidals Handy klingelte. Er klappte es auf und meldete sich.

»Sí, Señora, das ist er. Was können wir für Sie tun?« Er horchte gespannt, und seine Gesichtszüge wurden ernst. »Und diese Antonia Stefanie Friederike Adelgunde von Siehl ist mit Sicherheit eine geborene Michelsen zu Ahrenshoop?«

Berger horchte auf, doch García Vidal beendete das Gespräch sogleich wieder. »Sí, Señora, wir sind so gut wie auf dem Weg. Ich danke Ihnen.«

Der Residente konnte seine Neugier nicht verstecken. »Seit wann reden Sie Carmen mit Señora an?«

»Weil das nicht Carmen, sondern die deutsche Konsulin war. Señora Flach bittet uns beide umgehend ins Konsulat.«

»Hat sie die Schwester unserer Leiche gefunden?«, fragte Angela Bischoff. »Dann kann ich ja die Recherchen, um die du mich vorhin hast bitten lassen, sausen lassen.

»Das wäre vielleicht ein bisschen früh. Gefunden hat sie Antonia wohl nicht, aber sie muss etwas über sie wissen, denn sie geht fest davon aus, dass der Tod ihres Bruders augenblicklich Antonia von Siehls kleineres Problem ist.«

***

Yussufs Herz zersprang fast vor Anspannung, als sich der Vorhang öffnete und er zum ersten Mal seine zukünftige Gattin leibhaftig vor sich sah. Genauso jäh war der Absturz seiner Glücksgefühle, als er gewahr wurde, dass da keine liebende, vor Verlangen glühende Gattin auf ihren gütigen Gebieter wartete. Er erhob sich von seinem Lager, machte ein paar Schritte auf sie zu und hob mit zwei Fingern, die er unter ihr Kinn schob, vorsichtig ihren gesenkten Kopf an, sodass er in ihre Augen sehen konnte. Er sah in die unendlich traurigen Augen eines Engels. Das war keine stolze, schöne Frau, sondern eine, die wie Schlachtvieh an einen Strick gebunden ihrem Schicksal entgegengeführt wurde. Vor ihm stand ein gewürgter Engel, daneben Hassan, der getreue Diener seines Onkels. Er sollte, wie es Sitte war, die Frau mit all ihren Vorzügen ihrem neuen Herren anpreisen.

»Schaut nur, Yussuf Ibn Draghi, was für ein Weib euch euer Onkel Sheik Omar zum Geschenk machte.« Er griff, laut lachend, an ihren Umhang und riss ihn mit einer kräftigen Bewegung rücklings von ihrem Körper. »Schaut nur diese herrlichen Brüste und diesen köstlichen …«

Entsetzt hielt er in der Bewegung inne, mit der er der anzupreisenden Braut in den Schritt greifen wollte. Schweißperlen bildeten sich auf seiner Stirn, und sein Blick wanderte ganz langsam zu Yussufs Hand unter seinem Kinn, die ihm eine funkelnde Klinge an den Hals hielt.

»Hassan, du Schinder der Gebeugten. Wage es, meine Frau auch nur mit einem Blick zu berühren, und du wirst augenblicklich Allah, dem Rächer der von dir Geschundenen, gegenüberstehen. Und ich schwöre dir, er wird sich von dir auf deinem Weg zu den Dämonen der Finsternis abwenden.«

»Bitte verschont mich, Herr«, winselte Hassan. »Ich werde gehorchen, aber bitte verschont mich.« Ein kleiner Blutstropfen bahnte sich seinen Weg über den blanken Stahl des rasierklingenscharfen Dolchs.

»Du wirst sie sofort wieder bedecken.«

Langsam ging der Mann in die Knie; die Klinge an seiner Kehle folgte der Bewegung. Mit einer Hand angelte er, ohne hinsehen zu können, nach dem Umhang, hob ihn hoch legte ihn der Frau um die Schultern. Yussuf konnte in ihrem Blick etwas wie Dankbarkeit erahnen.

»Ist es so recht?«, krächzte Hassan.

»Jetzt knie vor deiner zukünftigen Gebieterin nieder und küsse ihr in aller Demut die Füße.«

Hassan ließ sich derartig schnell auf die Knie fallen, dass Yussuf Mühe hatte, seinen Dolch rechtzeitig wegzuziehen. Ehrerbietig küsste er ihr beide Füße, riss sich seinen Fez vom Kopf und bot ihr sein blankes Haupt dar.

Irritiert schaute die Frau auf die vor Schweiß feuchte Halbglatze.

Yussuf spürte ihre Hilflosigkeit. *»Parlez-vouz français, Madame?«*

»Oui«, antwortete sie mit leiser Stimme, ohne ihn anzusehen.

»Dann berühren Sie ihn an der Schulter, wenn Sie seine Entschuldigung annehmen, oder treten Sie sein Gesicht in den Staub, und er wird augenblicklich seinem Schöpfer gegenüberstehen.«

Nach kurzem Überlegen beugte sie sich vor und berührte mit der anmutigsten Bewegung, die Yussuf jemals gesehen hatte, die Schulter des noch immer wimmernden Dieners. »Er soll leben, denn wir sind beide Kreaturen Gottes, und nur er bestimmt, wann wir vor ihn treten dürfen.«

»Es sei«, brummte Yussuf. »Krieche mir aus den Augen, du Wurm«, wies er Hassan an.

Ohne den Kopf oder auch nur den Blick zu heben, kroch der Diener aus dem Zelt.

Yussufs Stimme bekam etwas Weiches. »Darf ich Ihren Namen erfahren?«

»Meinen Sie den, der mir aufgezwungen wurde? Dann rufen Sie mich Leyla.« Sie sah ihn noch immer nicht an.

»Ich meine den, der Ihre Seele berührt.«

»Meine Eltern tauften mich Annmarie.«

»Und was muss ich tun, um Ihr Herz zu gewinnen?«

Sie sah ihn mit großen traurigen Augen an. »Greifen Sie nur zu, Monsieur, Sie können dabei nichts falsch machen. Es ist bereits alles tot.«

***

Das deutsche Konsulat befand sich im obersten Stockwerk eines wunderschön restaurierten Altbaus mitten in Palma. Das Gebäude war so wunderbar und reich verziert, dass viele Touristen es fälschlicherweise als das berühmte »Gaudi-Haus« ansahen.

»Wieso dürfen Bürokraten es auf der Arbeit derart schön haben? Das ist ungerecht«, maulte Berger, als sie das Foyer des Hauses betraten.

»Miguel, nur weil Sie Bürokraten nicht mögen, müssen die nicht in einem heruntergekommenen Loch hausen. Und immerhin ist es Ihr Land, das hier repräsentiert wird.«

»Mein Land?« Berger zuckte zusammen, aber dann huschte doch ein Lächeln über sein Gesicht. »Es stimmt, ich bin ein Deutscher und werde es wohl immer bleiben.«

»So, wie ich immer ein Mallorquiner sein werde«, García Vidal nickte ihm aufmunternd zu, »obwohl wir beide in Spanien wohnen.«

Da sie außerhalb der Bürozeiten eintrafen, war die Tür zum Treppenhaus verschlossen. Sie klingelten und warteten, bis ihnen von einer resolut anmutenden Mittvierzigerin geöffnet wurde.

»Señora Flach?«, fragte der Comisario höflich.

Ein Lächeln huschte über ihr hübsches Gesicht. »Die Herren García Vidal und Berger, nehme ich an«, antwortete sie in perfektem Mallorquin. Sie öffnete die Tür ganz und trat beiseite, um sie einzulassen. Dann führte sie ihre Besucher in ein kleines, zweckmäßiges Büro. »Bitte setzen Sie sich, meine Herren. Darf ich Ihnen etwas zu trinken anbieten?«

»Ein Glas Wasser wäre sehr freundlich.« Berger war angesichts der Begrüßung ehrlich überrascht. »Ich hätte nicht gedacht, Frau Konsulin, von Ihnen in der Landessprache angesprochen zu werden.«

»Ich denke«, erwiderte sie, »dass es nur höflich ist, unseren Gast in seiner Sprache anzusprechen.«

Berger war verdutzt. »Unseren Gast?«

»Sí, Señor. Der Comisario ist unser beider Gast. Dies ist auch Ihr Haus, wenn auch nur zu einem Achtzigmillionstel.« Sie entnahm einem Kühlschrank zwei kleine Flaschen Mineralwasser und zwei gekühlte Gläser, füllte sie halb und stellte sie vor Berger und García Vidal. Dann setzte sich ihnen gegenüber an ihren Schreibtisch. »Meine Herren, ich bitte Sie sehr herzlich, Ihren Besuch mit Diskretion zu behandeln. Eigentlich ist es zu früh, mich an Sie zu wenden, doch wenn es aus Sicht der Verwaltung an der Zeit wäre, könnte es für die Sache zu spät sein.«

»Und was ist ›die Sache‹?«, fragte Berger.

»Ihre Dienstmail über den Tod dieses bedauernswerten Herrn von Michelsen, dessen Leiche heute Morgen in der Cala S'Almunia geborgen wurde. Beim letzten Arbeitsessen des hier auf Palma versammelten internationalen ausländischen Korps berichteten meine europäischen Kolleginnen und Kollegen ebenso wie der russische Konsul von seltsamen Besuchen in ihren Konsulaten, bei denen tief verschleierte Landsfrauen darum baten, ihre Ehe mit einem Araber der muslimischen Religion mit allen für sie nachteiligen Konsequenzen urkundlich zu beglaubigen. Und nun raten Sie, wer heute in meinem Konsulat um eine solche Beurkundung bat?«

»Seine Schwester?«

»Sí, Señor Comisario. Die tief verschleierte Abiya Abu Salama, eine geborene Freifrau von Michelsen zu Ahrenshoop und verwitwete von Siehl.«

»Demnach hat sie den Araber bereits geheiratet?«
»Si, Señor Berger. Hier auf Mallorca, und zwar heute Morgen.«
»Und mittags sollte alles schon in trockenen Verwaltungstüchern sein?«
»Sí, Señor.«
Berger pfiff durch die Zähne. »Das sind aber welche von der ganz schnellen Sorte.«
»Was mir besonders große Sorgen macht, ist die Tatsache, dass mein Mitarbeiter, der mit dem Ehemann, der Braut und einem Dolmetscher zu tun hatte, der Meinung war, dass es sich bei der Dame unter dem Schleier gar nicht um Frau von Siehl handelte.«
»Und wie kommt er darauf?«
»Er behauptet, dass die Augen der Dame laut Personalausweis eine andere Farbe haben als die Augen, die ihn durch den Schleier hindurch ansahen. Vielleicht ist das der Grund dafür, dass die drei geradezu fluchtartig das Konsulat verließen, als Señor Wirz darauf bestand, die Dame entschleiert zu sehen, um ihre Identität feststellen zu können.«
Der Comisario wurde hellhörig. »Wie hat der vermeintliche Ehemann darauf reagiert?«
»Mit Aggression. Er beschuldigte meinen Mitarbeiter, seine Frau mit dieser Forderung beleidigt und entehrt zu haben.«
Berger schüttelte den Kopf. »Wenn diese Spinner auf Krawall gebürstet sind, muss immer die Ehre herhalten. Das ist ein alter Hut.«
García Vidal sah ihn irritiert von der Seite an. »Miguel, haben Sie etwas gegen Muslime?«
»Nein, und das wissen Sie auch«, dementierte Berger entschieden. »Ich habe jedoch etwas gegen Fundamentalisten, und zwar solche jeglichen Lagers. Wer seine Religion dazu instrumentalisiert, persönliche Machtansprüche oder Ziele brutal durchzusetzen, der ist mein Feind.«
»Das mag sein, Señor Berger«, unterbrach ihn die Konsulin, »aber ich denke, dass es bei den Damen gar nicht um persönliche Machtansprüche geht, sondern mehr um deren Barschaft.«
»Inwiefern?«, fragte García Vidal.
»Der russische Kollege, die finnländische Konsulin und der

kommissarische Vertreter Luxemburgs und der Niederlande berichteten mir, dass die betreffenden Damen wohl ziemlich vermögend waren. Und ich kann für meinen Bereich sagen, dass auch die verwitwete Frau von Siehl über einige hochinteressante Immobilien und reichlich Geld auf der Bank verfügt.«

Der Comisario nahm einen Schluck Wasser. »Im arabischen Raum ist es üblich, dass die gesamte irdische Habe der verheirateten Frau automatisch in den Besitz des Ehemannes übergeht. Sie hat ohne ausdrückliche Genehmigung ihres Gemahls nicht einmal das Recht, Geld von ihrem eigenen Konto abzuheben.«

»Aber dafür«, erwiderte Berger grinsend, »hat er die ewig nörgelnde Dame an der Backe. Das ist auch nicht schön.«

»Weit gefehlt, Señor Berger. Der Ehemann muss nur vor Zeugen dreimal ›Ich verstoße dich‹ sagen, und schon ist die Scheidung nach islamischem Recht offiziell.« Die Konsulin lächelte ihn an. »Die ›nörgelnde Dame‹, wie Sie sie bezeichnen, ist er los, aber das Geld bleibt seins.«

García Vidal wirkte sehr nachdenklich. »Nehmen wir einmal an, Frau Konsulin, dass Sie und Ihre Kolleginnen und Kollegen recht haben. Dann haben wir es mit einem der perfidesten Verbrechen zu tun, von denen ich jemals gehört habe. Wenn ich nur daran denke, krampft sich alles in mir zusammen. Ich befürchte aber, dass wir nur sehr schwer etwas dagegen tun können.«

»Wieso das denn?«, protestierte Berger. »Den Kerlen gehört der Arsch aufgerissen, wenn an dem Verdacht was dran ist.«

»Selbst wenn er sich bestätigt, stehen wir machtlos da.«

»Aber Cristobal, ich bitte Sie. Da kommt ein kleiner armer Araber, schnappt sich eine reiche Dame und plündert ihre Konten. Es ist doch offensichtlich, dass da etwas nicht stimmt.«

»Miguel, haben Sie in letzter Zeit einmal auf Ihr Konto geguckt?«

»Wozu? Das lohnt sich nicht, und das wissen Sie.«

»Genau, das weiß ich, aber ausgerechnet Sie wollen bald eine sehr reiche Dame heiraten.«

»Ja, aber das ist doch nicht zu vergleichen.« Berger sprang von seinem Stuhl auf und lief aufgebracht hin und her. »Erstens lieben wir uns, und zweitens will nicht *ich* sie heiraten, sondern *sie* mich.«

»Miguel«, kam es beruhigend von García Vidal. »Ich bin Ihr Freund und weiß, dass Sie sich beide gegenseitig heiraten wollen. Aber wie denken wohl Ihre Feinde darüber? Manch einer wird sich laut fragen, wie es kommen kann, dass die reiche, wunderschöne Elbenkönigin ausgerechnet einen Ork heiraten will.«

»Sie ist eben scharf auf meine Miesen bei der Bank«, kam es beleidigt von Berger. »Ich bin pleite, aber sexy.«

»Doch was«, wandte die Konsulin ein, »könnten selbst Ihre erbitterten Gegner dagegen machen? Gar nichts. Es fehlt ihnen nämlich die rechtliche Handhabe. In Ihrem Fall ist das ein Glück, im Falle der Frauen hingegen ist es furchtbar. Sie sind ihren Ehemännern ausgeliefert, und wir können nichts dagegen tun. Wir müssten schon einen plausiblen Verdacht formulieren können, um eine Ermittlung in Gang zu bringen. Heiraten, wen auch immer, ist weder in Deutschland noch in Spanien verboten.«

»Da wird sich aber doch etwas finden lassen«, meinte Berger, nachdem er sich wieder gesetzt hatte. »Sie sagten doch, Ihr Mitarbeiter habe den Verdacht gehabt, dass die verschleierte Dame gar nicht Frau von Siehl war. Ist das dann nicht Betrug?«

García Vidal schüttelte den Kopf. »Das ist ein bisschen sehr weit hergeholt.«

Sein Handy klingelte. Er nahm den Anruf entgegen und horchte angestrengt, nickte ein paarmal und klappte das Telefon dann wieder zusammen. »Das war die Gerichtsmedizin. Señor von Michelsen ist ertrunken.«

»So ein Mist«, entfuhr es Berger. »Dann müssen wir die Ermittlungen einstellen.«

»Nicht unbedingt.« García Vidal erhob sich. »Frau Konsulin, ich hätte gern eine offizielle Vermisstenanzeige für Frau von Siehl von Ihnen, in der Sie den Verdacht einer kriminellen Handlung äußern. Dann habe ich für weitere Ermittlungen etwas in der Hand. Außerdem benötige ich eine möglichst genaue Aufstellung aller der Fälle, die Ihren Konsulatskollegen auffällig vorkamen.«

»Wird erledigt«, bestätigte die Konsulin.

»Miguel, wir beide fahren jetzt zur Gerichtsmedizin und

stimmen den Doc dahingehend um, dass er Mord vorerst nicht amtlich ausschließt. Vielleicht besteht kein Zusammenhang. Aber wenn der Bruder gegen die Heirat war, ist es zumindest möglich, dass man ihn deshalb ins Meer geworfen hat. Solange ich das nicht definitiv ausschließen kann, will ich an dem Fall dranbleiben.«

Jetzt erhoben sich auch Berger und die Konsulin.

»Dann will ich Sie nicht länger aufhalten, meine Herren.« Sie begleitete die beiden zur Eingangstür. »Ich hoffe, wir treffen uns bald mal in friedlicher Mission wieder.«

»Gern.« Berger hatte da auch schon eine Idee. »Ich würde mich freuen, wenn Sie zu meiner Verlobungsfeier kämen. Ich maile Ihnen, wann und wo alles stattfindet.«

Erfreut nahm sie die Einladung an. Berger und García Vidal verabschiedeten sich und stiegen die Treppen hinab.

»Was ist, Miguel, denken Sie noch immer über die Elbenkönigin nach?«, fragte García Vidal mit einem Seitenblick auf den in sich gekehrten Berger.

»Sí, Señor, das ist wirklich ein schöner und vor allem passender Vergleich. Nur über den Ork sollten wir uns mal unterhalten.«

***

Sie benötigten nicht lange, um zum gerichtsmedizinischen Institut von Palma zu kommen. Kaum zwanzig Minuten nach ihrem Besuch im Konsulat sichteten sie im Flur des Instituts den äußerst mürrisch dreinschauenden Pathologen vom Dienst, der gerade versuchte, sich an einem Kaffeeautomaten zu bedienen. Offensichtlich erfolglos, denn er trat gegen die Stahlfront, und das, was er dabei an Flüchen von sich gab, unterliegt der ärztlichen Schweigepflicht.

»Hola, Señor Garoix«, begrüßte ihn García Vidal.

Der Arzt drehte sich finster dreinblickend zu ihm um. »Warum begegnet einem immer nur das, was man gar nicht gebrauchen kann?«

»Ich freue mich auch, Sie zu sehen«, erwiderte García Vidal lächelnd, um die Stimmung zu entgiften. »Was halten Sie davon, wenn wir nach nebenan gehen, dann spendiere ich Ihnen einen Kaffee.«

»Geht nicht«, murrte Garoix. »Mir haben sie für die Spätschicht zwei Obduktionen übrig gelassen. Ich habe keinen Bock, mich wieder komplett umzuziehen.«

»Dann holt mein Kollege schnell Kaffee für uns, was halten Sie davon?«

»Also gut.« Das hörte sich schon nicht mehr ganz so unfreundlich an. »Dann hätte ich gern einen Kaffee ›to go‹ im Styroporbecher und einen frischen Cortado.«

García Vidal sah Berger aufmunternd an. »Ich nehme einen Café con leche bitte.«

Der Residente verschränkte die Arme vor der Brust. »Ach, bin ich jetzt zum Kaffee-Ork befördert worden?«

»Hören Sie auf rumzuzicken«, konterte der Comisario auf Deutsch, »ich will den Doc kurz unter vier Augen sprechen.«

Berger trollte sich verärgert.

»Señor Medico, Sie sagten zwar, unser Opfer aus der Cala S'Almunia sei ertrunken, aber sehen Sie nicht eventuell eine Möglichkeit, den Toten zu einem vermeintlichen Mordopfer zu machen?«

»Will ich mir morgen vom Chef die Akten um die Ohren hauen lassen? Señor Comisario, das können Sie nicht von mir verlangen.«

»Sind die Sitten hier so rau geworden?«

»Haben Sie eine Ahnung. Die Stadt ist pleite, solange die Toten ihre abgetrennten Köpfe nicht unter dem Arm tragen, werden keine Sonderuntersuchungen mehr anberaumt. Und steckt den Leichen ein Messer im Rücken, ist selbst das ein klarer Fall von Suizid. Ich habe kürzlich bei einer Drogentoten festgestellt, dass ihre Stimmbänder durchtrennt waren, und bei Todesursache ›Fremdeinwirkung‹ angekreuzt.«

»Und damit die ganze Maschinerie gestartet – zum Ärger Ihrer Vorgesetzten«, mutmaßte García Vidal.

»Comisario, mir wurde sogar mit Kündigung gedroht, können Sie sich das vorstellen? Ich musste es als eine Reanimationsverletzung einstufen und die ganze Sache wieder abblasen. Von mir können Sie gar nichts erwarten.«

»Erwarten, Señor Medico, ist ein wenig schwach formuliert.«

»Ach.« Garoix war nun sichtlich angesäuert. »Werfen Sie jetzt Ihren Joker in den Ring?«

»Was heißt hier Joker? Ich habe vor einigen Wochen Ihren Arsch von der heißen Herdplatte gezogen. Nun wäre es an der Zeit für Sie, das anzuerkennen.«

»Und danach sind wir quitt?«

»Erst einmal werde ich Ihnen erklären, worum es bei dem Fall geht.«

Mit ein paar Sätzen hatte er Garoix über den gesamten Sachverhalt informiert. Nun kam auch der frische Kaffee, sodass sich die Laune des Mediziners sichtlich besserte.

»Also wenn das so ist, Señor Comisario, dann lassen Sie mal Ihren Joker auf der Hand. Ich weiß schon, was ich im Bericht angebe.«

»Und was, wenn ich fragen darf?«

»Kommen Sie mal mit, ich habe den Guten noch auf dem Tisch.«

Sie gingen in den großen, weiß gekachelten Sektionsraum, in dem sechs Edelstahltische nebeneinanderstanden. Überhaupt war alles, was in diesem Raum stand oder an der Wand hing, aus blinkendem Edelstahl. García Vidal und Berger zogen sich auf Anweisung des Arztes jeder einen grünen Einwegkittel und eine OP-Haube an, streiften sich Handschuhe über und banden sich eine Gesichtsmaske um.

»Und wozu die Maskerade?«, erkundigte sich Berger neugierig. »Haben Sie Angst, dass sich der junge Mann etwas wegholt?«

»Nein, zum neuen Institut gab es neue Vorschriften gleich mit dazu. Solange die Leiche noch nicht freigegeben wurde, darf sie mit keinerlei Fremd-DNS kontaminiert werden.«

Sie traten an den Sektionstisch, auf dem der junge von Michelsen aufgebahrt lag. Wie von Geisterhand, ohne dass ein entsprechendes Leuchtmittel zu sehen war, wurde das gesamte Arbeitsfeld in gleißendes Licht getaucht.

»Tatsächlich gab bei dieser Leiche Dinge«, begann Garoix, »die nicht ganz ins Bild des Ertrinkens passen.«

»Aber ertrunken ist er mit Sicherheit?«, unterbrach Berger.

»Sí, todsicher. Der hatte das halbe Mittelmeer in den Lungen. Ungewöhnlich dabei ist: Das Wasser war bereits gekippt, als er es aspirierte. Eigentlich hätte es beim Ertrinken im offenen Gewässer aber frisch sein müssen. Davon abgesehen ist alles normal. Ich konnte Verkrampfungen und Einblutungen in die Augäpfel feststellen, was bei einem derart heftigen Todeskampf, den ein Ertrinkender durchmacht, normal ist. Aber das Blutbild stimmt mit Ertrinken nicht überein. Dabei zappelt man extrem um sein Leben, also wird Adrenalin ab- und Lactat aufgebaut. In seinem Blut war das Verhältnis genau umgekehrt.«

»Haben Sie den toxischen Status abgefragt?«

»Bisher nicht. Dafür gab es keinen Grund«, rechtfertigte sich der Arzt. »Entweder war ihm der eigene Tod scheißegal, oder er war mit Tranquilizern komplett zugedröhnt.«

»Es kommt also Suizid in Frage?«

»Nicht unbedingt. Man kann jemanden ja auch sedieren, bevor man ihn umbringt. Das kann uns aber erst die toxikologische Untersuchung sagen, und das wird alles in Barcelona gemacht.«

»Dann ermittle ich ab sofort im Mordfall von Michelsen. Hilft Ihnen das weiter, um die toxikologische Untersuchung rechtfertigen zu können?«

»Sí, Comisario, so kann ich den Fall ohne weitere Genehmigungen an die ganz große forensische Glocke hängen.«

»Ich danke Ihnen. Haben Sie schon einen Anhaltspunkt, wo der Mann ertrunken sein könnte?«

»Das ist ebenfalls so ein Mysterium. An und in seiner Kleidung fand ich massenhaft Algen, die aufgrund der Strömung nur auf der Ostseite der Insel vorkommen und in dieser hohen Konzentration auch nur in deren südlicher Hälfte. Das passt zum Fundort, der Cala S'Almunia. Es passt aber überhaupt nicht zu den toten Algen, die wir in seiner Lunge gefunden haben.«

»Es passt schon«, murmelte Berger unter seiner Maske. »Die Algen an seiner Kleidung zeigen uns, wo er ins Meer geworfen wurde, nämlich bei Porto Petro, wo er vermutlich nicht nur seine Schwester, sondern auch den Sensenmann vorgefunden hat. Umgebracht wurde er durch diese Art der Entsorgung aber nicht.«

»Und wie dann?«, fragten der Comisario und Garoix wie aus einem Munde.

»Ich fürchte, auf ziemlich bestialische Weise. Der Mann hatte, als er starb, eine Vollmaske auf, in die quasi das ganze Gesicht hineinkommt. Das sind sündhaft teure Dinger, die sich nur Berufstaucher leisten, die während des Tauchganges über Funk miteinander kommunizieren müssen. Ich tippe mal, dass sich bei Michelsen das Wasser nicht außerhalb der Maske, sondern darin befand. Es kam auch nicht frisch und kühl aus dem Meer, sondern abgestanden und warm aus einem ollen Kanister.«

»Sie denken also, dass man den armen Kerl in so einer Maske hat ersaufen lassen?«

»Sí. Ich kann es aber nicht beweisen.«

»Aber ich«, sagte Garoix. Er wandte sich einem Computer zu, dessen Tastatur mit einer Latexhaube geschützt war, und tippte etwas ein. »Ich werde eine Hautprobe einschicken. Mit Hilfe ausgeklügelter Hochdruckverfahren können die in Barcelona anhand dieser Probe beweisen, dass, wenn Sie recht haben, unsere Leiche bereits tot war, als sie schwimmen ging.«

***

Obwohl es in der Sahara nachts empfindlich kalt wurde, liebte Yussuf diese Stunden der unendlichen Ruhe, in denen er mit sich und seinem Schöpfer unter einem riesigen Sternenzelt, in eine dicke Felldecke gehüllt, allein war. Heute war es aber nicht die Sehnsucht nach Ruhe, die ihn auf den Kamm einer hohen Sanddüne getrieben hatte. Er war bekümmert. Die harte Landung in der Realität, das Erwachen aus seinem Traum von der alles verändernden, sicher überwältigenden ersten Liebesnacht mit dieser Frau, mit der er von nun an sein Leben teilen würde, machte ihn traurig. Von ihr war nichts gekommen, was man Liebe oder Begehren nennen könnte. Aber hatte er ihr neben seiner Bewunderung für ihre Gestalt denn überhaupt sehr viel mehr zu bieten? Sollte das unglaubliche Hochgefühl der Liebe wirklich nur das Resultat dessen sein, was eine klitzekleine humanoide Zirbeldrüse hin und wieder im Menschen anrichtete? Und warum tat sie es nicht auch bei ihm? Eine perfektere Frau gab es nicht. Er sah sie noch vor sich, wie sie vorhin auf seine Frage, ob sie sich nicht zu ihm legen wolle, an sein Lager getreten war und ihren Umhang von ihren Schultern hatte gleiten lassen. Er hätte sich keine schönere Frau für sein erstes Mal vorstellen können. Groß gewachsen, mit wunderbaren Rundungen, herrlich großen, wie gemalten Brüsten und langem blonden Haar, das sie offen trug. Ein derart perfekter und gepflegter Körper, dicht an den seinen geschmiegt, wäre ihm wirklich angenehm gewesen. Aber wo war die Liebe zwischen Mann und Frau, von der er nicht wusste, wie es sich anfühlte, ihr zu begegnen? Wortlos hatte sie sich neben ihn gelegt, ihr Gesicht von ihm abgewandt und sich ihm geöffnet. Nackt, wie er war, war er neben ihr niedergekniet und hatte sie beobachtet, jeden kleinen Pulsschlag registriert, der sich an der Seite ihres anmutigen Halses abzeichnete. Er hatte versucht, in ihre Gedanken einzudringen, sie zu erforschen, bevor sie sich vereinigten, aber da war nichts als ungeheure Verzweiflung gewesen, die sie und damit auch ihn in ihrem Bann hielt. Ein Entschluss war in ihm gereift.

»Bei einer Frau anderer Herkunft hätte ich jetzt meine Pflicht als Ehemann getan, wie es meine und ihre Bestimmung und Allahs Wille gewesen wäre, aber dir würde ich in deinem Leid nie Gewalt antun.«

Sie hatte ihm den Kopf zugewandt und ihn zum ersten Mal angesehen. Dabei war sie nicht an seiner Nacktheit interessiert gewesen, sondern an seinen Absichten. Er hatte förmlich fühlen können, wie sie mit unsichtbaren Sensoren das Äußere seiner Seele abtastete. Dabei hatte sie ihm eine mentale Botschaft übermittelt: *Ob ich will oder nicht, ich bin nun ein Teil deiner Welt. Tu mir aber bei dem, was du als dein Recht ansiehst, bitte nicht weh.*

Hoffnung auf Ihr Einverständnis war in ihm aufgekeimt. Er hatte ihre Hand genommen und sie vorsichtig küssen wollen, doch sie entzog sich seiner Liebkosung. Bitter enttäuscht hatte er sich neben sie gelegt und mit geschlossenen Augen über ihre ihm ausweglos erscheinende Lage nachgedacht.

Offensichtlich irritiert darüber, dass er keinerlei Anstalten machte, über sie herzufallen, hatte sie sich unsicher aufgerichtet. Sicher waren ihr von der Hauptfrau seines Onkels Prügel angedroht worden, sollte es ihr nicht gelingen, ihn zu befriedigen. So musste sie nun aktiv werden, und für ihn war nicht zu übersehen gewesen, dass es sie Überwindung kostete. Beklommen hatte sie begonnnen, mit einer Hand über seinen straffen Bauch zu streichen, seinen Penis zu umfassen und ihn befriedigen zu wollen. Doch ihre Bemühungen zeigten nicht den gewünschten Erfolg. Nun war er es gewesen, der sich ihr entzog.

»Möchtest du von mir nicht erleichtert werden?«, hatte sie irritiert gefragt.

»Das möchte ich schon, aber nur dann, wenn wir beide auch etwas dabei empfinden. Das ist es nämlich, worauf jeder Mensch ein Recht hat, Lust zu empfinden und sich an der seines Partners zu erfreuen.«

Er hatte sich von seinem Lager erhoben, angekleidet und wortlos das Zelt verlassen. Seitdem saß er auf seiner durch die Sterne in ein mystisches Licht getauchten »Denkerdüne« und versuchte, seine Gedanken zu ordnen.

Nach einer Weile spürte er ihre leichten Schritte neben sich im Sand.

»Ach, hier bist du«, versuchte sie zaghaft, ein Gespräch zu beginnen.

»Hier wirst du mich immer finden, wenn ich nachdenke«, sagte er leise.

»Darf ich mich zu dir setzen?«

Er strich neben sich den Sand glatt und machte eine einladende Bewegung. »Ich befürchte aber, dass es bei mir heute nicht mehr zu einer charmanten Konversation reichen wird.«

»Es geht mir nicht darum, mich zu amüsieren. Du bist der erste Mann in dieser für mich vollkommen neuen Welt, der mir so etwas wie Ehrerbietung entgegenbringt.« Sie setzte sich neben ihn. »Dafür möchte ich dir danken. »Und ich möchte mich entschuldigen«, fügte sie nach einer Weile hinzu.

»Wofür?«, fragte er.

»Dafür, dass ich dir das, wofür du bezahlt hast, nicht geben kann.«

»Nicht ich habe für dich bezahlt, sondern mein Onkel, Sheik Omar. Du bist sein Geschenk an mich.«

»Weißt du, was auf dem Preisschild stand?«

Er beobachtete sie aus dem Augenwinkel heraus. »Einhundert arabische Goldpfunde.«

»Ist das viel?«

»Der Garten meines Onkels ist groß. Ein einfacher Mann hingegen könnte davon nach einem angenehmen Leben selbst noch seine Klageweiber bezahlen.«

»Dann ist es viel. Was für eine Anerkennung.« Sie lächelte bitter. »Aber selbst das Hundertfache würde nicht reichen, um meine Liebe zu erkaufen.«

Yussuf nickte. »Dafür würde ich keinen Schekel ausgeben. Liebe muss man geschenkt bekommen, sonst wird sie ranzig wie Kamelbutter in der Sonne.«

»Das ist ein guter Vergleich.« Sie lachte auf, und er fand, dass es das schönste Lachen war, das er jemals gehört hatte. Wie schön musste es erst sein, wenn sie von Herzen entspannt und glücklich war.

»Was machst du überhaupt in dieser Welt, wenn es hier keinen Mann gibt, dem du deine Liebe schenken willst?«

»Ich wurde aus meiner Welt hierher entführt.«

Yussuf schwieg beklommen. Genau das hatte er befürchtet. »Bei Allah, das tut mir leid.« Ihm drängte sich eine weitere Frage auf, aber er hatte Hemmungen, sie ihr zu stellen.

Sie bemerkte seinen Konflikt. »Du willst sicherlich fragen, ob man mich missbraucht hat?«

Er nickte betreten.

»Ja und nein.«

»Wie soll ich das verstehen?«

»Die, die es getan haben, würden es nicht so nennen, aber ja, ich wurde vergewaltigt.«

Er sah sie irritiert an. »Das musst du mir erklären.«

»Stell dir einmal vor, du würdest entführt werden und zum Verkauf angeboten. Man präsentiert dich nackt und in gebückter Haltung kaufwilligen Kunden.«

Yussufs Erschütterung war ehrlich. »Allein der Gedanke daran ist grauenhaft.«

»Und nun stell dir bitte vor, die interessierten Käufer würden sich hinter dich stellen, und der Reihe nach ihren Mittelfinger prüfend in deinen Anus stecken, weil sie feststellen wollen, ob du noch jungfräulich bist. Würdest du dich vergewaltigt fühlen?«

Mit beiden Händen hielt er kopfschüttelnd seinen eigenen Mund zu, um sein Entsetzen nicht in die Nacht zu brüllen. Es dauerte eine Weile, bis er sich gefasst hatte.

»War es jemand vom Stamme der Al Madgier, der dich so gedemütigt hat?«

»Warum willst du das wissen?«

»Weil ich ihn dann töten werde.«

»Und was wäre damit gewonnen? Würdest du damit auch meine Erinnerung an diese furchtbaren Erlebnisse auslöschen?«

»Wie soll das gehen? Aber wenn es einen Weg gibt, dir dabei zu helfen, zeige ihn mir.«

»Nutze deinen Einfluss in diesem Stamm, um zu verhindern, dass es anderen Frauen ebenso ergeht wie mir. Das wäre für mich die größte Wiedergutmachung.«

Ihre Worte dröhnten in seinem Kopf. Wie sollte er das anstellen? Für ihn war es völlig ungewohnt, Probleme der Ehre gewaltlos zu lösen. »Ich denke, es wird etwas dauern, bis ich wirklich verstehe, wie du das meinst.«

Er bemerkte, dass sie in ihrem dünnen Umhang fror.

»Darf ich dich einladen, mit unter meine Felldecke zu kommen?«

Sie dachte offenbar darüber nach, konnte sich aber zu keinem eindeutigen Ja durchringen. Yussuf spürte diesen inneren Kampf. Er erhob sich, trat hinter sie und setzte sich so, dass seine Beine links und rechts ihren Körper umschlossen. Dabei öffnete er seine Arme und umfasste sie von hinten, sodass sie beide in die warme Decke eingehüllt waren. Er fühlte ihren eiskalten Rücken an seiner warmen Brust und war glücklich, dass sie seine Nähe zuließ und sie anscheinend sogar ein wenig genoss.

***

»Es ist immer wieder erstaunlich«, murmelte Berger auf der Rückfahrt von Palma nach Santanyí, »wie dunkel es hier im Gegensatz zu Deutschland nachts sein kann.« Die Autobahn war wegen eines Unfalls gesperrt, und García Vidal nahm einen Schleichweg über die Küstenstraße.

»Es ist Neumond, Miguel, und glauben Sie mir bitte, bei Ihnen zu Hause ist es nachts genauso dunkel wie bei uns.«

»Nein, eben nicht. Bevor man die Lichtkorona einer deutschen Großstadt so weit verlassen hat, dass es um einen wirklich dunkel werden könnte, tut sich am Horizont schon wieder das nächste Lichtermeer auf. Ich stamme aus einem Land, Cristobal, das seine Nachtruhe verloren hat, das niemals mehr richtig schläft.«

»Was wollen Sie mir mit diesem poetischen Anfall sagen?«

»Was für einen Anfall meinen Sie?«

»Normalerweise hätten Sie gesagt: ›Meine Fresse, hier ist es heute wieder dunkel wie in einem Kuharsch.‹«

Berger grinste. »Und von Ihnen käme nach diesem Satz die Frage, woher ich meine Kenntnisse habe.«

»Sí, Señor. Also bitte, woher dieser Wandel?«

»Gräfin Rosa bat mich, meine Umgangssprache etwas mehr der einer zukünftigen königlichen Hoheit anzupassen.«

Der Comisario grinste. »Lassen Sie sich nun doch von der Großherzogin adoptieren?«

»Es scheint mir der einzige Weg zu sein, einer feindlichen Übernahme zu entgehen.«

»Miguel«, kam es flehentlich von García Vidal. »Bitte zerstören Sie nicht mein Bild von Ihnen als Paar, und sagen Sie mir, dass sie das auch aus Liebe zu Gräfin Rosa tun.«

»Cristobal, meiner Gräfin zuliebe würde ich mich sogar von Alice Schwarzer adoptieren lassen.«

Der Comisario konnte mit dem Namen anscheinend nichts anfangen. »Muss ich die kennen?«, fragte er.

»Besser nicht, mein Freund. Aber es würde mich interessieren, wie wir den eventuellen Kidnappern der geborenen Freifrau zu Ahrenshoop den nicht unwahrscheinlichen Mord an deren Bruder anhängen wollen.«

»Was fragen Sie mich, Miguel? Den Kreativpart in solchen Dingen übernehmen sonst doch immer Sie.«

García Vidals Handy klingelte. Angela Bischoffs Stimme war über die Freisprecheinrichtung auch für Berger zu hören.

»Hallo, mein Schatz«, flötete der Comisario, »ich bin auf dem Weg zu dir.«

»Du fährst nach Palma?«

»Nein, nach Santanyí.«

»Ich bin aber noch im Büro. Du hattest mich doch mit Recherchen zu deinem toten Adligen beauftragt.«

»Gibt es denn da schon was Neues?«

»Die Kollegen der Hamburger Kripo haben seine Wohnung durchsucht und einiges rausbekommen.«

García Vidal fuhr rechts ran und horchte gespannt.

»Also, Guntram von Michelsen war, wie wir bereits wussten, Steuer- und Vermögensberater und hatte in Hamburg eine Einmannkanzlei. Sein Kundenstamm war handverlesen und dementsprechend exklusiv. Die Großherzogin dürfte seine Klienten gut kennen, es sind einige gesellschaftliche Highlights darunter. Von Michelsens mit Abstand bester Kunde war aber seine Schwester, mit der er sich offensichtlich sehr gut verstand. Er hat alles, was über ein monatliches Taschengeld hinausging, für sie geregelt. Das geht aus dem sehr innigen Mailverkehr zwischen den beiden hervor. Den der letzten sechs Monate habe ich bereits überspielt bekommen. Seltsamerweise musste dafür aber von Michelsens Telefon- und Internetanbieter bemüht werden. Es wurde nämlich aus allen Rechnern, die in der Wohnung gefunden wurden, die Festplatte entfernt.«

»Also war jemand schon vor den Kripokollegen in der Wohnung, um Spuren zu vernichten. Dann haben wir es nicht nur hier auf Mallorca mit diesen Verbrechern zu tun, sondern auch in Deutschland.«

Angela versuchte, ihn zu beruhigen. »Das muss aber noch lange nicht heißen, dass wir es mit einem ganzen Syndikat zu tun haben. Man kann auch von hier aus Leute beauftragen, in Deutschland tätig zu werden. Man muss nur die richtigen Kontakte haben.«

García Vidal nickte. »Wir werden sehen, was da auf uns zukommt. Haben wir denn nun ein Lebenszeichen von der Freifrau?«

»Das Letzte, was von Michelsens Schwester digital von sich hat hören lassen, war vor vierzehn Tagen eine Mitteilung auf Facebook, sie sei gut in Mallorca angekommen und wolle ihm ihre Adresse mailen, sowie sie im Hotel sei.«

»Steht da irgendwo welches Hotel?«

»Leider negativ. Ich habe eben mit Carmen telefoniert. Sie will persönlichen Nachlass aus der Villa Sirena noch mal auf entsprechende Notizen filzen.«

»Gehen die deutschen Kollegen auch in die Wohnung der Schwester?«, wollte Berger wissen. »Vielleicht werden sie ja dort fündig.«

»Soweit ich weiß, ja.«

»Gut, mein Schatz.« Der Comisario übernahm wieder. »Sehen wir uns morgen?«

»Ja, natürlich. Das BKA hat mich, da es sich bei den beiden um Bundesbürger handelt, inzwischen übrigens ganz offiziell mit dem Fall beauftragt.«

»Dann morgen um acht Uhr in meinem Büro, Frau Kollegin?«

»Okay, aber lass uns nachher noch mal telefonieren, wenn du allein bist.«

»Okay.« Er gab ihr einen Luftkuss und legte auf.

Berger verzog das Gesicht. »Acht Uhr. Gehe ich recht in der Annahme, dass ich eine dementsprechend kurze Nacht haben werde?«

»Selbstverständlich, lieber Residente. Was wollen Sie auch mit einer langen Nacht? Sie sind mit ihrer Gräfin ja nicht einmal offiziell verlobt.«

***

Annmarie konnte zum ersten Mal seit Langem Erleichterung darüber empfinden, dass ihr der in letzter Zeit oft gehegte Wunsch, es möge sie jemand töten, bisher nicht erfüllt worden war. Es konnte sich ihr wieder ein Mann nähern, ohne dass sie Panik befiel, und ihr war sogar die Wärme, die er ihr spendete, angenehm. Schon seit mehreren Minuten genossen sie schweigend miteinander den unglaublichen Sternenhimmel über der Sahara.

»Ich kann gar nicht glauben«, sagte sie in die Stille, »dass nur jeder gute Mensch, der stirbt, zu einem Stern wird.«

»Da gebe ich dir recht. Der Himmel wäre niemals so voll, wenn da oben nicht auch die Arschlöcher funkeln würden.«

Sie musste jetzt sogar lachen. »So ein Wort aus dem Mund eines Muslims?«

»Warum nicht? Ich durfte, Allah sei Dank, meine Schulzeit in einem französischen Internat verbringen. Ich bin Muslim und dennoch weltlich erzogen worden.«

»Warum dankst du deinem Gott dafür?«

»Es war erstens eine unheimlich schöne Zeit, und zweitens habe ich das große Glück, nicht zu einem Fundamentalisten erzogen worden zu sein.«

»Blieb dir die Koranschule somit erspart?«

»Im Gegenteil. Wir hatten bei einem weltlichen Professor der Theologie sogar sehr guten Koranunterricht. Niemand hätte uns Kindern Allahs Gesetz besser und ehrfürchtiger vermitteln können als dieser Mann. Er lehrte uns, dass der Islam eine friedliebende Religion ist, die an das Gute im Menschen glaubt.«

»Dann muss ich ihm wohl dankbar sein.«

Er beugte sich vor, um ihr ins Gesicht sehen zu können. »Wieso?«

»Weil du ohne diese weltliche Erziehung vorhin von deinem Recht als Ehemann Gebrauch gemacht hättest. Was hat dich eigentlich daran gehindert?«

Er überlegte kurz. »Es lag wohl daran, dass mir der Gedanke unerträglich ist, einem Menschen, der mir anvertraut wurde, Gewalt anzutun.«

»Wieso Gewalt? Ich habe mich dir doch dargeboten. Habe ich dabei etwas falsch gemacht?«

»Ich denke, es waren deine Augen, die mich daran gehindert haben, diese Gelegenheit zu nutzen.«

»Ich habe gehört, es soll eine zweite Frau für dich im Lager sein.«

»Ja, ein junges Mädchen aus einem anderen Stamm.«

»Und wie wirst du mit ihr verfahren?«

»Du wirst lachen, aber genau darüber habe ich vorhin nachgedacht, als du kamst. Wenn sie mich genauso verzweifelt ansieht, wie du es getan hast, werde ich wohl ein Problem bekommen.«

Sie begannen nun sogar unter der Decke zu frösteln. »Lass uns wieder reingehen«, sagte Yussuf. Annmarie nickte.

Es waren kaum hundert Meter bis zum Lager, dennoch waren sie beide durchgekühlt, als sie Yussufs Zelt betraten. Aber darin war es nicht unbedingt kuschelig warm. Eilig schlüpften sie unter die Decken und versuchten, ihr Lager mit der eigenen Körperwärme anzuheizen.

»Wo kommst du eigentlich her?«, fragte Yussuf nach einer Weile.

»Aus Luxemburg.« Annmarie war froh, dass er nicht versuchte, sie dazu zu bewegen, mit unter seine Decke zu kommen.

»Möchtest du davon erzählen?«

»Morgen vielleicht.«

Sie versuchten einzuschlafen, doch Annmarie hatte ebenfalls noch eine Frage.

»Yussuf, was soll nun aus uns werden? Du hast mich als dein Weib angenommen. Wie sollen wir miteinander leben?«

Er lächelte. »Hab keine Furcht. Solltest du mir eines Tages sagen, dass du mich niemals lieben kannst, werde ich dich freigeben.«

»Und was wird sein, wenn du mich nicht lieben kannst?«

»Dann hast du deine Ruhe.«

DREI

Obwohl das Meeting erst um acht Uhr in García Vidals Büro stattfinden sollte, trafen sich alle dort Erwarteten zufällig schon gegen sieben Uhr in der Bar Sa Plaça. Um diese Zeit war der für eine Bar völlig untypisch große, annähernd quadratische Schankraum mit Bauarbeitern und Landwirten, die sich vor der Arbeit ein schnelles Frühstück und ein Schnäpschen genehmigten, gut gefüllt.

»Wenn alle Anwesenden Augen und Ohren schon in Betrieb haben, dann können wir ja sofort anfangen«, bemerkte der Comisario zufrieden. »Hier ist der Kaffee ohnehin besser.«

Carmen, Berger und der Comisario setzten sich mit ihren Kollegen, den beiden Polizistinnen Arantxa Burguera und Marga Santo und dem noch etwas verschlafen wirkenden Andrea Bastos, um den großen runden Marmortisch am Fenster. Zum ersten Mal war auch der neue Kollege Jordi Vidal dabei, der nach einem wahren Bewerbungsmarathon den Wechsel von der Guardia Civil zur Policía National geschafft hatte.

Als alle mit Cortados versorgt waren, begann zunächst Carmen mit ihrem Bericht. »In den persönlichen Dingen des Herrn von Michelsen waren schriftliche Unterlagen und Ausdrucke, die darauf hindeuten, dass er ein bestimmtes Grundstück in der Nähe von Porto Petro suchte. Was für eins genau, war nicht näher bezeichnet. Die Hotelmanagerin sagte aber aus, dass er seine Schwester in einer Finca in der Nähe von Porto Petro vermutete. Allerdings ist uns in der Gegend kein entsprechendes Hotel bekannt. Der Name der Schwester kam in diesem Jahr außerdem in keiner einzigen Hotelmeldung vor, auf der ganzen Insel nicht. Im vergangenen Jahr war sie mehrfach in Cala Ratjada und in Porto Petro.«

García Vidal nickte. »Angela, hast du Neuigkeiten aus Hamburg?«

»Wer immer vor der Polizei in von Michelsens Wohnung war, hat sich auf die Festplatten in den Rechnern konzentriert. Die sind weg, ebenso wie die Akten seiner Klienten. Die Einbrecher haben aber einen als Telefonanlage getarnten Zentralserver übersehen, auf dem automatisch alles gesichert wurde. Auch sämtliche Steuerdaten, die an die jeweiligen Finanzämter übermittelt wurden.«

»Wunderbar. Wann werden wir da einen kompletten Überblick bekommen?«

Angela zuckte mit den Achseln. »Ich schätze mal, frühestens um sechzehn Uhr.«

Ein junger Mann trat zu ihnen an den Tisch und räusperte sich. »Entschuldigung. Wer von Ihnen ist Señor García Vidal?«

Der Comisario drehte sich um. »Das bin ich. Mit wem habe ich die Ehre?«

»Mein Name ist Ewald Wirz. Ich bin Konsulatsangestellter in der mallorquinischen Vertretung der Bundesrepublik Deutschland. In Ihrem Büro hat man mir gesagt, dass ich Sie um diese Zeit bestimmt hier finden könnte.«

García Vidal zeigte auf einen freien Stuhl. »Nehmen Sie Platz, mein Freund. Ich nehme an, dass Sie der wache junge Mann sind, dem die verschleierte Dame aufgefallen ist?« Er stellte dem Konsulatssekretär die anderen Personen in der Runde vor.

»Mit wach hat das nur wenig zu tun.« Wirz lächelte verlegen. »Der Ehemann der Dame war derartig unverschämt, dass ich automatisch näher hingesehen habe.«

»Können Sie die Frau, die bei Ihnen im Büro war, beschreiben?«

Wirz war etwas überrascht, als ihm unaufgefordert ein Cortado gereicht wurde, doch er nahm ihn dankend an. »Viel schwarzes Tuch mit zwei dunkelbraunen Augen.« Er schob die Farbkopie eines Personalausweises mit biometrischem Passbild über den Marmortisch. »Das ist Frau von Siehl mit Augen, wie sie blauer nicht sein können.«

Er berichtete ausführlich von dem unangenehmen Besuch und dessen abruptem Ende. Dann holte er einige Zettel aus seiner Aktentasche. »Und hier habe ich die Liste, die Ihnen die Konsulin versprochen hatte. Es ist nur ein Ausdruck. Die Datei hat sie Ihnen bereits gemailt.«

»So schnell habe ich gar nicht damit gerechnet.« García Vidal strahlte ihn an. Er nahm sie entgegen und zeigte sie seinen Kollegen. »Das ist die Liste der Damen, die in ihren Konsulaten dadurch auffielen, dass sie eines Tages verschleiert und quasi entmündigt um die Beurkundung ihres angeblich freiwillig eingegangenen neuen Lebensabschnitts als Ehefrau eines Muslims baten.« Er überflog die Namen.

»Die Erste auf der Liste ist eine gewisse Annmarie Momperen aus Esch in Luxemburg«, erklärte Ewald Wirz. »Ich habe gestern mit einer belgischen Kollegin, die Beneluxstaaten teilen sich ein Konsulat, in diesem Fall recherchieren können. Frau Momperen ist achtunddreißig Jahre alt und die einzige Tochter eines verstorbenen Holzbarons. Sie war bis vor wenigen Wochen Anästhesistin in einem Trierer Krankenhaus, meldete sich nach ihrem Sommerurlaub auf Mallorca bei ihrem Arbeitgeber aber nicht mehr zurück. Gebucht hatte sie vierzehn Tage all inclusive im Hotel Serrano Palace in Cala Ratjada. Das ist ein Fünf-Sterne-Hotel fast unmittelbar am Strand. Mit ihr verschwanden über drei Millionen Euro von ihrem Luxemburger Konto, abgehoben von ihrem unterschriftsberechtigten algerischen Ehemann Hassan Bin Abadir, und zwar von Algerien aus, nachdem die ganzen Formalitäten zur Eheschließung in der luxemburgischen Vertretung bestätigt worden waren.«

»Wieso kann man denn so einfach in eine Bank hineinmarschieren und Geld von einem Konto abheben, was einem gar nicht gehört?«, ereiferte sich Arantxa Burguera.

»Wenn man alle amtlich beglaubigten Unterlagen vorweisen kann, hat die Bank keinerlei Rechte, der damit ausgewiesenen Person die Auszahlung zu verweigern«, erklärte Wirz. Er schien sich angegriffen zu fühlen.

Berger versuchte, die Wogen zu glätten. »Der arme Señor Wirz kann am allerwenigsten für derartige Bestimmungen. Seit wann wird Frau Momperen gesucht?«, fragte er den Konsulatsmitarbeiter.

»Gar nicht. Noch nicht einmal ihr Arbeitgeber hat eine Vermisstenmeldung bei der Polizei aufgegeben.«

»Wissen Sie, was mit der Wohnung der Ärztin geschehen ist?«

»Nach meiner Kenntnis«, erwiderte Wirz und suchte einen bestimmten Namen in seinen Unterlagen, »wurde ihr Haus im Auftrag des Ehemannes von einem Makler veräußert und die gesamte Einrichtung von einer Spedition in einem Container nach Algerien verschifft.«

»Das ist ja gespenstisch!« Carmen lief ein kalter Schauer über den Rücken. »Da verschwindet ein Mensch mit all seiner Habe, und es interessiert niemanden.«

»Man muss die Damen einfach nur verschleiern, und schon hat man das Gesetz auf seiner Seite«, fügte Arantxa Burguera bissig hinzu.

»Jetzt komm bitte wieder von deiner Palme herunter, Arantxa.« García Vidal wollte Grundsatzdiskussionen, die dem Fall wenig dienlich waren, schon im Keim ersticken. »Stell dir einmal vor, du würdest dich heillos in einen Scheich verknallen, und die Behörden würden es dir durch endlose Sicherheitsbestimmungen quasi unmögliche machen, mit Sack, Pack und Moneten zu deinem Lover in die Wüste zu ziehen. Du würdest sofort auf die Barrikaden steigen.«

Arantxa Burguera hasste es, wenn man sie in ihrem heiligen Zorn ausbremste. »Dennoch bleibe ich dabei. Es wird den Männern viel zu einfach gemacht, Frauen quasi zu assimilieren.«

»Das stimmt so nicht«, gab Wirz zu bedenken. »Es stehen nämlich auch Männer auf der Liste der Konsuln, und da klappt der Verschleierungstrick nicht.«

Berger schnappte sich das Papier und überflog es. »Tatsächlich. Zwei Franzosen und ein Lette sind dabei.« Er sah erstaunt auf. »Fällt jemandem dazu etwas ein?«

Alle schüttelten die Köpfe, und Andrea Bastos ließ nervös einen Bleistift zwischen den Fingern hin- und herwackeln.

»Señor Wirz«, sagte García Vidal, um die aufkeimende Aufregung zu unterbinden. »Wie ist das genaue Prozedere, wenn ein Mensch zu Ihnen kommt, um etwas beglaubigen zu lassen?«

»Da die Personalpapiere, die die Menschen im Ausland mit sich führen, oftmals in einem ziemlich erbärmlichen Zustand sind, werden von den Meldeämtern grundsätzlich online die Stammdaten mit Foto abgefragt.«

»Eine Fälschung ist demnach nicht möglich.«

»Nein, aus eben diesem Grund.« Wirz sah auf das Notebook, das Carmen vor sich auf dem Tisch stehen hatte. »Haben Sie hier Internet?«

»Sí.«

»Darf ich mal?«

Sie schob es ihm kommentarlos hin.

Er tippte kurz etwas ein, und sein Gesicht hellte sich auf. »Die Kollegen des lettischen Konsulats haben mir die Stammdaten ihres verschwundenen Millionenerben gemailt. Hier ist das Foto.« Er drehte das Notebook um, sodass alle Anwesenden das Bild ansehen konnten.

»Ich denke, ich weiß, wo der jetzt ist«, kam es trocken von Marga Santo. »Seine Urne steht im Gebeinhaus des Friedhofs von Cala D'or. Den haben sie Anfang des Jahres aus einer der dortigen Buchten gefischt und nicht identifizieren können.« Sie zog das Notebook zu sich und loggte sich ins Intranet der Policía National ein. »Da, bitte. Er wurde am 12. März in der Cala Azul von Tretbootfahrern entdeckt und von der Guardia Civil geborgen.«

Alles sah auf das Foto einer relativ stark entstellten Leiche.

»Bei dem ramponierten Teint wundert es mich nicht, dass der Computer das Gesicht nicht zuordnen konnte«, bemerkte Andrea Bastos und schaute abwechselnd auf das gemailte Foto aus Lettland und auf das Bild der Leiche.

»Ich denke, es gibt es dennoch keinen Zweifel an der Identität dieses Mannes. Das ist einwandfrei Kaspars Eglitis.« Berger zog die Stirn kraus. »Aber warum wurde der arme Kerl noch nicht einmal von seinem Hotel als vermisst gemeldet?«

»Woher wissen wir, dass er nicht auf irgendeiner Finca oder privat untergekommen war?«

»Viel interessanter ist die Frage«, warf Berger ein, »wie es Herr Eglitis angestellt hat, am 12. März tot aufgefunden zu werden, um laut Datum der Stammdatenabfrage zwei Tage später auf dem Konsulat den Kaspar zu geben.«

»Sollte da ein Double das Original ermordet haben, um an dessen Knete zu kommen?« García Vidal schüttelte den Kopf und beendete so die Diskussion. »Marga, du wirst mit Jordi zusammen die Liste der verschwundenen Personen abarbeiten. Vielleicht ergeben sich da ja Parallelen. Señor Wirz, könnten Sie meinen Kollegen dabei mit Ihren Verbindungen behilflich sein?«

Wirz nickte. »Deswegen bin ich hier. Die Konsulin hat mich dafür freigestellt.«

»Dann übermitteln Sie Ihrer Chefin bitte unseren heißen Dank. Andrea und Arantxa, ihr werdet bitte alle unbekannten Toten des letzten Jahres mit der Liste vergleichen. Carmen übernimmt die Regie. Señor Berger und ich werden die in Betracht kommenden Fincas rund um Porto Petro inspizieren. Vielleicht ist dort irgendwem eine verschleierte Deutsche aufgefallen.«

★★★

Das Frühstück der Beduinen fällt traditionell dürftig aus. Es besteht meistens aus Tee, manchmal auch Kaffee, und fast überall aus »Malil«, einem dünnen, aus Datteln, Kamelbutter und Milch zubereiteten Fladenbrot, das in der noch heißen Asche des nächtlichen Feuers gegart und von den Männern gemeinsam eingenommen wird. Die Frauen haben keine Zeit, sich zum Frühstück niederzulassen. Sie ernähren sich von dem, was beim Backen der Brote übrig bleibt.

Da Annmarie an diesem Morgen nur hilflos danebenstand und zusah, wie die anderen Frauen das »Malil« zubereiteten, fiel für sie auch nichts ab. Entsprechend hungrig bestieg sie wenig später Yussufs Landcruiser.

Warum ihr Malala, Sheik Omars erste Frau, das aufgetragen hatte, wusste sie nicht, dennoch gehorchte sie anstandslos. Während sie zum Auto ging, hatte sie das Gefühl, dass sich hasserfüllte Blicke in ihren Rücken bohrten. Um nicht weiter aufzufallen, setzte sie sich in den Fond des Wagens und wartete.

Fast eine halbe Stunde schmorte sie in dem Backofen, bevor sich Yussuf hinter das Steuer setzte. »Entschuldige bitte, ich konnte mich nicht früher davonmachen.« Er ließ den schweren Geländewagen an, und sie fuhren los.

Irritiert sah sie sich um. »Sind wir auf der Flucht?«

»So ähnlich.« Er reichte ihr etwas »Malil«, das er unter seinem Burnus versteckt hatte.

»Woher wusstest du, dass ich noch nichts gegessen habe?«

Er lächelte grimmig. »Ich kenne doch Malala.«

Hungrig machte sie sich über das Brot der Beduinen her. »Und wovor fliehen wir?«, fragte sie mit vollem Mund.

»Vor allem, was uns beiden hier blühen kann, aber nicht sofort. Im Augenblick bleiben wir noch. Wir wären für eine Flucht durch die Wüste nicht gerüstet. Ich habe aber schon Vorkehrungen getroffen. Wenn die nicht greifen, werden wir uns in der kommenden Nacht trotzdem auf den Weg machen. Jetzt sind wir erst einmal auf dem Weg zu einer Oase, die ich vorgab, dir zeigen zu wollen.«

»Und warum das Ganze?«

Er sah sie fast wehmütig an. »Malala hasst dich.«

Diese Mitteilung erschütterte sie nicht im Geringsten. »Das habe ich schon bemerkt. Du kannst dich beruhigt zurücklehnen. Ich werde mich zur Wehr setzen, wenn es mir zu viel wird.«

»So schön und stolz du bist, so wenig Ahnung hast du von dem, was auf dich zukommt«, sagte er leise. »Von dem, was auf uns beide zukommt.«

Im Innenspiegel des Wagens konnte Annmarie von der Rückbank aus sehen, dass Yussuf Tränen in den Augen hatte. Ihr wurde mulmig zumute.

»Du kannst dir nicht annähernd vorstellen, was es bedeutet, auf der Abschussliste des Alphaweibchens eines ganzen Beduinenstammes zu stehen.«

»Was soll mir schon mehr angetan werden, als mir bereits angetan wurde?«

»Da gibt es einiges. Malala besteht zum Beispiel darauf, dass du beschnitten wirst.«

Sie hatte vor Entsetzen einen Kloß im Hals. »Aber das ist doch verboten«, krächzte sie.

»Natürlich ist es verboten. Und es steht dir frei, Anzeige zu erstatten. Du musst nur tausend Kilometer durch die Wüste in nordwestlicher Richtung laufen. Dort wirst du einen Polizeiposten finden, in dem du deine Anzeige vorbringen kannst. Man wird dir aufmerksam zuhören, und dann werden die Herren ihre Hosen öffnen und es dir so lange besorgen, bis du von der lieben Malala wieder eingesammelt wirst. Wenn *sie* danach mit dir fertig ist, wird dein Kadaver noch nicht einmal mehr von den Wüstenfüchsen angerührt. So weit reicht die Macht dieser Frau.«

Annmarie war bleich geworden.

»Du könntest natürlich auch nach Süden laufen. Dort wartet der Taliban auf dich. Die Begrüßung wird die gleiche sein, aber du kommst danach nicht ins Grübeln, weil sie dich, wenn sie mit dir fertig sind, wegen Prostitution steinigen werden.«

Nichts machte Annmarie so wütend wie Machtlosigkeit, und dieses Gefühl überrollte sie jetzt förmlich. Sie begann zu weinen. Yussuf stoppte den Wagen und ließ seinen Tränen nun ebenfalls freien Lauf.

»Ich bin Offizier der ruhmreichen algerischen Armee. Ich bin der Neffe eines Sheiks. Der Stamm der Al Madgier wird eines Tages von mir geführt werden, und dennoch habe ich keine Ahnung, wie ich dich davor schützen soll. Stattdessen sitze ich hier neben meinem Weib und flenne selbst wie eines.«

»Du hast einen hohen Stand in deinem Volk, das weiß ich. Und ich bin deine Frau. Nur du hast zu bestimmen, was mit mir geschieht«, begehrte sie auf. »Wen interessiert da Malalas Wunsch?«

»Du unterschätzt die Macht der Frauen im Patriarchat der Wüste. Auch ein Sheik will einfach nur Ruhe in seinem Zelt haben. Er liebt die Hingabe seiner Frauen. Er möchte dabei keinen Widerwillen spüren. Den würde er aber spüren, wenn er versucht, die Macht, die die Frauen in unserer Gesellschaft haben, zu kappen.«

Sie wischte sich die Tränen aus dem Gesicht. »So einfach funktioniert das bei euch?«

Er nickte. »Und das seit über tausend Jahren. Natürlich haben wir Gesetze. Es sind strenge Gesetze, und jeder hält sich daran, weil es *unsere* Gesetze sind.« Auch er trocknete sein Gesicht. »Nur leider gab es hier noch nie ein blond gelocktes Himmelsgeschöpf, das die Eifersucht der anderen Frauen derartig schürt, wie du es tust.«

»Und was wird nun mit mir?«

»Wir müssen fliehen. Ich sehe keine andere Möglichkeit.«

»Aber wohin denn? Du sagtest selbst, dass mich Malalas Bannstrahl in der ganzen Wüste treffen wird.«

»Deshalb werde ich dich nach Hause bringen, nach Luxemburg.«

Ihr Herz hüpfte vor Freude bei dieser Nachricht. »Ist das dein Ernst?«

»Ja. Ich fürchte, dass ich dich nur dort beschützen kann.«

Sie sah ihm durch den Spiegel in die Augen. »Und du tust das für mich, obwohl ich dir nicht versprechen kann, dich jemals zu lieben?«

Er nickte. »Ja, denn ich weiß nicht, wie du mich überhaupt jemals lieben könntest.«

***

García Vidal und Berger befuhren nun schon zum zweiten Mal die Straße zwischen S'Alqueria Blanca und Porto Petro, doch so gründlich sie sich auch umsahen, es war weit und breit keine Finca zu entdecken, in der ein Hotelbetrieb untergebracht sein könnte.

»Das Einzige, was in Frage käme«, konstatierte Berger, »ist die neue Beauty-Finca an der Bundesstraße zwischen Cala D'or und Calonge, in die uns unsere Frauen schleppen wollen.«

»Die haben aber keine Lizenz für einen Hotelbetrieb, das hat Carmen recherchiert. Und sie haben dafür auch nicht genügend Platz.« García Vidal griff hinter seinen Autositz und zog aus einer Mappe ein paar Papiere hervor. »Schauen Sie doch selbst.« Er reichte ihm Satellitenbilder der Gegend. »Können Sie darauf etwas entdecken, was ein Hotel sein könnte?«

Berger sah die Ausdrucke durch. »Wissen Sie, wie alt die Bilder sind?«

»Nein. Sie sind frisch aus dem Internet, aber wie lange sie dort schon eingestellt sind, weiß ich nicht.«

Am Straßenrand parkte ein Landwirt, der anscheinend Ärger mit seiner Zugmaschine hatte. Fluchend stand er mit einem Schraubenschlüssel in der Hand neben der geöffneten Seitenklappe des Motors. Der Comisario stoppte daneben und sprach den Mann durch das heruntergelassene Fenster an. »Señor, entschuldigen Sie bitte die Störung.«

Der Landwirt unterbrach nur widerwillig seinen Reparaturversuch. García Vidal erklärte ihm sein Problem.

»Da kommt eigentlich nur die Finca Zarzarrosa in Frage. Aber Vorsicht, Señor, dahin gehen nur Verrückte. Was da für Geld mit den Leuten gemacht wird, kann sich nur jemand ausdenken, der nicht alle Tassen im Schrank hat. Man hört Dinge, Señor ...«

»Das kann ich mir gut vorstellen«, gab der Comisario zurück. »Fahren Sie öfter daran vorbei?«

»Sí, Señor, fast täglich.«

»Ist Ihnen da schon mal eine verschleierte Finca-Besucherin aufgefallen?«

»Nein, Señor«, kam es entschieden. »So eine Frau wäre mir aufgefallen. Wir sind ja hier schließlich nicht auf dem Bazar.«

Der Comisario bedankte sich und fuhr weiter. »Dann soll es eben die Finca Zarzarrosa sein«, verkündete er.

»Zeigen Sie denen Ihren Ausweis, oder geben wir irgendeinen anderen Grund an, weswegen wir die Wellness-Farmer aufsuchen?«

García Vidal zuckte mit den Achseln. »Ich denke, ich werde mich von der Situation inspirieren lassen.«

»Davon halte ich gar nichts.« Berger verschränkte die Arme vor der Brust. »Nachher werden Sie noch von einer mentalen Leere überwältigt, und ich bin dann wieder der Ork, der einer Schönheitsbehandlung bedarf.«

***

Annmarie hätte es nie für möglich gehalten, dass es mitten in der sonst so trostlosen Sahara einen Flecken gab, der so umwerfend schön war. Yussuf führte sie an einen kleinen, von Palmen umringten See, dessen Wasser von einem bestechenden Blau war.

»Bei Gott, das ist der schönste Ort, den ich je gesehen habe. Zu welcher Stadt gehört diese Oase?«

»Wenn man überhaupt davon sprechen kann, dann gehört sie

dem Stamm der Al Madgier. Sie liegt geografisch auf unserem Stammesgebiet.«

»Und was muss man machen, um sich mit diesem Wasser erfrischen zu dürfen?«

»Man preist die unendliche Güte Allahs und dankt ihm für die Eingebung, diesen Ort gefunden zu haben. Dann lässt man seine Kamele saufen, danach die Kinder und Frauen, und wenn man schließlich den eigenen Durst gestillt hat, zieht man in Frieden und Glück seiner Wege.«

Stumm setzte sie sich an den schmalen Sandstrand und genoss den überwältigenden Anblick, den sie als Balsam für ihre von der Wüste traktierten Augen empfand. Er setzte sich neben sie, und sie schwiegen eine Weile.

»Yussuf, das Einzige, was du von mir weißt, ist, dass ich aus Luxemburg stamme.« Sie beobachtete aus dem Augenwinkel heraus seine Reaktion. »Interessiert es dich gar nicht, was ich sonst so mache, wie alt ich bin, ob ich in meiner Heimat möglicherweise noch verheiratet bin und vielleicht sogar Kinder habe?« Sie konnte in seinem Gesicht nichts weiter als ehrliches Staunen erkennen.

»Nein. Eine Frau, die derartig schön ist, kann keinen Beruf haben, sonst hätte sie gar nicht die Zeit, sich so zu pflegen, wie du es getan haben musst. Schau dir unsere Frauen an, und du wirst feststellen, dass man deutlich sieht, dass du noch keine Kinder haben kannst.« Sein Gesichtsausdruck verfinsterte sich. »Und einen Mann darfst du nicht haben, sonst könnte ich dich nicht mehr beschützen. Du wärest Malala ausgeliefert, und das darf nicht sein.« Er sah sie fast ängstlich an. »Hast du einen Mann?«

Sie schüttelte lächelnd den Kopf. »Nein, Yussuf, ich bin nicht verheiratet, und es gibt auch keinen anderen Mann. Ich bin allein.«

»Aber es muss einen Mann in deinem Leben geben haben. Für wen ist eine Frau sonst so schön?«

»Ich bin mit meinem Beruf verheiratet. Ich bin Anästhesistin an einem großen Trierer Krankenhaus.«

Sein Blick wurde wehmütig. »Ärztin, das ist ein schöner Beruf. Ich wäre nach meiner Schulzeit in Paris auch gern Arzt geworden, aber meine Familie war dagegen. Ich musste zum Militär, um Berufsoffizier zu werden.«

»Wie alt bist du, wenn ich fragen darf?«

»Ich bin vierunddreißig Jahre alt.«

Sie lachte auf. »Yussuf, man hat dich mit einer älteren Frau verheiratet, und mein Zwangsaufenthalt in der Wüste hat mich ganz bestimmt nicht jünger gemacht. Ich bin achtunddreißig.«

Er zog die Beine an und stützte sein Kinn auf die Knie. »Sei's drum. Heute Abend wird mir von Malala ein Kind von knapp zwölf Jahren zugeführt werden. Sag mir, was soll ich mit so einem Küken anfangen?«

»Werde ihr väterlicher Freund.«

»Man erwartet morgen ein blutgetränktes Laken. Malala wird auch wieder ihre Lauschposten an meinem Zelt postieren.«

»Ach, daher wusste sie, dass ich dir heute Nacht nicht genügen konnte. Ihr Hass mir gegenüber quoll ihr heute Morgen förmlich aus den Augen.«

Er saß da wie ein Häuflein Elend. »Ich bin mir nicht sicher, wer da wem nicht genügen konnte und somit die Schuld daran trägt.«

Sie beschloss, später über seine Worte nachzudenken, im Augenblick zog sie das blaue Wasser geradezu magisch an. »Tun wir etwas Verbotenes, wenn wir hier zusammen baden? Ich habe das Bedürfnis, all unsere Sorgen, wenn auch nur für kurze Zeit, fortzuspülen.«

Sein Gesicht hellte sich auf. »Wie soll es verboten sein, wenn ein Al Madgier es dir erlaubt?« Er erhob sich und strahlte sie an wie ein kleiner Junge. »Und Allah weiß, wie viele Sorgen es bei uns beiden wegzuspülen gibt.«

Er hatte weitaus mehr abzulegen als sie, und als sie bereits nackt vor ihm stand, war er noch damit beschäftigt, seine Unterwäsche auszuziehen. Erst jetzt wurde sie sich der Bewegungen gewahr, mit denen er seine Unterwäsche abstreifte. Ein Verdacht stieg in ihr auf, warum Yussuf sie bisher nicht verschont, sondern verschmäht haben könnte. Sie nahm ihn nackt, wie sie beide nun waren, in den Arm und küsste ihn so, wie seine Mutter ihn früher geküsst haben mochte. Mit großer Herzlichkeit, aber ohne jegliches Verlangen. »Bist du noch Jungfrau?«, flüsterte sie.

Er lief rot an und blickte verlegen vor sich auf den Boden. Dann nickte er. »Nicht nur das, ich denke, ich bin homosexuell.«

»Du denkst es, oder du weißt es?«

»Ich habe bei einer Frau noch nie Lust verspürt, obwohl ich mich durchaus auch zu ihnen hingezogen fühle. Wirkliche Leidenschaft kenne ich nur mit Männern.«

»Dann lass uns gemeinsam in meine Welt fliehen. Dort werde ich so lange auf *dich* aufpassen, bis du deinen Traumprinzen gefunden hast.«

Yussuf wusste nicht, was er darauf erwidern sollte. Einerseits fühlte er sich ertappt, auf der anderen Seite genoss er aber den Gedanken, mit Annmarie nun eine starke Verbündete zu haben, die um seine Nöte und um seine vermeintliche Homosexualität wusste.

***

Die Finca Zarzarrosa lag rund fünfhundert Meter von der Straße weg. Selbst für den, der genau wusste, wo, war sie von der Straße aus nicht zu entdecken, da sämtliche Gebäude hinter einem dichten, annähernd haushohen Wall von Kakteen und Hibiskus- und Oleandersträuchern versteckt waren. Trotz ihrer recht eindeutigen Wegbeschreibung verfuhren sich García Vidal und Berger mehrfach.

»Was hat das denn mit Wohlbefinden zu tun, wenn einem als Gast schon bei der Anreise der Kamm schwillt?«

»So können Sie wenigstens sicher sein, dass Ihnen beim Moorbad im Freien niemand zusehen kann«, wandte der Comisario ein. »Diesen Schutzwall aus Stacheln und Gestrüpp meiden bestimmt sogar die Paparazzi.«

García Vidal fuhr vor das Tor und klingelte vom Fahrersitz aus an einer Sprechanlage, die sich neben der Fahrbahn befand. Nachdem sie einige Takte einer nichtssagenden Aufzugmusik genossen hatten, wurden sie von einer unglaublich erotischen Lautsprecherstimme begrüßt, die Berger an die Werbespots im Nachtprogramm der privaten Fernsehsender erinnerte. »Hola, Señores«, säuselte sie, »willkommen auf der Finca Zarzarrosa. Zur

Anmeldung fahren Sie bitte auf den Parkplatz zu Ihrer Linken. Dort wird Sie eine Mitarbeiterin in Empfang nehmen.«

Sie taten, wie diese Engelsstimme ihnen verhieß, und warteten.

García Vidal war der Erste, der Worte für den weiblichen Muskelberg fand, der lächelnd auf sie zuhielt. »Conan der Barbar war also eine Frau«, entfuhr es ihm.

»Und die Filmfritzen«, führte Berger seinen Gedanken weiter, »haben deshalb aus ihr einen Kerl gemacht, weil ihnen Schwarzenegger für eine Frauenrolle zu schmächtig war.«

Sie stiegen aus und wurden freundlich in einer nicht ganz überraschend tiefen Stimmlage willkommen geheißen. Der lächelnde Koloss führte sie an die Rezeption der Wellness-Anlage. Dort angekommen, waren sie sich auf den ersten Blick sicher, die Besitzerin der erotischen Stimme erneut verfehlt zu haben. Es begrüßte sie ein einen Meter sechzig großes Kraftpaket, das Berger für das ideale Covergirl eines Kampfsportmagazins für Lesben hielt.

»Meine Herren, was kann ich für Sie tun?«, säuselte sie geradezu betörend.

Beide hatten Mühe, ihre maßlose Enttäuschung darüber, die Besitzerin der Stimme nun doch in diesem Wellness-Terrier gefunden zu haben, zu verbergen.

»Nicht immer hält das ›Rote Licht‹, was es dem Wandersmann verspricht«, raunte Berger auf Deutsch und überließ dem Comisario die Verhandlungen.

»Hola, Señora, meine Name ist García Vidal von der Policía National. Ich hätte gern jemanden von der Geschäftsführung gesprochen.«

Sie wies auf eine Sitzecke in der hinteren Ecke des mindestens einhundert Quadratmeter großen Foyers. »Wenn Sie so lange dort hinten Platz nehmen würden.«

Berger und García Vidal sahen sich um und nickten.

»Dürfen wie Ihnen, bis Frau Dr. Svensson Zeit für Sie hat, einen Kaffee anbieten?«

»Zwei Cortados wären uns lieber«, antwortete Berger. Sie steuerten auf die Sitzecke zu und ließen sich in zwei der ziemlich mondänen Sessel fallen. »Ich würde mich auch ›well-fühlen‹, wenn ich es mir leisten könnte, in meine Diele so ein Trumm von Sessel stellen zu können«, sagte Berger anerkennend.

»Nur kein Neid, Miguel. Wenn Sie erst einmal von Tantchen adoptiert wurden, haben sie ein ganzes Schloss voller Sessel.«

»Machen Sie mir keine Angst, Cristobal, sonst trete ich von dem Job zurück und schlage Sie als meinen Nachfolger vor.«

»Meine Herren«, dröhnte hinter ihnen plötzlich eine gewaltige Bassstimme, »die beiden Cortados waren für Sie?« Ein mindestens zwei Meter großer, komplett in sportliches Weiß gekleideter, fast glatzköpfiger und reichlich tätowierter junger Mann stand, wie aus dem Nichts aufgetaucht, lächelnd neben ihnen. Auf einer Hand, die mit bloßen Fingern spielend einen Kleinwagen hätte anheben können, balancierte er ein kleines Tablett mit den beiden Cortados.

»Sí, Señor, äh ... bei uns sind Sie richtig«, stammelte der sichtlich beeindruckte García Vidal.

Wie der Mann es schaffte, die beiden klitzekleinen Tässchen mit seiner Riesenpranke zu greifen und vor sie auf den Tisch zu stellen, ohne dass das Porzellan dabei pulverisiert wurde, war Berger ein Rätsel.

»Gracias, Señor.« Der Comisario nickte freundlich und sah triumphierend auf Berger.

»Warum gucken Sie so? Weil wir einen Cortado serviert bekommen? Sie scheinen den Anblick dieses Hünen doch auch zu bewundern.«

»Der junge Mann ist mir total egal. Ich genieße den Augenblick Ihrer totalen Sprachlosigkeit, Miguel. Davon werde ich wohl noch meinen Enkeln berichten.«

»Na hören Sie mal«, versuchte sich Berger zu verteidigen. »Der Mann entspricht einem komplett fettfreien Supermodel in XXL. Mehr noch, er könnte locker mit einem Tyrannosaurus Rex Gassi gehen. Warum macht der in so einem Schuppen den ›Kaffeesklaven‹, statt in Hollywood Millionen zu verdienen?«

García Vidal schien bereits die nächste beeindruckende Erscheinung entdeckt zu haben, denn er sah wie gebannt an Berger vorbei. »Vielleicht deswegen, weil seine kleine Schwester auch hier arbeitet.«

Berger drehte sich um und sah eine Frau vom Typ Heidi Klum auf sie zuschreiten. Sie war etwas jünger und nur wenig kleiner als der Cortado-Hüne. Ihr Gang war der eines Models, und sie hatte eine Aura, dass sich jedes Label darum schlagen würde, diese Frau nur ein einziges Mal einen ihrer alten Scheuerlappen vor der Kamera um ihre Hüften wickeln zu lassen. »Wenn die nicht zum Ausgleich strunzdumm ist«, flüsterte er dem Comisario zu, »dann gibt es keine Gerechtigkeit auf der Welt.«

Mit einem entzückenden Lächeln blieb sie vor García Vidal und dem Residente stehen. »Hola, Señores. Mein Name ist Dr. Isabell Svensson«, parlierte sie in einwandfreiem Spanisch und wandte sich an Berger. »Meine Kollegin am Tresen sagte mir, dass ich Sie aber auch in Ihrer Muttersprache anreden kann«, fügte sie in nahezu akzentfreiem Deutsch hinzu.

Der Comisario versuchte, das Gespräch auf sich zu lenken. »Ich nehme an, Sie könnten uns auch in unserer Muttersprache begrüßen, wenn wir aus England, Frankreich oder Italien stammen würden.«

»Bei aller Bescheidenheit«, sie lächelte und setzte sich auf den freien Sessel. »Wären Sie Russen, könnte ich Sie ebenso willkommen heißen. Das erwartet man aber von einer Frau in meiner Position. Mit wem habe ich die Ehre?«

»Entschuldigen Sie bitte.« Er zeigte verlegen auf Berger. »Das ist mein Kollege Michael Berger von der deutschen Kriminalpolizei, mein Name ist García Vidal. Ich bin von der Policía National.«

»Herzlich willkommen.« Sie strahlte die beiden an. »Womit können wir Ihnen dienen?«

»Wir sind auf der Suche nach einer gewissen Antonia Siehl. Sie soll inzwischen einen Araber geheiratet und nach der Eheschließung den Schleier gewählt haben.«

»Und diese Dame soll hier auf Zarzarrosa gesehen worden sein?«

»Nein. Ihr Bruder hat Notizen angefertigt, in denen eine Hotel-Finca bei Porto Petro als ihr eventueller Aufenthaltsort verzeichnet ist.«

»Wir haben keinen Hotelbetrieb, Señor. Wir sind ein reines

Wellness- und Fitness-Center, wenn auch ein sehr exklusives. Wir haben für den privaten Bedarf zwei Gästezimmer, aber da Frau von Siehl nicht zu unserem privaten Freundeskreis zählt, wird sie mit Sicherheit nicht hier übernachtet haben. Ich kann aber gern einmal in der Kundenkartei nachsehen lassen. Wenn sie hier Kundin ist oder war, verfügen wir auch über ihre Stammdaten.«

García Vidal überschlug sich fast vor Liebenswürdigkeit. »Wenn Sie so freundlich sein würden, gnädige Frau?«

Dr. Svensson erhob sich und schritt, ihr ebenfalls umwerfendes Hinterteil schwingend in Szene setzend, zum Tresen.

»Was für ein Po«, stöhnte der Comisario auf. »Und was für ein Jammer.«

»Das denke ich auch«, flüsterte Berger. »An diesem Engel klebt leider Scheiße. Aber Hut ab, Cristobal. Auf die Nummer mit ›Wir suchen eine gewisse Antonia Siehl‹ wäre ich gar nicht gekommen. Und prompt ist Ihnen unser Supermodel auf den Leim gegangen und hat die Gesuchte von sich aus geadelt.«

Sie lehnten sich zurück und genossen den Anblick, als Heidi Klum-Svensson wieder auf sie zuschwebte. »Meine Herren«, flötete sie, »es tut mir leid. Eine Frau von Siehl ist uns nicht bekannt, auch keine verschleierte Dame.«

»Schade, es wäre so schön gewesen.« Sie erhoben sich aus ihren Sesseln. »Dennoch danken wir Ihnen herzlich für Ihre Bemühungen.«

»Und für den exzellenten Cortado«, schob Berger nach.

»Meine Kollegin wird sie wieder zu Ihrem Auto geleiten.«

Wie auf Kommando tauchte der kleine Drahthaarterrier hinter ihr auf und fletschte freundlich die Zähne. »Wenn Sie mir bitte folgen wollen?«

Sie verabschiedeten sich und folgten ihr.

García Vidals Wagen passierte langsam das schwere Rolltor der Finca.

»Warum soll ich denn jetzt plötzlich fahren?«, protestierte Berger.

»Weil ich telefonieren und mich dabei konzentrieren muss.«

»Und wohin soll es gehen?«

»Suchen Sie uns in der Nähe schon mal einen guten Platz für den Observierungsbus. Ich werde die Abteilung Staatsschutz einschalten.«

»Sie wollen so weit oben klappern?«, fragte Berger erstaunt.

»Warum nicht?«, entgegnete der Comisario. »Die haben alles, was die moderne Technik zu bieten hat und wovon unsere eigenen Leute nur träumen können. Das und einen ganzen Sack voll zusätzlicher Leute bekomme ich nur dadurch, dass ich etwas von Islam und Schleier in meinen Bericht schreibe. Ich wäre doch dumm, wenn ich darauf verzichten würde.«

»Andererseits reservieren Sie damit gleich eine Zelle in Guantanamo, zur Not auch für einen Unschuldigen«, gab Berger zu bedenken.

García Vidal zuckte mit den Achseln. »Wie heißt es beim ›Kleinen Prinzen‹ so schön: Wer den Schmetterling will, muss die Raupe ertragen.«

***

Annmarie hätte es noch vor wenigen Tagen nicht für möglich gehalten, in ihrer derzeitigen Situation auch glückliche Momente erleben zu können, aber sie genoss ihr Bad im Oasensee in vollen Zügen. Sie und Yussuf tollten so ausgelassen im Wasser herum, dass ein heimlicher Beobachter durchaus den Eindruck gewinnen konnte, zwei Verliebte genössen ihren Honeymoon – und wenn Malalas Schergen ihr genau dies berichteten, wäre das nur hilfreich.

»Weib«, rief Yussuf plötzlich im Befehlston seiner Gattin, die etwas von ihm entfernt schwamm, zu. »Komm zu mir. Lass mich dich hier im Wasser nehmen.«

An seinem Tonfall erkannte sie, dass Yussuf einen Beobachter entdeckt haben musste. »Geliebter, ich komme«, rief sie und kraulte auf ihn zu. Sie tat so, als würde allein schon seine Nähe orgiastische Gefühle in ihr auslösen. Dementsprechend theatralisch fiel die Show der beiden aus, als ihre Körper sich, für den Spanner offensichtlich, im Wasser vereinigten.

»Was ist denn los?«, flüsterte sie in inniger Umarmung.

»Dort hinten, am anderen Ufer, beobachtet uns Hassan.«

Sie bemühten sich vereint um eine perfekte Vorstellung, in der beide vorgaben, dass ihre Leiber von Orgasmuswellen geschüttelt wurden, bis sich der Diener des Sheiks irgendwann entnervt trollte.

»Bei Allah«, japste Yussuf lachend. »Es muss eine Wonne sein, von dir geliebt zu werden, aber dennoch, das Wasser war unsere Rettung. An Land hätte er schon von Weitem sehen können, dass wir ihm nur Theater vorspielen.«

»Ist er weg?«, erkundigte sie sich erschöpft.

Yussuf grinste. »Er wird sich wild onanierend hinter die nächste Düne verkrümelt haben.«

»So ganz ahnungslos scheinst du, was Frauen betrifft, aber dennoch nicht zu sein.« Sie musterte ihn vergnügt.

»Die Kopulationstechnik selbst ist universell, denke ich, und ich werde mich nicht ständig davor drücken können, auch einmal einer Frau beizuschlafen.«

Sie schüttelte bestürzt den Kopf. »Wenn dieses Beischlafen so aussieht, wie es sich anhört, dann kann das ja nichts werden. Warum willst du dir das unbedingt antun?«

»Ich bin Major der algerischen Armee. Es gibt nicht wenige Soldaten, die es zwar sind, aber wir akzeptieren keine Homosexualität. Nur tote Schwule sind in der Armee gute Schwule.«

»Und warum bist du jetzt hier und nicht in deiner Kaserne?«

»Weil ich Hochzeitsurlaub genommen habe. Ich wusste ja, dass mir mein Onkel ein Weib schenken wollte. Und als ich dann dein Bild gesehen hatte, wusste ich, dass es Allah gut mit mir meinte.«

»Yussuf, wie stellst du dir unsere Flucht nun eigentlich genau vor?«

»Dass ich hier weggerufen werde, ist schon seit Langem geplant. Neu ist, dass du mitkommst, und das verkompliziert alles enorm.«

Sie legte den Kopf auf die Seite. »Das hört sich an, als könnte es gefährlich werden.«

»Wir beide werden nicht allein sein, und somit gibt es Mitwisser, was immer gefährlich ist. Mehr kann ich dir aber nicht verraten. Falls wir auffliegen, ist es besser, wenn du nichts weißt.«

»Vertraust du mir so wenig?«

»Ich vertraue dir völlig, aber ich kenne die Methoden, mit denen der militärische Abschirmdienst Verhöre führt. Glaub mir, nach einer Stunde würdest du behaupten, bei der Kreuzigung deines Heilands Augenzeuge seines Selbstmordes gewesen zu sein.«

»So schlimm?«

Er wandte sich von ihr ab. »Noch viel schlimmer.«

»Warst du bei diesem Abschirmdienst?«

»Nein.« Sein Gesicht erhellte sich. »Ich bin mit Leib und Seele Hubschrauberpilot. Ich bin auf einem Stützpunkt in Oran stationiert. Das ist die zweitgrößte Stadt Algeriens, an der Westküste gelegen. Von dort aus fliege ich eine ›Westland Seaking‹. Wir gehören auf unserem Stützpunkt weniger zu den aktiven Streitkräften, sondern mehr zur ›Search and Rescue Force‹ der algerischen Armee.«

Er schaute auf seine Uhr. »Lass uns wieder zum Lager zurückkehren, bevor wir vermisst werden. Dann habe ich auch noch genug Zeit, um unsere Abreise vorzubereiten.«

Annmarie beobachtete jede seiner etwas fahrigen Bewegungen. »Was ist los, Yussuf? Eben hast du mich noch angestrahlt, jetzt ist dein Gesicht wieder voller Kummerfalten.«

»Mir graut, ehrlich gesagt, vor der Nacht. Ich weiß immer noch nicht, wie ich das mit dem blutigen Laken machen soll, wenn der Bote aus irgendeinem Grund nicht wie verabredet kommen sollte.«

»Da wird es doch wohl Möglichkeiten geben.«

»Malala wird das Mädchen morgen ausfragen. Sie muss dann berichten, von mir mit Begeisterung entjungfert worden zu sein. Ich weiß aber nicht, ob mir das gelingt. Sie wird Angst davor haben und mir dies auch zeigen. Ich käme mir wie ein Vergewaltiger vor.«

»Mit zwölf wird sie noch nicht so sehr entwickelt sein. Du könntest Viagra nehmen, und ich male der Göre mit Edding einen Bart an.«

Yussuf bemühte sich, alles ebenso humorvoll zu sehen wie sie. »Frauen haben eben keinen kleinen Freund, der sie in bestimmten Situationen ganz schön hängen lassen kann.«

Sie gab ihm einen Kuss auf die Wange. »Aber besondere Männer haben in bestimmten Situationen eine Freundin an ihrer Seite, und die lässt sie bestimmt nicht hängen, auch dabei nicht.«

Er wusste nicht, warum er Annmarie blind vertraute, aber er tat es instinktiv, und wenn Hakim, sein Arbeitskollege und Freund, alles richtig machen würde, worum er ihn in einer SMS über Satellitentelefon gebeten hatte, dann wäre er heute Abend schon auf dem Weg zu seinem Stützpunkt, ohne Ehefrau Nummer zwei, aber, wie er hoffte, mit seiner ersten.

***

Die Abteilung Staatsschutz der Policía National bereitete in großer Eile die Observierung der Wellness-Finca vor. Satellitenbilder, Baupläne und Pläne der Kanalisation mussten besorgt, Empfängerantennen rund um das Grundstück herum platziert und bestehende Versorgungs- und Kommunikationsleitungen angezapft werden. Währenddessen traf sich García Vidals Truppe zu einem Zwischenbericht im Büro des Comisarios.

Da Carmen vom Schreibtisch aus alles koordinierte, eröffnete sie das Meeting. »Dank der Hilfe von Señor Wirz und der Liste der Konsulate sind Marga und Jordi ein großes Stück weitergekommen. In den vergangenen zwei Jahren sind insgesamt sechzehn betuchte Damen und Herren während eines Mallorcaurlaubs verschwunden und mit ihnen ihr Vermögen. Dabei reden wir nicht über verschwundene Brieftaschen, sondern um zusammengerechnet knapp einhundert Millionen Euro. Die Konten der Männer wurden von den verschwundenen Personen selbst, und zwar von Mallorca aus, abgeräumt, die Konten der Frauen von deren frisch angetrauten Ehemännern in der Heimat. Das haben Recherchen der Konsulate ergeben, nachdem die Verdacht geschöpft hatten. In allen sechzehn Fällen gab es amtlich beglaubigte Legitimationen. Bei den Männern war seltsamerweise zumindest einer zu diesem Zeitpunkt schon tot.« Carmen schob García Vidal die aktualisierte Liste mit allen Namen zu. »Andrea und Arantxa haben die Stammdaten der Personen auf der Liste mit den forensischen Merkmalen der unbekannten Toten der letzten Monate verglichen. Bei zwei Männern und vier Frauen gibt es eine Übereinstimmung. Den Letten Kaspars Eglitis, den wir aus der Cala Azul gefischt haben, und den Russen Petre Ivanow, dessen stark verweste Leiche man in einer Gebirgsschlucht gefunden hat. Die Niederländerin Marleen de Grohl wurde mitten in der Nacht auf ihrem unbeleuchteten Fahrrad von einem Müll-Lkw von der Straße in einen Abgrund geschoben, die Französin Madeleine le Clerque als unbekannte Drogentote geführt und eingeäschert, die Schweizerin Josepha Egeli tot neben der Autobahn aufgefunden, und die Österreicherin Anna Prechtl aus Linz wurde bislang als unbekannte Badetote geführt.«

Sie legte ihren Zettel, von dem sie die Namen abgelesen hatte, beiseite. »Bei den Recherchen ist den Kollegen sofort eines aufgefallen: Sämtliche tot aufgefundenen Frauen kann man vom Aussehen her als eher durchschnittlich einstufen, während die vermissten Frauen ausgesprochen hübsch sind und von manchen Kollegen«, ihr Gesicht bekam etwas Tadelndes, »als sogenannte ›Leckerchen‹ bezeichnet wurden.«

»Frei nach den Gebrüdern Grimm: Die Guten ins Töpfchen und die Schlechten ins Kröpfchen«, stellte Berger fest.

»Wobei nur bei dem Kröpfchen geklärt sein dürfte, was mit dessen Inhalt passiert«, bemerkte Carmen trocken.

García Vidal überlegte. »Andrea, Arantxa und Señor Wirz, ihr drei arbeitet bitte weiter an der Liste. Ich möchte von jedem Einzelnen darauf alles wissen. Vor allem die genauen Umstände, unter denen die jeweiligen Beurkundungen und das Abräumen der Konten erfolgten. Marga und Jordi klappern währenddessen die Hotels ab, in denen die verstorbenen und verschwundenen Personen gewohnt haben. Vielleicht kann sich dort noch jemand an sie erinnern, und vielleicht gibt es sogar noch persönliches Gepäck der Opfer. Wann ist damit zu rechnen, dass die Identität der Toten per DNA-Vergleich bestätigt ist?«

Marga Santo sah auf ihre Liste. »Mit Ausnahme der Ukraine liegt schon von allen Ländern das Okay zur Amtshilfe vor. Die Kollegen in Kiew wollen uns den Extraaufwand an Material und die Beschaffungskosten der Proben allerdings pauschal mit tausend Euro in Rechnung stellen. Der Amtsleiter hat mir bereits ein Extrakonto genannt, damit, wie er sich ausdrückte, ›das Geld nicht zweckentfremdet werden kann‹.« Sie erntete allgemeines Gelächter.

»Soll ich in dieser Gelegenheit mal bei den Kollegen des russischen Konsulats nachfragen?«, erkundigte sich Ewald Wirz. »Die vertreten die Ukrainer hier auf den Balearen mit.«

Berger grinste. »Entweder das, oder wir bitten die Rumänen hier auf der Insel, als deren ehemalige Waffenbrüder ein paar Hütchenspieler an den Strand zu schicken. So käme das Bargeld bestimmt am schnellsten zusammen.«

»Ich habe«, hob nun Angela Bischoff an, »Neuigkeiten aus Deutschland. Die Kollegen des BKA konnten von Michelsens Server inzwischen auswerten. Der gute Mann hatte anscheinend einen Spion auf der Festplatte. Wer immer ihn eingeschleust hat, ist über sämtliche finanzielle Angelegenheiten, die von Michelsen, seine Schwester und seine Klienten betreffen, im Bilde. Die Betroffenen wurden aber bereits benachrichtigt und haben sämtliche Konten und Accounts gesperrt. Da kann also nichts mehr anbrennen.«

García Vidal war skeptisch. »Primär wären aber die Personen in Gefahr, den Konten ging es ja immer erst nachträglich an den Kragen. Ich würde vorschlagen, die Leute unter Beobachtung zu stellen.«

»Genau das steht in meinem Fax.« Angela hob ein bedrucktes Blatt Papier in die Höhe. »Ich habe es kurz vor unserem Meeting nach Deutschland geschickt. Und was haben die beiden Herren Kommissare den Tag über so verzapft?«

»Wir haben uns in der Finca Zarzarrosa einen Cortado schmecken lassen. Für irgendwelche Anwendungen war leider keine Zeit.« Berger grinste breit.

»So, wie ich Ihr Gesicht deute, war das noch nicht alles«, kam es von Carmen.

»Stimmt. Wir hatten es dort entweder mit Kampfmaschinen oder mit Models zu tun.«

»Oder mit beidem gleichzeitig«, mischte sich der Comisario ein.

»Exakt, oder mit beidem gleichzeitig.« Berger ließ sich nicht aus der Ruhe bringen. »Und wir sind uns sicher, dass in dem Laden etwas nicht stimmt.

»Warum?«, fragte Angela spitz dazwischen. »Waren die Damen äußerlich nicht genehm?«

»Nein, deswegen nicht. Antonia von Siehl war dort weder Gast noch Kunde, hieß es, aber dennoch wusste die Leiterin, dass sie eine Adlige ist. Ergo: Die haben Dreck am Stecken. Der Comisario hat die Kollegen vom Staatsschutz gebeten, die Finca mit der Truppe von Ramirez zusammen nach allen Regeln der Kunst zu überwachen. Sie sind schon vor Ort, Kameras und Mikros müssen aber noch installiert werden. Wenn die ihre Möglichkeiten voll ausschöpfen, wissen wir in spätestens zwei Tagen, was bei denen gebacken ist.«

Angela Bischoff rutschte unruhig auf ihrem Sitz hin und her. »Miguel, Cristobal, es tut mir leid, aber ich habe eine gute und eine schlechte Nachricht.«

Die beiden Männer sahen sie irritiert an.

Sie räusperte sich. »Die gute Nachricht ist, dass Rosa und Tante Auguste und ich für die Feierlichkeiten, und überhaupt für uns und für euch, schön werden wollen.«

»Und die schlechte?«, fragten beide gleichzeitig.

»Rosa und Tante Auguste wollen es ausgerechnet in der Finca Zarzarrosa, und zwar schon heute.«

Die beiden sahen sich betreten an. »Stimmt«, konstatierte Berger, »davon sprachen sie heute Morgen. Cristobal, da haben wir nicht gut zugehört.«

García Vidal kratzte sich verlegen am Kopf. »Woher soll man bei den beiden, vor allem wenn sie zusammen sind, auch wissen, wann sich das Zuhören lohnt?«

Angela Bischoff lächelte ihn süßsauer an. »Auf jeden Fall lohnt es sich, mein lieber Cristobal, dass wir uns noch einmal über diesen Punkt unterhalten.«

VIER

Da weder die Großherzogin noch Gräfin Rosa über Handy zu erreichen waren, konnten Berger und der Comisario den Besuch auf der Wellness-Finca weder verhindern, noch konnte Angela ihren beiden Freundinnen mitteilen, dass sie sich verspäten würde. Für sie zumindest war auch fest gebucht, daher wollte sie die beiden in der Höhle des vermeintlichen Löwen auf keinen Fall länger allein lassen und beschloss kurzerhand, García Vidals Rückkehr zum Observierungsposten zu nutzen, um sich von ihm zur Wellness-Finca fahren zu lassen. Auf halbem Wege von Santanyí nach Porto Petro klingelte ihr Handy. Ihr alter Kollege und IT-Fachmann Philipp Cronenberg vom BKA meldete sich. Damit García Vidal während der Fahrt mithören konnte, stellte sie bei ihrem Telefon den Lautsprecher an.

»Hi, Freaky«, rief sie. »Du wolltest dich doch erst morgen melden.«

»Das ist richtig, aber ich bin schon früher fündig geworden. Der Spion, den wir auf dem Hauptserver von von Michelsen gefunden haben, ist ein Prototyp. Daher wundert es mich auch nicht, dass der so problemlos durch die Firewall geschlüpft ist. Dieses kleine Wunderding meldet alle Kontodaten und Passwörter von allen Kunden, die der Mann hatte.«

»Hola, Freaky, hier spricht García Vidal«, mischte sich der Comisario in das Telefonat ein. »Sie wissen jetzt also, was der Spion kann. Wissen Sie auch, wem er seine Erkenntnisse meldet?«

»Nein, das wissen wir noch nicht. Das Ding ist raffiniert. Wenn der Computer ausgeschaltet wird, meldet er, dass ein Software-Update installiert werden soll. In dieser Zeit wird aber nichts installiert, sondern der Computer wird feindlich übernommen, das heißt, ein fremder User bedient ihn wie eine Drohne und saugt alle relevanten Daten ab. Wir konnten das Signal über fünf verschiedene Großserver bis zur Bank of China verfolgen. Wir sind uns aber sicher, dass noch mehr Großrechner nachgeschaltet sind.«

Angela war fassungslos. »Was will denn die Bank of China von einem kleinen Hamburger Steuerberater?«

»Gar nichts. Das ist nur Ablenkung. Der Weg über die Rechenzentren der Großfinanz ist geschickt gewählt. Da fallen Finanzdaten nicht weiter auf, und der Betreffende kann ungehindert wildern.«

»Merken die IT-Sheriffs den gar nichts davon, dass sich da jemand in ihr System gehackt hat?«

»Solange er sich branchenkonform verhält, nicht. Würde er auf diesem Weg eine ganz normale Worddatei verschicken wollen, würde die Firewall sofort dichtmachen.«

Der Comisario hatte inzwischen angehalten, um sich besser auf das Gespräch konzentrieren zu können. »Gibt es etwas, wobei wir Sie von hier aus unterstützen können?«, wollte er von Freaky wissen.

»Ja, das können Sie. Mit den Initiatoren dieses Spions sind auf der anderen Seite Spitzenkräfte am Werk. Ich kann die nur erwischen, wenn sie erstens online sind und wenn ich zweitens ihre Rechner so impfen kann, dass sie nichts davon merken.«

»Ich verstehe.« Angela nickte. »Du willst sie sozusagen digital verhaften.«

»Richtig, Frau Kollegin, aber wenn wir sie dann auch noch analog drankriegen wollen, müssen wir sie dazu animieren, einen Fehler zu machen. Ich bitte euch daher, von Michelsen offiziell noch eine Weile leben zu lassen, dann kann ich versuchen, die Herrschaften von hier aus mit neuen Daten zu beschäftigen.«

»Und wo soll das hinführen?«

»Bestenfalls zu dem Mördern des Freiherrn oder zu deren Hacker, aber dann wären wir ja auch schon ein Stück weiter. Ich habe einen Kumpel bei der Deutschen Bank. Der war sehr dankbar für den Tipp, dass sein Server für solch krumme Geschäfte missbraucht wird. Er würde mir dabei helfen, die Konten für jeden Gauner so attraktiv zu machen, dass er einfach zugreifen *muss*. Was haltet ihr davon?«

»Freaky«, verkündete Angela, »du bist ein Genie. Natürlich werden wir hier auf Mallorca seiner Bank gegenüber und was die Presse betrifft dichthalten. Polizeiintern ist der Name schon im

System, den können wir da nachträglich nicht mehr herausziehen.« García Vidal stimmte ihr durch ein Nicken zu. »Du schlägst also sofort Alarm, wenn sich jemand über sein Konto hermachen will?«

»Das ist versprochen. *Hasta pronto!*«

»Ja, bis bald, Freaky.« Sie klappte ihr Handy zu.

García Vidal grinste. »War das sein ganzer Wortschatz, oder kann der wirklich Spanisch?«

»Er könnte vielleicht noch ein Bier bestellen«, gab Angela lachend zurück, »aber das war es dann so ziemlich.«

»Schade. Solche Leute könnten wir bei der Policía National gebrauchen.«

»Da waren wir beim BKA schneller. Freaky haben sie vor zig Jahren mal wegen Datenmissbrauchs verurteilen wollen. Der Richter fand es aber sinnvoller, ihn zu ›lebenslänglich Bundesbehörde‹ zu verknacken. Er hat das Urteil Gott sei Dank angenommen.«

García Vidal setzte ihren Weg fort. Das entspannte Lächeln verschwand aus Angelas Gesicht, sie schien ein Problem zu wälzen. »Was meinst du, Cristobal? Wäre es nicht besser, die Ladys so lange im Ungewissen zu lassen, bis wir wieder aus dem Schuppen raus sind? Ich könnte mir vorstellen, dass sie sich von dem Augenblick an, in dem ich ihnen berichte, dass die Finca unter Beobachtung steht, anders verhalten werden.«

Er nickte. »Solange du bei ihnen bleibst, kann ja nichts anbrennen. Ich weiß ja auch nicht, ob die Kameras schon installiert sind. Aber lass sie bitte trotzdem nicht aus den Augen. Wenn die Geschäftsführerin wirklich Dreck am Stecken haben und in der Sache mit drinstecken sollte, passen die beiden ›Ladys‹, wie du sie zu nennen pflegst, zu einhundert Prozent in das Beuteschema dieser Herrschaften.«

»In Ordnung. Eines noch, Cristobal: Sollten in den Räumen, in denen wir sind, schon Kameras installiert sein, werden sie bitte abgeschaltet. Kann ich mich darauf verlassen?«

»Ich werde das gleich persönlich anordnen. Aber vielleicht ist es ja noch gar nicht so weit.«

***

Als Yussuf und Annmarie mittags ins Lager zurückkehrten, schien bereits alles über das gemeinsame Bad im Oasensee informiert worden zu sein. Yussuf wünschte sich, eine Abrissbirne möge Hassan an der Stirn treffen, um ihm das süffisante Grinsen aus dem Gesicht zu prügeln. Zwar wahrte er Yussuf gegenüber jegliche Unterwürfigkeit, doch Annmarie zog er mit seinen Blicken förmlich aus.

»Ein Wort von meiner Königin«, flüsterte er ihr ins Ohr, »und ich bringe ihn um.«

»Warum müsst ihr Araber immer gleich töten wollen«, raunte sie zurück. »Wollte ihn Allah nicht genau so haben, wie er ist, dann hätte er ihn anders gemacht. Vielleicht kann uns seine dumpfe Geilheit irgendwann einmal von Nutzen sein.«

Unter dem großen Jubel der vielen Kinder des Sheiks fuhr in diesem Moment ein Jeep der algerischen Armee in das Camp. Annmarie musste an Yussufs Gesicht erkannt haben, dass ihm bei dem Anblick eine ganze Geröllawine vom Herzen rutschte, denn sie fragte leise: »Erwartest du deinen Boten in diesem Auto?«

»Ja.« Er lächelte selig. »Und er wird meinem Onkel eine Nachricht vom Generalstab überbringen.«

»Du scheinst ihren Inhalt bereits zu kennen.«

»Ich soll mich so schnell wie möglich auf meinem Stützpunkt einfinden. Was die sich ausgedacht haben, weswegen ich kommen soll, weiß ich nicht.«

Sie verstand. »Und dein Kamerad überbringt den Marschbefehl. Aber warum kommt der Bote dann nicht zu dir, sondern zu deinem Onkel?«

»Weil die Hierarchie eingehalten werden muss.«

Ein kleiner Junge sprintete auf sie zu. »Yussuf Ibn Draghi, Sheik Omar wünscht deine Anwesenheit in seinem Zelt.«

Klopfenden Herzens folgte er dem Jungen, der ihn zu seinem Onkel führte.

»Yussuf, mein Sohn«, wurde er begrüßt, »ich habe schmerzliche Kunde für dich. Wir müssen deine Hochzeit verschieben, unser Vaterland ruft nach dir.«

Es kostete ihn Mühe, ein besorgtes Gesicht zu machen, als er den Marschbefehl las. Sein Freund Hakim hatte ganze Arbeit geleistet. »Ein Teil meines Geschwaders wird aus strategischen Gründen verlegt. Es wurde eine Urlaubssperre verhängt.«

»Wohin werdet ihr verlegt?«

»Das steht hier nicht. Es wird geheim sein.«

»Und was soll ich hier mit deinen Frauen anfangen?«

Yussuf setzte kurz ein grüblerisches Gesicht auf. »Onkel, ich wäre dir dankbar, wenn du meiner zukünftigen Gemahlin so lange ein Heim geben würdest, bis ich sie standesgemäß ehelichen kann. Leyla, deine so großzügige Gabe, werde ich nach Oran mitnehmen. Ich wünsche auch dort Zerstreuung.«

Sheik Omar sah ihn ungläubig an, doch sein Gesicht wurde immer mehr von einem Lächeln ergriffen. »Du wünschst also Zerstreuung. Nun gut. Ich denke, dass da der zukünftige Sheik Yussuf aus dir spricht. So sei dein Begehr auch mein Wunsch. Malala möge Leyla mit allem ausstaffieren, was sie in der Fremde benötigt, und du mein Sohn, empfange den Segen deines Sheiks.«

Yussuf kniete vor seinem Onkel nieder.

»Möge Allah gnädig mit dir sein und dich auf allen deinen Wegen leiten und begleiten. Yussuf Hussein Ibn Draghi, du seist gesegnet bei all deinem Tun und Handeln, denn es sei zum Segen und zum Ruhme der al Madgier.«

Yussuf küsste ehrerbietig die Füße seines Onkels und erhob sich wieder. Die anschließende Umarmung hätte herzlicher nicht sein können, und genau das betrübte ihn. Sein Handeln war nicht redlich, das wusste nur zu genau, und es trug wahrlich nicht dazu bei, den Ruhm der al Madgier zu mehren. So würde es jedenfalls sein Onkel bewerten.

***

»Mein Kind«, Tante Auguste war es nicht gewohnt, schweigend zu genießen, schon gar kein Schlammbad. »Ich komme mir vor wie die Hauptdarstellerin aus dem Film ›Das Ding aus dem Sumpf‹.«

Gräfin Rosa hingegen genoss den warmen Schlamm vorbehaltlos. »Soll das bedeuten, dass du dir wie eine umhegte Diva vorkommst?«

»Nein, nicht wie eine Diva, sondern wie das ›Ding‹.«

»Dann genieße dein Dasein mit dem Wissen, dass schon ganze Autobahnprojekte gestoppt wurden, nur weil man sonst einen seltenen Frosch beim Laichen gestört hätte. Für ein ›Sumpfding‹ würde der BUND sicher halb Europa lahmlegen.«

Angela Bischoff betrat den Raum, in dem ein mit Schlamm gefüllter dritter Bottich bereits auf sie wartete. Sie waren kreisförmig aufgestellt, sodass jeder das Gesicht des anderen sehen konnte. »Entschuldigt, ihr Lieben, ich hatte noch im Büro zu tun«, sagte sie und schaute die beiden prüfend an. »Na, spüre ich da ein kleines Wellness-Tief?« Sie streifte ihren Bademantel ab und ließ sich in die warme Pampe gleiten.

Die Gräfin versuchte, Angela auf den neuesten Stand zu bringen. »Keineswegs. Der Empfang in diesem Etablissement war ganz phantastisch und überaus standesgemäß. Das hier ist unsere erste Station. Während ich mir wie die Königin des Fango vorkomme, behaupten Königliche Hoheit allerdings, sich wie ›ein Sumpfmonster‹ zu fühlen. Also, liebste Freundin, urteile selbst.«

Angela überlegte kurz und verzog das Gesicht. »Ich tendiere, ehrlich gesagt, auch zum Sumpf.«

»Ha!«, rief die Großherzogin triumphierend. »Dabei ist Sumpf eine noch sehr wohlwollende Umschreibung dieser dunkelgrünen Masse. Ich hätte die junge Dame, die die Bottiche für uns vorbereitete, vorhin fast gefragt, wie viele Babys sie hier auf Lager haben, um die Wannen vollzukacken.«

»Tante Auguste, du bist unmöglich«, schimpfte Rosa. »Das sind gehäckselte Algen in Heilerde.«

»Babyschiss, da muss man auch erst mal draufkommen«, meinte Angela lachend. »Die Wahrheit wird in der Mitte liegen. Nennen wir es doch ›Spinat mediterran‹.«

Eine Handvoll der Pampe flog durch die Luft und klatschte ihr ins Gesicht.

»Hey, was soll das?«, protestierte sie.

»Das war ein Gruß der Geschäftsleitung«, kam es gehässig von der Gräfin. »Damit es nicht so wehtut, habe ich die Windel weggelassen.«

»Oh ja, machen wir Schlammcatchen«, rief die Großherzogin. »Ihr beide catcht miteinander, und ich bestelle mir das leckere Kerlchen her, das im Foyer den Cortado serviert hat.«

Rosa konnte sich ein böses Grinsen nicht verkneifen. »Meinst du wirklich, dass dieser schöne Hüne auf grüne, glitschige Antiquitäten steht?«

»Moment.« Tante Auguste hob gebieterisch die Hand aus dem Schlamm, dass es schmatzte. »Für dreihundert Euro pro Wanne kann ich doch wohl erwarten, dass ich jung und knusprig bin, wenn ich hier wieder aussteige.«

Angela konnte sich kaum noch einkriegen vor Lachen. »Ich fürchte«, japste sie, »dass wir erst dann knusprig sind, wenn der ganze Quatsch an uns getrocknet ist.«

Ihre Zeit im Bad war abgelaufen. Ächzend erhoben sich die Gräfin und die Großherzogin aus dem Schlamm, stiegen in bereitgestellte Gummilatschen und stellten sich unter die Brausen, die sich direkt neben den Wannen befanden.

Angela fühlte sich in dem Schlamm allein nicht wohl und verließ ihre Wanne ebenfalls.

»Und was kommt jetzt?«, erkundigte sich die Großherzogin.

Die Gräfin wickelte sich in den flauschigen Bademantel, der ihnen vom Haus gestellt wurde. »Erst wird geruht, und danach gibt es eine Massage.«

»Eine Massage, das ist gut.« Auf dem Gesicht der alten Dame breitete sich ein genießerisches Lächeln aus. »Ich denke, dass ich mir dazu einen Cortado bestellen werde.«

***

Berger begann gerade, sich zu langweilen, als sich die Leitstelle bei Carmen meldete. Auf einer Baustelle auf dem Golfplatz von Cala D'or hatte man eine Leiche gefunden. Sie packten schnell ein paar Sachen zusammen und machten sich auf den Weg.

»Carmen, mein Schatz, das ist unsere erste gemeinsame Leiche«, sagte Berger gut gelaunt, als sie im Auto saßen.

»Ein gemeinsames Eis wäre mir lieber gewesen«, erwiderte sie trocken. »Das wäre auch ein erstes Mal gewesen.«

»Stimmt nicht«, protestierte er, »wir haben schon zusammen Eis gegessen.«

Sie nickte. »Aber nicht wir beide allein.«

Als sie den Golfplatz erreichten, standen dort schon zwei Wagen der Policía Local. Ein aufgeregter Vorarbeiter nahm sie in Empfang. Carmen wies sich aus. Nachdem ihr der Polier mehrfach versichert hatte, dass er noch nie im Leben eine so schöne Polizistin gesehen hätte, begann er endlich mit seinem Bericht. »Vor zwei Tagen haben wir hier für eine Wetterhütte ein Fundament gegossen. Die Probewürfel zeigten heute an, dass etwas mit dem Beton nicht in Ordnung war, also mussten wir alles wieder abtragen. Der Beton war auch wirklich unbrauchbar und weich, sodass es kein Problem darstellte. Bis plötzlich eine Hand aus dem Beton herausguckte. Da habe ich die Polizei gerufen.«

Er führte Carmen und Berger an die Fundstelle. Die Aufregung des Mannes war nachvollziehbar, stellte Berger fest, denn die Hand ragte aufrecht aus dem Beton und wirkte so, als hätte sie der Regisseur eines Gruselfilms dort platziert.

»Es fehlt nur noch, dass sie winkt«, bemerkte er trocken.

Carmen machte, solange die Spurensicherung noch nicht vor Ort war, mit ihrem Handy Fotos von allen Seiten und gab dann den Bauarbeitern ein Zeichen, dass sie mit dem Abtragen des Betons fortfahren sollten.

Entsetzt lehnten die ab. »No, Señora, das können Sie von uns nicht verlangen. Die Arbeit ist schon so schwer genug, da graben wir nicht auch noch Leichen aus.«

Berger wurde sauer. »Ihr habt sie doch auch eingegossen, oder nicht?«

»Sí, Señor«, sagte der Polier, »wir haben das Fundament gegossen, aber nicht alles.«

Nun war auch Carmens Geduld am Ende. »Sie wollen uns doch nicht etwa weismachen, dass an diesem kleinen Fundament zwei Firmen beteiligt waren?«

»No, Señora.« Schweißtropfen bildete sich auf der Stirn des Vorarbeiters. »Aber während wir noch arbeiteten, kam der Bauherr und hat uns in der Bar einen ausgegeben. Währenddessen hat ein Betonwagen, weil er hier niemanden vorgefunden hat, seine Fracht allein ausgeleert. Über die Rutschen ist das ja kein Problem.«

Ein Mann in Golfkleidung näherte sich ihnen. »Hola, meine Herrschaften, ich bin Craig Sherman, Geschäftsführer und leitender Pro hier auf dem Platz. Ich habe gehört, dass Sie eine Leiche gefunden haben?«

Der Polier beugte sich zu Berger vor und flüsterte: »Lassen Sie sich nicht täuschen, das ist nicht der Geschäftsführer. Der sieht ganz anders aus.«

Der Golflehrer reichte Carmen seine Karte und nickte dem Polier kurz zu, da er ihn verstanden hatte. »Sie können versichert sein, dass ich wirklich der Boss hier bin.«

Berger ahnte schon, was passiert war, und sah den Polier eindringlich an. »Señor, kann es sein, dass Ihnen der andere Geschäftsführer vor zwei Tagen auch eine Karte gereicht hat?«

Der Mann senkte reumütig den Blick. »Sí, Señor, aber da stand etwas anderes drauf.«

»Wollen Sie sagen«, bohrte Berger weiter, »dass sie grün war und statt des Namens eine Hundert draufgedruckt war?«

»Jeder von uns hat so eine Karte bekommen. Ich bitte Sie, Señor, wer fragt da schon nach einem Namen?«

Carmen machte sich fleißig Notizen, während sich die Stadtpolizisten missmutig mit Hacken daran machten, den Leichnam zu bergen.

»Sie wunderten sich also überhaupt nicht«, fuhr Berger fort, »als dann noch ein weiterer Betonwagen mit mehreren Kubikmetern eintraf, obwohl Sie schon alles fertig gegossen hatten?«

»Sí, Señor, jetzt, wo Sie es erwähnen, wundere ich mich tatsächlich. Wir hatten bei einer Bodenplatte eigentlich noch nie so viel Beton über.«

»Ich nehme an, der überzählige Beton wurde an eine andere Baustelle umgeleitet. Gegen Cash, versteht sich.«

»Señor, Sie müssen das verstehen, das ist so üblich.« Er sah Berger flehentlich an. »Vielleicht sollten wir den Herren Polizisten die schwere Arbeit doch abnehmen.« Er gab seinen Leuten ein Handzeichen. Alle Mann stiegen in die Baugrube und nahmen den Polizisten die Hacken aus den Händen.

»Señora Comisaria?« Der Geschäftsführer hatte mit wachsender Irritation zugehört. »Was hat sich hier abgespielt?«

»Ein Mann, der sich als Geschäftsführer ausgab, spendierte den Bauarbeitern einen in Ihrer Bar, legte pro Nase einen Hunderter Trinkgeld dazu und verschwand wieder. Währenddessen haben seine Leute die Leiche in der Grube abgelegt und ihren eigenen Beton darübergegossen. Deswegen hatten die Herrschaften am Ende noch einiges von dem Zeug übrig und verkauften es an einen anderen Baudienstleister.«

»Okay.« Sherman ließ das einen Moment sacken. »Ist der Beton eventuell durch die Verwesung der Leiche minderwertig geworden?«

Carmen schüttelte den Kopf. »Das muss einen anderen Grund haben. Dass Leichen Beton nicht aushärten lassen, davon habe ich noch nie was gehört, Señor. Dann wäre in New York wohl schon jeder zweite Wolkenkratzer umgefallen.«

Inzwischen waren die Kollegen der Spurensicherung und der Gerichtsmediziner aus Palma eingetroffen. Mit vereinten Kräften gelang es ihnen eine halbe Stunde später, den Toten komplett zu befreien. Auf dem Rasen lag nun ein junger Mann, der keine äußeren Verletzungen aufwies.

Der Doktor spritzte mit einem Wasserschlauch vorsichtig den Zementstaub aus dem Gesicht der Leiche. Darauf war deutlich der Abdruck einer Tauchermaske zu erkennen, und wieder schien es eine dieser teuren Vollmasken gewesen zu sein, die Berufstaucher benutzten. Berger zeigte auf den rechten Arm. »Können Sie hier bitte auch einmal sauber machen, da ist ein Tattoo.«

Unter dem Wasserstrahl kam ein Anker zum Vorschein. Auf dessen Querholz stand »Latouche-Treville«.

»Das ist ein Seemann«, brummte Berger. »Der Kleidung nach ein bessergestellter Seemann, der entweder abgemustert hat oder einfach nur Privatklamotten trägt. Jedenfalls kein Tourist. Graue Hose mit Ledergürtel, weißes kurzärmliges Hemd, beides mit Sicherheit nicht von der Stange. Ich würde mich nicht wundern, wenn das ein aktiver oder ehemaliger Offizier ist.«

Carmen machte nach den Vorgaben für biometrische Passbilder ein Foto vom Gesicht des Toten. »Jagen wir es doch einfach durch unsere *›máquina digitalis‹*, und wir haben bald einen Namen zu unserer Leiche.«

***

Capitán Ramirez gab García Vidal ein Zeichen, dass er ihm doch bitte kurz ins Freie folgen möge. Sie verließen den modernen Observationsbus der Guardia Civil, der einen knappen Kilometer Luftlinie von der Finca Zarzarrosa geparkt war. Vor der Tür steckte sich der Capitán eine Zigarette an. »Menschenskinder, García Vidal, wir kennen uns nun schon so lange und haben weiß Gott schon manche Schlacht zusammen geschlagen, warum mussten Sie unbedingt diesen Álvarez vom Staatsschutz mit ins Boot holen? Haben wir es nicht so schon schwer genug?«

»Tut mir leid, Capitán, mir blieb keine andere Wahl. In diesem Fall spielen die erwähnten Araber eine nicht unwesentliche Rolle, und Sie kennen unsere oberen Damen und Herren. Da muss auf dem Marktplatz nur jemand *›salam aleikum‹* sagen, wenn der andere *›wa aleikum as-salam‹* erwidert, haben wir schon eine fundamentalistische Terrorzelle.«

»Das weiß ich, und deswegen ist es völlig unverantwortlich, meine Leute in so etwas reinzujagen. Etwas, von dem ich keinerlei Ahnung habe.«

García Vidal war verwundert. »Hat Álvarez Sie denn nicht gebrieft?«

»Einen Scheiß hat er, ich werde immer nur mit ›Sorry, höchste Geheimhaltung‹ abgespeist. Ich komme mir schon selbst wie ein Sicherheitsrisiko vor.«

Der Comisario seufzte und informierte Ramirez umfassend über den Stand der Ermittlung. »Jetzt sind die Kollegen gerade dabei, die Identität eines anscheinend französischen Seemanns zu bestimmen. Carmen hat mich gerade angerufen.«

»Hat der etwas mit dem Fall zu tun?«

García Vidal zuckte mit den Achseln. »Woher soll ich das jetzt schon wissen? Wenn wir Selbstmord vorsichtig ausschließen, besteht zumindest die Möglichkeit.«

Die Tür des Kommandowagens öffnete sich, und ein dicker,

kleiner Mann kullerte mit hektischen Armbewegungen die Stufen des Busses herunter ins Freie. »Weiß jemand, wo dieser Dorfgendarm aus Santanyí steckt? Der müsste doch langsam die Puschen abgelegt und seinen Hintern hierher in diese gottverdammte Pampa geschwungen haben.«

»Hat er«, erwiderte García Vidal trocken. »Ich wollte gerade zu Ihnen kommen, um Sie von meiner Ankunft in Kenntnis zu setzen.«

»Señor Comisario.« Der kleine Mann baute sich furchtbar wichtig guckend vor ihnen auf. »Wir wollen gleich einmal etwas klarstellen«, schnarrte er ihn mit einer unangenehm hohen Stimme an. »Wenn hier jemand wen in Kenntnis setzt, dann bin ich es, also der Staatsschutz. Sie haben nichts weiter zu tun, als meinen Anweisungen zu folgen. Verstanden?«

Capitán Ramirez und García Vidal nahmen Haltung an und knallten die Hacken zusammen.

»Sí, Comandante.« Ramirez deutete eine Verbeugung an. »Entschuldigen Sie, Comandante, ich lasse antreten.« Bevor Álvarez etwas erwidern konnte, trat er an den Bus, öffnete die Tür und brüllte: »Achtung, Kompanie angetreten!«

Wenn ihnen Ramirez so schräg kam, wussten seine Leute nur zu genau, dass es wieder einmal darum ging, einen »Sesselpuper« zu verarschen. Dementsprechend begeistert machten sie mit, und innerhalb von Sekunden standen der komplette SEK-Zug und zwei Streifenbeamte der Guardia Civil in Reih und Glied hinter dem Bus. Letztere hatten zwar keine Ahnung, worum es hier ging, machten aber mit Begeisterung mit. Als alles in strammer Haltung Aufstellung genommen hatte, stellten sich García Vidal und Capitán Ramirez dazu.

»Rühren«, befahl der Comisario, und alles machte einen kleinen Schritt zur Seite und sah den verblüfften Álvarez aufmerksam an.

»Was ist das hier für ein Zirkus?«, fragte der.

»Comandante, wir folgen Ihren Anweisungen«, brüllte Ramirez. »Wie Sie uns angewiesen haben.«

Álvarez war noch nie in der Situation gewesen, eine solche Truppe befehligen zu müssen. »Dann gehen Sie wieder in Ihre Fahrzeuge.«

»Fahrzeuge aufsuchen, sehr wohl, Comandante«, brüllte Ramirez. »Achtung, Kompanie. Fahrzeuge aufsuchen, marsch, marsch.«

Es kam Bewegung in die Truppe. Alles wollte grinsend dem Befehl folgen, tat es letztlich jedoch García Vidal gleich, der vor der kleinen Treppe zum Bus zurückwich. Unverrichteter Dinge stellten sie sich wieder hinter dem Wagen in Reih und Glied auf.

»Was soll denn das?«, motzte Álvarez. »Ich habe gesagt, dass Sie in Ihre Fahrzeuge gehen sollen.«

»Da ist eine Treppe, Comandante.«

Der kleine Mann wurde blass. »Dann benutzen Sie diese verschissene Treppe«, brüllte er.

»Comandante«, entgegnete García Vidal, »davon hatten Sie in Ihrer Anweisung nichts verlauten lassen.« An die Beamten gewandt, gab er weiter: »Kompanie, Achtung. Fahrzeuge aufsuchen und dabei verschissene Treppe benutzen. Marsch, marsch.«

Álvarez bebte vor Wut, als sich die Mannschaft in kleinen Trippelschritten auf die Bustreppe zubewegte. Vor der verschlossenen Tür entstand ein Stau, es ging nicht mehr weiter. Alles drehte um und versammelte sich wieder hinter dem Bus.

Álvarez war kurz vorm Platzen. »Wollen Sie mir jetzt etwa erzählen, dass ich vergessen habe, Sie zu instruieren, die Tür zu öffnen?«

»Comandante«, brüllte Ramirez, »genau so ist es.«

»Lassen Sie mich doch mit Ihrer Kinderkacke in Ruhe, und machen Sie einfach Ihren Job.«

»Comandante, das würden wir gern tun, aber wir sind nicht vom Staatsschutz und haben demnach von nichts eine Ahnung. Wenn ich Ihnen einen Vorschlag unterbreiten dürfte: Sie sollten die Einsatzleitung an jemanden übergeben, der mit unserer Arbeitsweise vertraut ist.«

Álvarez hatte sichtlich Mühe, sich zu beherrschen. »Ach, daher weht der Wind. Das ist nicht nur Befehlsverweigerung, das ist Subordination«, brüllte er. Plötzlich bekam sein Gesichtsausdruck etwas Teuflisches. »Nun gut, meine Herren, Sie haben es nicht anders gewollt. Ich werde Sie genauestens beobachten, und wenn auch nur der kleinste Fehler gemacht wird, kann derjenige bis zur Rente Gefängnistoiletten reinigen, das verspreche ich Ihnen.« Er ignorierte sowohl García Vidal als auch Ramirez und ging auf einen der beiden Streifenpolizisten zu. »Name?«

»Guardia Jesus Fuentes, Señor Comandante.«

»Guardia Fuentes, Sie werden ab sofort die Einsatzleitung übernehmen. Haben Sie verstanden? Sollte auch nur die kleinste Kleinigkeit schiefgehen, werde ich höchstpersönlich dafür sorgen, dass es Ihnen so ergeht wie Ihrem Namensvetter, und Sie auf der Plaça Mayor von Santanyí kreuzigen lassen! Verstanden?«

»Sí, Comandante.«

Der junge Mann trat vor und drehte sich zackig um einhundertachtzig Grad zur Truppe hin. »Achtung, Guardias«, rief er, und sein versteinertes Gesicht wich einem breiten Lächeln. »Es wäre schön, wenn ihr jetzt euren Job machen würdet«, sagte er in normalem Tonfall.

Alles nahm Haltung an und knallte mit den Hacken. Ohne weitere Worte, aber mit offensichtlich guter Laune ging jeder seiner Wege – nicht ohne dabei den Kollegen Fuentes grinsend abzuklatschen.

Álvarez stand kreidebleich vor dem Bus. »Señor Ramirez, Señor García Vidal, ich werde Ihren Vorgesetzten von diesem unglaublichen Vorfall berichten. Das war in der Geschichte der spanischen Polizei einmalig.«

García Vidal schüttelte den Kopf. »Nein, Señor Álvarez, einmalig war es nicht. Sollten Sie unseren Vorgesetzten wirklich davon berichten wollen, können Sie sicher sein, dass die ganz genau wissen, dass leitende Beamte mit Napoleonwahn bei der spanischen Polizei seit über hundert Jahren genau so von der Truppe in ihre Schranken gewiesen werden.«

***

Sie wurden nun schon seit über drei Stunden in ihren Geländewagen durchgeschüttelt. Annmarie hatte inzwischen große Mühe, ihre Übelkeit hinter ihrem ständig wegrutschenden Schleier zu verbergen.

»Ist dir nicht gut, Chérie?«, erkundigte sich Yussuf. »Du scheinst mir etwas grün um die Nase herum zu sein.«

Annmarie zuckte bei dieser ungewohnten, aber vor versammelter Mannschaft wohl unverfänglichen Anrede zusammen und vergaß darüber fast ihr Unwohlsein. »Wo geht es jetzt eigentlich genau hin?«, fragte sie, ohne auf ihn einzugehen.

»Wir stoßen gleich auf die Nationalstraße 6 in Richtung Norden und versuchen, heute noch Reggane zu erreichen, das ist eine kleine Garnisonsstadt. Ich hoffe, dass wir dort den Versorgungsflieger nach Oran noch erwischen.«

Der Gedanke daran ließ sie schaudern. Ohne Tabletten gegen Übelkeit würde sie das kaum überstehen. »Können wir nicht mit dem Auto fahren?«

»Das sind mehr als eintausendfünfhundert Kilometer, und die algerischen Straßen sind wahrlich kein Vergnügen. Du willst doch bald nach Hause, oder?«

Sie nickte und ergab sich ihrem Schicksal. »Wie geht es dann weiter?«

»Wir werden glücklich und zufrieden auf meinem Stützpunkt leben, und wenn ich nicht fliegen muss, werden wir Söhne machen. Du wirst mir eine ganze Fußballmannschaft schenken.«

»Es wird mir eine Freude sein. Ich wäre allerdings dankbar, wenn für die Zuschauer eine andere Frau zuständig wäre …«

Er musste lachen. »Wir werden damit beginnen, sowie wir daheim sind.«

Sie nickte ihm dankbar zu und beobachtete ihn eine Weile. Zu gern würde sie wissen, was in diesem Mann wirklich vorging. Einerseits war er ihr und ihren Sorgen zugewandt, andererseits interessierte es ihn anscheinend überhaupt nicht, Näheres über ihren Leidensweg zu erfahren. Konnte sie so einem Menschen überhaupt trauen? Aber was blieb ihr anderes übrig? Yussuf schien ihre einzige Chance zu sein, überhaupt noch einmal in ihr altes Leben zurückzukehren. Wenn sie es heute wirklich noch zu dem Transportflugzeug schaffen sollten, würde sie ihn während des Fluges fragen. In dem Flugzeug würde es so laut sein, dass niemand ihrem Gespräch folgen könnte.

***

Sie hatten gerade ihre Massage hinter sich, da herrschte plötzlich Unruhe auf den Gängen der Finca. Ein unangenehmer Chlorgeruch machte sich breit, und bald darauf waren Feuerwehrsirenen zu hören. Die Großherzogin, Gräfin Rosa und Angela Bischoff verließen das Gebäude und sicherten sich drei Liegen am entferntesten Ende des Gartens, von wo aus sie das rege Treiben am Haus in aller Ruhe beobachten konnten. Tante Auguste hatte dabei nur Augen für ihren Cortado-Kellner, der versuchte, die restliche, teilweise leicht bekleidete Kundschaft der Finca ebenfalls in den Garten zu scheuchen.

»Kann mir mal jemand sagen, was da los ist?«

»Es roch ein bisschen so, als wäre eine Chlorgasflasche undicht.« Angela Bischoff hatte etwas Derartiges schon einmal in einem deutschen Schwimmbad erlebt. Einige Badegäste hatten dabei mit Verätzungen der Atemwege ins Krankenhaus gebracht werden müssen. »Bei Schwimmbädern dieser Größe braucht man ganz schön große Flaschen.«

»Und warum kommt dann die Feuerwehr?«

»Weil das Gas giftig ist.«

»Kann es sein, dass uns beiden bekannte Menschen etwas damit zu tun haben?«, wollte Gräfin Rosa wissen.

»Wie kommst du denn darauf? Es würde niemand, den wir kennen, auf die Idee kommen, irgendwelche Menschen zu verätzen!«

Rosa setzte sich auf und kniff die Augen zusammen. »Zwei der Feuerwehrleute kommen mir so bekannt vor.«

Angela tat neugierig. »Ach ja? Woher?«

»Ich glaube, dass ich sie bei einem der letzten SEK-Einsätze gesehen habe.«

»Vielleicht sind sie im Privatleben bei der freiwilligen Feuerwehr. Kann doch sein, oder?« Angela war glücklich, eine plausible Ausrede parat gehabt zu haben. Sie hatte García Vidal ja versprochen, nichts von der Observierung der Finca zu sagen.

»Tja.« Rosa zuckte mit den Achseln. »Zufälle gibt's …«

»Und was machen wir, wenn der Spuk vorbei ist?«, wollte Tante Auguste wissen. Der Wellness-Elan der alten Dame war kaum zu bremsen. »Wir könnten uns eine Schneckenschleimpackung gönnen, uns die Krähenfüße mit einer Mousse aus der Plazenta eines Pavians zuspachteln oder uns Ejakulat von Angusrindern in die Haare schmieren lassen. Das soll auf die Haarwurzeln wirken wie Viagra.«

»Hör mal, Tantchen«, erwiderte Rosa pikiert. »Hast du schlecht geträumt, oder wie kommst du auf einen derartigen Schweinkram? Was soll ich außerdem mit Haaren, die hochstehen?«

»Ich pflege zu recherchieren, bevor ich zum ersten Mal in so ein Etablissement gehe, und hier gibt es noch viel mehr als das, was du schlechte Träume nennst. Du musst dir nur einmal die Anwendungsliste durchlesen. Da steht alles drauf. Zugegeben, es erinnert ein wenig an die Orgien, die kurz vorm Untergang des Römischen Reiches gefeiert wurden, aber das ist hier gegen teilweise sehr viel Geld tatsächlich zu bekommen.«

Gräfin Rosa machte es sich wieder auf ihrer Liege bequem. »Stimmt, Tantchen, ich vergesse immer, dass du den Untergang der Römer noch miterlebt hast.«

»Mein Kind«, konterte die Großherzogin, »gegen solch bösartige Gedanken hilft nur eine Gesichtsmaske aus Nachtigallenkot.«

Angela lachte auf. »Gibt's es die hier etwa auch?«

»So wahr ich hier sitze.«

Rosa prustete laut los. »Da ist der Babyschiss von vorhin wohl als eine konservative Behandlung anzusehen.« Mitten im Lachen hielt sie inne. »Meine Damen, es wäre ratsam, sich gut zu bedecken, wir werden nämlich observiert.«

Angela versuchte, sich dumm zu stellen. »Von wem denn?«

»Frag nicht so dämlich. Du weißt genau, von wem.«

»Was? Wieso?«

»Ich habe eben so eine kleine Drohne gesehen, wie sie von Ramirez und seinen Jungs seit einiger Zeit benutzt wird.«

»Dann sieh zu, mein Kind«, bemerkte die Großherzogin trocken, »dass du deinen Frotteeturban abnimmst, sonst halten sie dich noch für einen Taliban.«

»Leute, ich meine es ernst«, wetterte die Gräfin. »Ich habe keinen Bock, splitterfasernackt in irgendeinem Observationsbus auf mannshohen HD-Bildschirmen herumzutoben.«

»Sei lieber froh, mein Kind, dass es nicht in 3-D ist, sonst müsstest du vorher zum Liften.«

»Ist das dein Ernst?«

»Ach, Herzchen, natürlich nicht, aber nun hör doch bitte auf herumzuzicken. Die machen nur ihre Arbeit, und du kannst dich wahrlich noch sehen lassen.« Tante Auguste lehnte sich wieder auf ihrer Liege zurück. »Aber wenn wir schon bei diesem Thema sind: Vergiss bitte nicht, mich daran zu erinnern, dass ich Cristobal nach einem Observierungsmitschnitt der Umkleide des Personals frage. Ich hätte gern eine DVD von meinem ›Cortado-Leckerchen‹.«

***

»Es ist doch immer wieder erstaunlich«, brummte García Vidal, »wie einfach es ist, ein ganzes Haus direkt vor den Augen der Eigentümer zu verwanzen. Man muss nur die Feuerwehr alarmieren, um die Räume auf Gas kontrollieren zu lassen, und dann ist im Handumdrehen überall ein derartiges Chaos, dass die als Wehrleute verkleideten Kollegen ganz in Ruhe überall Wanzen und Kameras positionieren können.«

»Stimmt«, antwortete Ramirez. »Diese kleinen Brausetabletten, die ihr vom Nachbargrundstück aus in den Pool geschossen habt, stinken wirklich höllisch nach Chlor.« Er lachte auf und zeigte auf einen der Bildschirme. »Sind die drei Grazien dahinten nicht die Ihren?«

Der Comisario zoomte an die Sitzgruppe heran. »Stimmt, und die Gräfin scheint sich ziemlich sauer überallhin umzusehen. Sie wird wohl etwas ahnen. Gott sei Dank haben sie etwas an. Angela hat mich extra darum gebeten, dass sie nicht aufgenommen werden.«

»Dann möchte ich nachher nicht in Ihrer Haut stecken, Cristobal. Es ist schließlich nur ein Zufall, dass die etwas anhaben.«

Das Handy des Comisarios klingelte. Er klappt es auf und horchte angestrengt. »Sí, Carmen, ich komme, und den bringe ich gleich mit.« Er klappte das Handy wieder zusammen.

»Wen bringen Sie gleich mit?«, erkundigte sich Ramirez.

»Sie, Señor. Ihre Leute haben das hier auch ohne uns beide im Griff.«

Eine halbe Stunde später trafen sie gleichzeitig mit Carmen und Berger am deutschen Konsulat in Palma ein. García Vidal hatte auf dem Weg auch noch Ewald Wirz in Santanyí aufgelesen. Die Konsulin war ein einziges Nervenbündel.

»Comisario, es tut mir leid, dass ich Sie nun auch noch mit Ihrer halben Belegschaft herscheuche, aber es ist etwas Unglaubliches passiert.«

Sie setzten sich um einen großen Konferenztisch.

»Sie werden es nicht glauben, aber es kam heute ein junger, achtunddreißigjähriger Mann zu uns, der sich als Freiherr Guntram von Michelsen zu Ahrenshoop auswies. Er wollte eine Identitätsbestätigung für die Bank haben. Die junge Kollegin, die Herrn Wirz vertritt, solange wir ihn an Sie ausgeborgt haben, wusste natürlich, dass der Ausweis falsch sein musste, weil Herr Michelsen ja tot ist. Wir haben also den Personalausweis mit allen uns zur Verfügung stehenden Mitteln überprüft, doch er schien echt zu sein. Und was soll ich Ihnen sagen, die biometrischen Bilder des Stammblatts aus dem Heimatregister, das wir von der zuständigen Behörde anforderten, waren mit dem auf dem Ausweis identisch.« Sie räusperte sich. »So dämlich es sich anhört, Ihre Leiche ist demnach ein Fälschung.«

García Vidal sah sie irritiert an. »Señora, ich garantiere Ihnen, dass unsere Leiche echt ist. Sie ist aus Fleisch und Blut und riecht vollkommen echt und authentisch.«

Konsulin Flach hob den Ausdruck des Stammblattes und die Kopie des Ausweises hoch und zeigte auf das Ausweisbild. Die darauf abgebildete Person sah dem Guntram von Michelsen, den sie aus der Bucht gefischt hatten, nur auf den ersten Blick ähnlich. »Das ist aber auch echt und authentisch.«

Ewald Wirz griff nach den Blättern und sah sich die E-Mail-Adresse genau an. »Ja, das sieht alles korrekt aus. Ich werde trotzdem eine erneute Abfrage starten.« Er öffnete sein mitgebrachtes Notebook.

Berger beugte sich zum Comisario rüber und raunte ihm

zu: »Es ist wohl an der Zeit, uns für unsere Leiche einen neuen Namen auszudenken.«

»Blödsinn«, brummte García Vidal. »Der Tote ist von Michelsen. Die Hotelmanagerin hat uns die Kopie seines Ausweises gegeben. Ebenso lag bei der Autovermietung eine Kopie seines Führerscheins vor. Auch das Foto stimmte mit der Leiche überein. Und die Papiere waren echt.«

»Es tut mir leid, Comisario, Ihnen widersprechen zu müssen«, hob Wirz an, »aber Stammblätter irren sich nicht. Und doppelt genäht hält besser, also habe ich es ein zweites Mal angefordert.« Er öffnete die angeforderte Mail, die, von einem Piepton begleitet, gerade eingetroffen war. Die anderen am Tisch sahen, wie er blass wurde.

»Was ist denn?«, erkundigte sich die Konsulin besorgt.

Wortlos drehte Wirz das Notebook zu den anderen um. Auf dem Bildschirm war deutlich das ausgedruckt vor ihnen liegende Stammblatt des Freiherrn von Michelsen zu sehen, nur hatte das Bild darauf ebenso deutlich die Züge der Leiche.

»Unser Stinker ist also echt«, sagte Berger grinsend. »Sie haben den Schwarzen Peter, Konsulin Flach.«

»Und nicht nur das«, schob Carmen nach. »Ich denke mal, dass Ihre Firewall ungebetene Besucher reinlässt.«

»Das kann nicht sein. Unsere Firewall ist das Modernste vom Modernen«, widersprach Wirz.

Carmen überlegte kurz. »Dann hat vielleicht irgendein helles Köpfchen Ihre Telefonanlage gehackt.« Ihr Handy meldete eine SMS. Sie öffnete sie und erklärte: »Unser kalter Freund aus dem Beton hat eine Identität bekommen. Es handelt sich um einen gewissen Franck de Flaboix aus Frankreich. Er ist Kapitän zur See der französischen Kriegsmarine.«

»Hat er Geld?«

»Woher soll das das Einwohnermeldeamt wissen?«

»Egal.« García Vidal stand auf. »Der Residente und ich fahren jetzt blitzartig in die Avenida Argentina zum französischen Konsulat. Señora Flach, es wäre nett, wenn Sie Ihren französischen Kollegen in Kenntnis setzen und uns ankündigen könnten. Carmen, du beorderst bitte unseren IT-Experten aus der Zentrale her, dass der sich hier mal die Festplatten genauer ansieht, und Sie, Capitán Ramirez, haben ja auch noch einen Experten an der Hand. Den will ich umgehend im Konsulat der Franzosen.«

»Und was ist mit mir?« Ewald Wirz befürchtete wohl, beim Comisario in Ungnade gefallen zu sein.

»Sie haben den härtesten Job, junger Mann. Sie sorgen bitte dafür, dass möglichst alle Konsulate Vorkehrungen treffen, damit ihre Publikumsräume videoüberwacht und die Netzwerke und Telefonanlagen gesichert werden.«

»Aber wer soll dafür aufkommen?«

»Die Konsulate selbst. So teuer ist das nicht, und es liegt bei der Behörde zu beweisen, dass sie ihre Legitimationen nicht nach Lust und Laune ausstellt.«

***

Als die Lockheed CH130 Herkules auf der Startbahn des Militärstützpunkts Reggane Vollgas gab, glaubte Annmarie, im Zentrum des Weltuntergangs zu sitzen. Die alte Maschine dröhnte und bebte, als würde sie jeden Augenblick auseinanderbrechen. Yussuf ergriff ihre Hand und hielt sie fest in der seinen.

»Jetzt rollen wir an«, brüllte er direkt neben ihrem Ohr. »Halt dich gut fest, gleich wird's turbulent.«

Das Dröhnen, Beben und Ächzen aneinanderreibender Metallteile wurde immer unerträglicher. Trotz der Gurte, mit denen sie sicher angeschnallt waren, hatte Annmarie das Bedürfnis, sich mit beiden Händen an der rutschigen Kunststoffpritsche, auf der sie saßen, festzukrallen. Als sich die Maschine vom Boden löste, hörte das Rumpeln schlagartig auf, dafür ging es jetzt steil bergauf. Ein alter Lkw-Reifen löste sich aus der Verankerung und flog an ihnen vorbei in Richtung Heck. Es musste einen mörderischen Knall geben, als der riesige Reifen gegen die scheunentorgroße Druckausgleichsklappe knallte, aber das Dröhnen der Motoren übertönte alles.

Annmarie beugte sich zu Yussuf. »Wenn so ein Flugzeug abstürzt, kann man auch nicht heftiger durchgeschüttelt werden.

Die Angst vor der Landung ist bei mir jedenfalls wie weggeblasen.«

»Tut mir leid, wenn es etwas rau war. Reggane liegt in einer Art Talkessel, und so eine olle Kiste muss ganz schön Gas geben, um da hochzukommen …«

Als das Flugzeug waagerecht in der Luft schwebte, konnte Annmarie sich wieder entspannen. Nun war auch das Dröhnen der Motoren auszuhalten.

Sie erwiderte seinen Händedruck. »Ich danke dir für die Aufmunterung. Man muss wohl selbst Militärpilot sein, um dabei so cool zu bleiben.«

Er lachte. »Ich bin eben eine tapfere Tunte.«

»Red doch keinen Blödsinn. Du bist überhaupt keine Tunte, sondern ein wunderbarer und tapferer Mann, der eben Männer mag. Hast du eigentlich einen Freund?«

»Nein, jedenfalls keinen offiziellen.«

»Und was machst du mit deinen Hormonen?«

»Homosexualität ist im arabischen Raum weiter verbreitet, als es den Mullahs lieb ist. Dabei machen die selbst auch nicht weniger mit als viele Priester bei den Christen. Mir fehlt aber gar nicht so der Sex, sondern ich vermisse es, mich zu meiner Homosexualität bekennen zu dürfen.«

»Ist Homosexualität in der Armee überhaupt ein Thema?«

»Latent ja. Als Rekrut hat man es nicht einfach, wenn man gut aussieht und eigentlich nur duschen will.«

»Und als Offizier?«

»Da steht man hinter den Dingen, wenn du verstehst, was ich meine. Man tut es, aber man spricht nicht drüber.«

Sie sah ihn betroffen an. »Wie soll denn da Liebe aufkommen?«

»Genau das ist das Problem.«

Sie hielt eine Weile inne und sortierte ihre Gedanken. »Du scheinst gar nichts über meine Geschichte wissen zu wollen. Wer ich war und wie ich zu dir kam. Warum nicht?«

»Es gibt im Beduinenlager keinen Ort, an dem Malala nicht ihre Ohren hat. Selbst an der Oase hat man uns belauscht. Für jedes Wort darüber, welches Leid dir widerfahren ist, hättest du doppelt und dreifach zahlen müssen.«

Sie schaute sich demonstrativ um. »Werden wir hier belauscht?«

Er lachte auf. »Wie denn? Wir verstehen uns ja kaum gegenseitig.«

»Und warum fragst du mich dann nicht jetzt?«

»Weil ich mich schäme. Ich schäme mich dafür, in einer Kultur zu leben, in der es überhaupt möglich ist, einen anderen Menschen zu kaufen. Ich schäme mich dafür, zu denen zu gehören, die dein Leben zerstört haben.«

Sie lächelte ihn an. »Aber du willst es mir doch zurückgeben.«

»Selbst wenn du irgendwann wieder zu Hause bist, das Trauma des Erlebten wird wohl bleiben.«

»Du wirst mir dabei helfen, es zu bewältigen.« Sie kuschelte sich dicht an ihn, denn es wurde empfindlich kalt in der Maschine.

Er blickte sie traurig an. »Wie soll das gehen? Ich weiß ja nicht einmal, was nun mit mir wird.«

»Wir werden das gemeinsam durchstehen.«

»Ma chère«, sagte er tadelnd, »hast du etwas verpasst? Ich bin eine Schwuchtel und du eine heterosexuelle Frau. Wie soll das funktionieren?«

»Ich wollte zum Beispiel schon immer mal mit einem Mann, der auch Freude daran hat, shoppen gehen. Außerdem habe ich das Gefühl, das du ein ganz feiner Kerl bist. Was hindert uns daran, erst einmal zusammenzubleiben? Wir beide haben uns mehr zu erzählen als viele heterosexuelle Paare. Du wirst in der Fremde sicher öfter mal das Bedürfnis haben, unter einen Flügel zu kriechen. Dann werde ich für dich da sein. Wenn du nicht eifersüchtig bist, wenn ich ab und zu mal jemanden mit nach Hause bringe, heißt das.«

Yussuf lächelte amüsiert. »Wenn du auch auf schöne Männer stehst, könnte es da aber Interessenkonflikte geben.« Sie lachten beide herzlich. »Und nun sage mir, warum willst du das für mich tun?«

»Weil du, mein lieber Yussuf, mich vor dem bewahrt hast, was mir in deinem Land ohne deine Hilfe widerfahren wäre. Dafür werde ich mich revanchieren. Und du wirst Unterstützung brauchen, wenn wir bei mir zu Hause sind. Schließlich arbeite und lebe ich in einem Land, dessen Sprache du nicht sprichst.«

»Woher willst du das wissen?«, fragte er in fast akzentfreiem Deutsch. »Ich schwätze nur kein Trierisch.«

Sie glaubte, ihren Ohren nicht trauen zu können. »Woher kannst du Deutsch?«

»Ich habe meine fliegerische Ausbildung in Deutschland gemacht.«

»Du hast eine deutsche Fluglizenz?«

Er nickte. »Die Nachschulung für Rettungsflieger habe ich ebenfalls dort gemacht, auf einem Marinestützpunkt bei Kiel. Man hat mich dort auf der ›Sea King‹ ausgebildet.«

Sie gab ihm einen Kuss auf die Wange. »Dann werde ich kurz telefonieren müssen, wenn wir zu Hause sind. Schließlich brauchst du in Deutschland auf lange Sicht einen Job.«

Er sah sie mit bangem Blick an. »Werde ich dabei weiter fliegen können?«

»Aber hallo!« Sie lächelte ihn an. »Mit dem neuesten und schönsten Eurocopter, den du jemals gesehen hast. Ausgebildete Rettungspiloten sind bei uns Mangelware.«

FÜNF

El Padrón, wie er sich gern nennen ließ, lag zufrieden auf einer Liege neben dem Hotelpool in Cala Ratjada. Der weißhaarige alte Mann liebte die frühen Abendstunden, in denen er seinen gut gepflegten Körper von der Sonne bestrahlen lassen konnte, ohne dass er sich gleich einen Sonnenbrand holte. Dabei störte ihn eigentlich der kleinste Fetzen Kleidung am Körper, doch ganz nackt war selbst auf Mallorca nicht erlaubt. Also trug er eine recht knapp bemessene Badehose. Einen braun gebrannten Körper konnte nur Goldschmuck angemessen aufwerten, den er daher in sämtlichen Varianten und an allen nur erdenklichen Stellen seines Körpers trug. Der alte Mann lebte bis auf die Wintermonate das ganze Jahr über auf Mallorca. Er war so wohlhabend, dass er sich jederzeit Eigentum auf der Insel hätte leisten können, doch er wollte sich damit nicht belasten. Außerdem liebte er das Hotelleben, konnte sich nur nie auf eines festlegen, sodass er spätesten alle vier Wochen umzog. Keines seiner Domizile hatte unter fünf Sterne. Oftmals reichte ihm selbst das nicht, dann musste es noch exklusiver sein.

Ganz egal, wo er abstieg, er reiste nie allein. Serge Gaugin, sein durchtrainierter, gut und gern fünfunddreißig Jahre jüngerer Mann, begleitete ihn auf Schritt und Tritt. Gaugin hieß eigentlich Peter Schulz und stammte aus Wismar. Als Achtzehnjähriger war er, gleich nach der Wende, zur Fremdenlegion gegangen, bei der er seinen heutigen Namen erhielt, und hatte sich dort für zwanzig Jahre verpflichtet. Die Legion hatte den eigentlich sehr liebevollen jungen Mann gelehrt, auf Befehl mit einer derartigen Rücksichtslosigkeit, Kälte und Effektivität zu töten, dass selbst dem Padrón hin und wieder ein kalter Schauer über den Rücken jagte. Sie hatte ihn vom Menschen zur Bestie gemacht.

El Padrón liebte alles Schöne, befriedigen konnten ihn schöne Menschen aber nicht. Wirkliche Lust empfand er nur beim Anblick gequälter Menschen. Er brauchte vor allem ihre Blicke, wenn sie litten. Das war für ihn schon seit seiner Kindheit Passion.

El Padrón alias Bonifac Diaz alias Jacques Betrand alias Norman Foster war 1946 als Erwin Krause in Scharnewanz zur Welt gekommen, einem kleinen Kaff zwischen Wismar und Rostock. Er war der schmächtigste und jüngste der acht Söhne des LPG-Vorsitzenden und Schweinewirtes Franz Krause gewesen und hatte selbst als Kind niemals gelächelt.

»Ooch bei die edelste Sahne kann mal een Micker dabei sein«, hatte sein alkoholisierter Vater immer gegrölt, wenn er ihm begegnete. Es war selten, dass Vater Krause bei einem dieser zufälligen Treffen nüchtern war und der Junge nicht geschlagen wurde. So entwickelte das schmächtige Kerlchen eine Strategie, seinem Vater so gut wie gar nicht mehr zu begegnen. Es bereitete Erwin größtes Vergnügen, stattdessen aus der Ferne zu beobachten, wie der Alte die anderen Krauses durchprügelte. Mit Erwin hatte er acht Söhne und zwei Töchter von sechs verschiedenen Frauen, und alle lebten und arbeiteten sie auf der landwirtschaftlichen Produktionsgenossenschaft Wilhelm Piek. Da dort ausschließlich Schweine produziert wurden, nannte man die LPG überall nur »Wilhelm Quiek«.

Im Hause Krause drehte sich also alles um das Schwein, und wenn nach Feierabend der Korn reichlich floss, wurde dementsprechend herumgeferkelt. Dafür musste alles, was weiblich war, herhalten. War der Promillegehalt erst einmal erhöht, wurde von Erwins Vater und Brüdern zwischen der angestellten Mästerin und der eigenen Tochter oder zwischen Magd und Schwester keinerlei Unterschied mehr gemacht. Zur Not mussten sogar die Säue dran glauben, und wenn die gerade geferkelt hatten, war Erwin gut beraten, seinen eigenen Hintern in Sicherheit zu bringen. Es gelang ihm nicht immer.

Aufgrund seines zarten Wuchses war Erwin von so gut wie allen Arbeiten im Haus und auf dem Hof befreit und konnte dem nachgehen, wozu er Lust hatte. Mangels Begabung hatte er aber eigentlich zu gar nichts Lust. Es sei denn, es wurden Ferkel kastriert. Diese Arbeit liebte er. Er konnte sich gar nicht sattsehen, wenn die kleinen, quiekenden Ferkelchen kopfüber in einen Trichter gestopft und ihre zappelnden Hinterbeinchen auseinandergerissen und mit Klemmschellen fixiert wurden. Er genoss den panischen Blick der Tiere, in dem so unendlich viel Schmerz lag, wenn ihnen schließlich mit einer alten Schere ohne jegliche Betäubung das Scrotum geöffnet, die Hoden herausgedrückt und weggeschnitten wurden. Mit neun Jahren durfte Erwin bei diesem blutigen Handwerk endlich selbst mitwirken, und er war keine zehn Jahre alt, da hieß man ihn bereits Meister seines blutigen Fachs. Mit zwölf durfte er beim Entsamen der Eber helfen. Dabei wurde den Tieren eine dicke Elektrode in den After gesteckt und ihre Prostata so lange mit elektrischen Impulsen gereizt, bis sie ejakulierten. Mit dreizehn durfte er zum ersten Mal selbst schlachten. Das war natürlich inoffiziell. Die LPG produzierte ja fast ausschließlich für West-Devisen. »Wilhelms Quieker werden nicht geschlachtet, sondern gesprengt«, hieß es überall. »Das Fleisch fliegt in den Westen, die Knochen nach Polen, und die Scheiße bleibt für die Arbeiterklasse.« Da Krause aber die Erfahrung gemacht hatte, »dass die Weiber für ’ne jute Wurscht allet machen und für ’nen ordentlichen Schinken sogar ihre Tochter mitbringen«, wurde auch heimlich geschlachtet, und zwar oft. Und dabei ging Erwin geradezu virtuos vor. Allerdings störte ihn das nervige Quieken der Tiere, die ihre Qualen beim Todeskampf immer wieder laut herausschrien.

Mit vierzehn hatte Erwin dann den Spitznamen »der lautlose Schlachter« weg. Er hatte sich darauf verlegt, den Kehlkopf der an den Pfoten gefesselten Tiere zu ertasten und durch einen einzigen ausgeklügelten Stich mit einem scharfen Spargelmesser die Stimmbänder zu durchtrennen. So konnte er, von weiteren Schmerzensschreien unbehelligt, die Fleischerhaken zwischen Achillessehne und Knochen einhaken und die Tiere mittels eines Flaschenzuges mit dem Kopf nach unten über den Bluttrog hängen. Wenn sie dann vor ihm schwebten, nur noch zu einem verzweifelten Röcheln fähig, genoss er es, ihnen langsam die Kehle durchzuschneiden und sich, während sie ausbluteten, an ihrem wirren Blick und den immer schwächer werdenden Zuckungen zu weiden. Dabei pflegte er das Arbeiterkampflied, die »Internationale« zu summen.

Aus Erfahrung wusste Erwin die Blicke eines Schweins genau zu deuten. Er wusste, wo und wie er den am Haken hängenden

Geschöpfen mit seinen Messern Schmerzen bereiten konnte, und er tat es, wann immer er sich unbeobachtet fühlte. Wenn er schlachtete, war das Fleisch immer etwas wässrig, aber ausgesprochen zart. Das lag am hohen Adrenalingehalt. Den Trick hatte er sich bei den Chinesen abgeschaut. Da die hausgemachte Wurst der LPG weit über den Kreis hinaus begehrt war, wurde bald täglich geschlachtet.

Mit siebzehn war Erwin klar geworden, dass ihm Schweine, egal wie sehr und wie lange er sie auch quälte, keine Befriedigung mehr bereiteten. Bald darauf war eines schönen Tages die »dumme Trude« mit den Riesentitten spurlos verschwunden. Waltrud Mundt, wie die Magd wirklich hieß, war zu diesem Zeitpunkt dreiunddreißig, geistig behindert und auf der ganzen LPG beliebt. Bei den Männern deswegen, weil sie mit ihrer ungehemmten und geradezu unstillbaren Libido alles Maskuline bei Laune hielt, und bei den Frauen, weil ihre Kerle auf diese Weise kein Geld für den Puff ausgaben.

Am Tag, an dem Trude verschwunden war, hatte Erwin zum ersten Mal ein Lächeln im Gesicht gehabt. Er wusste nun, was es heißt, wirkliche Lust zu empfinden.

Trudes Verschwinden war nur kurz von der Volkspolizei untersucht, die Akte Mundt danach für immer geschlossen worden. Nie wieder hat man auf der LPG von ihr gesprochen. Man erinnerte sich jedoch noch lange daran, dass die Bordelle in der Gegend ein Wirtschaftswunder erlebten und dass die Wurst in dieser Zeit eine leicht süßliche Note hatte. So gut war sie nie wieder.

Die Einzigen jedoch, die Erwin Krauses saubere Arbeit wirklich zu würdigen gewusst hatten, waren die Herren der Stasi. In den DDR-Gefängnissen waren Mitarbeiter mit derart ausgefeilten Fähigkeiten höchst willkommen, und schon bald nach Erwins Anstellung hatten bei den politischen Gefangenen die sagenhaftesten Geschichten die Runde gemacht. Sie handelten von »Folter-Krause«, dem »summenden Schinder« und seinen immer ausgefallener werdenden Methoden. Mit ganz wenigen Ausnahmen entsprachen alle der Wahrheit.

El Padrón alias Bonifac Diaz alias Jacques Betrand alias Norman

Foster oder auch einfach nur Erwin Krause ließ sich von seinem ständigen Begleiter den Rücken massieren, als das Satellitentelefon klingelte. Mit nur einem Tastendruck stellte er es auf »laut hören«.

»El Padrón?«, tönte es aus dem Lautsprecher.

»Sí.«

»Auf dem Golfplatz ist etwas schiefgelaufen. Irgendwas war im Beton, was ihn nicht aushärten ließ. Beim Abtragen haben sie die Leiche des Franzosen gefunden.«

»Das ist ausgesprochen unschön.« Er seufzte. »Da er mit Sicherheit keinen Selbstmord begangen hat, wird er den Gerichtsmedizinern nur Arbeit machen. Die sollten wir ihnen abnehmen.«

»Haben Sie da eine bestimmte Vorstellung, Padrón?«

»Aber natürlich. Eine Kühlkammer kann durch gezielte Maßnahmen ganz schnell zum Backofen werden. Die Franzosen sind für ihre Nouvelle Cuisine bekannt. Servieren wir ihnen ihren Landsmann doch flambiert.«

»Done?«

»Well done.«

***

Dr. Garoix, der Gerichtsmediziner, hatte große Probleme, García Vidal ans Handy zu bekommen, da er ständig telefonierte. Endlich gelang es ihm doch.

»Señor Comisario, ich habe etwas Ungewöhnliches entdeckt. Bei der Obduktion Ihrer Wasserleiche habe ich feststellen können, dass die Stimmbänder des Mannes durchtrennt wurden. Und ich hatte Ihnen doch schon von einem anderen Fall erzählt, bei dem mir das aufgefallen war, vielleicht erinnern Sie sich.«

»Ich erinnere mich, Sie hatten das als Reanimationsverletzung nicht weiter untersucht. Kann das denn auch beim Kampf gegen das Ertrinken passiert sein, ohne Fremdeinwirkung, meine ich?«, fragte García Vidal erstaunt.

»Davon habe ich noch nie etwas gehört. Deswegen habe ich eine Stichwortabfrage gestartet, und die hat ergeben, dass eine solche Verletzung auch bei anderen unbekannten Unfalltoten festgestellt und von dem Kollegen ebenfalls als eine Reanimationsverletzung eingestuft wurde. Ich kam auf die Idee, spaßeshalber mal bei unserem Betonopfer nachzusehen, und auch bei ihm sind die Stimmbänder durchtrennt. Außerdem habe ich eindeutige Verletzungen des Kehlkopfdeckels feststellen können. Und noch etwas.«

»Was denn?«

»Der Mann ist ebenfalls ertrunken.«

»Im Beton?«

»Nein, in dem Ihnen schon bekannten Meerwasser aus dem Kanister.«

»Das kann nun wirklich kein Zufall mehr sein«, murmelte der Comisario. »Sind Sie mit der Obduktion denn schon fertig?«

»Nein, noch nicht. Ich habe jetzt Nachtdienst und muss nach Magaluf, da hat schon wieder so ein Irrer versucht, vom fünften Obergeschoss aus in den Hotelpool zu springen.«

»Sie müssen mir aber versprechen, dass sie die Obduktion gleich morgen früh beenden, ja?«

»Sí, Señor, Sie können sich darauf verlassen.«

***

Es war schon später Abend, als sich alle an den Ermittlungen Beteiligten zum »Update«, wie es seit Neuestem hieß, im Büro des Comisarios trafen. Neben Ewald Wirz waren diesmal auch Konsulin Flach und Gräfin Rosa anwesend. Ein weiterer Herr wartete darauf, von García Vidal vorgestellt zu werden.

»Liebe Kolleginnen und Kollegen, neben mir sitzt Álvaro Sanchez, Staatssekretär im Auswärtigen Amt. Er ist extra aus Madrid angereist, um sich genauer über die Sachlage in unserem Fall zu informieren.«

»Señoras y Señores«, hob der smarte Mittvierziger denn auch gleich an, »wir haben in der Hauptstadt bereits derartig viele Baustellen mit Krisencharakter, da können wir einen weiteren Skandal wirklich nicht gebrauchen.«

»Wir sind Ihnen dankbar für Ihre Anteilnahme«, erwiderte Konsulin Flach irritiert, »aber worin sehen Sie den Skandal?«

»Na, was meinen Sie, mit welchem Vergnügen uns die Presse alles um die Ohren hauen wird, wenn erst einmal etwas von den Todesfällen durchsickert. Wie viel Tote gibt's denn inzwischen in Ihren Konsulatskellern?«

»Señor Álvaro.« Die Augen des Comisarios waren ungewohnt klein. »Ich bin mir sicher, dass sich die verbale Schärfe, die Sie hier einbringen, auf die bisher völlig reibungslose und geradezu vorbildliche Zusammenarbeit nur kontraproduktiv auswirken kann.«

»Die Schärfe bringe nicht ich hinein, sondern die Botschafter der betroffenen Konsulate. Vor allem der Russe macht ein Fass auf, weil sie einen Toten zu beklagen haben.«

»Zwei Tote«, bemerkte Carmen trocken. »Einer ist heute im Suff aus einem Hotelfenster springend neben dem Pool gelandet.«

Sanchez stockte einen Moment. »Und was hat der mit unserem Fall zu tun?«

»Nichts.« Carmen grinste ihn an.

García Vidal versuchte, die angeheizte Stimmung etwas abzukühlen. »Meine Kollegin will sagen«, erklärte er, »dass die Zusammenarbeit zwischen der Polizei und den Konsulaten hauptsächlich aus der Aufklärung von irgendwelchen Todesfällen besteht. Das ist also nichts Besonderes, und diese Zusammenarbeit gab noch nie Anlass zur Klage.«

»Aber den Russen fehlt eine reiche Gräfin mitsamt ihres Geldes, und sie machen uns dafür verantwortlich. Und der Tote, der auf dem Campo gefunden wurde, Petre Ivanow, soll ja ebenfalls ein reicher Knopf gewesen sein.«

»Er war es zumindest, bis das russische Konsulat jemand völlig Fremden dazu legitimiert hat, seine Konten zu plündern.« Die Konsulin lächelte Sanchez freundlich an. »Señor, ich wurde in dieser Angelegenheit von den Kolleginnen und Kollegen der Konsulate einstimmig zur Sprecherin des diplomatischen Korps hier auf den Balearen bestimmt. Sollten Beschwerden aus Presse oder Politik an mich herangetragen werden, werde ich Sie umgehend darüber informieren.«

Es entstand eine kurze Pause, in der der Staatssekretär überlegte, ob er es dabei bewenden lassen konnte. Und tatsächlich sagte er nichts mehr dazu.

»Wunderbar«, hob García Vidal an, »und nun möchte ich unseren neuerdings so vornehm schweigenden Señor Berger nach seiner Meinung fragen.«

Berger schüttelte lächelnd den Kopf. »Was die Zurückhaltung betrifft, so übe ich als zukünftiger Hochadliger schon mal. Was aber die ehemals reichen Toten und Vermissten anbelangt, so bin ich der Meinung, dass hier ein Riesending abgekocht wird. Dass wir in einem Fall mit acht Toten und neun Vermissten so was von völlig im Dunkeln tappen, habe ich bisher noch nie erlebt. Hätten wir irgendetwas verschlampt, dann wäre es schlimm, doch wir hätten wenigstens einen Ansatz, aber so?« Er kratzte sich nachdenklich den Kopf. »Zugegeben, wir fischen in zwei äußert trüben Teichen. Die Wellness-Finca wird observiert, weil wir wissen, dass sie Geschäftsführerin in Bezug auf Frau Siehl gelogen hat. Weitere Anhaltspunkte haben wir nicht. Im anderen Teich ist es nicht ganz so trüb, denn wir haben konkrete Hinweise darauf, dass irgendwelche Leute herausgefunden haben, wie sie sich über die jeweiligen Konsulate in die Stammdaten europäischer Mallorcaurlauber hineinhacken können. Bei der Frage, wer das kann und von wo er das macht, wird's jedoch schon wieder zappenduster.« Er zeigte auf Jordi Vidal. »Was dem neuen Kollegen aber gleich auffiel, ist, dass die vermissten Frauen richtig gut aussehen, und bei so vielen verschwundenen ›Superschüssen‹ klingelt bei mir gleich die Alarmanlage in Sachen Harem, wenn Orientalen mit im Spiel sind.«

Marga nickte. »Sie werden es nicht glauben, Señor Residente, bei mir inzwischen auch, denn fünf der Frauen, die aus heiterem Himmel tief verschleiert mit Ehemann, Mufti und Dolmetscher in ihren Konsulaten erschienen, um sich dort die Ehe bescheinigen und ihre Legitimation ausfüllen zu lassen und dann auf Nimmerwiedersehen zu verschwinden, sind laut der Aussagen diverser Hotelangestellter ausgesprochen hübsche ›Rauschgoldengel‹. Ebenfalls interessant ist die Tatsache, dass sämtliche vermisste Personen nicht wieder ausgereist sind, sie müssten theoretisch also noch alle hier auf Mallorca sein.«

»Finanziell bisher nicht ruiniert sind nur die zwei frischen Konsulatsfälle«, setzte Ewald Wirz hinzu, »bei denen zum einen

Antonia von Siehl darum bat, ihre islamische Ehe anzuerkennen und zu legitimieren, und zum anderen der tote Freiherr von Michelsen seine Legitimation mit einem gefälschten Ausweis und getürkten Stammdaten erschwindelte. Die Banken sind aber informiert. Von denen gibt es nichts Bares mehr, ohne dass ein Gerichtsbeschluss vorliegt.«

»Ist Frau von Siehl denn auch ein sogenannter ›Superschuss‹?«, fragte der Staatssekretär.

»Kann ich nicht beurteilen. Mehr als ihre Augen weigerte sich die Dame uns zu zeigen, und deswegen verweigerten wir ihr die geforderte Legitimation. Vom uns bekannten Passbild her ist sie wohl eher als durchschnittlich einzustufen.«

Sanchez gab sich damit zufrieden, und so konnte Wirz fortfahren. »Und dann ist da noch der tote Franzose im Beton. Das französische Konsulat ist informiert und steht unter Beobachtung. Wenn sich der Tote beziehungsweise einer, der sich für ihn ausgibt, melden sollte, schnappt die Falle zu.«

Álvaro Sanchez nickte. »Gibt es denn schon genauere Erkenntnisse bezüglich der Hackerangriffe?«

Angela Bischoff erwiderte: »Da sind im Falle der Konsulate die IT-Experten der Policía National dran und im Fall von von Michelsen meine BKA-Kollegen aus Deutschland. Sie verfolgen noch immer den Weg dieses Spions, den sie auf von Michelsens Server gefunden haben. Leider habe ich da noch nichts Neues.«

»Kommen wir zur nächsten Baustelle, der Wellness-Finca. Señor Ramirez, was haben Sie zu berichten?«

»Nur dass wir unsere Arbeit bisher optimal erledigt haben. Leider kam dabei noch nichts Verwertbares heraus, obwohl wir unter Leitung des Staatsschutzes das ganz große Programm fahren. Bisher ist das ein ganz normaler Wellness-Betrieb.«

»Gräfin Rosa, was haben Sie zu berichten? Sie sind ja sozusagen unsere Ermittlerin vor Ort.«

»Es wäre nett gewesen«, gab sie zurück, »wenn man mich vorher darüber informiert hätte.« Sie war noch immer recht sauer. »Bis auf die vorbeifliegende Drohne, durch die ich auf die ganze Aktion erst aufmerksam wurde, ist mir aber nichts aufgefallen, was in irgendeinem Zusammenhang mit Ihren Fällen stehen würde.«

Der Comisario zog die Stirn kraus. »Señor Ramirez, sehen Sie eine Möglichkeit, an die Kundenkartei dieses Unternehmens heranzukommen?«

»Auf legalem Wege nicht. Dennoch habe ich bereits jemanden mit diesem Problem betraut und hoffe, dass wir uns bald in deren Computer einhacken können.«

»Gut«, konstatierte García Vidal. »Ich hätte da vielleicht auch noch etwas. Dem Gerichtsmediziner ist aufgefallen, dass bei von Michelsen die Stimmbänder durchtrennt wurden. Er erinnerte sich daran, dass es durchtrennte Stimmbänder schon einmal bei einem seiner Fälle gab und auch in anderen Obduktionsberichten. Nun hat er Gleiches auch bei unserer Betonleiche diagnostiziert. Wie es dazu kam, kann er aber erst nach der Obduktion sagen, die gleich morgen früh stattfindet.«

Berger war ratlos. »Das kann doch eigentlich ein Zufall sein, das bei Leuten plötzlich die Stimmbänder reißen, oder?«

»Nein, und es ist sicher auch kein Zufall, dass der Franzose zwar in Beton gegossen wurde, aber genau wie von Michelsen ertrank.«

Das Telefon klingelte. Carmen nahm ab, und ihr Gesicht verfinsterte sich. Sie hielt die Hand auf die Sprechmuschel. »Leute, spätestens jetzt ist es wirklich kein Zufall mehr«, sagte sie. »Ich habe hier die Leitstelle am Rohr. Das gerichtsmedizinische Institut steht in Flammen.«

Alles sprang auf. »Weiß man schon, wo es angefangen hat?«, erkundigte sich Berger.

»Im Trakt mit den Kühlfächern, heißt es.«

Berger sah sich ungläubig um. »Was kann denn in einem Kühlfach in Flammen aufgehen?«

»Unsere Beweise«, zischte der Comisario verärgert.«

»Und wodurch?«

»Mit Sicherheit nicht durch Selbstentzündung.«

***

Es war dunkel, als die Militärmaschine in Oran landete. Yussuf hatte auf dem um diese Zeit normalerweise verschlafenen Militärflughafen mit einem herzlichen Empfang durch seine Kameraden gerechnet. Stattdessen herrschte Hektik. Überall wurden in fieberhafter Eile Transportmaschinen mit militärischem Gerät beladen, und diverse Transall, Herkules und Transporthubschrauber starteten und landeten fast im Minutentakt.

Annmarie staunte. »Das geht ja hier zu, wie auf dem Rhein-Main-Flughafen. Du hattest etwas von einem verträumten Nest gesagt.«

»Ich bin selbst überrascht. Langsam befürchte ich, dass die Nummer mit der Urlaubssperre gar keine Ausrede war.«

Ein Jeep brachte ihn und Annmarie zu ihrer Unterkunft. Sein Handy zeigte eine eintreffende SMS an. Es war eine Nachricht seines Freundes Hakim, der ihm mitteilte, dass er dringend zum Briefing in das Pilots-Office kommen sollte.

»Annmarie, du siehst selbst, was hier los ist. Ich schmeiß mich kurz in meine Uniform und gehe rüber. Dich gibt es hier offiziell gar nicht. Daher wirst du bitte in meiner Unterkunft bleiben, bis ich mich melde. Solltest du die Wohnung aus irgendeinem Grund verlassen müssen, dann bitte nur verschleiert. Ich kann mich erst morgen darum kümmern, dass du in meinen Pass eingetragen wirst. Vorher gibt es für dich keine Kennkarte, und die benötigst du hier.«

»Benötigst du auf der Passbehörde denn keinerlei Dokumente von mir?«

»Du bist hier in Algerien. Wichtig ist nicht das Papier, sondern die Stempel, die darauf zu sehen sind. Mit dem nötigen Stempel wird der größte Schwachsinn Realität. Ich hoffe, dass mein Name uns die Türen öffnen wird, hinter denen es die notwendigen Dienstsiegel gibt.«

»Und wenn nicht?«

»Dann werden wir uns etwas anderes einfallen lassen müssen.«

Minuten später hatte er seine Fliegerkombi an und machte sich auf den Weg zur SAR-Baracke. Dort traf er auch endlich seinen Freund.

»Hakim, was ist hier los?«

»Algerien wird sich in weitaus größerem Umfang an der Eingreiftruppe in Mali beteiligen, als bisher geplant. In Cercle de

Bourem wird von uns ein ganzes Feldlager eingerichtet. Ich muss leider die Hälfte unserer Piloten abgeben, weil die Transportgeschwader dringend Leute brauchen.«

»Was bedeutet das für uns?«

»Wir haben für zwei Sea-Kings nur drei Besatzungen und erwarten in den nächsten Tagen schweres Wetter. Das heißt für jeden von uns achtundvierzig Stunden Dienst und dann nur einen Tag frei.«

Yussuf sah seine Fluchtpläne ernsthaft gefährdet. »Muss ich nach Mali, oder bin ich einer von den drei Flight-Captains der Sea Kings?«

»Wir beide und Anwar bleiben hier. Den Rest musste ich in die Wüste schicken.«

Hakim schien Yussufs Erleichterung zu spüren, denn er fügte hinzu: »Es bleibt zwar nur wenig Zeit, aber ich hoffe dennoch, dass ich deine Frau kennenlernen werde.« Er vergewisserte sich durch einen prüfenden Blick, dass sie allein waren. »Yussuf, mein Freund, wird sich durch deine Ehe auch etwas zwischen uns ändern?«

Yussuf legte seine Hand auf seine Schulter. »Hakim, ich habe mich in der Nacht meiner Hochzeit nach dir und deiner Stärke gesehnt. Keine Frau der Welt wird dich aus meinem Herzen verdrängen.« Ihm zog sich bei diesen Worten der Magen zusammen. Erst in dem Augenblick, als er sie aussprach, bemerkte er, dass er log.

***

Die Flammen hatten sich langsam vom Herzstück des »Instituto Anatómico Forense«, den Kühlkammern, nach außen gearbeitet. Das konnte man daran erkennen, dass in diesem Bereich die Stahlkonstruktion des Daches bereits nachgegeben hatte und eingestürzt war. Einen wirklichen Löscherfolg konnten die Einsatzkräfte der Feuerwehren jedoch erst verbuchen, seitdem sie durch das dadurch entstandene Loch im Dach der Gerichtsmedizin die Kühlkammern mit Leichtschaum fluteten. Inzwischen stieg nur noch weißer Rauch zwischen den verbogenen Stahlsparren und den zerborstenen Fenstern auf.

»Hola, Señores, wie sieht es aus?«, erkundigte sich García Vidal im Einsatzleitbus der Feuerwehr. »War noch etwas zu retten?«

»Bisher«, lautete die mürrische Antwort, »ist es uns gelungen, den Labortrakt zu halten. Dort gibt es noch nicht einmal Wasserschaden. Den Sektionsbereich hat es hingegen böse erwischt.«

»Und warum nehmt ihr Schaum zum Löschen?«

»Weil die Einsatztrupps berichtet haben, dass Wasser wie ein regelrechter Brandbeschleuniger wirkt.«

»Das hört sich aber nicht nach einer natürlichen Brandursache an«, sagte der Comisario besorgt.

»Nein, wir tippen auf einen Phosphor-Brandsatz, Magnesiumsulfit oder Calciumcarbid. Auf jeden Fall ist es etwas, was in Verbindung mit Wasser brennt oder brennbare Gase entwickelt. An dem, was nach dem Brand übrig bleibt, werden wir sehen, was es war. Auf jeden Fall lässt sich damit aus einem Kühlschrank ein Krematorium machen.«

Dr. Garoix stieß, frisch aus Magaluf kommend, dazu und stellte sich kopfschüttelnd neben Berger, der neben dem Bus auf den Comisario wartete.

»He, Doc, ein schönes Inferno, was? Wohin nun mit dem Frischfleisch?«

»Wir haben hinten noch einen kleinen Kühlraum, den für die bereits freigegebenen Leichen. Der wird aber bei unserem Arbeitspensum bald aus allen Nähten platzen.«

Berger wurde neugierig. »Die bereits freigegebenen Leichen lagern auch weiterhin hier? Haben die Beerdigungsunternehmer denn keine Kühlräume?«

»Sie bleiben hier, da genau wie wir auch das Bestattungsgewerbe auf den Balearen bekanntlich staatlich ist. Wozu also zwei Kühlräume bauen? Aber lange lagern wir die Leichen nicht oder nur in ganz begrenztem Umfang. Vierundzwanzig Stunden nach dem Exitus fährt man hier traditionell in die Gruft. Das ist so Sitte und resultiert aus einer Zeit, als es noch keine Kühlungen gab.«

»Wenn die Bestatter städtische Angestellte sind, wie Sie und Ihre Kollegen auch, haben die dann in Ihrem Institut auch freien Eintritt?«

»Ja, die haben wie wir eine Chipkarte, mit der man hier jede Tür öffnen kann.«

»Wer wann welche Tür geöffnet hat, wird aber sicher irgendwo registriert?«

»Natürlich. Der Serverraum für das gesamte Institut befindet sich direkt neben dem Kühltrakt.«

»Macht das Sinn?«, fragte Berger verwundert.

»Ja, denn so ein Großrechner hat es gern kühl, und Kälte ist dort ein Abfallprodukt.«

»Wissen Sie, ob es für den Server ein regelmäßiges Back-up gibt?«

»Da bin ich überfragt. Warum interessiert Sie das?«

»Weil der zentrale Kühltrakt komplett abgebrannt ist und mit ihm sämtliche Daten des Forensischen Instituts..«

»So ein Blödsinn. Was soll den da brennen?«

»Beweise, Señor Garoix, Beweise.«

***

Gräfin Rosa, Carmen und Angela Bischoff waren nach der abendlichen Lagebesprechung in García Vidals Büro auf die »Finca Limonera« gefahren, wie die kleine Esmeralda das gräfliche Anwesen inzwischen getauft hatte, um dort in gemütlicher Runde mit der Großherzogin zu beraten, wie es mit dem Wellness-Programm weitergehen sollte.

»Ist denn schon bewiesen, dass die etwas mit dem Verschwinden der Freifrau zu tun haben?«, wollte die Großherzogin wissen. »So ein Anfangsverdacht ist ja schnell erhoben.«

»Bewiesen ist rein gar nichts«, stellte Carmen klar. »Aber sie wusste, ohne dass der Comisario davon etwas verlauten ließ, dass die Dame eine ›von und zu‹ ist.«

»Soweit ich weiß«, ergänzte Angela Bischoff, »bieten die Zarzarrosa-Leute Wellness-Kurse auch in sehr vielen Hotels an. Antonia von Siehl war mehrmals im Jahr auf Mallorca und nicht immer im selben Hotel.«

Die Großherzogin überlegte. »Warum wird dann die Finca observiert?«

»Weil Señor Comisario es dem Residente nachtun wollte und sich mit seinem Urin unterhalten hat.«

»Dann scheint er eine extrem phantasievolle Blase zu haben«, kommentierte Tante Auguste trocken. »Also, meine Damen, sollen wir uns bei dieser dünnen Beweislage tatsächlich davon abhalten lassen, *noch* schöner zu werden?«

»Never ever«, murmelten alle verschworen, als nun auch Berger und der Comisario die große Wohnküche betraten, in der es sich die Damen an der langen Holztafel bequem gemacht hatten.

»Seid ihr wieder bei ›Einer für alle und alle für einen‹ angelangt?«, fragte Berger lachend und steuerte den Espressoautomaten an, um sich und den Comisario mit Cortados zu versorgen. »Will sonst noch jemand?«

Da alle nickten, sprang die Gräfin auf, um ihm zu helfen. »Wir haben uns gerade dazu entschlossen, auf der Wellness-Finca weiterhin unsere Anwendungen zu machen. Mir wäre allerdings wohler, wenn die Kameras in den Räumen, in denen wir gerade sind, ausgeschaltet werden.«

»Das wäre ein ziemlicher Aufwand«, gab García Vidal zu bedenken. »Auf den Bildschirmen hopsen so viele nackte Menschen in allen nur erdenklichen Schattierungen herum, dass ihr mit einem Verbot erst so richtig herausstechen würdet.«

Carmen nickte. »Da hat er recht. Als Nackte unter vielen Nackten geht ihr unter. Wenn alle darauf achten müssen, dass bei euch weggeguckt wird, müssen sie ja erst genau hinsehen.«

»Hat die Observation bisher eigentlich was gebracht?«, wollte Angela Bischoff wissen.

»Nein. Alles ist *›Business as usual‹*.« Der Comisario rührte Zucker in seinen Cortado. »Das Einzige, was uns Kopfzerbrechen macht, ist ein Zischen und Rumpeln ein paarmal am Tag.«

»Vielleicht von einem Schnellkochtopf?«, mutmaßte die Großherzogin.

»Wozu brauchen die denn Schnellkochtöpfe auf einer Wellness-Farm?«

»Für den Babyschiss. Algen, die wie verdauter Spinat aussehen, müssen sehr lange gekocht haben.«

»Schnellkochtöpfe zischen«, wusste Angela Bischoff, »aber sie rumpeln nicht.«

»Rumpeln und zischen …«, sagte Tante Auguste grüblerisch. »Ich habe 1945 als Jugendliche für ein paar Monate in der Wandsbeker Hauptpost im Rohrpostbüro gearbeitet. Da hat es den ganzen Tag über gezischt und gerumpelt.«

»Rohrpost.« Berger nickte. »Das könnte sein. Wir werden den Tipp mal an Ramirez weitergeben.« Er überlegte. »Aber warum sollten die auf so einer hypermodernen Finca im digitalen Zeitalter noch eine Rohrpost haben?«

Carmen hob abwehrend die Hände. »Bevor wir das Rumpeln weiter vertiefen, würde ich gern wissen, was in der Gerichtsmedizin los ist.«

»Nicht mehr viel«, bemerkte García Vidal. »Brandstiftung scheint so gut wie sicher. Die Kühlfächer sind mitsamt Inhalt verglüht.«

»Es ist außerdem zu befürchten«, komplettierte Berger das Bild, »dass der Server, der gleich neben dem Kühltrakt untergebracht war, mit eingeäschert wurde. Was an forensischen Ergebnissen also nicht im digitalen Archiv der Stadt gelagert wurde, dürfte futsch sein.«

Alles dachte nach.

»Ihr habt bisher kaum etwas zusammentragen können«, sagte die Großherzogin schließlich. »Dennoch habt ihr schon jemandem auf den Schlips getreten. Da dürfte es doch überschaubar sein, wem.«

»Eben nicht.« Der Comisario wirkte deprimiert. »Wir drehen uns im Kreis.«

***

Die gesamte Fläche des Plaça Mayor in Santanyí wurde für den Abend zur Disco erklärt. In der Mitte war mit Straßengittern eine große Freifläche geschaffen worden, um die herum Stühle in Dreierreihen standen. Von hier aus konnten die ganz Alten mit den ganz Jungen und den strikten Tanzmuffeln beobachten, wie der Rest der Bevölkerung »La Linea« tanzte. Jeder General würde vor Stolz platzen, wenn sich seine Rekrutenschar auf dem Paradeplatz nur annähernd so rhythmisch und vor allem so gleichmäßig zur Musik bewegen würde wie Santanyís Bevölkerung. Gut und gern dreihundert Menschen tanzten in Reih und Glied und hatte dabei richtig Spaß.

Erwin Krause passte mit seinem ernsten Gesicht nicht in die Reihen der Beobachter, die eigentlich alle lächelten und mit irgendeinem Körperteil im Takt mitwippten. Rein äußerlich hatte er mit seiner langen schlohweißen Mähne und seinen rund fünfundsiebzig Jahren etwas von einem an den Urlaubsstränden dieser Welt in Ehren ergrauten Lebemann. Der sündhaft teure pastellfarbene Leinenzwirn, in den er sich gehüllt, und die ebenfalls nicht billigen weißen Slipper, die er barfuß übergezogen hatte, unterstützten diesen Eindruck. Die junge, schlanke, große, bildschöne Blondine an seiner Seite hingegen passte zwar zu ihm, aber nicht in die Menge der Zuschauer. Einen derartig sportlichen Menschen erwartete man auf der Tanzfläche und nicht daneben. Außerdem schienen beide mehr an ihrer Unterhaltung interessiert zu sein, als sich an den Tanzenden zu erfreuen.

»Und seit wann wissen Sie, dass sich die Polizei für die Finca interessiert?«, raunte er ihr zu.

»Seit zwei Beamte bei uns waren und sich nach Frau von Siehl erkundigten. Sie haben sich abwimmeln lassen, aber ich werde seitdem das Gefühl nicht los, dass wir beobachtet werden.«

»Durch wen?«

»Durch wen wohl, durch die Polizei natürlich oder was es sonst noch für Schnüffler gibt. Es ist ein reines Bauchgefühl, das gebe ich zu, aber ich irre mich nur ganz selten damit.«

»Gut, dann werde ich euch jemanden rüberschicken. Der Junge kennt sich mit Wanzen und allem elektronischen Schnickschnack aus. Wenn ihr beobachtet werdet, findet der auch etwas.«

»Wie soll das gehen? Wenn er nach den Dingern sucht, wird er doch dabei gesehen, und dann wissen sie, dass wir wissen.«

»Er hat, wie gesagt, eine Menge Erfahrung. Er wird sich so bewegen, dass er inkognito bleibt.«

Sie war sichtlich erleichtert. »Und so lange wird auf altem Wege miteinander kommuniziert?«

»Sí, Señora. Auf diese Weise können wir weder gehackt noch abgehört werden.«

Sie taten so, als würden sie die Tänzer beobachten.

»Und was wird nun mit Frau von Siehl geschehen? Soll sie verschickt werden, oder findet sie bei Ihnen Verwendung?«

Er musterte eine junge, tanzende Frau, die in sein Beuteschema passte. »Wir testen gerade, ob es überhaupt einen Markt für so stark gebrauchte Brünette gibt. Wenn ja, geht sie mit dem nächsten Schiff rüber. Wenn nein, werde ich mich ihrer annehmen.«

Sie zögerte eine Weile, fasste dann aber doch den Mut, ihn auf das anzusprechen, was sie beschäftigte. »Padrón, wir sind nun schon drei Jahre auf dieser Insel, und ich denke, dass es langsam gut ist. Wir haben mit unseren Programmen hier viel Glück gehabt und noch mehr Geld gemacht. Wir sollten zusehen, dass wir unsere Zelte hier abbrechen.«

Es war tatsächlich so etwas wie ein Lächeln, das über sein Gesicht huschte.

»Sollte die obercoole Mrs. Svensson kalte Füße bekommen haben?«

Sie nickte betreten. »Wenn ich ehrlich bin, muss ich es zugeben. Denken Sie bitte daran, dass mich mein Bauchgefühl noch nie getrogen hat.«

Er lächelte zwar, als er sie ansah, dennoch gefror ihr bei diesem Blick das Blut in den Adern. »Mein Kind, wir werden sehen, ob es dich diesmal nicht eventuell trügt.«

***

Angela Bischoff starrte fassungslos ihr Handy an. »Warte bitte, Freaky, ich stell dich mal laut. Wenn ich das erzähle, glaubt mir kein Mensch.« Sie drückte ein paarmal auf ihr Display und legte dann das Telefon in die Mitte des Tischs. »So, nun kannst du loslegen.«

»Guten Abend, erst einmal«, tönte es blechern aus dem Lautsprecher. »Wir wissen nun, von wo der Spion auf den Server des Steuerberaters übertragen wurde.«

»Lassen Sie mich raten«, unterbrach ihn Berger. »Es ist ein

kirgisischer Hacker, der irgendwo in der mongolischen Steppe aus einer Jurte heraus mit einem Satellitenhandy funkt.«

»Ein Volltreffer mit unwesentlichen Schönheitsfehlern«, gab Freaky gut gelaunt zurück.

»Die da wären?«

»Nun ja.« Der junge Mann verstand es, Spannung aufzubauen. »Die Jurte ist ein Rathaus und steht nicht in der mongolischen Steppe, sondern in Santanyí.«

Sie warfen einander fassungslose Blicke zu. Angela wollte sichergehen. »Ein Irrtum ist ausgeschlossen?«

»Leider. Wenn Sie jetzt zum Rathaus fahren, müsste hinter einem Fenster noch Licht brennen. Dort sitzt unser Mann.«

»Freaky«, hob Angela an, »das müssen wir erst mal verdauen. Ich rufe dich gleich zurück.«

»Moment«, fuhr García Vidal dazwischen. »Señor Freaky, könnten Sie vielleicht herkommen?«

»Nach Mallorca?«

»Sí.«

Freaky überlegte nicht eine Sekunde. »Ich habe zufällig sogar ab morgen Urlaub, und auf Mallorca war ich noch nicht. Also gern, ich komme. Ich muss nur noch einen Flug buchen. Wenn ich so kurzfristig überhaupt einen bekomme, mitten in der Saison.«

»Müssen Sie nicht. Das machen wir für Sie. Wir schicken Ihnen eine SMS, wann Ihr Flugzeug geht. Von Köln aus wäre es Ihnen recht?«

»Kein Problem, es ginge aber auch von Frankfurt.«

»Okay, Señor, dann packen Sie Ihre Sachen. Wir erwarten Sie hier sehnsüchtig.«

Carmen erhob sich auf García Vidals Wink und ging ins Arbeitszimmer, um am Telefon ihre Kontakte bei Germanwings spielen zu lassen. Eine frühere Kommilitonin von ihr bekleidete beim mallorquinischen Personal des Unternehmens eine leitende Position. Am Tisch herrschten Fassungslosigkeit und Erstaunen.

»Cristobal, ich möchte jetzt zu gern wissen, was in Ihrem Kopf vorgeht«, sagte die Gräfin.

»Ich versuche, einen Plan zu ersinnen, um das Unmögliche möglich zu machen.«

»Vielleicht fangen wir zunächst mit der Beschreibung des Unmöglichen an?«, bat sie.

»Die Stadtverwaltung von Santanyí ist kein Riesenapparat. Wenn wir da morgen reingehen und jemanden festnehmen, weiß es dank Twitter und Facebook drei Minuten später der ganze Kontinent.«

Berger hob lächelnd den Zeigefinger. »Jetzt weiß ich, was hier abgehen soll. Sie wollen den Übeltäter geräuschlos entfernen und ihn durch unseren Freaky ersetzen.«

»Sí, aber vor allem«, sagte García Vidal und goss sich etwas Wasser in sein Glas, »darf zwischen dem Übeltäter und seinen Auftraggebern keine Kommunikationslücke entstehen. Die müssen denken, dass ihr Mann noch immer unentdeckt im Rathaus sitzt.«

Angelas Handy klingelte erneut. »Hi, Freaky, gibt's ein Problem?«

»Allerdings. Der Junge ist gut. Er hat meinen Spion entdeckt und weiß nun, dass ihm jemand auf den digitalen Fersen ist. Wenn Sie zugreifen wollen, sollten Sie es möglichst sofort tun, bevor der sich abseilt.«

***

Die Guardia Civil hatte, wie vom Comisario angeordnet, rund um das Rathaus Stellung bezogen, als García Vidal mit Berger, Angela und Carmen eintraf. Auf der Plaça war der Tanz bereits beendet, es war aber noch immer jede Menge Betrieb, sodass die paar Uniformierten in der Menschenmenge nicht weiter auffielen. Der vor dem Rathaus postierte Polizist der Policía Local schien seine Bundeskollegen nicht zu bemerken.

»Die Stadtpolizei wird entweder in eine Art Schockstarre gefallen sein, oder er ist mental auf Schnarchmission«, murmelte Berger, als sie schräg gegenüber in der Bar Sa Plaça Stellung bezogen. Kaum saßen sie draußen am Tisch, stand Lorenzo schon mit dampfenden Cortados vor ihnen. Sie verbanden die Pflicht mit dem Angenehmen.

»Miguel, schauen Sie. Da brennt tatsächlich ein Licht. Unser Mann scheint wirklich noch online zu sein.«

»Sí, Comisario, und der Rest der Behörde liegt im verdienten Koma.«

»Bis auf die Policía Local, meine Herren.« Der Chef der »Municipales«, wie Hidalgo seine Truppe liebevoll nannte, trat an ihren Tisch. Er war wohl doch von seinen Leuten alarmiert worden, hatte sich rasch seine Uniform über den Schlafanzug gezogen und war auf die Plaça gestürmt. »Darf ich den Grund dieses nächtlichen Auftriebs erfahren? Wieso haben Sie mit Ihren Leuten das Rathaus umstellt?«

»Hola, Señor Hidalgo«, begrüßte ihn García Vidal höflich. »Das ist aber nett, Sie hier zu treffen.«

Hidalgo schien weniger erfreut zu sein. »Comisario, Sie und Ihr Kriminaltourist sollten langsam begreifen, dass ich längst nicht so blöd bin, wie Sie meinen.«

»Setzen Sie sich, Comandante.« García Vidal gab Lorenzo das Zeichen für einen weiteren Cortado. »Ich muss Sie allerdings bitten, dass alles, was Sie jetzt von mir hören, unter uns bleibt.«

Hidalgo musterte ihn skeptisch, nickte dann aber. »Gut, solange es legal ist.«

»Das ist es, Señor, darauf können Sie sich verlassen. Dort oben im Rathaus, genau da, wo das Licht brennt, sitzt ein Mann.«

»Geht es etwas genauer?«

»Nein, leider nicht.«

»Noch nicht«, schob Carmen nach.

Auf Hidalgos Gesicht erschien ein Grinsen. »Sie ermitteln mit großem Aufgebot, wissen aber noch nicht genau, gegen wen und schon gar nicht, weswegen.«

García Vidal nickte. »Weswegen wir ermitteln, ahnen wir, aber gegen wen, da tappen wir noch völlig im Dunkeln.«

Hidalgo genoss es sichtlich, sein Wissen ins Spiel zu bringen. »Hat die Wellness-Finca, die Sie observieren, etwas damit zu tun?«

»Wir gehen davon aus.«

»Und Sie glauben wirklich, dass unsere kleine Camila Campillo etwas damit zu tun hat?« Hidalgo wirkte ehrlich betroffen. »Dort, wo das Licht brennt, sitzt sie nämlich in ihren Semesterferien fast jede Nacht. Sie ist die Tochter eines tödlich verunglückten Kollegen und studiert in Barcelona angewandte Informatik. Wenn sie hier ist, bringt sie regelmäßig den Server der Stadt wieder in Ordnung.«

»Sie kennen sich aber gut mit den städtischen Angestellten aus.«

»Ich weiß es in Camilas Fall, weil wir Municipales ihre Ausbildung bezahlen. Wir konnten sie und ihre große Schwester Olivia doch nicht in der Scheiße sitzen lassen. Ihre Mutter hat sich nach dem Tod ihres Mannes das Leben genommen.«

»Und was macht Camilas Schwester?«

»Sie ist für ein lächerliches Gehalt als Sachbearbeiterin beim Ordnungsamt beschäftigt. Das, was die Kommune zahlt, reicht nicht zum Leben und nicht zum Sterben. Schon gar nicht, wenn es sich um weibliche Angestellte handelt. Das ist eine Schande, Señor, dagegen sollten Sie einmal ermitteln.«

Berger hatte alle Mühe, seinen Lieblingsfeind nicht plötzlich sympathisch zu finden. »Hut ab, Señor, ich wusste nicht, dass Sie für Ihre Mitarbeiter so sehr einstehen.«

»Señor Comandante«, sagte der Comisario und trank seinen Cortado aus. »Ich wäre Ihnen dankbar, wenn Sie zu Ihrem Schützling da oben hochgehen könnten, um ihr zu sagen, dass ihre Aktivitäten aufgeflogen sind. Sie soll auf einen Cortado zu uns kommen. Ich denke, es ist an der Zeit, dass die junge Dame reinen Tisch macht.«

»Ich danke Ihnen, Señor Comisario.« Hidalgo erhob sich. »Ich denke, dass ich sie, wenn sie denn wirklich die Schuldige sein sollte, zu dieser ehrenvollen Lösung überreden kann.« Erhobenen Hauptes schritt er quer über die Plaça zum Rathausportal.

»Miguel, Sie sind so schweigsam«, sagte García Vidal nach einer Weile.

»Sí, das bin ich. Ich hätte nicht gedacht, dass sich ein so kleinkariertes Arschloch auch anständig benehmen kann.«

»Ihr Muster ist oftmals auch nicht sehr viel großmaschiger«, gab Carmen zu bedenken.

Berger nickte betroffen. »Da magst du recht haben. Ich werde versuchen, daran zu arbeiten.«

Der Wachposten vor dem Rathaus kam plötzlich zu ihnen herübergerannt. »Señor Comisario, kommen Sie bitte, es sieht so aus, als hätte sich Camila etwas angetan! Der Comandante bittet Sie, ganz schnell zu ihm zu kommen.«

Alle vier sprangen auf und rannten los.

»Rettungswagen und Notarzt?«, rief Carmen.

»Schon alarmiert«, antwortete der atemlose Polizist.

Kaum eine Minute später standen sie vor dem Schreibtisch der jungen Frau, die bewegungslos am Boden lag. Hidalgo kniete neben ihr und versuchte liebevoll, sie durch zartes Tätscheln der Wangen aufzuwecken. Angela schob ihn beiseite und kümmerte sich als ausgebildete Ersthelferin um das Opfer.

Berger entdeckte auf dem Schreibtisch zwischen Tastatur und einem leeren Wasserglas ein leeres Medikamentenfläschchen. »Was ist Tabor?«

»Davon habe ich schon gehört«, sagte Angela schnaufend. Sie versuchte zusammen mit Carmen, die fast bewusstlose Camila auf ihre Füße zu stellen, um ihren Kreislauf wieder in Schwung zu bringen. »Das ist irgendwas für die Psyche. Steht auf dem Etikett, welcher Wirkstoff da drin ist?«

»Lorazepam«, las Berger vor. »Kann man sich damit umbringen?«

»Woher soll ich das wissen?« Sie sah sich suchend nach dem Comisario um, der sich etwas im Hintergrund hielt. »Cristobal, ruf bitte die Leitstelle an und teile ihnen mit, dass es sich möglicherweise um eine Lorazepam-Vergiftung handelt. Vielleicht kann uns der Notarzt über Funk schon mal ein paar Tipps geben.«

***

Nachdem die Dienstpläne für die kommenden Tage fertig waren, hatten Hakim und Yussuf endlich Zeit für ein paar private Worte.

»Na, wie ist es, wenn man plötzlich auf eine Frau gelegt wird?«

»Frag doch nicht so dämlich, du hast doch selbst schon auf welchen liegen müssen.«

»Stimmt, und unsere Väter haben sich nun einmal in den Kopf gesetzt, uns beide zu verheiraten, ob wir wollen oder nicht.«

»Ach, guck mal einer an.« Yussuf hob entrüstet den Kopf. »Ich dachte, mein Onkel sei die treibende Kraft gewesen.«

»Nein, mein Lieber. Ich denke, das waren unsere Väter. Die sitzen ja den ganzen Tag zusammen im Generalstab und haben dort wohl nichts anderes zu tun, als sich Sorgen um unsere Hormone zu machen. Aber wie sollten wir auch anders unsere Homosexualität ausleben, wenn nicht unter dem Deckmantel einer Ehe?«

»Du meinst, sie wissen um uns?«

»Die sind doch nicht blöd.« Hakim bemerkte Yussufs Verwirrung und musste schmunzeln. Yussuf, Geliebter, sieh dir doch mal die Beziehungen unserer Väter zu unseren Müttern an. Die reden ja nicht einmal mehr miteinander, während die Herren Generäle sogar zusammen shoppen gehen.«

»Du meinst ...« Yussuf fand den Gedanken, je länger er darüber nachdachte, gar nicht so abwegig. »Und wie kam es dann zu uns?«

»Handtuch drüber, es ist ja fürs Vaterland, und dabei an einen knackigen Männerhintern denken. Wenn ich wüsste, dass wir beide danach Zeit und Ruhe füreinander haben, würde ich auch heiraten und einen Sohn zeugen, auf wem auch immer.«

»Du wirst es nicht glauben, aber das geht mit Annmarie nicht. Sie ist nicht nur meine Ehefrau, sondern inzwischen auch die beste Freundin, die ein schwuler Mann nur haben kann.«

Hakim sah ihn entsetzt an. »Sie weiß von uns?«

»Nein, von mir.«

»Yussuf, bei Allah, wie konntest du ihr das nur sagen?«

»Ich habe nichts gesagt, sie wusste es. Sie hat mir in die Augen geschaut und wusste es einfach.«

»Du meinst, wenn sie mich ansieht, weiß sie es auch sofort?«

»Mit Sicherheit.«

Hakim pfiff anerkennend durch die Zähne. »Eine Frau mit Einfühlungsvermögen.« Er lehnte sich auf seinem Stuhl zurück und überlegte. »Und, wirst du mit ihr einen Sohn haben?«

Yussuf lächelte und errötete leicht. »Wenn überhaupt, dann nur mit ihr. Wenn du sie siehst, dann wirst du verstehen, warum. Sie ist nicht nur ein wunderbarer Freund, sie ist auch das schönste Wesen, das Allah je geschaffen hat.« Er sah auf und registrierte Hakims Entsetzen.

»Yussuf, mein Freund, was ist mit dir? Ich kann es einfach nicht fassen. Du bist verliebt in sie. Du liebst eine Frau!«

»Du redet Unsinn. Selbst wenn es so wäre, tangiert das nicht unsere Beziehung.«

»So? Warum fühle ich dann mich und unsere Liebe verraten?«

»Ich bin doch hier, und an meinen Gefühlen zu dir hat sich nichts geändert.«

Hakim erhob sich von seinem Stuhl und lief aufgeregt hin und her. »Verstehst du das denn nicht? Ich wurde von einem Feind besiegt, gegen den ich mich nicht wehren kann.«

»Sie ist nur eine Freundin.«

»Mit der du in Zukunft reden, lachen und weinen willst. Wirst du in Zukunft an sie denken, während du mich fickst?«

»Nein. Ich würde an dich denken, wenn ich mit ihr zusammen wäre. Aber das sind wir nicht, weil wir nur Freunde sind. Und wenn wir nicht im Dienst wären, würde ich dich jetzt erst küssen und dann vernaschen, um es dir zu beweisen.«

SECHS

Während sich Arzt und Sanitäter um das Mädchen kümmerten, versuchten García Vidal und Berger hinter den Sinn der Abschiedszeilen zu kommen, die sie auf ihrem PC-Bildschirm zu hinterlassen versucht hatte. Offensichtlich war schon jede Menge von diesem Beruhigungsmittel in ihrem Blut gewesen, als sie sich dazu entschloss, ihrer Nachwelt den Grund dafür mitzuteilen, warum sie aus dem Leben scheiden wollte.

El Padrón, er verkauft – Oper Schule – schlimm leid helfen (Olivia = Konstanz)

»Und das ist wirklich alles?«, schimpfte García Vidal. »Wer soll denn aus diesem Kauderwelsch klug werden?« Er trat zwei Schritte zurück, um den Satz aus der Entfernung auf sich wirken zu lassen. »Miguel, Sie haben früher doch hin und wieder einen Joint geraucht. Da müssten Sie doch eigentlich wissen, was in einem benebelten Hirn vorgeht.«

»Das weiß ich dann, wenn ich benebelt bin, und das war ich schon seit Jahren nicht mehr. Meine Gräfin versetzt mich so oft in eine Hochstimmung, dass ich kein Dope mehr benötige.«

»Señor Residente, dürfte ich Sie darauf hinweisen, dass ich das nicht sexuell meinte.«

»Ich auch nicht, Cristobal. Wenn ich ihr gegenüber beim Frühstück sitze oder sie beobachte, wenn ich mit ihr auf dem Markt bin und nur hinter ihr hergehe, wenn ich einfach nur mal so einen Kuss von ihr bekomme oder mein Handy aufklappe und ihr Bild sehe, dann hüpft mein Herz vor Freude. Das meinte ich mit Hochgefühl.«

Über das Gesicht des Comisarios glitt ein Lächeln. »Manchmal fällt es einem schwer zu glauben, dass ihr nüchternen Deutschen auch Romantiker sein könnt.« Er schaute wieder auf den Bildschirm. »Aber das hilft uns jetzt überhaupt nicht weiter.« Es sah sich im Raum um. »Alle mal herkommen und gucken. Kann sich jemand aus dieser Wortfolge hier einen Reim machen?«

Nachdem Hidalgo den seltsamen Satz zweimal gelesen hatte,

tippte er auf einen der Namen. »Olivia ist die große Schwester von Camila. Der Rest sagt mir nichts.«

»Und wo ist Olivia momentan?«, fragte Berger.

»Bei der Probe, nehme ich an.« Hidalgo nahm sein Handy und wählte eine Nummer. »Ich rufe mal meine Schwägerin an. Die ist genau wie sie in der Musikschule ehrenamtlich tätig. Die haben übermorgen auf der Plaça Mayor ihre große Aufführung. Deswegen hat Olivia auch Urlaub genommen.«

Währenddessen hatte Angela Bischoff ebenfalls telefoniert. »Carmen hat eine Rückmeldung von Germanwings bekommen. Freaky kann mit der ersten Maschine von Köln aus im Cockpit mitfliegen und landet um sechs Uhr zehn hier auf San Juan.«

Der Comisario war sichtlich erleichtert. »Endlich mal eine gute Nachricht. Vielleicht kann er etwas aus dieser Wortfolge herausfiltern. Kannst du ihn morgen mit mir zusammen abholen? Da wäre ich dir sehr dankbar.« Angela nickte und gab ihm einen Kuss. Er errötete. »Bitte, Schatz, ich bin im Dienst.«

»Wärest du nicht im Dienst, würde ich jetzt etwas ganz anderes mit dir machen. Ich kann mir nicht helfen, aber wenn du so angestrengt ermittelst, bist du irgendwie besonders sexy.«

Berger hatte sich an einen der anderen Computerarbeitsplätze gesetzt, stöberte auf der städtischen Homepage und kicherte. »Dann ist es ja gut, dass Ihr Cristobal nicht bei ›CSI‹ arbeitet, sonst wären es immer nur Quickies.« Er stutzte, griff nach dem Telefon und wählte hektisch. »Mein Liebling, ich muss ganz schnell Tante Auguste sprechen, oder kennen Sie sich mit Opern aus?« Er stellte auf »laut«.

»Nicht wirklich. Aber Tantchen ist schon im Bett«, erwiderte die Gräfin.

»Egal, dann wecken Sie sie bitte. Es ist wirklich wichtig.«

»Moment.« Es waren Schritte zu hören, dann ein Klopfen und eine Tür. »Tantchen, es tut mir leid, wenn ich störe. Michael ist am Apparat, und er will dich dringend sprechen.«

»Ja, mein Sohn?«, meldete sich Tante Auguste verschlafen.

»Sorry für die Störung. Gibt es eine Oper, in der jemand in einen Harem entführt wird?«

Sie überlegte. »Ich kenne nur eine über die Entführung *aus* einem Harem. Die ist von Mozart und heißt ›Die Entführung aus dem Serail‹.«

»Und was kommt darin vor?«

»Moment … Rosa, Liebling, hol doch mal aus dem Regal dort den Opernführer und schlag nach, was da passiert.«

Kurze Zeit später war wieder die Stimme der Gräfin zu hören. »Die Braut Belmontes, ihre Zofe und ihr Diener werden entführt und landen in einem Harem.«

Einen Moment, Schatz«, sagte Berger und wandte sich an Hidalgo. »Können Sie Ihre Schwägerin bitte fragen, was die Musikschule in diesem Jahr aufführt?«, raunte er ihm zu. Dann widmete er seine Aufmerksamkeit wieder der Gräfin. »Und weiter?«

»Nichts weiter, der Belmonte holt sein Liebchen da natürlich wieder raus.«

»Wie heißt denn seine Angebetete?«

»Konstanze.«

»Mein Schatz, liebste Herzogin, ich danke Ihnen. Ihr habt mir sehr geholfen, ich liebe euch beide.« Er klappte sein Handy zu.

»Señor Residente«, sagte Hidalgo, der sein Telefonat ebenfalls beendet hatte. »Die Musikschule führt Teile einer Oper von Mozart auf.«

»Und sie heißt ›Die Entführung aus dem Serail‹, stimmt's?«

»Ja, das ist richtig, aber Olivia hat damit anscheinend nichts mehr zu tun. Sie sei seit drei Wochen krank, heißt es, und sie kam seither auch zu keiner Probe mehr. Meine Frau hat mehrfach erfolglos versucht, zu ihr Kontakt aufzunehmen, doch Camila hat bei diesen Gelegenheiten immer nur sehr gereizt auf das Recht ihrer Schwester hingewiesen, ungefragt verreisen zu dürfen.«

Berger sah den Comisario triumphierend an. »Nun weiß ich, was hier gespielt wird, jetzt ist die Sache rund.«

Er drehte den Bildschirm so, dass alle ihn sehen konnten, und zeigte auf das Bild von Olivia Campillo, die auf der Website zusammen mit den anderen Mitarbeitern des Ordnungsamtes abgebildet war. »Das Mädel entspricht dem Äußeren nach voll und ganz den vermissten ›Superschüssen‹. Schlank, großer Busen und oben herum Rauschgoldengel. Für einen Haremsbetreiber ist das Topware. Ich denke mal, dass sie entweder schon in der Wüste ist oder irgendwo hier auf Mallorca auf ihren Abtransport wartet.«

»Da mögen Sie recht haben, Miguel, aber wie passt das zusammen?«

Berger erhob sich und ging an den anderen Arbeitsplatz. »Schauen wir uns doch einmal Camilas literarische Hinterlassenschaft an. Da steht: ›El Padrón, er verkauft – Oper Schule – schlimm leid helfen (Olivia = Konstanz)‹. Frei interpretiert heißt das: Olivia, die in der Musikschule bei einer Oper die Rolle der Konstanze singen sollte, wird vom Padrón, wer immer das sein mag, in einen Harem verkauft werden. Es tut ihr, also Camila, leid, dass sie hier am Arbeitsplatz schlimmes Unrecht getan hat, aber sie wollte damit versuchen, Olivia zu retten.«

»Und damit«, murmelte Hidalgo leise, »konnte unsere Kleine nicht mehr leben.« Er hatte Tränen in den Augen. »Warum ist sie mit diesem Problem nicht zu mir gekommen?«

»Um Sie da nicht mit reinzuziehen.« Berger legte tröstend einen Arm um die Schultern des gebrochenen Mannes. »Das heißt nicht, dass sie Ihnen nicht vertraut, Zacarias, sondern dass sie Sie und Ihre Frau schützen wollte.«

Sicher hätte Hidalgo es noch vor Minuten nicht für möglich gehalten, einmal wirklichen Trost zu empfinden, wenn ausgerechnet Berger ihn mit seinem Vornamen anredete. Doch jetzt straffte er die Schultern. »Ich danke Ihnen, mein Freund.«

Carmen unterbrach diesen stillen Moment in der hektischen Ermittlungsphase. »Ich habe gute Nachrichten aus der Klinik. So, wie es aussieht, ist Camila über den Berg. Morgen früh werden wir sie vernehmen können.«

Der Comisario konnte selbst kaum glauben, was nun deutlich auf der Hand zu liegen schien. »Leute, es sieht so aus, als ob auf Mallorca jemand schöne blonde Frauen in den Orient verhökert und ihnen vorher nach allen Regeln der Kunst das Geld abzieht. Wo leben wir hier eigentlich?«

»Dabei scheint die Haremsnummer«, ergänzte Berger, »ja nur die gewinnbringende Zweitverwertung zu sein. Primär werden reiche Menschen ohne Angehörige entführt, ihre Konten geplündert und die weniger hübschen umgebracht, weil geile Scheiche bei ihnen keinen hochkriegen.«

»Hasta la vista, Señor Padrón«, zischte García Vidal böse. »Wer immer und wo immer Sie sind, Sie sollten sich warm anziehen. Wir haben ein Auge auf Sie.«

***

Es war schon weit nach Mitternacht, als Berger endlich auf der gräflichen Finca eintraf. Eigentlich hatte er in seiner Wohnung in Santanyí schlafen wollen, es war ihm dort aber zu einsam. Er brauchte, wenn es in einem schwierigen Fall nicht so schnell voranging, wie er es gern hätte, immer jemanden, mit dem er sich unterhalten konnte, der ihm Wärme gab. Aber es schlief schon alles im Haus. So nahm er sich aus der Küche ein Glas und eine angebrochene Flasche Rotwein, ging auf die Terrasse hinaus und setzte sich an den Rand der Klippe. Er liebte es, um diese Stunde dort zu sitzen und dem Meer zuzuhören. Er hatte sein Glas noch nicht einmal voll gegossen, da hörte er schon Filous kleine Hufe und fühlte den weichen Rüssel an seinem Arm.

»Na, mein kleiner Freund, du spürst wohl ganz genau, wenn ich jemanden zum Quatschen brauche, oder?«

Ein zufriedenes Grunzen bestätigte seine Theorie. Er hob seinen Arm, und das Schwein legte sich neben ihn, schaute ihn noch kurz prüfend an und legte dann den Kopf auf seinen Schoß.

Berger kraulte seinen kleinen Freund zwischen den Ohren. »Ach, Filou, du bist so ein kluges Geschöpf und hast schon so oft den richtigen Riecher gehabt. Grunz mir doch mal, was wir machen sollen. Oder wer als Padrón die Insel unsicher macht.«

Er spürte, wie sich auf leisen Sohlen jemand hinter ihn kniete und an seinen Rücken lehnte. Er genoss den Kuss, den die Gräfin ihm auf seinen Nacken gab. »Guten Abend, mein Liebling. Ich hoffe doch sehr, dass ich die Männerrunde jetzt nicht sprenge?«

Er beugte seinen Kopf so weit zurück, dass sie ihn bequem auf den Mund küssen konnte. »Absolut nicht, mein Schatz. Sie sind nicht nur der härtere Kerl, sondern auch das zärtlichere Schwein.«

Die Gräfin lächelte. »So ein schönes Kompliment habe ich

noch nie bekommen.« Sie streichelte seinen Kopf. »Konnten wir Ihnen mit unserem Opernführer vorhin weiterhelfen?«

»Ihr Tipp war quasi der Durchbruch.« Berger brachte sie auf den neusten Stand.

Als er geendet hatte, schwiegen sie eine Weile miteinander.

»Haben Sie einen kleinsten Verdacht, wer dieser Padrón sein könnte?«, fragte Rosa dann.

»Nein, und genau das macht mich wahnsinnig. Wir können ja noch nicht einmal sagen, ob der Padrón ein Mann oder eine Frau ist. Jetzt, da unsere beiden Opfer verbrannt sind, ist die Beweislage noch dazu um ein Vielfaches jämmerlicher.«

Sie nahm einen Schluck Rotwein aus seinem Glas, streifte ihm das T-Shirt über den Kopf und begann vorsichtig, Bergers Nackenpartie zu massieren. »Steht die Wellness-Finca denn noch immer auf eurer Verdächtigenliste? Die Observation war doch bisher eher eine Nullnummer.«

»Cristobal wäre dämlich, wenn er den Verdacht nicht aufrechterhalten würde. Auf diese Weise ist der Staatsschutz eingebunden, und es geht nicht alles über seine Kostenstelle. Doch obwohl wir da bisher nichts gefunden haben, stinkt es bei den Wellness-Gurus. Wir haben sämtliche Telefon- und Internetleitungen angezapft. Jedes Handy wird abgehört. Es kommen nur Anfragen von außen. Mails werden beantwortet, aber es geht nichts anderes raus. Auch bei den Handys ist das so. Für einen Schuppen voller junger Leute ist das nicht normal. Es muss so eine Art Schweigeanweisung des Chefs geben, aber wieso, wenn da nichts Unrechtes geschieht? Und vor allem: Wer ist der Boss?«

»Haben die Kundendaten der Finca etwas ergeben? Davon habt ihr euch doch so viel erhofft.«

»Bisher noch nicht. Auch deswegen warten wir ja so händeringend auf Freaky. Ramirez hat mit dem jungen Elektronikspezialisten, den wir bei dem Schmugglerkrieg auf Cabrera kennengelernt haben, einen Top-Fachmann für Observationen, er ist aber kein Hacker.«

Sie übersäte seinen Rücken mit zarten Küssen, und er begann, genießerisch zu schnurren.

»Aber wir hoffen, jetzt mit Camila und ihrer Schwester eine neue und endlich auch heiße Spur zu haben.«

Sie küsste ihn aufs Ohr und begann, an seinem Ohrläppchen zu knabbern. »Und ich hoffe, jemanden gefunden zu haben, den ich nun mit in mein Bett nehmen kann.«

»Ich muss morgen aber früh raus«, protestierte er. »Außerdem ist meine Verspannung dank Ihrer Behandlung wie weggezaubert.«

Filou ahnte, dass es nun keinen Platz mehr in der Nähe seiner Menschen für ihn gab, und trollte sich beleidigt ins Haus.

»Dann sollten wir möglichst früh reingehen.«

Sie erhoben und küssten sich. »Erst fast in den Schlaf gestreichelt werden und dann so etwas«, murmelte Berger. Er sah sie mit großen Augen an, als er ihre Hand auf seiner Hose spürte.

»Ich kenne da aber eine Stelle, die scheint mir gerade wieder aufgewacht zu sein.«

***

Anatol, der Butler der Großherzogin, hatte schon Frühstück gemacht, als Gräfin Rosa und ihr Residente gut gelaunt die Wohnküche betraten. Sie gaben der Großherzogin, die ihre Zeitung weglegte, jeder einen Kuss auf die Wange und setzen sich zu ihr an den langen Holztisch.

Tante Auguste sah die beiden lächelnd an. »Na, Kinder, alle verhärteten Stellen wieder weich bekommen?«

Gräfin Rosa und Berger waren beide verlegen.

Rosa räusperte sich. »Waren wir zu laut?«

»Nein. Filou kam nur wieder tödlich beleidigt zu mir und rollte sich am Fußende meines Bettes zusammen.«

»Tantchen, ich bitte dich! Ein Schwein gehört nicht ins Bett.«

»Stell dich doch nicht so an. Er kommt ja auch nur dann zu mir, wenn sein Frauchen in *ihrem* Bett die Sau rauslässt.« Sie lächelte zuckersüß. »Allerdings war das sehr oft in letzter Zeit.«

»Vorgestern« bemerkte Berger, »hat er auf seinem Kissen im Wohnzimmer geschlafen.«

»Mein Sohn, selbst alte Leute erfreuen sich hin und wieder behandlungswürdiger Verspannungen.«

Berger rührte lächelnd Zucker in seinen Cortado. »Demnach haben Sie gestern Abend jedes Wort, das wir wechselten, verstanden.«

Die Großherzogin nickte ihm huldvoll zu. »Was deine Ermittlungen betrifft, bin ich dankenswerterweise im Bilde.« Sie nahm einen Schluck Tee. »Hat denn der zukünftige Blaublüter neben dem Tagesgeschäft seinerseits noch Interesse zu erfahren, was wir im Detail für die anstehende Verlobungsfeier geplant haben?«

Berger genoss den frischen Cortado, den nur Anatol annähernd so gut zubereiten konnte wie der Wirt in der Bar Sa Plaça. »Liebste Mama in spe, ich erbitte mir lediglich ein Einspruchsrecht bei der Wahl der Braut, ansonsten füge ich mich in mein Schicksal.«

»Gut, mein Sohn. Wann geht's also zum Chippen?«

Berger glaubte, nicht richtig gehört zu haben. »Ich soll zum Chippen? Damit man weiß, wie ich heiße, wenn ich entlaufen bin? Sperrt mich am besten gleich zu den Kälbern, dann kann mich der Tierarzt in einem Rutsch mit den anderen Viechern gegen Staupe impfen.«

Gräfin Rosa winkte genervt ab. »Siehst du, Tantchen, ich habe dir gesagt, dass es Ärger gibt.«

»Junge, du hast einer Adoption zugestimmt. Das gehört nun mal dazu, wenn du in die Welt des betuchten Hochadels aufsteigst. Als Herzog von Schleswig-Holstein Gottorf bist du Multimillionär, und die Versicherungen bestehen darauf, wenn sich das Millionenvermögen der dritten Stelle nähert. So gut wie alle königlichen Hoheiten sind für den Fall einer Entführung ebenfalls gechippt, selbst Prinz Charles.«

Berger fügte sich. »Dann will ich die Chips aber nicht in den Ohren haben und so aussehen wie Charles«, erwiderte er beleidigt. »Vielleicht fährt Camilla auf solche Lauscher ab, aber wen interessiert das schon? Ich werde dieser Dame sowieso nie begegnen.«

»Da wäre ich mir nicht so sicher, mein Junge. Zu eurer Hochzeit haben die beiden bereits zugesagt.«

***

Comisario García Vidal und Angela Bischoff warteten direkt am Vorfeld des Flughafens von Palma im Polizeiwagen auf die Maschine aus Köln/Bonn. Der Ramp-Agent hatte ihnen versprochen, Freaky alias Philipp Cronenberg direkt aus dem Cockpit über die Nottreppe der Passagierrampe zu ihnen zu bringen. Es klappte alles wunderbar, und da Freakys Gepäck als Letztes im Flugzeug verstaut worden war, konnten sie, nachdem Angela sie einander vorgestellt hatte, ihn und den Koffer schon kurz nach der Landung in den Polizeiwagen verfrachten.

»Mein Gott, Freaky«, sagte Angela Bischoff erfreut, »wie lange haben wir uns nicht mehr gesehen?«

Er strahlte sie an. »Das muss vor fast hundert Jahren bei irgendeinem Seminar über Computerkriminalität gewesen sein. Es war in Frankfurt, glaube ich. Aber vergeuden wir keine Zeit. Mein letzter Informationsstand besagt, dass die IT-Kollegin der dunklen Seite ihren Tablettenrausch überlebt hat und vermutlich bereit ist, zu kooperieren?«

»Dunkle Seite«, protestierte García Vidal, »ist zu böse. Sie ist ein ganz armes Würstchen und eigentlich Opfer, nicht Täterin.«

»Wenn sie wach ist, sollten wir am besten gleich ins Krankenhaus fahren. Je früher ich über alles informiert bin, desto effektiver kann ich helfen. Und wenn ich mit dem Mädel zusammenarbeiten soll, will ich ihr vorher in die Augen gesehen haben.«

»Vor acht Uhr morgens sollten wir da nicht aufschlagen«, wandte García Vidal ein. »Also haben wir noch Zeit für einen kurzen Cortado.«

Frisch gestärkt trafen sie im neuen Klinikum »Son Espases« an der Via Cintura in Palma ein. Camila hatte ein Einzelzimmer, vor dessen Tür ein Kollege der Guardia Civil Wache hielt. Als sie eintraten, zuckte das Mädchen im Krankenbett ängstlich zusammen. Beim Anblick von Freaky jedoch riss sie überrascht die Augen auf. »Bis du ›Freaky-D‹?«

Angelas junger deutscher Kollege war auch völlig erstaunt. »Ich werd verrückt. Die ›Cameliendame‹.«

»Kennen sich die Herrschaften vielleicht?«, fragte Angela.

Freaky nickte. »Ja, aus der ›Hackers-Lounge‹. Das ist eine Art Facebook für Hacker mit ausreichend IQ.«

»Und wer darf da alles mitmachen?«, wollte der Comisario wissen.

»Jeder, der es schafft, sich dort einzuhacken. Das ist Qualifikation genug.«

Aus Camilas Gesicht wich die Freude. »Sie sind Comisario García Vidal. Ich kenne Sie aus der Zeitung.«

Er nickte und zeigte auf Angela. »Und das ist Señora Angela Bischoff von der deutschen Polizei.«

»Sie kommen bestimmt, um mich zu verhaften, oder?«

»Hätte ich denn Grund dazu?«

Sie nickte entschlossen. »Allen Grund. Ich habe ein Verbrechen begangen, wenn auch nur mit dem Computer. Ich weiß zwar nicht für wen, aber das, was ich getan habe, ist strafbar.«

García Vidal versuchte, sie zu beruhigen. »Zuallererst soll ich Ihnen von Señor Hidalgo die besten Grüße ausrichten.«

Ihr stiegen Tränen in die Augen. »Onkel Zacarias, die gute Seele. Er wird fürchterlich enttäuscht von mir sein.«

»Nein, Camila, ich soll Ihnen ausrichten, dass er nicht anders gehandelt hätte und dass er alles tun wird, was in seiner Macht steht, um Ihre Schwester zu befreien.«

»Sie haben meine Stammelei auf dem Bildschirm also entziffern können?«

»Nicht sofort, aber wir haben es geschafft.«

Sie war sichtlich erleichtert. »Und was wird nun?«

Der Comisario nahm ihre Hand und drückte sie. »Comandante Hidalgo ist sich sicher, dass Sie uns helfen werden, den Fall aufzuklären, und da ich Ihren Brief von heute Nacht als offizielles Alarmieren der Sicherheitskräfte werte, gehören Sie ab sofort zu unserem Team.«

Sie nickte. »Aber selbstverständlich. Ich habe Ihnen schließlich mein Leben zu verdanken.«

»Darum geht es hier nicht. Wir müssen eine Verbrecherbande enttarnen und versuchen, Ihre Schwester zu befreien.«

Sie setzte sich, nur mit einem Nachthemd bekleidet, auf die Bettkante, und es wurde sichtbar, dass sie eine zwar sehr schlanke, aber dennoch wunderschöne junge Frau war. Freaky war wie hypnotisiert von ihr. »Die haben gedroht, Olivia in einen Harem zu verkaufen, wenn ich nicht für sie arbeite. Ich habe es erst nicht geglaubt, aber sie haben mir ein Bild von Olivia geschickt.« Ihr schossen schon wieder die Tränen in die Augen. »Das habe ich auf meinem Notebook gespeichert, wenn Sie sich das auch einmal ansehen wollen. Vielleicht können Sie da mehr drauf erkennen. Auf diesem Bild war sie nackt, gefesselt und völlig hilflos. Da habe ich denen meine Mitarbeit zugesagt.«

»Wer sind die?«, fragte García Vidal.

»Ich habe keine Ahnung. Sie haben sich immer nur per Mail bei mir gemeldet. Ich habe zwar versucht, den unterdrückten Absender zu recherchieren, aber das haben die irgendwie herausbekommen, und als Reaktion habe ich dann noch ein Bild von Olivia bekommen, darauf lag sie grün und blau geschlagen auf einer Matratze und weinte. Darunter stand: ›Nach dem nächsten Versuch, uns aufzuspüren, bekommen Sie ein Bild von ihrer Leiche.‹«

»Haben Sie das auch gespeichert?«

Sie nickte und begann, bitterlich zu weinen.

Freaky setzte sich neben sie auf die Bettkante und legte schützend einen Arm um sie. »Jetzt darf ich es dir ja sagen. Ich bin auch Polizist und extra aus Wiesbaden hergekommen, um dir zu helfen.«

»Und dabei kennen wir uns doch nur aus dem Internet«, schluchzte sie.

Er griff zu einem Taschentuch, das aus einer Box auf dem Nachttisch herausguckte, zupfte es heraus und trocknete ihr vorsichtig die Tränen. »Wir sollten keine Zeit verlieren und mit der Arbeit anfangen.«

»Du hast recht«, sagte sie fast erleichtert und erhob sich etwas wackelig vom Bett. »Moment, ich ziehe mir nur rasch etwas über.« Sie ging an ihren Patientenschrank, holte dort T-Shirt und Jeans heraus und verschwand im Bad. In diesem Augenblick betrat eine junge Ärztin das Krankenzimmer.

»Nanu, wo ist denn unsere Patientin hin?«

»Ich fürchte«, sagte Garcia Vidal und zuckte entschuldigend mit den Schultern, »sie entlässt sich gerade selbst.«

»Meinen Segen hat sie«, erwiderte die Ärztin. »Sie ist ja wieder völlig an Deck. Ich dachte nur, sie stünde unter Arrest.«

»No, Señora. Der Beamte vor der Tür war zu ihrem Schutz hier.«

»Dann bin ich erleichtert. Aber sagen Sie, das Mädel bleibt doch unter Aufsicht? Nach ihrem Selbstmordversuch sollte sie nämlich vorerst nicht allein gelassen werden.«

»Wir kümmern uns um sie, versprochen.« García Vidal nickte ihr zu. »Und allein bleibt sie in den nächsten Tagen bestimmt nicht.«

»Okay, dann sage ich der Stationsschwester Bescheid, dass sie die Entlassungspapiere fertig macht. Dann können Sie sie mitnehmen. Bedenken Sie aber bitte, dass sie heute noch nicht am Straßenverkehr teilnehmen darf. Sie sollte sich auch nicht ängstigen, wenn bei Müdigkeit – und die wird schnell wiederkommen – Sprachstörungen auftreten. Das hängt mit dem Wirkstoff zusammen, den sie bekanntlich reichlich genossen hat.«

»Sie können sich auf mich verlassen«, erklärte Freaky geradezu feierlich. »Ich werde gut auf unsere Patientin aufpassen.«

***

Unterdessen nahm Carmen als des Comisarios Vertretung an einer Konferenz teil, in der alle behördlichen Stellen, die mit der Gerichtsmedizin zusammenarbeiteten, über den aktuellen Stand der Dinge aufgeklärt wurden. Der ärztliche Direktor war völlig geknickt.

»Señoras y Señores, Sie sehen mich sprachlos. Mir ist noch von keinem Fall bekannt, bei dem es einen Angriff auf ein forensisches Institut gegeben hat.«

»Gab es Opfer unter den Toten?«, fragte ungerührt ein Kollege der Guardia Civil. »Wir hatten zwei Verkehrsunfall-Tote bei Ihnen liegen, und es wäre wichtig zu wissen, wie besoffen sie zum Zeitpunkt ihres Todes waren.«

»Die müssen sternhagelvoll gewesen sein«, rief ein Kollege der Feuerwehr. »Sonst wäre uns der Laden gestern ja nicht um die Ohren geflogen, oder?«

»Ich bitte Sie«, rügte der Polizeidirektor, »darüber kann der Kollege vom Branddezernat doch wohl genauer Auskunft geben.«

Der Angesprochene rührte in seinem Kaffee herum. »Es war definitiv Brandstiftung. In einer Zinkwanne auf dem Boden der Kühlkammer war reichlich Calciumcarbid in kristalliner Form. Man hat Wasser dazugegeben, und es entstand Ethingas oder auch Acetylen, wie der Schweißer dazu sagt. Als die Kühlung ansprang, ist den Damen und Herren Leichen der ganze Kühlschrank um die Ohren geflogen. Da wir davon zunächst keine Ahnung hatten, entstand durch das Löschwasser immer mehr Ethingas. Es entwickelte sich eine enorme Hitze, und jegliche organische Verbindung verbrannte rückstandslos. Irgendjemand hat aus der Kühlung einen riesigen Carbidofen gemacht.«

»Aber etwas muss doch noch da sein«, nörgelte der Kollege des Verkehrsdezernats. Eben hatte er noch ungerührt Sprüche geklopft.

»Ist es auch. Jede Menge Calziumhydroxid, noch viel mehr Ruß und ein Eimer voller Knöchelchen.«

Carmen überlegte kurz, dann ergriff sie das Wort. »Ich spreche wohl für die Kolleginnen und Kollegen der einzelnen Mordkommissionen, wenn ich sage, dass es uns ganz recht wäre, wenn davon nichts an die Presse ginge. Da ich nicht glaube, dass eine Leiche aus Verzweiflung eine Selbstkremierung durchgeführt hat, tippe ich auf Brandstiftung zum Zwecke der Vernichtung von Beweisen.«

Alles nickte betroffen.

»Und dass den Tätern dies auch eindrucksvoll gelungen ist«, fuhr sie fort, »muss man die Herrschaften ja nicht noch durch entsprechende Schlagzeilen wissen lassen.«

»Und was wollen Sie denen sagen?«, erkundigte sich der Direktor.

»Dass es gebrannt hat. Es kann auch ruhig Brandstiftung gewesen sein. Es muss aber betont werden, dass von der Feuerwehr alle Leichen noch intakt geborgen werden konnten. Und dass nach einer Bereitstellung von Kühlcontainern auf dem Hof des gerichtsmedizinischen Instituts die Arbeit sofort wieder aufgenommen werden konnte.«

Der Direktor schien darüber nicht sehr glücklich zu sein. »Aber wenn die Brandstifter das lesen, werden sie vielleicht überprüfen wollen, ob wirklich Container gekommen sind.«

»Es werden ja auch welche dort sein. Sie haben sie selbst bestellt, Direktor.« Sie lächelte ihn freundlich an. »Und zwar in der Absicht, dass wir bereitstehen, wenn die Kerle auch die Container abfackeln wollen. Ich verstehe Ihre Idee doch richtig?«

Der Direktor nickte heftig. »Ja, so habe ich mir das gedacht.«

Es ertönte zustimmendes Gemurmel. Der Chef war mit sich so sehr zufrieden, dass ihm völlig entging, dass diese Anerkennung ausschließlich Carmen galt.

***

Yussuf und Annmarie saßen beim gemeinsamen Frühstück, als Yussufs Handy klingelte. Zuerst schien er sich dem Tonfall nach gegen etwas zu verwahren, doch sein Widerstand schwand mit zunehmender Gesprächsdauer. Das Telefonat dauerte fast eine Viertelstunde, und Yussuf wurde immer fahler im Gesicht. Nachdem er aufgelegt hatte, wirkte er wie ein Häuflein Elend.

»So ähnlich sehen Söhne aus«, versuchte Annmarie zu scherzen, »die gerade enterbt wurden.«

Er war verblüfft. »Kannst du Arabisch?«

»Nein, kann ich nicht. Ich wollte dich nur aufmuntern.«

»Du ahnst gar nicht, wie nah an der Realität du mit dieser Annahme bist.«

»Dein Vater hat dich doch nicht wirklich enterbt?«

»Nein, noch nicht. Mir wurde noch eine Chance gegeben, es zu verhindern.«

»Die da wäre?«, fragte Annmarie ahnungsvoll. Sie spürte, dass sie der Grund für den Ärger war.

»Zunächst mal darf ich dir nichts von all dem erzählen. Gegen Mitternacht will dich mein Vater von der Militärpolizei abholen und in irgendein Feldlager bringen lassen.«

»Und was soll ich da?«

»Dort würde die Truppe dann eine Nacht lang ihren Spaß mit dir haben, um dich danach in der Wüste zu verscharren.«

Sie schluckte. »Er will mich also verschwinden lassen. Warum?«

»Er fürchtet deine neu gewonnene Nähe zur Zivilisation. Es wäre nicht auszudenken, meinte er, wenn dir hier in Oman die Flucht in eines der europäischen Konsulate gelänge.«

Sie griff zur Teetasse und versuchte, einen Schluck zu trinken. Dabei zitterte sie so sehr, dass sie die Hälfte verschüttete. »Was hast du geantwortet?«

»Ich habe ihm gesagt, dass ich dich lieber selbst töten werde.«

Bisher hatte sie bewundernswerte Stärke bewiesen, doch nun verließ sie mit einem Mal all ihre Kraft, vor allem aber jegliche Zuversicht. Verzweifelt sackte sie in sich zusammen und weinte hemmungslos.

Yussuf setzte sich auf den Stuhl neben ihr und schloss ihren bebenden Körper in die Arme. »Jetzt weiß ich, dass mein Vater auch mein gefährlichster Feind ist.«

»Yussuf«, protestierte Annmarie, »du sprichst von deinem Vater.«

»Ich spreche von einem Sklavenhändler, der zufällig mein Vater ist.«

»Und woher weißt du, dass dein Onkel nicht auch dahintersteckt?«

»Hätte er uns sonst ziehen lassen?« Er schüttelte den Kopf. »Annmarie, gestern, als wir zusammen in der Oase badeten«, flüsterte er beschwörend in ihr Ohr, »wurdest du zu meiner Schwester. Wärst du nur ein normales Weib, würde ich dich weggeben und vielleicht sogar auch töten, aber für meine Schwester werde ich kämpfen – und sterben, wenn es sein muss.«

»Wie willst du das denn machen? Yussuf gegen den Rest der algerischen Armee? Dein Vater ist ein hoher Offizier. Die Macht seines ganzen Apparates würde uns beide zermalmen.«

»Dann sei es so.«

Sie saßen noch eine Weile eng umschlungen und weinten gemeinsam.

***

Marga Santo und Jordi Vidal hatten Bereitschaftsdienst und waren sichtlich froh darüber, dass der Comisario Michael Berger gebeten hatte, sie dabei zu unterstützen. Der Dienstapparat war auf Margas Handy umgestellt, und so konnten sie den Leerlauf, den sie bei den Ermittlungen hatten, in der Bar Sa Plaça genießen.

Margas Handy klingelte. Sie nahm den Anruf entgegen, schlug ihren Block auf und begann, sich Notizen zu machen. Nach einem kurzen: »Sí, wir kommen«, beendete sie das Gespräch.

»Das war die Leitstelle. Man befürchtet, dass auf der Finca Zarzarrosa eine Gewalttat geschehen wird. Ein gewisser Peer Gunnarsson hat den Notruf gewählt und um Hilfe gebeten.«

Sie zahlten und machten sich auf den Weg.

Bei der Wellness-Finca angekommen, fanden sie zwei ratlose Beamte der Policía Local vor der Gegensprechanlage am Haupttor vor.

Marga ging auf sie zu. »Gibt es Probleme?«

»Die da drin meinen, es gäbe keine. Wir sollen wieder fahren, es hätte sich jemand einen Spaß erlaubt.«

Marga wollte gerade erneut klingeln, als der Residente sie stoppte. »Bitte nicht, Marga. Wir sollten das für den Moment so hinnehmen und zum Observationsbus fahren. Die müssten von einer Gewalttat ja etwas mitbekommen haben.«

Nach nur dreiminütiger Fahrt trafen sie beim Bus ein. Capitán Ramirez hatte seit einer halben Stunde Dienst.

»Hola, Capitán« begrüßte ihn Berger. »Wir haben von der Leitstelle einen seltsamen Notruf bekommen. Ein gewisser Peer Gunnarsson hat eine Gewalttat gemeldet, die auf der Finca geschehen würde, wenn er keine Hilfe bekäme.«

Ramirez nickte. »Den Notruf haben wir auch registriert, aber von einer entsprechenden Bedrohung haben wir nichts mitbekommen. Dabei hätten wir es über die Mikrofone sogar in den Räumen ohne Kamera gehört, wenn jemand um Hilfe gerufen hätte.« Er gab Berger ein Zeichen, dass er ihm bitte folgen solle, und verließ den Bus. »Señor Residente«, sagte er, als sie draußen allein waren, »ich möchte den Kollegen García Vidal nicht in Frage stellen, aber mit dieser Observationsnummer hat er sich völlig verzockt.«

»Ihre Erfahrung in allen Ehren, Señor Capitán, aber er hat das nicht allein zu verantworten, ich hatte ebenfalls das Gefühl, dass auf der Finca nicht alles koscher ist.«

Die Tür des Busses öffnete sich, und ein kreidebleicher Beamter winkte Ramirez zu. »Señor Capitán, wir bräuchten Sie mal bitte, schnell.«

Ramirez hastete in den Bus, Berger hinterher.

Der Polizist zeigte auf einen der Bildschirme, der einen Teil des Pools zeigte. Darin schwamm in einer roten Wolke, mit dem Rücken nach oben, ein extrem gut gebauter Mann mit einem weißen Polohemd und einer kurzen weißen Bademeisterhose.

»Der Cortado-Kellner«, entfuhr es Berger. »Wie kommt der denn da rein?«

»Die eigentliche Frage ist: Wie kommt der denn *nur da* rein?« Der Beamte tippte auf einen anderen Bildschirm, der das gesamte Schwimmbecken zeigte.

»Seltsam«, murmelte Ramirez. »Da schwimmt niemand, und beide Bilder sind angeblich live.«

Berger legte nachdenklich die Stirn in Falten. »Was meinen Sie, Capitán, ist die Liegewiese groß genug, dass da ein Polizeihubschrauber landen kann?«

»Ich denke schon.«

»Dann beordern Sie so schnell wie möglich einen her, um uns aufzunehmen. Die Kavallerie kommt jetzt nämlich aus der Luft.«

Marga guckte ungläubig. »Und was machen wir mit den Kollegen der Policía Local?«, fragte sie.

»Die sollen, kurz bevor wir dort einschweben, auf das Grundstück fahren. Die hören ja, wenn wir kommen.«

»Das Tor wird mit Sicherheit geschlossen sein.«

»Dann müssen sie eben ordentlich Anlauf nehmen.«

Ramirez sah ihn ratlos an. »Und wozu, Señor Berger, wollen Sie jetzt die Keule auspacken?«

»Weil ich denke, dass es sich bei dem, was bei der Aktion krampfhaft versuchen wird, das sinkende Schiff zu verlassen, um eine Ratte handelt.«

***

Der Comisario hatte schon im Krankenhaus das Gefühl gehabt, dass bei Camila und Freaky die Chemie ganz offensichtlich stimmte. Nun saßen sie sich im Rathaus an zwei verschiedenen Schreibtischen gegenüber, und dennoch spürte man, dass die beiden eine Einheit bildeten. Mit jedem Tastendruck schien Camila wieder mehr ins Leben zurückzukehren, und so, wie sie Freaky hin und wieder ansah, schien es ein Leben zu sein, für das es sich zu leben lohnte.

»Ich will Sie beide ja nicht stören«, hob der Comisario an, »aber ich würde schon ganz gern wissen, was Sie da gerade machen?«

»Wir haben unsere Computer zu einem zusammengeschaltet.«

»Und wozu?«

»Um die Kapazität zu erhöhen. Auf diese Weise kann ich von Camilas Account aus das Umfeld analysieren, in das sie vorgestoßen ist.«

Angela verstand deutlich mehr von dem ganzen IT-Kram als der Comisario, aber nun waren anscheinend auch ihre Grenzen überschritten. »Muss ich das so verstehen, dass Camila dich als eine Art Virus in ein anderes System hineinsetzt?«

»Nein.« Freaky schüttelte den Kopf, ohne seinen Blick vom Bildschirm abzuwenden. Dabei tippte er unaufhörlich und in einer unglaublichen Geschwindigkeit auf der Tastatur herum. »Sie hat mich zwar huckepack, aber nicht als Virus, sondern als eine Art Messsonde. Stell dir das bitte so vor, als würde Camila dem feindlichen Rechner eine Spritze geben. Dabei führt sie unmerklich auch eine Messsonde ein, mit der ich während dieser Injektion von meinem Rechner aus eine komplette Blutgasanalyse machen kann. Danach kann ich sagen, wer er ist, wo er wohnt und was er hat.«

Da sich die beiden auf Deutsch unterhielten, war sich der Comisario nicht ganz sicher, alles richtig verstanden zu haben, und bat Angela, es für ihn zu übersetzen.

»Aber warum«, wollte er danach wissen, »macht sich die Wirtschaft diese Möglichkeiten nicht zunutze?«

Freaky lächelte ihn freundlich an. »Was meinen Sie, woher ich den Quatsch habe? Das machen die schon längst.«

»Und warum ist das nicht bekannt?«

»Weil es eben keiner bemerkt, Señor.«

García Vidals Handy klingelte. Er sah auf das Display und nahm den Anruf besorgt entgegen. »Miguel, ist etwas angebrannt?« Nach kurzem Zuhören und einem knappen »Sí« war das Telefonat beendet.

»Angela, wir müssen zu dieser Wellness-Finca. Der Cortado-Riese schwimmt tot im Pool.«

»Mein Gott«, entfuhr es ihr. »Da habt ihr ja mit eurem Verdacht doch richtig gelegen!«

»Soll hin und wieder vorkommen.«

***

Der Knall, der entstand, als der Streifenwagen mit relativ großem Anlauf durch das Schiebetor krachte, ließ alle in der Finca hochschrecken. Als dann auch noch der Hubschrauber auf der Wiese landete und Liegen und Matten durcheinanderwirbelte, war das Chaos perfekt. Alles schrie und rannte durcheinander, und der Tote im Pool wurde gar nicht wahrgenommen, bis ein gellender Schrei die allgemeine Kakofonie übertönte. Ob die schöne Nackte, die hysterisch kreischend und zappelnd am Beckenrand stand, nun gerade Nachtigallenkot oder Babyschiss im Gesicht hatte, vermochte Berger nicht zu sagen. Er war der Erste, der bei ihr war, und konnte sie kaum beruhigen.

»Kinder«, stöhnte Marga bedient, als die Frau von einem Kollegen vom Pool weggebracht worden war. »Warum müssen manche Weiber immer gleich austicken, nur weil sie eine Leiche sehen?«

»Das lag nicht an der Leiche. Die hat im Wasser ihr Spiegelbild erblickt«, frotzelte Berger.

»Na dann«, Marga grinste, »ist das Entsetzen begründet.«

Der weibliche Kampfsport-Terrier, der normalerweise hinter dem Empfangstresen seinen Dienst versah, kam zu ihnen an den Pool gehastet. »Sind Sie denn von allen guten Geistern verlassen, hier mit einem Hubschr–« Entsetzt unterbrach sie ihre Schimpftirade, als sie den Toten im Pool entdeckte. »Um Himmels willen, das ist ja Peer. Wie kommt der denn da rein?«

»Dies zu ergründen, deswegen sind wir hier, junge Dame«, entgegnete Berger.

Sie sah ihn konsterniert an. »Da hätten Sie doch aber auch klingeln können.«

»Haben wir. Uns wurde aber nicht geöffnet.«

»Wer hat Sie überhaupt gerufen?«

»Ein gewisser Peer Gunnarsson.«

Ihre Augen versanken in Tränen. »Wie soll das denn gehen? Der schwimmt doch tot im Pool. Wer tötet denn bloß einen so wunderbaren Menschen?« Weinend setzte sie sich auf eine der Liegen, die überall herumstanden.

»Was war die Aufgabe von Herrn Gunnarsson?«

»Er war hier als Personal Trainer tätig, außerdem hat er mit Frau Svensson zusammen die Hotelseminare durchgeführt. Und wenn er etwas Luft hatte, half er gern am Empfang aus.«

Von überall her waren inzwischen Polizeisirenen zu hören, und kaum eine Minute später trafen auch García Vidal und Angela Bischoff am Tatort ein. Berger erstattete kurz Bericht.

Der Comisario sah sich fragend in der Runde um, zu der sich inzwischen auch Ramirez gestellt hatte. »Irgendwer hat diesem armen Kerl, der bei der Polizei ein Verbrechen melden wollte, die Kehle durchgeschnitten und ihn in den Pool geworfen. Ist das so richtig?«

»Sí«, quittierte Ramirez betreten die Aussage des Comisarios.

»Capitán, Sie wissen, dass ich Ihre Arbeit sehr schätze, aber hier ist etwas ganz gewaltig in die Hose gegangen. Wie kann es sein, dass direkt vor Ihrer digitalen Nase unbemerkt ein Mord geschehen ist?«

»Und wie kann es vor allem sein«, ergänzte Berger, »dass auf dem einen Live-Bildschirm eine Leiche im Wasser schwimmt, auf dem anderen aber nicht?«

Der Capitán war völlig zerknirscht. »Das kann ich Ihnen in einer Viertelstunde sicher beantworten. Im Moment sind meine Leute noch dabei, das Anwesen zu kontrollieren, inklusive der Räume, die ihnen zuvor, als Feuerwehrleute getarnt, verschlossen geblieben waren.«

Ein Beamter des SEK-Teams winkte ihnen von der Eingangstür

eines Nebengebäudes zu. Sie gingen zu ihm, und er führte sie in eine Art Hotelsuite. Auf und neben dem Bett war alles voller Blut.

»Weiß jemand, wessen Zimmer das hier sind?«, fragte García Vidal laut.

Berger stand neben dem Schreibtisch, auf dem sich ein aufgeklapptes Notebook befand. »Isabell« stand dort mit aufgeklebten Buchstaben über der Tastatur. Außerdem lag die Kladde daneben, die die Geschäftsführerin in der Hand gehalten hatte, als sie mit dem Comisario und ihm sprach. »Ich denke, hier wohnt die Geschäftsführerin der Finca. Zumindest sind das ihre Sachen.«

Marga Santo öffnete einen der beiden Kleiderschränke. »Und hier hängen Frauenkleider.«

»Marga«, bat García Vidal, »rufen Sie bitte den Doc auf seinem Handy an. Wir benötigen ihn hier. Er soll den Blut-Schnelltest mitbringen.«

»Aber damit kann nur die Blutgruppe festgestellt werden, das ist Ihnen klar«, wandte Berger ein.

»Sí, Miguel. Ich will wissen, ob nur der Riese hier umgebracht wurde oder auch seine Chefin.«

»Vielleicht ist sie die Mörderin und flüchtet gerade?«

Der Comisario schüttelte den Kopf und deutete auf den Nachttisch. »Das rosa iPhone dort gehört ihr. Und eine Frau würde doch niemals ohne ihr Handy flüchten.«

SIEBEN

Annmarie schien noch immer Probleme damit zu haben, sich voll verschleiert zwischen vielen Menschen zu bewegen. Sie konnte sich einfach nicht an dieses lächerlich kleine Sichtfeld gewöhnen und taperte, da sich ihr immer wieder der Tschador vor die Augen schob, dementsprechend unsicher herum. Yussuf und sie hatten sich zu einem Spaziergang durch die Altstadt von Oran entschlossen, aber er befürchtete, dass Annmarie durch den Kampf mit ihrem Schleier keine Chance hatte, ihre Umgebung auch genießen zu können. Oran gilt als die schönste und weltoffenste aller algerischen Städte. Die Architektur ist von einem maurischen Einfluss geprägt, und manche Fremdenführer bezeichnen Oran sogar als das Barcelona Afrikas. In Yussufs Unterkunft hatten sie nicht bleiben können, und obwohl dieses Sightseeing erzwungen war, wollte er wenigstens, was die Stadt betraf, bei Annmarie einen guten Eindruck machen. Yussuf war sich nicht sicher, ob sich die Häscher seines Vaters an die Zeitangabe halten würden. Eigentlich hatte er Zeit bis Mitternacht, um den Beweis zu erbringen, dass Annmarie tot war, doch er konnte nicht hundertprozentig einschätzen, ob sein Vater ihm die Scharade abgekauft hatte. Er war sich noch nicht einmal sicher, ob diese Kerle nicht auch ihn in die Wüste schicken würden, wo ihn zweifelsohne ein ähnliches Schicksal erwarten würde wie Annmarie. Bei ihm käme nur noch hinzu, dass es für einige Stammesfürsten eine Genugtuung wäre, einen Al Madgier zu erniedrigen und danach umzubringen.

Hakim und er hatten sich einen wilden Rettungsplan ausgedacht, bei dem, wenn er denn gelänge, sowohl Annmarie als auch er ungeschoren aus der ganzen Sache herauskommen würden. Alles hing nun aber davon ab, ob Hakim seinen Bruder Hamid, den Kapitän einer Fähre, dazu überreden konnte, mitzuspielen. Annmarie wusste nichts davon, sodass sie auch unter Folter nichts aussagen könnte. Yussuf und Hakim hofften, im Falle eines Falles ihrer beider Leben mit dieser Maßnahme retten zu können.

Ein betörender Duft stieg ihnen in die Nase. Er ging von

einem großen Kessel auf einem Gasherd am Straßenrand aus, in dem ein Händler etwas kochte. Neugierig schaute Annmarie in den Topf, konnte in der Brühe aber nichts erkennen. »Was wird da gekocht?«

»Ein algerisches Nationalgericht. Suppe mit gekochten Augen vom Hammel. Willst du mal probieren?«

Sie wehrte ab. »Ich danke, aber Hammel mag ich nicht. Ich habe schon mit dem Rest des Tieres Probleme, da werden mir die Augen nicht unbedingt schmecken.«

Kurz darauf hielten sie vor einem Juwelier, dessen Laden die im arabischen Raum traditionellen Armreifen aus Gold anbot. Yussuf kaufte fünf Stück, nahm Annmaries Hand und streifte die Ringe über ihr Handgelenk.

»Was soll das denn? Wird das Vieh für seinen Schlächter geschmückt?«

»Das kannst du sehen, wie du willst. Nur wirst du hier in Algerien ganz ohne Goldschmuck keinem Menschen glaubhaft versichern können, dass du verheiratet bist. Vielleicht kann dich das vor Üblem schützen.« Er lächelte sie verlegen an. »Und wenn du sie bei dir zu Hause trägst, wirst du vielleicht hin und wieder an mich denken.«

Sie sah ihn traurig an. »Ich hatte eigentlich gehofft, dass du mitkommen wirst.«

»Ich würde es mir wünschen, aber Fahnenflucht kommt für mich nicht in Frage. Mir würden automatisch alle Lizenzen, die bei einer ehrenhaften Entlassung erhalten blieben, aberkannt werden. Das Fliegen ist aber meine ganze Leidenschaft. Ein Leben ohne ist für mich nicht denkbar. Ich werde daher versuchen, meinen Dienst auf legalem Wege zu quittieren.«

Annmarie hatte dafür Verständnis. Lächelnd sah sie auf die Armreifen an ihrem Handgelenk. »Ich danke dir für dieses schöne Geschenk.« Sie gingen eine Weile schweigend nebeneinander her. »Ich hoffe wirklich, dich irgendwann einmal bei mir zu Hause begrüßen zu können. Wie gesagt, unsere Rettungshubschrauber brauchen immer tüchtige Piloten. Vielleicht könnte Hakim auch kommen, dann könntet ihr beide endlich auch offiziell als Paar leben.«

»Das wäre zu schön, um wahr zu sein, doch ich bin mir nicht sicher, ob wir uns dazu durchringen könnten. Ich habe von Kindheit an gelernt, dass die süßesten Früchte verboten sind. Vielleicht ist es genau das, was sie so süß macht.«

Sie legte mitfühlend ihre Hand auf seine Schulter und wollte etwas Tröstendes sagen, doch er zuckte wie elektrisiert zusammen und entzog sich ihr.

»Willst du mich zum Gespött der Leute machen?«, zischte er sie böse an.

»Was habe ich denn getan?«

»Für einen Mann ist es in unserer Gesellschaft erniedrigend, in aller Öffentlichkeit Trost von einer Frau zu empfangen.«

Sie war bestürzt. »Aber ich wollte doch nur meine Anteilnahme …«

»Ein Mann«, fuhr er ihr ins Wort, »benötigt keine Anteilnahme von einer Frau, schon gar nicht auf der Straße!«

»Und sollte ein Mann dabei erwischt werden, wie er weiblichen Trost entgegennimmt, dann ist er bei seinen Freunden unten durch?«, fragte sie.

»Nein, bei den Frauen.«

Annmarie blieb stehen. »Um das wirklich zu begreifen, muss man wohl einer von euch sein, oder?«

»Ich bin einer von uns und begreife es manchmal selbst nicht.«

Damit wollte sie sich nicht zufriedengeben. »Ich will es aber begreifen. Fangen wir mal ganz klein an: Wer hat bei euch das Sagen, Mann oder Frau?«

»Ganz klar der Mann und sonst niemand.«

»Wo ist also das Problem?«

»Es ist deshalb kompliziert, weil sich ein Mann niemals für etwas entscheiden würde, was gegen den Willen seiner Frau ist.«

»Weil er sonst in seinem eigenen Zelt die Hölle hätte.«

»Richtig. So ist der Mann dazu gezwungen, auf die Bedürfnisse seiner Frau zu achten. Er darf sich aber gleichzeitig nicht von ihr sagen lassen, was er zu tun hat. Und vor allem darf niemand denken, dass er es tut.«

»So weit d'accord, aber wo bleiben die Bedürfnisse der Frauen bei eurer widerlichen Beschneidung?«

»Erstens, meine Liebe, ist das nicht nur ›unsere‹ Beschneidung. Leider fordern auch viele Frauen, dass ihre Töchter beschnitten werden. Und mit den sich ständig vermehrenden Fundamentalisten greift dieses widerliche Ritual, wie du völlig zu Recht sagst, immer mehr um sich. Du kannst mir glauben, dass wir Männer eine lustvolle Geliebte bevorzugen würden. Du weißt sicher selbst, was es für ein unglaubliches Gefühl ist, dem Partner, den man liebt, echte Befriedigung bereiten zu können. Wir wären doch bescheuert, wenn wir unseren Frauen die Libido wegschneiden würden. Die alten Weiber sind die treibende Kraft. Sie rächen sich an den Mädchen für das, was ihnen in ihrer Jugend angetan wurde, und demonstrieren damit ihre Macht innerhalb der weiblichen Gesellschaft. Welche Rache wäre da süßer, als diesen armen Dingern ebenfalls ihren Stolz, ihre Würde und ihre Libido bei lebendigem Leibe aus dem Schoss zu schneiden?«

Es entstand eine Pause zwischen ihnen, in der jeder seinen Gedanken nachging. Er sah sich unsicher um. »Es tut mir leid, aber wir sollten uns nicht weiter unterhalten.«

»Ist dir das Thema unangenehm?«

»Nein, aber um uns unterhalten zu können, müssen wir nebeneinandergehen, und das fällt unangenehm auf. Eine Frau hat ihrem Mann in deutlichem Abstand zu folgen, das weißt du.«

»Ihr habt sie wirklich nicht mehr alle«, murmelte Annmarie resigniert.

»Das stimmt, meine Liebe, aber ihr, in eurer Kultur, auch nicht. Das ist das Problem fast aller Kulturen.«

***

Erst nach der Besichtigung der Finca mit sämtlichen Nebengelassen und des gesamten Grundstücks wurde der unglaubliche Dilettantismus, mit der die Observation dieses Anwesens durchgeführt worden war, offensichtlich.

»Mensch, Ramirez«, stöhnte García Vidal auf, als er am rückwärtigen Tor des Grundstücks stand. Es war schmal in die wuchtige Steinmauer eingelassen und stand sperrangelweit offen. »Geht denn da niemand mal rum und guckt?«

»Wir haben das Grundstück großflächig mit der Drohne abgeflogen, aber die Tür war aus der Luft nicht zu erkennen«, versuchte der Capitán sich und sein Team zu verteidigen. »Sie können mir glauben, dass wir hier die neueste Technik eingesetzt haben.«

Der Comisario würde immer zorniger. »Wenn ich das schon höre, kommt mir die Galle hoch. Die neueste Technik ist nun mal nicht immer die beste Lösung. Sehen Sie zu, dass Sie dieses Debakel, so schnell es geht und so genau es geht, analysieren. Ich möchte eine derartige Pleite nie wieder erleben, und schon gar nicht mit Ihnen, Capitán.« Er ließ den abgewatschten Ramirez einfach stehen und kehrte in das Nebengebäude zurück.

Dort war der Gerichtsmediziner gerade dabei, das vorgefundene Blut dem Schnelltest zu unterziehen.

»Haben Sie schon Ergebnisse?«

»Bis jetzt«, murmelte der Doc, »haben wir mit B-positiv nur eine einzige Blutgruppe. Ich habe vier Proben gezogen, um sie zum DNA-Test aber leider nach Barcelona zu schicken.«

»Wie lange wird das dauern?«

»Die Proben sind in drei Stunden drüben, heute Abend gibt's Ergebnisse.«

»Und wann könnten wir diese Arbeiten wieder hier auf Mallorca machen?«

»Sowie wir wieder Strom haben. Der Labortrakt war ja von dem Feuer nicht betroffen. Sektionen können wir ab morgen wieder machen, im neuen Klinikum. Da steht aus Geldmangel sowieso die Hälfte der neuen OPs leer. Da können wir rein.«

»Und was sagen Sie zu der Leiche im Pool?«

»Der Mann ist schätzungsweise noch keine Stunde tot. Unter Vorbehalt, weil ich nicht sagen kann, wie lange er schon im Wasser schwamm.«

»Und die Todesursache?«

»Man hat dem armen Kerl ganz trivial die Kehle durchgeschnitten.«

»Gibt es sonst noch etwas?« García Vidal tippte auf seinen Adamsapfel.

Der Arzt schüttelte den Kopf. »Ich habe gleich als Erstes nachgesehen. Die Stimmbänder sind intakt.«

Frustriert wandte sich García Vidal Berger und Marga Santo zu, die gemeinsam versuchten, dem Notebook der vermissten Geschäftsführerin mehr Informationen über die Finca zu entnehmen. »Haben Sie wenigstens verwertbare Neuigkeiten für mich?«

»Wir sind keine Fachleute«, brummte Berger. »Es mögen vielleicht versteckte Dinge auf der Festplatte gespeichert sein, aber wir finden sie nicht. Lassen Sie besser mal Freaky ran.«

García Vidal schaute sich plötzlich unwirsch um. »Wo ist eigentlich Jordi hin?«, fragte er übellaunig.

Marga schaltete sofort. »Chef, lassen Sie Jordi in Ruhe. Der hat es nicht verdient, von Ihnen aus lauter Frust einen zwischen die Hörner zu kriegen.«

García Vidal schnappte nach Luft, besann sich dann aber lieber eines Besseren. »Ich habe doch nur gefragt, wo er hin ist.«

»Er wird das tun, womit Sie ihn beauftragt haben, nämlich die Gegend und die anliegenden Felder erkunden. Señora Bischoff ist mit ihm mitgegangen.«

Plötzlich hörten sie ein entferntes Rumpeln, das immer näher kam. Es zischte in einem der Nebenräume des Anbaus, und dann hörte es sich so an, als würde etwas in einen Metallkorb fallen.

»Da ist dieses seltsame Rumpeln und Zischen, von dem Ramirez berichtet hat. Was kann das nur sein?«

»Ich bin mir ziemlich sicher, dass es eine Rohrpostanlage ist«, sagte der Arzt. »So was hatten wir im alten Klinikum für die Blutuntersuchungen. Rein in die ›Transport-Bombe‹ und ab ins Labor. Was Bequemeres gibt es nicht, und die hat sich genau so angehört.«

»Meine Herren«, murmelte Berger. »Tantchen hat schon wieder einmal recht gehabt.«

Sie ließen alles stehen und liegen und suchten die Räumlichkeiten nach der Rohrpost ab. Im Nebenraum der kleinen Küche wurden sie fündig. Berger nahm die »Bombe« aus dem Fangkorb, der unter einer Rohrkrümmung angebracht war, und schraubte sie auf. Er entnahm ihr einen handgeschriebenen Zettel. *»Wenn ihr das in der Finca seid, dann macht ein Kreuz und schickt das Ding zurück. Jordi.«*

García Vidal zückte einen Stift, machte das Kreuz und ergänzte: »Wenn das Ding ankommt, bitte mich auf meinem Handy anrufen. CGV.«

Der Arzt, der sich mit dieser Art Anlage ja auskannte, schob den Zettel in die Kartusche, verschraubte sie, öffnete eine Klappe in einem danebenliegenden Rohr, das senkrecht in die Decke ging, legte die »Bombe« in den Schacht, verschloss die Klappe mit einem Sicherungshebel und drückte auf die rote Leuchttaste einer Tastatur. Erst zischte es laut, dann hörte man, wie die Kartusche rumpelnd durch das Rohr schoss und sich immer weiter entfernte. Keine zwei Minuten später klingelte García Vidals Handy. Angela Bischoff war dran.

»Cristobal, wir stehen etwa fünfhundert Meter von der Finca entfernt am anderen Ende eines riesigen Feldes in einem verfallenen Schafstall. Du wirst es nicht glauben, aber in einer anderen Bombe, die hier in unserem Auffangkorb lag, fanden wir eine Kartusche, die mit drei Fünfzigeuroscheinen umwickelt war. Darin befanden sich wiederum achtunddreißigtausend Euro in bar. Und ein Zettel mit einer Art Wochenabrechnung.«

Der Comisario pfiff durch die Zähne. »Packt alles wieder so ein, dass niemand bemerkt, dass ihr da dran wart. Irgendjemand wird mächtig scharf auf das Geld sein, und ich will wissen, wer. Jordi soll sich dort auf die Lauer legen. Du kommst bitte wieder zur Finca zurück. Bis gleich.« Er beendete das Gespräch, ließ durch einen Polizeibeamten Capitán Ramirez dazuholen und gab ihm und den anderen weiter, was Angela ihm mitgeteilt hatte. »Ramirez, von Ihrem Team sollen sich zwei Kollegen an der Straße auf die Lauer legen und den, der diese seltsame Fracht abholt, verfolgen.«

»Okay.« Der Capitán gab die Anweisung an einen seiner Leute weiter. »Leider habe ich noch eine schlechte Nachricht.«

García Vidal war auf das Schlimmste gefasst. »Die da wäre?«

»Wer auch immer den Mann umgebracht hat, weiß, dass wir die Finca observiert haben. Unsere Kamera für den Pool war angezapft. Wir haben von einem Speicher die ganze Zeit eine Schleife vom leeren Pool vorgespielt bekommen.«

»Das war die einzige logische Erklärung für die beiden verschiedenen Bilder«, sagte der Comisario wenig überrascht. »Nun habe *ich* eine gute und eine schlechte Nachricht für *Sie*, Señor.«

Ramirez trat nervös von einem Fuß auf den anderen. »Beginnen Sie mit der guten«, bat er.

»Wer das getan hat, muss denken, dass er es mit völligen Anfängern zu tun hat, die null Peilung von dem haben, was hier abgeht. Das wird ihn, so hoffe ich, überheblich machen, und er wird uns unterschätzen.«

Ramirez machte ein zerknirschtes Gesicht, wirkte aber gleichzeitig erleichtert, dass der Comisario der Situation offenbar schon wieder Positives abgewinnen konnte. »Und was ist die schlechte?«

»So, wie wir uns hier angestellt haben, hat er völlig recht mit seiner Annahme.«

***

Nachdem Freaky und Camila zuerst recht zuversichtlich gewesen waren, dass es ihnen mit vereinten digitalen Kräften gelingen würde, den Computer ihres »Auftraggebers« aufzuspüren, schienen sie ein paar Stunden später etwas desillusioniert. Ziemlich bedröppelt liefen sie vom Rathaus zur Bar Sa Plaça hinüber und trafen dort fast gleichzeitig mit dem Comisario, Angela Bischoff und Berger ein.

»Hallo, ihr beiden«, begrüßte sie Angela, »ist eure Arbeit schon erledigt?«

»Leider nicht«, erwiderte Freaky bedauernd. »Uns bleibt nichts anderes übrig, als darauf zu lauern, dass unser Widersacher sich von allein meldet. Erst dann kann ich tätig werden. Eine gute Nachricht habe ich aber: Was das Strafrechtliche anbelangt, bleibt nicht viel übrig, was man Camila vorwerfen könnte. Sie hat den Spion lediglich platziert, indem sie vorformulierte Phishing-Mails verschickte. Alles Weitere lief dann aber wohl automatisch ab, ohne ihr weiteres Zutun oder Wissen. Er sah sie lächelnd an. »Ohne ihr wehtun zu wollen, aber der geniale Kopf hinter der Sache ist nicht sie, der sitzt irgendwo anders. Und wie sieht es bei euch aus?«

»Fragen Sie lieber nicht, Señor.« Man hatte García Vidal selten so niedergeschlagen gesehen. »Wir sind mit unserem eigenen fleißigen Zutun kräftig verarscht worden.«

Angela versuchte, ihn zu trösten. »Nun laste dir dieses Observationsdesaster nicht an. Du bist der Letzte, der dafür etwas kann.«

»Das stimmt«, bestätigte der Comisario. »Ich bin aber der Erste, dem sie dafür die Hammelbeine lang ziehen werden. Wenn ich nur wüsste, wie es dazu kommen konnte.«

»Das kann ich Ihnen sagen, Cristobal.« Berger orderte fünf Cortados. »Da haben zu viele Köche den Brei verdorben.«

»Es klappt eben selten, wenn zwei Behörden plötzlich ungeprobt zusammenarbeiten. Vor allem dann, wenn einer davon, wie Álvarez, meint, er sei ein Drei-Sterne-Koch und der andere könne gerade einmal Tütensuppen zubereiten. Hinzu kommt, dass sich keiner vom anderen etwas sagen lassen will, aber niemand für etwas verantwortlich ist.«

»Ramirez«, erwiderte der Comisario, »war bisher immer so ein zuverlässiger Mensch.«

»Die Betonung liegt auf Mensch, werter Kollege. Dieser seltsamen Gattung gehören wir übrigens alle an, und ich bin davon überzeugt, dass ihm so etwas nie wieder passieren wird.«

»Bei uns in Wiesbaden heißt es: ›Auf die Fresse fliegen, aufstehen, abputzen und weitermachen‹«, sagte Freaky aufmunternd.

Angela erhob sich von ihrem Stuhl, beugte sich zu García Vidal hinüber und gab ihm einen Kuss. »So, abgeputzt ist. Jetzt können wir weitermachen.«

Carmen betrat die Bar, sichtlich erschöpft. Sie gab dem Wirt ein Zeichen für einen weiteren Cortado und ließ sich auf einen der freien Stühle fallen. »Erledigt, Chef. Es wird alles so gemacht, wie Sie es mir aufgetragen haben, die Kühlcontainer werden morgen Vormittag geliefert und aufgestellt. Die nächste Runde in diesem Irrenhaus ist aber Ihre. Man hat ja das Gefühl, man redet mit Idioten.«

»Genau so ist es, liebste Carmen, und ich werde mich hüten, an der nächsten Besprechung teilzunehmen, wo ich doch endlich eine so fähige Vertretung gefunden habe.« Er fand den Gedanken so verlockend, dass er sich endlich wieder ein Grinsen abringen konnte. »Wer sorgt dafür, dass die Container bewacht werden?«

»Das hat die Policía Local übernommen. Die Municipales waren ganz wild auf diesen Job, und da habe ich sie gelassen.«

Jetzt wirkte García Vidal regelrecht zufrieden. »Okay, das wäre also in trockenen Tüchern. Hat sich der Assistent der Konsulin gemeldet? Er wollte sich doch darum kümmern, dass die Konsulate durchweg digital überwacht werden.«

Carmen nickte. »Hat er. Auch da ist alles wie gewünscht geschehen, sowie sich in einem der Konsulate etwas tut, werden wir alarmiert. Der Inselrat hat außerdem veranlasst, dass in den nächsten Tagen vor jedem Konsulat eine Fußstreife steht.«

»Und *last but not least* hält Jordi Vidal beim Schafstall mit der Rohrpost Wache. Was können wir sonst noch machen?«

»Gar nichts«, kam es prompt von Carmen. »Andrea und Arantxa gehen noch immer akribisch alle Hotels durch, und das dauert. Sie können nichts weiter machen, als mit den Bildern der Opfer die Rezeptionen abzuklappern. Wenn also Jordi mit der Rohrpost fertig ist, würden sich die Kollegen freuen, wenn er wieder zu Ihnen stoßen würde.«

Berger grinste. »Wahrscheinlich kommen sie sich vor wie die Zeugen Jehovas, aber das Klinkenputzen gehört nun mal zum Job des Ermittlers.« Er orderte eine weitere Runde. »Obwohl es so aussieht, als ob an alles gedacht ist: Das Herumsitzen und Warten ist nicht mein Ding.«

García Vidals Handy klingelte. »Hola«, meldete er sich und stellte laut. Ramirez war am anderen Ende der Leitung.

»Wir haben hier unter dem Vorratsraum eine Art Kellergeschoss gefunden. Dort gibt es alles, was man benötigt, um sich als streng gläubiger Muslim zu verkleiden. Burkas, Tschadors und Kaftane in allen nur erdenklichen Größen, selbst Bärte und Perücken liegen da unten.«

»Packt den ganzen Plunder ein und nehmt von jedem Angestellten eine Speichelprobe. Dann wird alles in den Hubschrauber verfrachtet und zum Flughafen geflogen. Dort geht es mit der ersten Maschine zur Gerichtsmedizin nach Barcelona. Wir sind in rund zwanzig Minuten wieder bei euch und beginnen mit den

Verhören der Angestellten.« Er zögerte kurz. »Danke, Capitán. Gute Arbeit.«

***

Am späten Nachmittag fuhren sie in Yussufs Wagen wieder in Richtung Fliegerhorst. Zu Annmaries Erstaunen rollten sie daran vorbei und parkten auf einem kleinen, wenig frequentierten Rastplatz an der Ausfallstraße.

Sie sah sich angenehm überrascht um. »Das sieht hier gar nicht mehr nach Wüste aus. Alles ist grün.« Sie kniff die Augen zusammen, um die Pflanzen auf den etwas entfernten Feldern erkennen zu können. »Sind das Weinstöcke?«

Yussuf nickte. »Rund um Oran ist die Weingegend Algeriens. Die Weine sind sogar im internationalen Vergleich recht passabel.«

»Und nun steht also eine Weinprobe auf dem Programm?«

»Nein, nicht einmal annähernd. Du musst jetzt tapfer sein und trotz der Hitze in den Kofferraum verschwinden.«

Sie erwiderte nichts, sondern sah ihn lange prüfend an. »Und es wird nicht zu meinem Schaden sein?«

»Im Gegenteil, meine Schöne.« Er wischte ihr behutsam eine blonde Locke, die sich aus dem Schleier gestohlen hatte, zur Seite. »Jetzt geht es für dich nach Hause. Vertraust du mir?«

Sie nickte, und beide stiegen aus. »Wenn es überhaupt einen Menschen gibt, dem ich vertraue, dann bist du es, Yussuf.«

Er öffnete den Kofferraum des Chryslers, sie stieg hinein und riss sich den Schleier vom Kopf. »So habe ich wenigstens ein bisschen Luft.« Sie sah ihn an. »Werden wir vor meiner Abreise noch etwas Zeit für uns haben?«

»Ich denke nicht. Hakim wird dabei sein.«

»Schön, dass ich ihn auch einmal kennenlerne.« Sie richtete sich, im Kofferraum kniend, noch einmal auf und gab ihm einen Kuss. »Yussuf, ich danke dir für deine Menschlichkeit. Egal, was in den nächsten Stunden mit mir geschehen wird, ich weiß, dass du nur das Beste für mich wolltest. Aber eine Frage habe ich noch. Warum bist du so geknickt?«

Yussuf fühlte sich ertappt. »Was dir angetan wurde, ist furchtbar, und ich fürchte, dass hinter allem irgendwie mein Vater steckt. Sonst hätte er sicher nicht solche Angst davor, dass du zu Hause oder in deinem Konsulat anrufen und berichten könntest.«

»Fühlst du dich besser, wenn du vor diesem Problem den Kopf in den Wüstensand steckst?«

»Nein, aber ich kann auch nichts dagegen tun. Wenigstens habe ich gehandelt, um diesem Unrecht in deinem Fall ein Ende zu bereiten.«

Annmarie war zufrieden mit seiner Auskunft. »Und dafür danke ich dir. So, und nun mach endlich die Klappe zu. Ich will nach Hause.«

Was für eine besondere Frau, dachte Yussuf, als er den Wagen behutsam in Bewegung setzte. Er überlegte, ob es noch eine würdigere Möglichkeit für sie gäbe, ungesehen in den von der restlichen Kaserne abgeteilten Bereich der SAR-Flugstaffel zu kommen, aber der Kofferraum war die einzige Möglichkeit. »Kannst du mich verstehen?«, rief er, so laut er konnte, nach hinten.

»Ja«, kam es leise zurück.

»Es ist ein Jammer, dass ich schwul bin. Du bist eine Traumfrau!«

Er stellte plötzlich fest, dass er sich zu Annmarie hingezogen fühlte, und war sich seiner Homosexualität auf einmal gar nicht mehr so sicher. Er errötete und sah verlegen an sich herunter. Oder konnte man eine Erektion auch aus Bewunderung bekommen?

***

Erwin Krause hatte schon als Kind ein Gespür dafür gehabt, Gefahren, die ihn betrafen, frühzeitig zu wittern. Selbst dann, wenn etwas noch in weiterer Ferne lag, versuchte er, präventiv darauf zu reagieren.

»Serge, mein Lieber«, sagte er nun. Er lag entspannt auf seiner Liege am Pool und betrachtete die wohlgeformten braun gebrannten Leiber um ihn herum. »Obwohl wir hier ein Publikum haben, das unseren Ansprüchen durchaus genügt, sollten wir wieder unser Ränzlein schnüren.«

Serge war wenig glücklich über die ständigen Ortswechsel, aber er sah die Notwendigkeit. Außerdem hatte er gelernt, den Spürsinn des alten Mannes, der ihnen schon oft den Hals gerettet hatte, zu schätzen. »Wohin geht's diesmal?«

»Ich habe uns zwei Suiten in der ›Finca Amapola‹ gemietet. Wir haben es verdient, uns wieder einmal in aller Abgeschiedenheit von Flair, Ambiente und Küche verwöhnen zu lassen.«

»Sind es wieder die Suiten ›Rosa‹ und ›Casa Bomba‹?«

Der Alte lächelte milde. »Natürlich. Du weißt doch, einen alten Baum verpflanzt man nicht. Außerdem muss man die Vorteile ausnutzen, die ein so exquisites Haus seinen Stammgästen zu bieten hat. Luxus in aller Bescheiden- und Abgeschiedenheit, das ist unser Ding, und ich hoffe, es bleibt so.« Er setzte sich auf und trank einen Schluck von der gekühlten Limonade, die ihm der Barkeeper stündlich aus frischen Zitrusfrüchten neu mixte. »Haben wir sonst alles erledigt?«

Serge richtete sich ebenfalls auf und prüfte mit flüchtigen Blicken ihre Umgebung. »Was ist mit den Marokkanern?«

»Seit der Pleite im deutschen Konsulat sind sie nutzlos.«

»Lohnt sich der Aufwand mit Mufti und Notar denn überhaupt bei der Schwedin?«

»Ich denke nicht.« Krause nahm einen großen Schluck. »So üppig war ihr Gehalt auf Zarzarrossa nicht, und das, was sie schwarz beiseitegeschafft hat, wird wohl kaum auf irgendwelchen Konten schlummern. Wir sollten die Weiber so schnell wie möglich wegschaffen lassen. Verkauft sind sie ja schon.«

»Sowie das Schiff angelegt hat, bringen wir sie nach Cala D'or. Dann können die Frauen am Wochenende schon in Alicante sein, um von dort aus auf dem üblichen Weg weitergereicht zu werden.«

»Wunderbar, mein Lieber. Aber sag, was ist mit dem schwedischen Riesenbaby? Weint es noch immer?«

Serge musste grinsen. »Nein, inzwischen nicht mehr. Ich musste ihn leider beruhigen.«

»Du hast gut daran getan, und ich denke, wir sollten den Marokkanern die gleiche Behandlung zukommen lassen.«

»Wer soll dann in Zukunft die Ehemänner spielen?«

»Niemand mehr. Wir haben genug verdient.«

»Aber Barak ist mit seiner gesamten Familie da.«

»Es sind Muslims. Nimm für die Bombe die ›Al-Kaida-Mischung‹ und lass es als Betriebsunfall eines Selbstmordattentäters aussehen. Die nehmen sich ja öfter Arbeit mit nach Hause.«

Serge trank ebenfalls Limonade. »Gut, dann bleibt nur noch die deutsche Adlige. Sie hat uns nichts eingebracht und ist obendrein ein Ladenhüter.«

»Wir fahren morgen nach Manacor. Dort werde ich mich ihrer annehmen. Vorbehandelt ist sie ja schon.«

»Sí, Padrón. Aber sag mir bitte, was wird aus uns, wenn alles getan ist?«

Krause schloss auf seiner Liege die Augen. »Ich habe mich dazu entschlossen, bald eine völlig neue Identität anzunehmen.«

»Schon wieder?«

»Wir beide haben mit dieser Sache in den letzten drei Jahren so viele Millionen verdient, dass wir uns einer anderen Branche zuwenden sollten.« Er lächelte Serge verführerisch an.

»Und an was denkst du?«

»Halten wir die Augen offen und lassen uns überraschen.«

***

Berger und der Comisario standen bei den Verhören einer Mauer des Schweigens gegenüber. Es war aber kein normales Schweigen, eher ein Wall der kompletten Ahnungslosigkeit. Bis auf einen der Gärtner wusste auch von dem Kellerraum niemand etwas.

»Und wieso wissen ausgerechnet Sie davon, Señor?« García Vidals Stimme war die Ungeduld anzuhören.

»Weil dort im Winter die Auflagen für die Liegen gelagert werden. Mein Job ist es, sie für die Einlagerung zu präparieren und im Sommer wieder rauszuholen.«

»Was verstehen Sie unter ›präparieren‹?«

»Im Herbst werden sie gereinigt, getrocknet und mit Talkumpuder eingerieben, damit das Plastik bei der langen Lagerung nicht zusammenklebt. Im Frühjahr muss ich das Zeug dann wieder abwaschen.«

»Und wofür«, bohrte der Comisario weiter, »wird der Raum momentan genutzt?«

»Irgendwelche Schauspieler oder Animateure bewahren dort ihre Garderobe für die Theateraufführungen auf. Ist vermutlich eine kleine Gegenleistung dafür, dass die Finca Zarzarrosa Wellness-Kurse in den Klubs und Hotels abhalten darf.«

»Und warum«, wollte nun Berger wissen, »hat diese vermeintlichen Animateure niemand außer Ihnen jemals gesehen?«

»Weil sie einen Schlüssel für die Nebentür zum Campo hin haben.« Der Mann sah den Comisario und Berger mit klarem, festem Blick an. Er machte sich auch durch keine unsicheren oder fahrigen Bewegungen der Lüge verdächtig. »Was mich allerdings wunderte, war, dass die manchmal schon vormittags Theater gespielt haben. Als ich sie mal danach gefragt hatte, verdrehten sie nur die Augen. ›Die Touristen sind eben verrückt‹ hieß es, und da sie ja wirklich verrückt sind, war das für mich erledigt.«

»Señor, kennen Sie einen gewissen ›Padrón‹?«, fragte García Vidal.

»No, Señor, hier gibt es keinen Padrón. Wir haben eine Padróna.«

»In Ordnung, das war alles. Wir danken Ihnen für Ihre Mitarbeit.«

Ein Kollege der Guardia Civil führte den Mann hinaus.

»Wen wir auch verhört haben«, schimpfte García Vidal, »keiner weiß etwas. Und das Schlimme daran ist, dass alle glaubwürdig sind. Oder hatten Sie einen Wackelkandidaten?«

»Nein.« Berger war genauso frustriert. »Nach dem, was wir hier gefunden haben, scheint die Finca nur ein Baustein einer kriminellen Vereinigung zu sein.«

»Stimmt.« Der Comisario rührte versonnen Zucker in seinen Cortado. Da Peer Gunnarsson nun tot war, wurden sie von der Terrierdame am Empfang damit versorgt.

»Und das große Ganze scheint so aufgebaut zu sein, dass kein Baustein etwas vom anderen weiß.«

»Bis auf die Geschäftsführerin. Die wird natürlich etwas wissen, aber ich fürchte, dass sie das mit ihrem Leben bezahlt hat.«

Berger brummte verhalten. »Sie war hübsch genug. Wenn Jordi mit seiner Beobachtung recht hat, wird sie ihr Restleben vielleicht in irgendeinem Harem verbringen dürfen. Oder sie macht sich irgendwo inkognito ein schönes Leben in Saus und Braus. Dass sie dem Riesen die Kehle durchgeschnitten haben soll, halte ich in beiden Fällen für unmöglich.«

Der Comisario empfing eine SMS. Er warf einen Blick auf das Display und sprang auf. »Der Schafstall hat Besuch bekommen. Wir sollten zum Observationsbus fahren. Von dort aus können wir verfolgen, wohin die Rohrpostbombe gebracht wird.«

***

Vor allem wegen der Hitze hatte Annmarie in dem eigentlich recht geräumigen Kofferraum dennoch Mühe, die in ihr aufsteigende Platzangst zu bekämpfen. Krampfhaft dachte sie fortwährend an die unendliche Weite des Meeres. Sie stellte sich Eisberge vor. Massen von riesigen Eisbergen, doch irgendwann half auch das nicht mehr. Sie begann zu weinen, das erleichterte sie etwas.

Irgendwann rief Yussuf nach hinten: »Achtung, jetzt bitte Ruhe. Wir kommen zum ersten Kontrollpunkt.«

Sie wurden anscheinend problemlos durchgewunken, denn Yussuf gab bald wieder Gas.

Annmarie wurde unsicher. Wieso, dachte sie, zum ersten Kontrollpunkt? Dass es auf den Stützpunkt ging, das wusste sie, aber da war, wie bei jeder Kaserne, nur eine Einlasskontrolle. Sollte es zu den Rettungsfliegern gehen? Aber was sollte sie dort?

Yussuf verspürte zum ersten Mal in seinem Erwachsenenleben Angst. Er war in der Luft schon bei so manchem Sturm in brenzlige Situationen geraten und hätte zu Recht Angst um sein Leben haben können, aber da war nichts von Angst oder Panik zu spüren gewesen. Doch nun machten sich Nerven bei ihm bemerkbar. Ihm wurde bewusst, dass es dabei nicht darum ging, mit einer Frau im Kofferraum erwischt zu werden, sondern dass es ihn ängstigte, in seinen Grundfesten erschüttert worden zu sein. Mit zitternden Knien bremste er den Wagen am Schlagbaum zum SAR-Bereich des Fliegerhorstes ab.

Der Wachmann war irritiert. »*Salam aleikum*, Major, heute mit Auto?«

»*Wa aleikum as-salam*. Ich habe ein paar Klappstühle und Tische im Kofferraum. Wir wollen am Wochenende ein wenig feiern.«

»Steht eine Beförderung an?«

Yussuf lächelte vielsagend. »Sie werden verstehen, dass ich darüber noch nichts sagen darf. Aber Sie werden es als Erstes erfahren, wenn Sie mich mit ›Herr Oberst‹ anreden dürfen.«

Der junge Mann salutierte lachend und winkte ihn durch.

Hakim wartete am Tor des Hangars und verschloss das schwere Schiebetor hinter ihm. Yussuf fuhr bis in die letzte Ecke der riesigen Halle, sprang aus dem Wagen und öffnete den Kofferraum.

»Die Luft ist rein. Bis auf Hakim sind jetzt alle in der Kantine.«

Annmarie stieg sichtlich erleichtert aus dem Kofferraum und musste sich erst einmal setzen. Sie war froh über die Weite der Halle. »Ich glaube, ich hätte es keine Minute mehr länger in diesem Kabuff ausgehalten. Ich neige wahrlich nicht zur Hysterie, aber das war hart an der Grenze.«

Hakim trat zu ihnen und war sprachlos. Er hatte noch nie eine so schöne Frau mit derartig langen blonden Haaren gesehen. »Und sie ist wirklich ein Geschenk deines Onkels?«, fragte er auf Arabisch.

»Ja, und wie sich herausstellte, ein sehr wertvolles.«

»Wenn sie wegsoll, dann verkaufe sie doch einfach. Ich kenne einige Beduinenscheiks, die würden für sie ein Vermögen geben.« Hakim konnte seinen Blick nicht von ihren Haaren abwenden. Er griff danach. »Mein Freund, ich hoffe, du hast nichts dagegen.«

Yussuf war entsetzt. Sein Geliebter war ihm noch nie so fremd gewesen wie in diesem Augenblick. »Da musst du nicht mich, sondern sie fragen.«

»Ich denke, sie ist dein Eigentum?«

»Wir fliegen durch die Lüfte, mein Freund. Gehören uns deswegen auch die Vögel?«

Hakim ließ die Hand sinken. »Wenn sie wirklich eine Schwester für dich ist, dann gebiete ihr, sich zu bedecken, wie es sich geziemt. Nur wenn sie eine Hure ist, soll sie auch so herumlaufen.«

»Du kannst auch selbst mit ihr reden. Frag sie, was sie ist. Sie spricht ausgezeichnet Französisch.«

»Entschuldigen Sie bitte, Madame, ich ahnte nicht, dass Sie unserer Sprache nicht mächtig sind.«

Sie nickte reserviert. »Keine Ursache. Mein Name ist Annmarie Momperen. Ich bin Luxemburgerin.«

Hakim deutete eine Verbeugung an. »Hakim Ben Brahim, Major der algerischen Streitkräfte.«

Sie lächelte ihn an. »Wenn Sie auf militärische Gepflogenheiten so großen Wert legen, möchte ich hinzufügen, dass ich Colonel der Reserve bin.«

Hakim glaubte, nicht richtig verstanden zu haben. »Colonel?«

»Annmarie ist Ärztin«, ergänzte Yussuf.

Hakim nahm Haltung an. »Dann muss ich mich in aller Form für mein Verhalten entschuldigen, Madame Colonel.«

»Stehen Sie bequem, Major.« Sie sah sich um. »Und was geschieht nun?«

»Du wirst dir eine Fliegerkombi anziehen und dich hinten im Lager so lange verstecken, bis Alarm ausgelöst wird. Dann wird Hakim dich holen, und du wirst mit ihm mitfliegen.«

»Wohin?«

»Das kann ich dir nicht sagen.«

»Sag mir bitte wenigstens, in welche Richtung es geht.«

Yussuf lächelte. »In Richtung Freiheit.«

»Ich danke dir, mein Freund.« Sie gab ihm einen Kuss auf die Wange.

»Noch etwas. Ich brauche Blut von dir. Schließlich soll ich dich töten und in der Wüste verscharren.«

Sie blieb völlig ungerührt. »Dann brauchst du viel Blut. Im Hubschrauber ist doch sicher ein Notarztkoffer, oder?«

Hakim nickte. »Brauchen Sie den?«

»Ja, Major, bringen Sie ihn mir bitte.«

Er machte sich sofort auf den Weg.

»Yussuf, das ist jetzt vielleicht das letzte Mal, dass wir ungestört miteinander reden können.«

»Das stimmt.«

»Ich möchte dir für alles danken und dir sagen, dass ich für dich da sein werde. Egal wann, meine Tür wird dir immer offen stehen.«

Er umarmte sie, um seine Tränen zu überspielen, doch sie nahm sein Gesicht zwischen ihre Hände und küsste ihn auf den Mund. Zuerst waren seine Lippen hart, doch von Sekunde zu Sekunde wurden sie weicher, bis sich plötzlich ihre Zungen berührten. Yussuf war wie elektrisiert.

Sie musste seine Erektion gespürt haben, denn sie legte lächelnd ihre Hand auf seine Hose. »Und du bist dir wirklich sicher, dass du schwul bist?«

»Du verwirrst mich«, erwiderte er verlegen. Sie lösten sich voneinander, da Hakim sicher gleich zurückkehren würde. »Und wenn du mich so direkt fragst, dann weiß ich es selbst nicht mehr. Heute Morgen hätte ich dir noch mit einem klaren Ja antworten können. Im Laufe des Tages wurde mir aber klar, dass ich noch nie einen Menschen so geliebt habe wie dich, Annmarie Momperen. Und plötzlich begehrte ich dich.« Er lachte auf. »Eine eingefleischte Schwuchtel ist plötzlich scharf auf eine Frau, ist das zu glauben? Wie kann das sein?«

Sie nahm seine Hände und küsste sie. »Vielleicht liegt es daran, dass du bisher noch keine begehrenswerte Frau getroffen hast.«

»Du meinst, ich bin gar nicht schwul? Meine Liebe zu Männern resultiert nur aus einem Mangel an schönen Frauen in meiner Heimat?«

»Sicher nicht aus einem Mangel. Aber woher solltest du wissen, wie eine begehrenswerte Frau aussieht? Ihr verschleiert sie ja alle, vor allem die schönen. Ich kann dir nur eines anbieten, mein Freund. Besuche mich so schnell wie möglich in meiner Heimat, und wir werden austesten, wie viel Lust dir eine Frau bereiten kann. Vielleicht bist du schlicht und ergreifend auch einfach nur bisexuell.«

Yussuf war geradezu perplex. Auf diesen Gedanken war er noch nie gekommen. »Das kann natürlich sein. Darüber entscheidet wohl die Frage, ob ich dazu bereit und in der Lage bin, dir Lust zu spenden.«

Sie zwinkerte ihm zu. »Also mit dem, was ich da eben fühlen durfte, solltest du für die ersten dreißig Seiten des Kamasutra gewappnet sein.«

Als Hakim den Hangar wieder betrat, wandte sich Yussuf etwas von ihm ab, damit sein Freund nichts von seiner Erregung bemerken konnte.

»Was benötigen Sie daraus, Colonel?«

Hakim öffnete den Koffer, und sie entnahm ihm zwei Infusionsnadeln, ein Infusionsbesteck und einen Beutel mit fünfhundert Millilitern Kochsalzlösung. Den Beutel stach sie mit dem Systemanschluss an und gab ihn Hakim.

»Leeren Sie ihn bitte aus und bringen Sie ihn dann wieder. Du, Yussuf, kannst mir beim Anzapfen helfen.« Sie setzte sich neben dem Wagen auf den Hallenboden, lehnte sich an einen der Reifen und machte ihren linken Arm frei.

Yussuf wusste, was zu tun war, und reichte ihr die ausgepackte Infusionsnadel. Er riss eines der Steri-Pads auf, entnahm ihm ein Desinfektionsläppchen und wischte damit mehrfach über ihre Armbeuge.

»Du scheinst Erfahrung zu haben.«

Er lachte. »Nein, ich habe nur schon öfter Blut gespendet. Als Offizier müssen wir das jedes halbe Jahr machen.«

»So, nun umfasse bitte mit beiden Händen meinen Oberarm und drücke ordentlich zu.«

Er folgte ihrer Anweisung. Als das Blut in ihren Venen genug gestaut war, stach sie mit geübter Hand zu. Hakim hatte seinen Job ebenfalls erledigt und schloss den leeren Beutel an die Infusionsnadel an.

»So, mein Lieber, nun müssen wir noch etwas warten, und dann kannst du dein Schlachtfest veranstalten, wo auch immer.«

***

Da alles viel zu schnell gegangen war, konnten sich García Vidal und Berger im Observationsbus die Szene nur noch als Aufzeichnung anschauen. Ein Motorradfahrer hielt neben dem Schafstall und sah sich aufmerksam um. Als er niemanden entdecken konnte, ging er in der Stall, schob, ohne zu suchen, den Stapel Heuballen zur Seite, hinter dem die Rohrpostanlage verborgen war, und holte die Bombe aus dem Auffangkorb. Er öffnete sie, entnahm ihr die Kartusche und fummelte einen der Fünfzigeuroscheine ab, den er in seine Jackentasche steckte. Danach verschloss er die leere Bombe wieder und schob die Heuballen zurück vor die Anlage. Er ging nach draußen, verstaute die Kartusche im Topcase seines Motorrades, stieg auf und fuhr los.

»Sollte uns dieser junge Mann erzählen, dass er keine Ahnung hat, was die Kartuschen, die er transportiert, beinhalten, müssen wir ihm wohl glauben. In welche Richtung ist er jetzt unterwegs?«

Der Operator schaltete auf ein Bild, das einen Motorradfahrer aus großer Höhe zeigte. »Das ist live aus dem Hubschrauber heraus gefilmt, im Moment befindet sich der Mann auf der MA-14 zwischen Cas Concos und Felanitx.«

»In der Stadt wird es vermutlich schwer, ihn von oben zu verfolgen, oder geht das problemlos?«, erkundigte sich Berger.

»Nicht in den mallorquinischen Gassen. Wir lassen ihn in der Stadt von Motorradstreifen der Policía Local verfolgen.«

»Fallen die nicht auf?«

»Sowie er aus Felanitx heraus ist, hat ihn der Hubschrauber wieder.«

»Miguel«, sagte der Comisario nachdenklich, »ich frage mich gerade, was jemanden wohl dazu bewegt, in der heutigen Zeit auf einen derart umständlichen Kommunikationsweg zurückzugreifen. So ein ›berittener Bote‹ braucht schließlich seine Zeit und muss außerdem bezahlt werden.«

»Er hinterlässt aber keinerlei digitale Spuren.«

García Vidal überlegte weiter. »Dieser Bote hat sich ganz eindeutig nur einen der drei Scheine genommen, die um die Kartusche gewickelt waren. Ich folgere daraus, dass er lediglich das erste Glied in einer Botenkette ist.«

Auf dem Bildschirm war zu erkennen, wie der Hubschrauber vor der Stadtgrenze von Felanitx leicht nach Osten abdrehte, um die Stadt zu umfliegen. Die Motorradstreifen übernahmen und hielten die Einsatzzentrale über Funk auf dem Laufenden.

»Achtung, Zielperson verlässt die MA-14 und biegt links auf die 5120 ein«, quäkte es aus dem Lautsprecher des Funkgerätes. Der Hubschrauber machte sofort eine Kehrtwendung und flog in westlicher Richtung weiter.

Sie konnten auf dem Bildschirm ganz wunderbar verfolgen, wie der Motorradfahrer Felanitx nun wieder verließ und die beiden Motorräder der Policía Local abdrehten. Nach etwa einem Kilometer bog der Motorradfahrer nach links in einen Feldweg ab. Nun wurde das Bild sehr unruhig, denn der Kameramann blieb auf Abstand und stellte auf Maximalzoom.

»Könnt ihr das nicht ruhiger halten?«

»Nein«, antwortete Ramirez. »Der Hubschrauber ist so weit weg, damit der Motorradfahrer ihn nicht hören kann.«

Auf dem Wackelbild war zu erkennen, dass der Fahrer anhielt, die Kartusche aus seinem Topcase herausnahm, zu einer Steinmauer am Feldrand ging, einen Stein herauszog, die Kartusche hineinlegte und dann den Stein wieder hineinschob. Er bestieg sein Motorrad und fuhr in Richtung Hauptstraße. Dort angekommen hielt er erneut, stieg ab, machte sich kurz an der unteren Ecke eines Verkehrsschildes zu schaffen, stieg wieder auf und fuhr weg.

»Sollen wir ihn verfolgen oder bei der Kartusche bleiben?«

García Vidal überlegte kurz. »Wir bleiben bei der Kartusche. Das Kennzeichen des Mannes haben wir ja.«

»Sí, Comisario.«

»Okay, dann legt euch auf die Lauer. Wenn die Kartusche ihr Ziel erreicht hat, ruft ihr mich bitte an.« An Berger gewandt fügte er hinzu: »Kommen Sie, Miguel, wir fahren zurück zur Finca. Da dürfte weiterhin unsere Anwesenheit gefragt sein.«

ACHT

Auf dem kurzen Weg vom Observationsbus zur Wellness-Finca fuhr García Vidal plötzlich rechts ran und stellte den Motor aus.

Berger sah ihn verwundert an. »Erstens ist es noch hell, und zweitens haben wir beide jemanden zum Knutschen. Was wollen wir hier?«

»Miguel, wir haben zwar jemanden zum Knutschen, aber haben Sie auch jemandem zum Reden?«

»Wie kommen Sie in drei Teufels Namen ausgerechnet jetzt auf die Idee, mit mir reden zu wollen?«

»Weil Sie mir hier erstens nicht ausbüchsen können und weil wir beide schon lange nicht mehr allein waren.«

»Und ich sehe so aus, als bräuchte ich jemanden zum Reden?«

»Sonst würden wir hier nicht stehen.«

Berger zögerte einen Augenblick. »Sie haben recht, Cristobal. Ich fühle mich wirklich nicht sehr wohl in meiner Haut. Diese riesige Verlobungsparty und der ganze Kram mit der Adoption, das geht mir tierisch auf die Nerven. Ich habe sogar Schiss davor.«

»Das merkt man. Und warum posaunen Sie das nicht lautstark hinaus, wie es sonst Ihre Art ist?«

»Weil ich niemanden verletzen möchte. Meine Gräfin nicht, da sie gern groß und standesgemäß feiert, und auch Tantchen nicht, die sich unbedingt einen Erben wünscht.«

»Und was haben Sie gegen Titel und Reichtum, mein Freund?«

»Ich wäre, verdammt noch mal, nie ein richtiger Herzog. Ich wäre mein ganzes Leben nur ein Prinz von ›Möchtegern‹, dem man nachsagt, den Hals nicht vollkriegen zu können. Das würden die Blaublüter Europas mich und vor allem die Gräfin den Rest unseres gemeinsamen Lebens spüren lassen. Rosa hätte das nicht verdient.«

»Wer die Großherzogin kennt, wird aber wissen, dass sie Sie schlicht für würdig hielt.«

»Das ist richtig, aber jeder, der selbst scharf auf das viele Geld ist, und das sind fast alle, wird sich über uns das Maul zerreißen.

Ich allein könnte das vielleicht ab, aber würde das unsere Ehe aushalten?«

»Tja, mein Lieber, dann sollten Sie sich ganz schnell die Großherzogin schnappen und mit ihr reden. Ich bin der Meinung, dass Ihre Vorbehalte durchaus bemerkens- und vor allem auch ehrenwert sind. Die Großherzogin wird die Letzte sein, die Sie nicht verstehen wird.«

Berger griff nach García Vidals Unterarm und drückte ihn. »Ich danke Ihnen für diesen Stopp.« Er kaute versonnen auf seiner Unterlippe herum. »Manchmal wünsche ich mir, Filou zu sein. Der kann sich benehmen wie ein Schwein, und alle finden das süß.«

»Wer würde sich nicht ab und zu wünschen, in eine fremde Haut zu schlüpfen?«

Berger war wie erstarrt.

»Warum gucken Sie so, als hätten Sie einen Geist gesehen?« Der Comisario ließ den Wagen wieder an. »Habe ich etwas Falsches gesagt?«

»Im Gegenteil, Cristobal. Das war nicht falsch, sondern genial.« Berger griff nach dem Zündschlüssel und stellte den Motor wieder aus. »Wir schlüpfen einfach in eine andere Haut und gucken seelenruhig, was passiert.«

Nun hatte der Comisario Gesprächsbedarf. Das Glitzern in Bergers Augen ließ ihn misstrauisch die Brauen hochziehen. »Señor Residente, immer, wenn Sie so gucken, dann passiert bald darauf etwas völlig Irres, und wenn ich ehrlich bin, macht mir das Angst.«

»Nicht zu unrecht, lieber Cristobal, denn Sie müssen es verantworten.«

»Dann sagen Sie mir doch bitte, wofür ich meinen Kopf hinhalten soll.«

»Die Wellness-Finca ist eine Goldgrube. Je verrückter die Sachen, die sich die Leute ins Gesicht und sonst wo hinklatschen, desto begeisterter sind sie, und die Preise, die sie dafür zahlen, können gar nicht hoch genug sein.«

»Sie möchten mir also schonend beibringen, dass Sie Schönheitsberater werden wollen?«

»Sie haben es erfasst.«

García Vidal sah seinen Freund lange an. »Haben Sie Fieber?«

»Nein, ich habe die Schnauze voll, einem Phantom hinterherzujagen. Hier auf der Insel sitzt jemand, der ein internationales Netz gesponnen hat und mit Mord, Menschenhandel und Identitätsbetrug Millionen macht. Die Wellness-Finca gehört als legaler Teil seines Netzwerks vermutlich irgendeiner Holding mit Sitz auf den Cayman Islands. Ich bin mir sicher, dass da das Geld, das der Padrón nebenbei mit seinen finsteren Geschäften macht, gewaschen wird.«

»Die Nummer mit dem Menschenhandel und dem kriminellen Zentrum liegt zwar nahe, wir können das jedoch nicht belegen, und die Geldwäsche schon gar nicht.

»Wozu auch!« Bergers Gesicht sprühte geradezu vor Tatendrang. »Wir übernehmen das Ding so, wie eine Zuhälterbande der anderen Zuhälterbande einen Puff abnimmt. Alles, was aufmuckt, wird plattgemacht und der Reibach auf einem Sonderkonto eingesackt. Wem wir damit auch auf den Schlips treten, er wird versuchen, sich die Gans, die die goldenen Eier legt, zurückzuerobern. Dazu muss er aber aus der Deckung kommen.« Berger musterte García Vidals Gesicht, und eine Sorgenfalte bildete sich auf seiner Stirn. »Sie halten mich für wahnsinnig?«

»Wären Sie darüber entsetzt?«

»Nein, aber Sie sind es, Cristobal, oder?«

»Stimmt. Ich bin entsetzt, dass ich Ihren Plan als kompletten Irrsinn einstufe, ihn aber mindestens genauso genial finde.« Er ließ erneut den Wagen an. »Und was mich an der Sache am meisten erschüttert, ist die Tatsache, dass wir es genau so machen werden. Sie trommeln jetzt unser Team zusammen, um es, wo auch immer, auf die Sache einzuschwören. Sehen Sie zu, dass auch Ramirez mit seiner Truppe mitmacht. Ich fahre zum Inselratspräsidenten und werde mir von höchster Stelle Rückendeckung holen. Hoffentlich schmeißt uns der Staatsschutz keinen Knüppel zwischen die Beine. Der gute Álvarez hat noch ein Hühnchen mit uns zu rupfen.«

»Und wenn Sie den Segen nicht bekommen?«

»Dann werden wir uns danach eine Gummizelle teilen. Wäre

doch auch nett, so kommen Sie um die Veredelung als Adliger herum.«

***

Der Fliegerhorst »Ain El Turk« lag westlich der algerischen Großstadt, und vom kleinen Seitenfenster des Hubschrauber-Hangars konnte Annmarie über dem Golf von Oran einen wunderschönen Sonnenuntergang betrachten. Sie genoss es, ihr Haar wieder offen tragen zu können, wenn auch nur in der Halle. Jetzt, wo der Tatendrang in ihr Leben zurückgekehrt war, hatte sie wieder eine Perspektive und auch wieder einen Blick für die Schönheiten dieser Welt. Vor allem dafür war sie Yussuf und Hakim sehr dankbar.

»Madame Colonel?« Hakim stand plötzlich hinter ihr. »Fehlt es Ihnen an irgendetwas?«

»Ein wenig Freiheit wäre nett. Ich würde jetzt gern baden gehen, aber das muss ich wohl auf nächste Woche verschieben. Ansonsten habe ich alles.«

»Und Sie sind wirklich Ärztin?«

»Ja. Warum fragen Sie, fehlt Ihnen etwas?«

»Nein.« Hakim war ein sehr schöner Mann, wenn er lächelte. Es wunderte sie nicht, dass sich Yussuf in ihn verliebt hatte. »Ich verstehe, da ich Sie nun ein wenig kennengelernt habe, meinen Freund nur immer besser. Ich nehme an, ich hätte das Gleiche für Sie getan, wenn ich mit Ihnen verheiratet wäre.«

»Aber das tun Sie doch bereits, und wir sind noch nicht einmal miteinander liiert.«

»Ich tue es für Yussuf.«

Sie nickte. »Ich danke Ihnen für Ihre Offenheit. Können Sie mir denn sagen, was mich als Nächstes erwartet?«

Er schüttelte den Kopf. »Nein, es tut mir leid. All das, was Sie nicht wissen, könnte unter gewissen Umständen Ihr und unser Leben retten. Sollten wir so kurz vor dem Ziel doch noch geschnappt werden, gibt es Mittel und Wege, Ihre Zunge auch gegen Ihren Willen zu lösen, und alle an der Aktion Beteiligten würden auffliegen. Ich kann Ihnen nur sagen, dass Sie mit mir ein Stück im Hubschrauber mitfliegen werden.«

»Wissen Sie, wann es losgeht?«

»Ich schätze, in vier Stunden. Da ist es zwar schon dunkel, aber unsere Sea-Kings sind nachtflugtauglich, machen Sie sich deswegen also bitte keine Sorgen.«

»Werde ich Yussuf noch einmal sehen?«

Hakim zuckte mit den Schultern. »Das kann ich nicht sagen. Er ist im Moment damit beschäftigt, Ihr Blut so zu verteilen, dass er den Mord an Ihnen glaubhaft belegen kann. Dafür musste er auch Ihre Kleidung in die Wüste bringen. Schließlich wurden Sie dort von Wüstenfüchsen zerrissen.«

Annmarie guckte ungläubig. »Machen die so etwas?«

Hakim war sich nicht sicher. »Klar.«

»Aber dann müsste doch mehr von mir übrig bleiben als blutige Kleidung.«

»Die Viecher verscharren das, was sie nicht auffressen, gern im Wüstensand. Ein Depot für schlechte Zeiten sozusagen. Yussuf hat auch nicht vor, die Kleidung in die Wüste zu legen, sondern sie an irgendeiner Tankstelle wegzuschmeißen, um seine Geschichte vom Wüstenmord der Militärpolizei gegenüber glaubhaft belegen zu können. Im Auto wird außerdem jede Menge Blut von Ihnen zu finden sein, und ebenso in seinem Badezimmer. Sie haben uns ja reichlich davon gespendet.«

Sie überlegte kurz. »Werde ich Yussuf noch sehen, bevor es losgeht?«

»Warum fragen Sie?«

»Falls nicht, bitten Sie ihn, beim nächsten luxemburgischen Konsulat anzurufen. Die Information, wo eines ist, und die dazugehörige Telefonnummer bekommt er bestimmt im Internet.«

»Und was soll er denen sagen?«

»Dass ich lebe und wann, wie und wo ich wieder in Europa lande. Für die bin ich ja inzwischen vermutlich tot.«

***

Berger hatte mal wieder sämtliche an der Aktion beteiligten Kolleginnen und Kollegen auf die gräfliche Finca eingeladen. Dort hatten sie ausreichend Platz und waren vor allem vor ungebetenen

Zuhörern sicher, und der Cortado war ebenfalls gut. Alle nahmen um den großen Holztisch herum Platz. Nicht er, sondern Carmen eröffnete als García Vidals Stellvertreterin die Sitzung.

»Liebe Kolleginnen und Kollegen, wie der Stand der Ermittlungen ist, wisst ihr alle. Etwas ist aber noch hinzugekommen: Andrea, Arantxa, Marga und Jordi haben in einer unglaublichen Fleißarbeit die Mallorcaaufenthalte aller inzwischen identifizierten verstorbenen und vermissten Personen aufgearbeitet.« Sie fasste alle Fakten zusammen.

»Ist denn inzwischen klar, wie die an die Leute rangekommen sind?«, fragte Ramirez.

»Ja. Was das betrifft, ist die Wellness-Finca das wesentliche Teil im Puzzle. Alle auf unserer Liste aufgeführten Personen waren schon mehrmals auf Mallorca und hatten in ihren jeweiligen Hotels bei heutigen Mitarbeitern der Finca Zarzarrosa Wellness-Kurse belegt. Das hat auch die Analyse der Festplatten der Finca ergeben. Leider wird die Geschäftsführerin inzwischen ebenfalls vermisst, und ihr engster Freund und Mitarbeiter schwamm tot im Pool, sodass wir von dieser Seite nicht auf eine Erklärung der genauen Zusammenhänge hoffen können.«

»Aber wie haben die Täter denn herausbekommen, dass die Leute so betucht sind, dass sich ein Kidnapping lohnen würde?«, wollte die Gräfin wissen.

»Was das betrifft«, fuhr Carmen fort, »sind wir Angelas deutschem Kollegen sehr dankbar, da er den ›Spion‹ enttarnt hat, der vom Rathaus in Santanyí aus per Mail auf die Computer der Opfer übertragen wurde. Die junge Dame, die dafür verantwortlich war, ist aber ebenfalls als Opfer anzusehen.«

Capitán Ramirez wurde ungeduldig. »Auf wen konzentriert sich jetzt eigentlich die Fahndung?«

»Gesucht werden vor allem der Kopf des Netzwerkes, ein gewisser ›El Padrón‹, und dessen direkte Helfershelfer. Den Namen ›Padrón‹ haben wir aus Aufzeichnungen der Geschäftsführerin und von Camila, die von ihm erpresst wurde, wie Sie alle wissen. Mehr haben wir aber leider nicht über ihn. Außerdem suchen wir eine Gruppe von arabischen oder arabisch aussehenden Schauspielern. Wir denken, dass sie sich für ihre Auftritte als Dolmetscher und Eheleute der Opfer aus dem Kleiderfundus bedient haben, den wir auf der Finca gefunden haben. Dort haben sie sich jedenfalls umgezogen. Ihre DNA wurde gesichert, ihr Aufenthalt oder eventuelle Personalien sind aber leider unbekannt. Gesucht werden außerdem die Leute, die die Frauen außer Landes bringen, wohin auch immer, und schließlich das Computergehirn dieses Netzwerks, das den ›Spion‹ programmiert und sich in die Telefonanlagen der jeweiligen Konsulate gehackt hat.«

»Mit anderen Worten«, bemerkte Angela sarkastisch, »wir sind von der Manpower her bereits am Ende, aber was die Ermittlungen betrifft, kaum über den Anfang hinaus.«

Carmen setzte sich. »Exakt.«

Ramirez stand die Verzweiflung ins Gesicht geschrieben. »Und wo sollen wir bitte noch ansetzen? Sämtliche Konsulate stehen während der Geschäftszeiten unter Beobachtung, die Finca wird rund um die Uhr observiert, wir sind am Limit. Wie lange soll das noch so weitergehen?«

»Sie werden niemanden finden, Capitán, der eine exakte Zeitangabe machen kann. Das wissen Sie so gut wie wir. Was Sie aber tun können, ist, uns bei einer äußerst gewagten Offensive zu helfen.«

»Señor Berger, Sie wissen nur zu genau, dass wir im Falle der Finca unseren guten Ruf zu kitten haben. Natürlich machen wir mit. Nur wobei?«

»Wir übernehmen die Wellness-Finca. Das ist das einzige Faustpfand, das wir haben, und wir müssen es so einsetzen, dass es dem großen Unbekannten oder dem Padrón, wie ihn andere nennen, richtig wehtut.«

»Moment.« Der Einwand kam von der Kollegin Arantxa Burguera. »Diese Finca gehört einer Holding in Übersee. Die werden uns was husten, wenn die das rauskriegen.«

»Dazu müssten sie sich aber zu erkennen geben, und allein dadurch wären wir schon ein ganzes Stück weiter.«

»Gibt es denn eine rechtliche Grundlage für diese Aktion?«, fragte Andrea Bastos. »Etwas Ähnliches ging doch hier in Palma vor sich, als wir den Krieg der Zuhälter hatten. Da wurden die Bordelle der jeweiligen Feinde übernommen.«

Berger grinste. »Dort haben wir die Idee auch abgeguckt. Hat super geklappt damals.«

Ramirez winkte ab. »Was meinen Sie, was der Inselratspräsident mit uns macht, wenn das publik wird?«

»Gar nichts«, kam es plötzlich aus dem Hintergrund. García Vidal hat sich unbemerkt in den großen Raum geschummelt. »Da komme ich gerade her, er wünscht uns viel Erfolg.« Der Comisario setzte sich auf einen freien Stuhl. »Und was Ihre Leute betrifft, Capitán Ramirez: Es kommt noch eine Observation hinzu. Jordi Vidal hat gemeldet, dass die Kartusche nach langen Irrwegen endlich ihr Ziel gefunden hat. Es ist ein Haus in der Carrer da la Fe in Manacor. Das müssten Sie noch in Ihr Beobachtungsprogramm aufnehmen.«

»Sie garantieren mir, Comisario, dass bei diesen Ermittlungen keines mehr dazukommt?«

»Wie könnte ich, Capitán? Aber für heute, nehme ich an, bleiben Sie von weiteren Aufgaben verschont.«

***

Hakim hatte sich nur um eine Viertelstunde verschätzt. Um zweiundzwanzig Uhr fünfundvierzig wurde der Rettungshubschrauber zu einem Seenotrettungseinsatz gerufen. Er holte Annmarie im Hangar ab, versorgte sie mit einem Helm, brachte sie zum Hubschrauber und wies ihr einen Platz zu. Sie war unter ihrem Pilotenhelm auf den ersten Blick nicht als Frau zu identifizieren.

Als sie angeschnallt war, setzte sich Hakim auf den Pilotensitz, um mit seinem Kopiloten den »Groundcheck« durchzuführen, der vor jedem Start Pflicht war.

Der in dieser Nacht diensttuende Board-Crew-Man und der mitfliegende Rettungsassistent hatten unterdessen alle Hände voll zu tun, ihre Startvorbereitungen abzuschließen. Dazu gehörte das Kalibrieren des Höhenanzeigers der Rettungswinde. Das musste noch auf dem Rollfeld passieren, da der Windenkopf nur auf dem Stützpunkt exakt vierzehn Meter dreiundsiebzig über dem Meeresspiegel war. Sowie der Hubschrauber startete, fehlte ihnen dieser Richtwert. Sie konnten aber noch rechtzeitig ihre

Kontrolllampe auf »Grün« schalten. Bevor sie abhoben, setzte sich der Rettungsassistent neben Annmarie, schnallte sich an und klinkte sich mit seinem Kabel in die Interkom-Anlage ein, wie Hakim es bei ihr getan hatte. Ohne die Sprechanlage wäre eine Kommunikation durch die dröhnenden Turbinen kaum möglich.

Der Assistent lächelte sie freundlich an und reichte ihr seine Hand zum Gruß. »Der Major hat mir erzählt, dass heute Nacht eine Ärztin mitfliegen wird. Mein Name ist Nathan Belouschi. Ich freue mich auf eine erfolgreiche Zusammenarbeit.«

»Mein Name ist Dr. Colonel Momperen. Ich bin Ärztin der luxemburgischen Armee und nehme an einem Austauschprogramm teil.«

»Wir fliegen jetzt zu einem Schiff, das sich außerhalb der algerischen Hoheitsgewässer befindet. Es ist eine Fähre, auf der offensichtlich mehrere Passagiere plötzlich erkrankt sind.«

Sie nickte zum Zeichen, dass sie ihn verstanden hatte. Dann sah sie verwundert zu, wie der Sanitäter erst ihr und dann sein Helmkabel aus dem Steckfeld über den Sitzen zog. Er beugte sich zu ihr rüber und brüllte sie an: »Frau Doktor, ich bin in alles eingeweiht. Wir werden an Bord der Fähre mehrere Patienten vorfinden. Einen von ihnen nehmen wir über die Winde an Bord, und Sie bleiben auf der Fähre, um die dortige Schwester ärztlich zu unterstützen. Alles Weitere erfahren Sie von dem ersten Offizier der Fähre.«

Ihr Herz pochte bis hoch zum Hals. »Wohin geht die Fähre?«

»Nach Alicante.« Er lächelte sie an. »Außerdem habe ich noch eine Nachricht von Yussuf für Sie. Er hat es leider nicht mehr pünktlich zum Stützpunkt geschafft.« Zuerst stöpselte er sie beide wieder ein, dann reichte er ihr sein Handy.

»Ich wünsche dir eine schöne Reise«, stand da. *»Deine glückliche Heimkehr möge ein Trost für das sein, was dir die Menschen in meinem Land angetan haben. Ich erwarte voller Sehnsucht den Tag, an dem ich dich wieder in die Arme schließen kann. In meinem Herzen bist du sowieso, Yussuf.«*

Sie antwortete auf Deutsch und hoffte sehr, dass der Sanitäter dieser Sprache nicht mächtig war: *»Und ich warte voller Sehnsucht* *auf den Tag, an dem ich meinen Gatten nicht nur mit meinen Armen umklammern kann. Allah schütze und segne dich.«*

Der junge Mann überflog die Nachricht, schien aber nur Allah entziffern zu können. »Sie sind Muslima?«, fragte er erstaunt.

»Nein, und trotzdem bete ich zu dem, den ihr Allah nennt. Ich nenne ihn Gott.«

Über der Arbeitsluke begann ein gelbes Licht zu blinken. Der Sanitäter kappte die Verbindung der Interkom-Anlage zu seinem Helm, und sie tat es ihm nach. Er griff nach zwei Klettergeschirren, die neben den Sitzen an einem Haken hingen, und reichte ihr eines davon. »Können Sie es anlegen?«

Sie nickte. »Ich denke schon.«

Als sie fertig waren, prüfte er noch schnell den korrekten Sitz ihres Gurtes und war zufrieden.

Ein grünes Licht blinkte plötzlich statt des Gelben. Der Board-Crew-Man öffnete die Seitenluke und klappte den Windenarm nach außen. Er beugte sich vor und zog den Windenhaken in den Hubschrauber hinein. Der Rettungsassistent hängte eine Art Korbtrage aus Metallgeflecht daran, in der ein Rettungsrucksack festgeschnallt war, hakte Annmarie mit ihrem Geschirr an die eine Seite und sich selbst an die andere. Er lachte sie an. »Nun kann sie losgehen, die wilde Fahrt.«

Bevor sie überhaupt eine Chance hatte, Angst zu entwickeln, wurden sie schon mitsamt der Trage aus dem Hubschrauber geschoben. Sie sah nach oben, wurde aber von einem grellen Scheinwerfer geblendet. Zwar heißt es, man solle in einer solchen Situation niemals nach unten sehen, doch ihr blieb gar nichts anderes übrig. Hakim schien sein Handwerk zu verstehen, denn das Schiff schob sich langsam unter sie, und er schaffte es, diese Position sicher zu halten, obwohl die Fähre in voller Fahrt war. Kaum dreißig Sekunden später setzten sie sanft an Deck auf. Annmarie hakte sich aus und wollte sich um den Patienten kümmern, der, bereits komplett versorgt und mit einer Plane abgedeckt, auf einer anderen Korbtrage festgeschnallt war. Sie nahm ihren Helm ab, kniete sich neben ihn und strich mit einer Hand über die Plane, um Kontakt zu ihm aufzunehmen, aber da war kein Mensch. So, wie es sich anfühlte, hatte man längliche Kisten verpackt.

Sie hob die Plane an, und es waren wirklich Plastikkisten darunter. Bevor sie reagieren konnte, wurde sie auch schon wieder von einem Mann untergehakt und mit sanfter Gewalt zu einer Tür gedrängt. »Kommen Sie bitte, Frau Doktor. Hier draußen können wir uns nicht unterhalten.«

Im Schiffsinneren brauchten ihre Ohren einen kurzen Augenblick, um sich von dem infernalischen Lärm, den der schwere Hubschrauber machte, zu erholen.

»Madame, ich bin der Bruder von Hakim«, sagte der Mann, der sie hereingeführt hatte. »Kapitän Ben Brahim ist mein Name. Ich bringe Sie jetzt in eine kleine Kabine, in der Sie alles Notwendige für die noch gut zehnstündige Überfahrt finden. Ich bitte Sie herzlich, die Kabine so lange nicht zu verlassen, bis ich Sie abhole und persönlich in Alicante an Land bringe. Haben Sie mich verstanden?«

Annmarie nickte etwas verstört und folgte dem Mann kommentarlos. Sie schwieg nicht aus Angst oder Verwunderung, sondern wurde von einer Art Schockstarre überfallen. Die Geräusche, die Gerüche, das Stampfen der schweren Maschinen, all das erinnerte sie fatal an das Schiff, mit dem sie vom spanischen Festland nach Nordafrika entführt worden war. Sie war damals in einem fensterlosen Lieferwagen direkt an Bord einer großen Fähre gefahren und mit zwei anderen Frauen in eine Vierbettkabine gesperrt worden, ihrem gemeinsamen Gefängnis.

Nachdem sie zuerst mit einem Lift und dann über mehrere kleinere Treppen tief nach unten ins Schiffsinnere gelangt waren, öffnete der Kapitän eine Kabinentür. Ihr sträubten sich die Haare.

»Herr Kapitän, es tut mir leid, wenn ich etwas zögere, aber die erzwungene Überfahrt nach Algerien erinnert mich sehr an diese Reise hier.«

»Es tut mir leid, Madame Colonel, aber Fähren gleichen sich nun mal wie ein Ei dem anderen. Allein die ›Liberté‹, auf der wir uns gerade befinden, hat fünf Schwesternschiffe.«

Annmarie überwand sich und betrat die kleine Kabine.

»Es tut mir leid, Madame, aber ich muss Sie jetzt allein lassen. Meine Pflichten rufen mich. Ich werde mich nachher noch einmal bei Ihnen sehen lassen.«

Er verschwand mit einem, wie sie zugeben musste, gewinnenden Lächeln und zog die Tür hinter sich zu. Entsetzt vernahm sie, dass sie von außen verschlossen wurde. Tränen schossen ihr in die Augen. Anstatt sich auf die ihr winkende Freiheit zu freuen, überwältigte sie Panik. Sie setzte sich auf einen kleinen Stuhl, der neben einem für sie mit einem Abendessen gedeckten Tisch stand. Nachdem sie ein paarmal tief durchgeatmet hatte, sah sie sich in der kleinen Kabine mit den beiden Etagenbetten um. Sie hätte ein Jahresgehalt verwetten können, dass es sich um dieselbe Kabine handelte, in der man sie nach Algerien gebracht hatte. Damals hatte sie mit dem kleinen Diamanten ihres Ringes, der ihr von ihrem Vater zum Staatsexamen geschenkt worden war, versteckt von der Matratze ihres Bettes ihre Initialen in den PVC-Belag der Wand geschabt. Mit weichen Knien und zitternden Fingern erhob sie sich, legte sich halb auf das Bett und drückte die Matratze etwas von der Wand weg. Die beiden kleinen Buchstaben, die sie dort sah, versetzten ihr einen Schock.

***

Hakim stellte die Turbinen seines Sea-King-Helikopters ab. Er erkannte Yussuf, der ungeduldig am Hangar auf ihn wartete, und bemühte sich, den »Engine-Off-Check« mit seinem Kopiloten so schnell wie möglich durchzuziehen. Der Rest der Crew war damit beschäftigt, die beiden kleinen Boden-Luft-Raketen, die sie auf der Fähre an Bord genommen und auf diesem Weg ins Land geschmuggelt hatten, auf einen Armeelastwagen zu verladen.

Yussuf erkannte, als Hakim nach getaner Arbeit auf ihn zukam, sofort, dass etwas nicht stimmte. »Was guckst du so seltsam? Hast du sie aus Versehen ins Meer gekippt?«

»Nein, das wäre nicht so schlimm. Aber Nathan hat an Bord mitbekommen, wie einer der Matrosen, als er Annmarie sah, sagte: ›Was will denn die schon wieder hier? Die haben wir doch gerade erst rübergebracht.‹«

Yussuf gefror das Blut in den Adern. »Bei Allah, haben wir sie also erneut ihren Entführern ausgeliefert?« Sein Gesicht wurde bleich. »Wie konnte uns das nur passieren? Dein Bruder ist Kapitän auf diesem Schiff!«

Hakim winkte verärgert ab. »Das hat gar nichts zu sagen. Ein Kapitän muss nicht immer wissen, womit seine Seeleute handeln. Und selbst *wenn* mein Bruder dahinterstecken sollte, dann kannst du sie ja einfach wieder zurückkaufen. Sie wird zwar nicht mehr so neu sein wie jetzt, aber was interessiert dich das, du hast ja mich.«

»Was soll das Hakim, bist du eifersüchtig?«

Sein Freund ging nicht weiter auf die Frage ein, sondern ließ ihn kommentarlos vor dem Hangar stehen.

Yussuf machte sich betroffen auf den Weg zu seinem Appartement. Er wusste, dass Hakim nicht ganz grundlos eifersüchtig war, und überlegte fieberhaft, wie er Annmarie helfen konnte. Da hatte er eine Idee. Er kannte einen jungen Mann, der als Sekretär im französischen Generalkonsulat arbeitete. Er hatte ihn mal mitsamt seiner Ehefrau aus Seenot gerettet, und seitdem besaß er seine Karte. Yussuf grinste. »Jetzt kannst du deine Rechnung begleichen.«

***

Berger, Gräfin Rosa, García Vidal und Angela Bischoff saßen noch bis tief in die Nacht in der großen Wohnküche der gräflichen Finca und gingen immer und immer wieder jedes kleinste Detail der Ereignisse der letzten Tage durch. Obwohl alle das Gefühl hatten, etwas Wichtiges übersehen zu haben, ergaben sich keine neuen Erkenntnisse.

»Der Brandanschlag in der Gerichtsmedizin geht mir nicht aus dem Kopf«, sagte Angela. »Carbid als Brandbeschleuniger, das hatte ich irgendwo schon einmal gelesen. Also habe ich ein bisschen recherchiert. Bei einem Anschlag auf eines der Greenpeace-Schiffe wurde ich fündig. Die waren den Franzosen im Bikini-Atoll in die Quere gekommen. Es gab einen Brand durch Carbid, der das Schiff im Hafen zum Sinken brachte. Damals hatte der militärische Abschirmdienst der Franzosen die Finger im Spiel. Aber das war nicht der einzige Fall, auf den ich gestoßen bin. Es gab noch zwei weitere Brandstiftungen mit diesem Zeug, und auch dort wurden französische Interessen gewahrt.«

Der Comisario sah sie erstaunt an. »Willst du damit sagen, dass wir hier demnächst einen Angriff des französischen Abschirmdienstes zu erwarten haben?«

»Blödsinn. Ich will nur vorschlagen, den Brandstifter in diesen Kreisen zu suchen.«

»Das ist gar nicht so uninteressant, Cristobal«, griff Berger den Faden auf. »So, wie sich die russische Mafia aus ehemaligen Soldaten rekrutiert, holt sich die französische Unterwelt ihren Nachwuchs aus der Fremdenlegion. Haben wir eine Möglichkeit, den Computer am Flughafen mit der Ehemaligen-Datei der Legion abzugleichen?«

García Vidal war skeptisch. »Die Franzosen sind ja noch nicht einmal mehr in ihren eigenen Großstädten der Herr im Haus. Da haben schon längst algerische und marokkanische Banden das Sagen. Was wollen die dann hier auf Mallorca?«

»Fakt ist«, konterte Berger, »dass hier eine Bande auf eine ganz perfide Art und Weise zig Millionen abgestaubt hat. Wenn die wirklich Harems mit ›Frischfleisch‹ versorgen, werden sie entsprechend gute Kontakte zur nordafrikanischen ›Muselmafia‹ haben.«

Das leuchtete auch dem Comisario ein. »Angela, was meinst du, kommst du über deine Kontakte irgendwie an die Karteischränke der Fremdenlegion heran?«

»Vergiss es.« Sie trommelte mit ihren Fingern nervös auf der Tischplatte herum. »Selbst die Veteranen haben doch alle französische Pässe, Namen und Identitäten, die nichts mehr mit ihrer Herkunft zu tun haben. Diese Datei ist besser geschützt als Fort Knox.«

García Vidals Handy klingelte. Verwundert sah er auf das Display, es war eine ihm unbekannte Nummer. »Wer ruft mich denn nachts um drei noch an?« Er klappte das Telefon auf und meldete sich. Da sich seine Stirn immer mehr in Falten legte, gab ihm Berger ein Zeichen, dass er auf Lautsprecher stellen solle. Nach einem Tastendruck hörten alle mit.

»Wir haben die Nachricht auch eben erst bekommen.«

»Was war der genaue Inhalt?«

»Einer gewissen Annmarie Momperen, eine luxemburgische Staatsangehörige, die vor einiger Zeit von Mallorca aus nach Algerien entführt wurde, ist die Flucht gelungen. Sie befindet sich derzeit auf einer Fähre von Oran nach Alicante und soll morgen früh Spanien erreichen.«

»Das freut uns zu hören«, warf Berger ein. »Sie kann uns dann ja vielleicht bei der Aufklärung helfen.«

»Wenn sie überhaupt dort ankommt, Señor. Der Tippgeber aus Algerien befürchtet, dass die arme Frau auf dem gleichen Schiff nach Alicante unterwegs ist, mit dem sie nach Algerien entführt wurde …«

»… und dass sie darum womöglich nie das Festland erreichen wird«, vervollständigte García Vidal den Satz.

»Sí, Señor. Darum habe ich Sie gleich alarmiert, als der Anruf aus dem Konsulat der Luxemburger kam.«

»Und dafür danke ich Ihnen, Señor, wir werden sofort tätig werden.« Er klappte das Handy zusammen. »Das war Ewald Wirz. Die Frau, von der er sprach, steht auf unserer Liste der vermissten Personen.« Alles im Raum war für einen kurzen Moment sprachlos.

»Cristobal«, sagte Berger mahnend, »diese Frau Momperen könnte unser Joker bei diesem Spiel werden. Wir müssen sie unbedingt lebend von der Fähre bekommen.«

»Das sehe ich auch so, aber wie stellen wir das an?«

Berger überlegte. »Wir haben doch im vergangenen Jahr diesen Korvettenkapitän der Küstenwache kennengelernt.«

»Ja, Gómez Henriquez.«

»Wo ist der stationiert?«

»In Cartagena, soweit ich weiß.«

»Haben Sie eine Nummer von ihm?«

García Vidal nickte.

»Worauf warten Sie dann noch?«

***

Obwohl Annmarie vor Angst davor, wieder nach Algerien gebracht und erneut verkauft zu werden, fast verging, nickte sie in der Kojenecke, in der sie sich zusammengekauert hatte, immer wieder ein. Das stetige Stampfen der riesigen Schiffsmotoren war zu monoton, als dass sie sich lange gegen die bleierne Müdigkeit, die sie befiel, wehren konnte. Plötzlich aber war sie hellwach. Irgendetwas war anders. Sie horchte gespannt. Das Motorengebrumm schien anders zu sein. Die Drehzahl war verringert worden. Sollten sie etwa schon in Spanien sein? Es ging ein kurzer Ruck durch das ganze Schiff, und nun dröhnten die Maschinen lauter als je zuvor. Sie überlegte, was den Kapitän veranlasst haben könnte, Fahrt rauszunehmen, um danach erst recht Vollgas zu geben. Sie trat an das Kabinenfenster, das sich dicht über der Wasseroberfläche befand, und starrte in die Dunkelheit. Nein, sie konnten noch nicht da sein. Der neue Tag graute noch nicht einmal.

Dicht neben dem Schiff huschte ein Lichtkegel über das Wasser, dann war die Nacht wieder pechschwarz. Sie schreckte auf. Auf dem Kabinengang waren jetzt laute Stimmen zu hören, die immer näher kamen. Annmarie stürzte zu Tür und schob einen Riegel davor. Keinen Augenblick zu spät, denn jemand versuchte vergeblich, die Tür von außen zu öffnen, und rüttelte wie wild an der Klinke. Ein arabischer Wortschwall ertönte, der sich wie ein übler Fluch anhörte. Für einen kurzen Augenblick war Stille, dann krachte es, und die gesamte Tür wurde aus den Angeln getreten und flog durch die Kabine. Drei Kerle stürmten herein und zogen Annmarie brutal aus der Koje, in der sie sich verkrochen hatte. Einer der Männer brüllte sie auf Arabisch an, aber sie machte ihm durch Gesten verständlich, dass sie seiner Sprache nicht mächtig war.

»Ausziehen«, brüllte ein anderer auf Französisch.

Sie machte instinktiv einen Schritt zurück und versuchte, das Öffnen des Reißverschlusses ihres Pilotenanzugs mit über der Brust gekreuzten Armen unmöglich zu machen. Ein überraschender Faustschlag ins Gesicht raubte ihr fast die Besinnung. Sie fiel nach hinten und knallte mit dem Kopf erst gegen das Gestänge der Koje, dann auf den Boden. Sie war so benommen, dass sie sich nicht wehren konnte, als ihr die Kerle den Overall vom Leib rissen. Einer der Männer öffnete seine Hose und zog grinsend seinen erigierten Penis heraus, während ihr die anderen Kerle derart brutal die Unterwäsche vom Leib rissen, dass das Slipgummi in ihre Haut schnitt. Annmarie schloss ihre Augen und spürte, wie ihre Beine auseinandergerissen wurden. Dann war plötzlich ein wilder Schrei zu hören. Sie öffnete die Augen wieder und sah, wie der Kerl mit der heruntergelassenen Hose von einem anderen Mann zurückgerissen und gegen die Kabinenwand geschleudert wurde. Ein gezielter Tritt in sein Gemächt ließ ihn wie ein Tier aufbrüllen.

Sie hörte, wie kurze Befehle gebrüllt wurden.

Annmarie wurde nackt, wie sie war, an Armen und Beinen gepackt und ohne Rücksicht darauf, dass man ihr wehtun könnte, aus der Kabine hinaus auf den Gang gezerrt. Sie schrie und zappelte nach Leibeskräften, doch die eisernen Hände der Kerle konnte sie dadurch nicht lösen. Nach vielleicht zehn Metern wurde sie nicht rechts herum die Treppe hinauf, sondern nach links in einen kurzen Flur getragen, der an einer großen Tür in der Bordwand endete. Einer der Männer betätigte mit seinem Ellenbogen einen roten Druckknopf, und die schwere Tür wurde unter heftigem Zischen hydraulisch nach außen gedrückt, um danach zur Seite zu gleiten. Sie war noch nicht ganz offen, da wurde Annmarie im hohen Bogen aus dem Schiff geworfen. Ihr durch den Kampf um Leben und Tod erhitzter Körper traf auf das kalte Wasser, in das sie schwer wie ein Stein hinabtauchte. Es raubte ihr fast die Sinne. Jetzt nur nicht einatmen, dachte sie, nicht einatmen, du blöde Kuh, das wäre dein sicherer Tod.

Durch den Sog der riesigen Schiffsschrauben wurde sie immer tiefer ins Wasser gezogen. Dass die Kerle sie weit hinausgeschleudert hatten, rettete ihr das Leben, denn ihr Körper wäre sonst unweigerlich von den Schiffsschrauben zerfetzt worden. So riss ein riesiger Strudel sie dicht daran vorbei. Dann ließ der Sog nach, und sie fühlte sich wie schwerelos. Ihr war nicht mehr kalt, sie hatte keine Angst mehr, es schien ihr gar, als würde sie sich dabei beobachten, wie sie elegant wie eine Meerjungfrau durchs Wasser glitt. Sie sah Yussuf vor sich, der sie zärtlich an die Hand nahm, sich lachend immer schneller mit ihr im

Kreis drehte und sie geradezu spielerisch zurück ins Leben schleuderte. Nach oben. Kaum spürte sie die Gischt in ihrem Gesicht, sog sie den Sauerstoff in ihre Lungen. Ein seltsames, anschwellendes Dröhnen und ein schlagartig aufziehender Sturm um sie herum ließen sie erneut daran zweifeln, diesen Irrsinn irgendwie zu überleben. Grelle, schmerzende Lichtblitze nahmen ihr die Sicht. Links und rechts wurde sie von zwei Haifischen attackiert. Ich muss mich tot stellen, dachte sie panisch, nicht bewegen und abwarten. Bei Haien soll das helfen. Oder war das bei Bären so? Während sie wieder in die Tiefe sank, hoffte sie inständig, dass sie sich alles nur einbildete. Dass es sich bei den Tieren weder um Haie noch um Bären handelte, sondern um Delphine. Aber schon packten die Tiere unbarmherzig zu. Jedes schnappte sich einen Arm und riss daran. Gleich darauf spürte sie wieder die Gischt in ihrem Gesicht und atmete ganz bewusst noch ein letztes Mal, bevor die beiden Bestien sie gierig auseinanderreißen würden.

»Madame Momperen?«

Haie sprechen Französisch, dachte Annmarie benommen. Sie war froh, dann wenigstens nicht als bloßes Fressen, sondern als echtes Menü angesehen zu werden. Sie öffnete die Augen und stellte verwundert fest, dass die Haie Taucherbrillen trugen. Sie ließ es widerstandslos geschehen, dass diese beiden seltsamen Fische sie in eine Art Drahtkorb zerrten. Dann wurde es schwarz um sie. Pechschwarz, warm und weich.

Hamid Ben Brahim trat auf die Seitenbrücke und beobachtete durch sein Fernglas voller Sorge das Spektakel, das sich ihm achtern bot. Als sich der Hubschrauber nun gar nicht mehr darum bemühte, jemanden an Deck abzusetzen, sondern sich stattdessen daran machte, eine Person aus dem Wasser zu fischen, wusste er, dass das ganze Unternehmen aufgeflogen war. Man hatte ihn ausgetrickst. Er steckte das Fernglas in die Halterung zurück, übergab die Brücke seinem ersten Offizier und ging in den Funkraum, um zu telefonieren. Danach wurde Kapitän Ben Brahim nicht mehr lebend gesehen.

Am Horizont graute der Morgen, und die ersten Möwen

flogen kreischend um das Oberdeck herum. Der einzelne dünne Schuss aus der Kapitänskabine war kaum zu hören.

***

Das Handy klingelte. García Vidal griff verschlafen nach rechts zu seinem Nachttisch, hatte aber nichts weiter als die Nase seiner protestierenden Freundin in der Hand. Eine Entschuldigung murmelnd, richtete er sich auf. Zu Hause war er nicht, das stand fest. Er tastete sich in die andere Richtung und fand sein Handy.

»Ja?«, murmelte er.

»Cristobal?«

»Ja.«

»Ich bin es, Gómez. Wir haben sie.«

Der Comisario schaute verwirrt zum Fenster. »Es ist doch noch nicht einmal richtig hell, die Fähre kann doch noch gar nicht in Alicante sein.«

»Wie haben sie auf See gestellt. Wir hatten diese Fähren schon lange in Verdacht, Menschen zu schmuggeln, und uns war klar, dass Frau Momperen die spanische Küste nie lebend erreichen würde, deswegen haben wir gleich zugeschlagen. Wir sind mit dem Helikopter los und haben die Fähre über Funk benachrichtigt, dass wir an Bord kommen werden, damit sie ihre Fracht über Bord gehen lassen, die Wärmebildkamera im Anschlag. Wir haben Frau Momperen leicht lädiert, aber lebend aus dem Meer fischen können.«

»Gratuliere, Gómez, aber sagen Sie, wo stecken Sie eigentlich mit Ihrer Korvette?«

»Señor«, kam es gespielt beleidigt, »seit Anfang des Jahres befehlige ich die modernste Fregatte der spanischen Küstenwache. Woher sollte ich sonst einen Hubschrauber mit Wärmebildkamera haben?«

»Da haben Sie recht, Gómez. Entschuldigen Sie bitte, ich bin noch nicht ganz wach.«

»Cristobal, bevor Sie sich wieder hinlegen, sagen Sie mir bitte, ob ich Ihnen Frau Momperen vorbeibringen oder sie in Alicante ins Flugzeug setzen soll.«

»Kommen Sie denn nach Mallorca?«

»Wir kreuzen ständig zwischen Gibraltar und den Balearen. Das ist unser Gebiet.«

»Dann bringen Sie sie uns doch bitte vorbei. Wann können Sie hier sein?«

»Heute Abend irgendwann. Ich liefere die Fracht mit dem Hubschrauber frei Haus.«

»Das ist nett, Gómez, und legen Sie bitte auf einen Cortado bei uns an.«

García Vidal legte auf und sah auf das Handy. Es war fünf Uhr dreißig. Er sah aus dem Fenster. Am Horizont war bereits ein leichtes Grau wahrzunehmen. Er wollte sich gerade wieder zurück ins Bett fallen lassen, da klingelte das Handy erneut.

»Was ist, Gómez, haben Sie sie doch wieder ins Wasser geschmissen?«

»No, Señor, hier ist die Leitstelle. Es hat in Campos eine Explosion in einem Asylantenheim gegeben.«

García Vidal war schlagartig hellwach. Er notierte sich die Adresse und rannte ins Badezimmer. Vorher öffnete er noch schnell die Tür des Gästezimmers, in dem er und Angela schliefen, wenn sie auf der gräflichen Finca übernachteten, und rief auf den Flur hinaus: »Filou, mach dein Herrchen wach, es gibt Arbeit!«

***

Die Flammen waren bereits gelöscht, als Berger, Carmen und García Vidal in Campos ankamen. Die Spurensicherung und der Gerichtsmediziner hatten ihre Arbeit aufgenommen. »Guten Morgen, meine Dame und meine Herren«, begrüßte sie der Chef der Policía Local von Campos. »Wie es scheint, hat hier ein Selbstmordattentäter bei einem Arbeitsunfall seine gesamte Familie ausgelöscht.«

»Wie kommen Sie denn darauf?«, hakte Berger gleich nach.

»Ist doch eine ganz einfache Rechenaufgabe: Muslim plus Taliban plus Bombe gleich Bumm.«

»Na, Sie sind mir ja ein ganz helles Köpfchen«, bemerkte der Comisario. »Ihre Rechenaufgabe überzeugt. Noch ein paar mehr von Kollegen Ihres Schlages, und wir sind wieder bei der Inquisition.«

»Wie soll ich denn das verstehen?«, erkundigte sich der beleidigte Polizeichef. Sie betraten den Raum, in dem die Bombe hochgegangen war. Rund um den Tisch lagen drei verbrannte Leichen, in den Betten anscheinend zwei Kinderleichen. »Das ist doch wohl eindeutig, oder?«

»Eindeutig ist«, putzte ihn García Vidal runter, »dass die Bombe auf dem Tisch lag, als sie explodiert ist. Das sieht man an der Tischplatte und den Sprengspuren an der Wand. Hätte jemand von den anwesenden Herrschaften gerade an der Bombe gebaut, wäre er zweifelsfrei von ihr zerrissen worden, wie alle anderen auch, die mit am Tisch gesessen haben. Hier hat es aber niemanden zerrissen. Die Leichen sind zwar verbrannt, ansonsten aber unversehrt. Also haben sie bereits am Boden gelegen, als es ›Bumm‹ machte. Vielleicht sollten Sie Ihre Rechnung noch mal überdenken.«

Der Polizeichef überlegte kurz, dann hellte sich sein Gesicht auf. »Einer hat an der Bombe gebastelt und ›Achtung‹ gerufen, ›gleich geht hier alles hoch‹. Dann haben sich alle in Deckung geworfen.«

»Hat er nicht«, mischte sich der in dieser Nacht diensthabende Gerichtsmediziner ein, der zu ihnen getreten war. »Die hier anwesenden Herrschaften waren bereits alle tot, als die Bombe hochging. Selbst in den oberen Atemwegen ist kein Ruß zu finden.«

Der Polizist sah ihn verständnislos an. »Aber wie kann denn ein bereits Toter eine Bombe zünden?«

García Vidal klopfte ihm anerkennend auf die Schulter. »Als wir ankamen, bemerkte ich gleich, was Sie doch für ein helles Köpfchen sind. Gott sei mein Zeuge.«

Der Polizist sah den Comisario bitterböse an. »Ich habe das Gefühl, Sie wollen mich verarschen.«

»Und feine Antennen hat er auch noch«, kam es von Berger.

Bis auf die Knochen blamiert, zog sich der Beamte zurück. »Sie werden noch von mir hören«, schnaufte er böse und verließ den Raum.

García Vidal wandte sich an den Arzt. »Haben Sie schon eine blasse Ahnung, wie diese armen Teufel wirklich zu Tode gekommen sind?«

»Sie sind zu sehr verbrannt.« Der Arzt schüttelte bedauernd den Kopf. »Sicherheit werden wir erst dann haben, wenn wir mit der toxikologischen Untersuchung durch sind.«

Ein Kollege der Guardia Civil betrat den Raum. »Señor Comisario, ich habe draußen einen Heimbewohner, der aussagt, dass die Familie gestern am späten Abend Besuch von einem Europäer hatte.«

García Vidal sah ihn dankbar an. »Dann führen Sie mich bitte zu ihm.«

Der Beamte brachte ihn und Berger zu einem alten Mann.

»Salam aleikum«, begrüßte Berger ihn.

»Wa aleikum as-salam, Bruder«, erwiderte er.

»Sie wohnen hier?«

»Sí, Señor, Parterre rechts.«

»Sie haben also gesehen, dass Ihre Nachbarn gestern noch Besuch hatten. Woher wissen Sie, dass der Mann Europäer war?«

Der Alte lächelte ihn an. »Das hat man mit der Zeit im Blick, außerdem sprach er akzentfrei Französisch.«

»Sie haben mit ihm geredet?«

»Ja, er erkundigte sich nach den Schauspielern.«

»Mit den Schauspielern meinen Sie die Toten?«

»Sí.«

»Aha, wo haben die denn geschauspielert?«

»In denke, in den Ferienanlagen hier in der Gegend. Da machen die Animateure ja hin und wieder kleine Inszenierungen. Fatma erzählte mir, dass die drei dann immer Muslime gespielt haben. Ganz streng, schwer verschleiert und so.«

»Und die drei wohnten mit zwei Kindern zusammen in der oberen Wohnung?«

»Nein, nur Fatma und Barak mit ihren beiden Kleinen wohnten da. Wenn Sie noch einen weiteren Erwachsenen gefunden haben, dann ist es mit Sicherheit Ahmet. Der gehörte zu ihnen. Sie sind gleichzeitig aus Nordafrika geflüchtet und zusammen hier angekommen.«

»Wir danken Ihnen fürs Erste, Señor. Ihre Personalien haben wir ja. Unser Phantomzeichner wird sich gleich noch mit Ihnen unterhalten, um mit Ihrer Hilfe ein Bild des Mannes entwerfen zu können. Wir werden uns bei weiteren Fragen wieder an Sie wenden.«

Berger und García Vidal zogen sich zur Beratung zurück.

»Was glauben Sie, Miguel, was ist hier abgegangen?«

»Das Erfolgsstück ›Ehemann mit reicher Braut‹ wurde abgesetzt. Die Truppe konnte gehen.«

»So sehe ich das auch. Hier wird Tabula rasa gemacht, und zwar gründlich. Es fragt sich nur, ob wir den Intendanten dieser mörderischen Inszenierung noch erwischen.«

NEUN

Capitán Ramirez war glücklich, bei der morgendlichen Besprechung zu hören, dass die Observation der Konsulate ab sofort aufgehoben war. »Dann kann ich mehr Leute an der Finca postieren. Aber noch mehr würde ich mich darüber freuen, wenn Sie den Staatsschutz wieder nach Hause schicken würden. Aus der Observierung halten die sich inzwischen ja raus, und seitdem klappt auch alles besser, aber was haben die überhaupt noch hier zu suchen?«

Da die betreffenden Herren just in diesem Moment im Meetingraum erschienen, schwieg der Comisario zu dieser Frage. Er suchte lieber das klärende Gespräch mit Álvarez. »Señor, was verschafft uns die Ehre Ihrer Anwesenheit?«

»Dass wir uns aus dem Kindergarten, den Sie Observierung nennen, heraushalten, heißt noch lange nicht, dass wir uns nicht weiter über den Fall informieren. Sollten wir gebraucht werden, sind wir da, Señor García Vidal.«

Der Comisario nickte ihm freundlich zu und kam zum nächsten Punkt auf der Tagesordnung. »So, Leute, wir starten mit der feindlichen Übernahme der Wellness-Finca. Arantxa und Jordi, ihr werdet Angela und Gräfin Rosa die ganze Zeit über im Auge behalten und ihnen nicht von der Seite weichen. Ich möchte über das kleinste Vorkommnis sofort unterrichtet werden. Andrea und Marga, ihr zwei fahrt nach Campos und helft der Spusi, die Bauweise und Herkunft der Bombe zu bestimmen. Capitán Ramirez, Sie werden bei Ihrem Observierungsteam in Manacor schon mal eines Ihrer SEK-Teams postieren. Es könnte sein, dass wir heute noch zugreifen müssen, sollte sich da oben etwas für uns ergeben. Carmen«, fuhr der Comisario fort, »du übernimmst an der Finca die Einsatzleitung, während Miguel und ich auch noch mal nach Campos fahren. Ich möchte mich in der Carrer de la Fe gern genauer umsehen.«

Unter dem Tisch war plötzlich ein leises Grunzen zu hören. Die Herren vom Staatsschutz sahen einander irritiert an, bis Comandante Álvarez sein offensichtliches Missbehagen verbalisierte. »Es hört sich an, Comisario, als wäre da ein Schwein unter dem Tisch.«

»Sí, Señor, so ist es«, antwortete García Vidal und wollte mit der Arbeitseinteilung fortfahren.

»Señor Comisario, ich finde es geradezu beleidigend, dass Sie meine völlig überspitzte Aussage, ich würde aufgrund der Grunzerei ein Schwein unter dem Tisch vermuten, mit einem einfachen ›So ist es‹ abtun, statt mir die Ursache des Geräusches zu offenbaren.«

»Señor Comandante, es lag mir fern, Sie zu beleidigen. Als ich sagte ›So ist es‹, meinte ich es auch so.«

Álvarez' Augen verengten sich zu Schlitzen. »Was wollen Sie damit sagen?«

»Nichts weiter, als dass ein Schwein unter diesem Tisch ist und zwar ein ausgesprochen liebenswürdiges.«

Es herrschte eine eisige Stille. Ohne seinen Blick vom Comisario abzuwenden, zischte Álvarez seinem Kollegen zu: »Esteban, sehen Sie bitte nach, was unter dem Tisch ist.«

Der Mann beugte sich vor, um wortlos und mit starrem Blick sofort wieder aufzutauchen.

»Nun, Kollege, wären Sie willens und in der Lage, mich über das Ergebnis Ihrer Recherchen in Kenntnis zu setzen?«

»Sí, Señor Comandante.«

»Ich höre.«

»Unter dem Tisch ist ein Schwein.«

Bis auf die Staatsschutzleute, die mit unbewegten Gesichtern am Tisch saßen, waren alle nach Kräften darum bemüht, nicht laut loszuprusten.

»Esteban«, herrschte der Comandante den Mann an, »Sind Sie einer von denen, oder gehören Sie zu mir?«

»Ich gehöre zu Ihnen, Chef, aber unter dem Tisch sitzt wirklich ein Schwein.«

Filou spürte wohl, dass es um ihn ging, und quiekte vergnügt.

»Señoras y Señores.« Der Comandante erhob sich von seinem Stuhl. »Der Einsatz ist für uns an dieser Stelle beendet.« Er wandte sich um und strebte dem Ausgang zu. »Ich bin mir sicher, dass ich als leitender Diener der Krone Spaniens eine solche Behandlung nicht verdient habe.«

Die Tür fiel hinter ihnen ins Schloss, und für einen Moment herrschte Stille im Raum. Ramirez war der Erste, der wieder etwas sagte. »Comisario, hätten Sie etwas dagegen, wenn ich dieses Schwein da unten küsse?«

»Nur Vegetarier«, erwiderte García Vidal, »küssen Schweine mit der angemessenen Ernsthaftigkeit. Das Tier merkt, wenn Sie dabei an Braten oder Würste denken.«

»Ich hege meinem Helden des Tages gegenüber ausschließlich Ehrerbietung.«

»Dann küssen Sie mal los. Wenn Sie damit fertig sind, können Sie freundlicherweise Ihren Observationsbus zur allgemeinen Einsatzleitung umfunktionieren.«

Ramirez nickte. »Wenn die Idioten vom Staatsschutz erst einmal ihren Pröll da rausgeholt haben, ist auch wieder Platz dafür.«

***

Als Annmarie aus einem tiefen, unwirklichen Schlaf erwachte, traute sie sich nicht, die Augen zu öffnen. Sie war sich fast sicher, dass das von ihr Erlebte eigentlich nur ein böser Traum gewesen sein konnte. Was sollte es sonst sein, wenn man erst von sprechenden Haien gefressen wurde, um danach unter infernalischem Getöse einem gleißenden Licht entgegenzuschweben?

»Madame Momperen, sind Sie wach?«

Jetzt war sie ganz sicher, im Himmel zu sein. Ein Engel rief sie bei ihrem Namen. Sie zögerte. Moment mal, dachte sie, die Haie kannten meinen Namen auch. Seit wann können Fische reden?

»Madame Momperen, öffnen Sie doch bitte einmal Ihre Augen.«

»Nein, das werde ich nicht machen«, antwortete sie mit schwerer Zunge. »Ich glaube ja doch nicht, was ich dann sehe.«

»Madame, Sie können sie ruhig öffnen. Sie sind hier auf der ›Asturia‹, einer Fregatte der spanischen Küstenwache. Sie sind in Sicherheit.«

Annmarie blinzelte ins Licht und nahm vor sich verschwommen die Umrisse einer Frau in weißem Kittel und blauem T-Shirt wahr. Langsam wurden die Konturen scharf.

»Hallo, Madame, mein Name ist Monica Servantes. Ich bin die Stabsärztin auf diesem Schiff.«

»Hallo.« Sie richtete sich auf und erkannte, dass sie tatsächlich noch am Leben und auf einem anderen Schiff war. »Eine Ärztin auf einem Kriegsschiff? Es heißt doch, wenn Frauen an Bord eines Kriegsschiffes sind, bringt das Unglück.«

»Seitdem es in der spanischen Marine Frauen gibt, ist noch keines gesunken. Außerdem sind wir hier bei der Küstenwache und da sind Frauen schon Tradition.«

Das Lachen schmerzte Annmarie, und als sie sich die Rippen halten wollte, merkte sie, dass ihr linker Arm an den Körper gebunden war. Außerdem kam ein dünner Drainageschlauch aus ihrer Schulter.

»Was ist denn mit mir passiert? Habe ich doch gegen Haifische gekämpft, wie ich es geträumt habe?«

»Zwei unserer Kampftaucher haben Sie aus dem Meer gefischt. Bei dem, was vorher passiert ist, haben Sie sich eine nicht unerhebliche Platzwunde am Kopf, eine Riss- oder Schnittwunde an der Hüfte und eine Rippenfraktur geholt.«

»Und was ist mit dem Arm?«, fragte Annmarie besorgt.

»Das Schlüsselbein ist auch glatt durch. Ich habe es mit einer Platte und vier Schrauben problemlos richten können. Aber nun berichten Sie doch mal, was passiert ist.«

Annmarie erzählte ihre ganze Geschichte, angefangen von ihrem Mallorcaurlaub bis zur abenteuerlichen Flucht und ihrem Schrecken, ihren Entführern erneut ins Netz gegangen zu sein.

Monica Servantes hörte gebannt bis zum Ende zu. »Da haben Sie ja ein Riesenglück gehabt, Frau Kollegin, an einen Menschen wie Yussuf verkauft worden zu sein, so verrückt sich dieser Satz für eine emanzipierte, moderne Frau auch anhören mag. Haben Sie denn eine Telefonnummer von ihm, damit Sie ihm mitteilen können, dass Sie in Sicherheit sind? Das ließe sich von Bord aus bewerkstelligen.«

Annmarie war wie vom Donner gerührt. »So ein Mist. Die

hatte ich in eine Tasche des Overalls gesteckt, den die Kerle mir vom Leib gerissen haben.«

»Ich werde nachher einmal unseren Funker bezirzen. Der Major einer großen Armee wird für ihn ja wohl irgendwie zu finden sein.« Dr. Servantes streckte die Arme aus. »So, und nun wollen wir beide mal eine Runde um Ihr Bett drehen.«

Sie half Annmarie beim Aufstehen. Die ersten Schritte taperte sie noch wie eine alte Frau, doch dann ging es schon erheblich besser. »Ist es weit bis an Deck?«

»Zusammengerechnet vielleicht fünfzig Meter. Warum?«

»Dann hake ich mich bei Ihnen unter, und Sie führen mich an die frische Luft. Wenn ich die erst einmal eingeatmet habe, bin ich wieder so gut wie neu.«

Als sie an Deck standen, kullerten Annmarie ein paar Tränen über die Wangen. »Das ist so schön.« Sie genoss es, den Wind in ihren Haaren zu spüren. »Wo fahren wir eigentlich hin?«

»Es geht in Richtung Balearen. Sie werden mit dem Helikopter auf Mallorca abgesetzt.«

»Wo genau?«

Dr. Servantes zuckte mit den Achseln. »Da bin ich überfragt. Aber Sie werden sofort der Polizei übergeben. Die sind schon ganz heiß auf Ihre Geschichte.«

»Dann ziehen Sie mir vorher bloß den Schlauch aus der Schulter. Ich möchte einigen Herrschaften auf Mallorca gern in die Weichteile treten. Dabei stört so eine Drainage.«

***

Es gab wohl nirgendwo auf Mallorca einen blaueren Pool als auf der Finca Amapola.

Dort musste man nicht schon nachts aufstehen, um Liegen in der »Primera Linea« mit seinen Handtüchern zu markieren. Dort hatte jede Suite ihr eigenes kleines Séparee am kristallklaren Wasser, in dem es einem an nichts fehlte. Und wer sich nicht sonnen wollte, der setzte sich einfach an ein schattiges Plätzchen am eigenen Tisch.

Dort war Krauses Lieblingsplatz, denn von dort hatte er alles im Blick, ohne auf jeglichen Luxus verzichten zu müssen. Serge nahm noch etwas verschlafen neben ihm Platz.

»Nun, mein Sohn.« Krause genoss seine Limonade. »Das Inselradio meldet, dass deine Arbeit erfolgreich war.«

Serge rang sich ein müdes Lächeln ab.

»Ja, ja, die modernen Medien sind schon ein Segen für uns Berufskiller. Da die Reporter meist schon vor der Polizei am Tatort sind, müssen wir nicht mehr dorthin zurückkehren, um unser Werk genießen zu können. Bereits zwei Stunden nach Jobende kann man sich im Fernsehen an den Bildern seiner Arbeit erfreuen. Es ist nur schade, dass die Feuerwehren heutzutage immer mehr mit Sichtschutzplanen arbeiten, wenn sie die Opfer bergen. Das zerstört irgendwie das Arrangement.« Serge goss sich ein Glas aus dem Limonadenkrug ein. »Und wie soll es nun weitergehen?«

»Wir haben noch die Russin, die Mallorquinerin und die Schwedin in der Expedition. Die kommen in der Nacht zu übermorgen weg.«

»Und was ist mit der Deutschen? Sollten wie die nicht doch noch dazutun?«

»Serge, mein Sohn, ich habe dir schon zigmal gesagt, dass ich sie für meine Zwecke verwenden werde. Erstens ist sie hässlich und passt einfach nicht in unser erlesenes Sortiment, und zweitens war sie Zeugin meiner Behandlung, und jeder, dem diese Ehre zuteil wird, für den ist es auch gleichzeitig sein Todesurteil. Das weißt du genau.«

»Du hast ihr aber doch schon die Stimmbänder gekappt, das macht sie für viele Kunden wieder richtig interessant.«

Der Alte winkte ab. »Nein, die will ich allein für mich haben. Ich werde den Zulauf des Wassers heute etwas drosseln. Bei ihrem Bruder ging mir alles viel zu schnell.«

»Und ich habe dann wieder das Theater mit der Leiche«, gab Serge etwas genervt zurück.

»Schicken wir sie doch einfach mit nach Alicante. Die können ja auf halber Strecke eine kleine Seebestattung machen.«

»Und was ist mit Maria und Pol? Willst du denen auch aus dem ›Zauberlehrling‹ vorlesen?«

»Wozu das den?« Krause sah seinen jüngeren Freund fast beleidigt an. »Das sind asoziale Junkies, bar jeglicher Kultur.«

»Sie haben uns aber wertvolle Dienste geleistet.«

»Dafür haben sie auch genügend Heroin bekommen.«

»Aber was machen wir mit ihnen?«

Krause gönnte sich einen großen Schluck Limonade. »Lassen wir sie schmoren, bis sie heute Nacht fast irre vor Schmerzen und richtig heftig auf Turkey sind. Dann kriegen sie zwei Messer und reines Heroin, es reicht aber nur für einen einzigen Schuss. Wer den anderen abgestochen hat, soll sich den Stoff in die Venen drücken. Die werden vor lauter Gier gar nicht mitbekommen, dass sie sich den goldenen Schuss setzen.«

Serge lächelte. »Phantasie hast du, das muss man dir lassen.«

***

Freaky und Camila saßen auf der Suche nach dem Urheber des Spions schon seit Stunden wieder an ihren Computern. Endlich war es ihnen gelungen, die Datei vollständig zu knacken.

»Schau dir das an. Es ist ein Wunder, dass sich das ein Mensch ausgedacht hat.« Freaky wechselte mit dem Cursor aufgeregt von einer Bildschirmseite auf die andere. »Das ist der komplexeste Virus, den ich jemals gesehen habe.«

»Ich finde es viel bewundernswerter«, entgegnete sie verlegen, »dass du das Ding überhaupt knacken konntest. Ich habe noch nie einen Spion gesehen, der eine eigene kleine Firewall hatte. Hast du eine Ahnung, wer den programmiert hat?«

»Ich vermute, dass es eine indische Auftragsarbeit war. Für die Russen ist das Ding zu filigran. An so einer Datei bastelt eine ganze Halle voller Programmierer einen ganzen Monat lang.«

Sie erhob sich und ging zu seiner Seite des Schreibtisches, um auf seinen Bildschirm sehen zu können. »Und kannst du anhand der Programmierung sehen, was dieser Virus alles kann?«

Er scrollte endlose Datenreihen hinunter. »Das ist alles nur dafür da, um die Datei unsichtbar zu machen, und es geht noch endlos so weiter.« Nach einer Weile kam er in Regionen, die interessant für ihn waren. »Soweit ich das erkennen kann, dockt sich der Spion an die Homebanking-Accounts ausgewählter Zielpersonen an und sendet Kopien der Kontobewegungen über diverse Stationen zurück an deinen Server. Dabei fügt er die Kopien ganz geschickt an andere Dateien an, wie so ein Pilotfisch, der am Hai hängt. Er bedient sich aber wohl nur der Bankdaten, und das auch nur, wenn die Phishing-Mail geöffnet wurde. Weshalb stets das Codewort ›zu empfehlen‹ darin auftaucht.«

Camila lächelte unsicher. »Ich bin mir nicht sicher, ob ich das verstanden habe.«

Er musste lachen. »Ich mir auch nicht.« Er erhob sich, ging an ihren Computer und begann zu tippen. »Du schickst mir jetzt eine Mail, in der steht, der Cortado sei ›sehr zu empfehlen‹. So, raus ist sie.« Er erhob sich und ging wieder zu seinem Computer. Seine Finger flogen geradezu über die Tasten. »Nun öffne ich meinen ›Thunderbird‹, und da ist sie schon, deine Mail.« Er zeigte auf den Bildschirm. »Ich öffne sie und fange mir damit deine Läuse ein. Und nun mach ich noch schnell Homebanking und überweise mir zehn Euro auf mein Zweitkonto.«

»Aber wozu das Ganze?«

»Wenn alles so funktioniert, wie ich mir das vorstelle, hast du in einer guten Stunde Auskunft über all meine Konten und wirst über jede Kontobewegung von mir informiert.«

»Aber solche Dateien habe ich nie erhalten.«

»Das weiß ich. Dein Computer speichert sie nur, bis sich der Initiator dieser ganzen Nummer bei dir einhackt und die betreffenden Dateien absaugt.«

»Und wer ist das?«

»Das kann ich dir sagen, wenn er sich *unsere* ›Läuse‹ eingefangen hat, die ich ihm als kleines Geschenk an meine Kontobewegung angeheftet habe.«

»Müssen wir dazu hier am Computer sitzen?«

»Nein.«

Sie nahm ihn bei der Hand. »Dann werden wir für eine Stunde an den Strand fahren. Du hast schließlich Urlaub.«

***

Berger hatte unbedingt mit seiner Dyane nach Manacor fahren wollen, und so tuckerte er mit dem Comisario auf dem Beifahrersitz ganz gemächlich über die C-714.

»Werden Sie bei diesem Anti-Tempo nicht wahnsinnig?«

Berger grinste amüsiert. »Was heißt hier Anti-Tempo? Das ist eine Reisegeschwindigkeit, bei der man noch die Möglichkeit hat, das eigene Gemüt mit dieser wunderschönen Insel visuell vollzutanken.«

García Vidals Handy klingelte. Er sah aufs Display und stellte gleich auf »Freisprechen«. »Hola, Andrea, was liegt an?«

»Wir sind hier in Campos an der Einsatzstelle von heute Nacht und werden wie die Deppen behandelt. Ich weiß nicht, ob sich der gute Álvarez an uns rächen will oder ob er von Haus aus irre ist. Wir dürfen jedenfalls nicht hinter die Absperrung, sonst will er uns verhaften lassen.«

»Und was macht die Spusi?«

»Die Kollegen stehen ebenso ratlos neben uns. Álvarez wartet auf seine eigenen Sprengstoffspezialisten, und vorher darf da niemand rein.«

»Dann haltet euch an die Anweisungen und bleibt so lange vor Ort, bis ihr reindürft. Ich bin mir bei der professionellen Arbeitsweise, die dieser Herr bisher an den Tag gelegt hat, ziemlich sicher, dass die eine Menge übersehen.« García Vidal schaute fragend zu Berger. »Oder hätten Sie anders entschieden?«

»Absolut nicht«, bestätigte der. »Ich persönlich hätte die Anweisung begrüßt, dass immer, wenn Álvarez an dem Kollegen Bastos vorbeigeht, die Dienstwaffe zu reinigen ist. Die Wahrscheinlichkeit, dass sich dabei ein Schuss löst, ist doch recht hoch, oder?«

Sie hatten sich inzwischen heillos im Gassengewirr Manacors verstrickt.

»Wer soll sich denn hier noch auskennen?«, schimpfte Berger.

»Das ist doch ganz einfach«, erwiderte der Comisario. »Es sind alles Einbahnstraßen. Immer abwechselnd geht die Fahrtrichtung nach Nordwesten und dann wieder nach Südosten. Und wenn Ihnen einer entgegenkommt, dann sind Sie ein Geisterfahrer.«

»So wie jetzt?« Berger fuhr rechts in eine Parklücke, um den Gegenverkehr vorbeizulassen.

»Nein, wir sind auf einer Hauptstraße.«

»Hauptgasse meinen Sie wohl.«

García Vidal zeigte auf ein Straßenschild. »Carrer de la Fe. Da müssen Sie links rein.«

Sie parkten vor der Hausnummer 48. Schräg gegenüber war ihr Ziel.

»Hm«, brummte Berger. »Ist ja ein ziemlich abgewohnter Kasten.«

»Hören Sie auf, schon jetzt zu nörgeln, Miguel. Sie sind lange genug auf Mallorca, um zu wissen, dass man hierzulande nicht viel Wert auf die Fassade legt. Schon so manche äußerliche Bruchbude hat sich innen als Juwel entpuppt.«

Sie mussten mehrfach klingeln, bis sie hinter der Haustür einen schlürfenden Gang vernahmen. Ein hagerer Mann, der vielleicht dreißig war, aber wie fünfundsiebzig aussah, öffnete ihnen.«

»Hola, Señor. Mein Name ist …« García Vidal zögerte und sah den Mann noch einmal von oben bis unten an. »Esteban Ponto. Das hier neben mir ist Rafael Sanchez, wir sind von der Stadtverwaltung. Dürfen wir reinkommen?«

»Nein.«

Der Comisario ließ sich nicht aus der Ruhe bringen. Der Mann war durch langjährigen Drogenmissbrauch gezeichnet, und er wusste, dass man bei solchen Leuten nur behutsam etwas erreichen konnte. »Wir wollen Sie zu einem ganz neuartigen Drogenprogramm einladen.«

»Wie kommen Sie auf mich? Ich nehme keine Drogen.« Der Mann wollte die Tür schließen, aber García Vidal stellte seinen Fuß dazwischen.

»Sie würden ein Jahr lang kostenlos sämtliche Drogen von uns bekommen, anonym, versteht sich, und einer unserer Ärzte würde Sie dafür alle drei Monate nur kurz untersuchen müssen.«

Die Augen des Mannes funkelten plötzlich gierig. »Ein ganzes Jahr lang?«

»Sí, Señor.«

»Und das auch noch anonym?«

»Sí.«

»Und legal? Ich könnte mir das Zeug spritzen, wo ich will?«

»Sí, Señor.«

»Mein Name ist Pol. Pol Posito.« Er beugte sich vor und sah sich nach links und rechts in der Straße um. »Kommen Sie rein, das könnte auch für meine Frau Maria interessant sein.«

Obwohl es sich bei der Diele um einen typisch mallorquinischen und daher großzügigen Eingangsraum handelte, blieb ihnen nur ein ganz schmaler Pfad, um in das Wohnzimmer zu kommen. Links und rechts türmten sich übereinandergestapelte Dinge, die jeder normale Mensch als Müll bezeichnen würde.

Pol wusste ihre Blicke richtig einzuordnen. »Sie können sich ruhig umsehen. Das ist kein Müll, das sind alles Dinge, die ich noch brauche.«

Im Wohnzimmer wurden sie misstrauisch von einer im Vergleich zu Pol Posito etwas jüngeren, jedoch bis auf die Knochen abgemagerten und zahnlosen gefühlten Achtzigjährigen beäugt.

»Kommen Sie vom Gericht?«

»Nein, Señora, wir sind von der Stadtverwaltung.«

»Sie wissen«, keifte die Frau gleich los, »dass Beschaffungskriminelle nichts dafür können?«

»Das ist denen egal«, wandte Pol Posito ein. »Die kommen wegen etwas anderem.«

»Wie, die kommen gar nicht wegen der Airbags von heute Nacht?«

»Hältst du jetzt vielleicht mal deine dumme Fresse, du blöde Schlampe?«

»Auch nicht wegen des Einbruchs bei Eroski?«

Er schlug sie ins Gesicht. »Du sollst das Maul halten, Menschenskind, sonst versaust du noch alles.«

»Was kann man denn bei dir noch versauen, du Schlaffarsch?«

Sie fing sich eine zweite Ohrfeige. Nun ging der Comisario dazwischen. »Würden Sie bitte aufhören, Ihre Frau zu schlagen, das bringt doch nichts.«

»Genau, das bringt nämlich gar nichts, du Penner«, keifte sie und raufte sich die noch verbliebenen strähnigen Haare. »Und so ein Stück Scheiße habe ich geheiratet.« An die Gäste gewandt ergänzte sie: »Und was wollen Sie hier, wenn sie die Obernull nicht in den Knast stecken wollen?«

»Die Herren kommen von der Drogenstelle und wollen uns ein Jahr lang für lau mit Drogen versorgen.«

»Für dich vielleicht für lau, du Arsch. Ich muss mich dann wieder von allen Beamten dieser Stadt durchficken lassen, nur weil du zu blöd bist, Airbags zu klauen.« Sie winkte bedient ab. »Kommt dieser Idiot doch heute Nacht plärrend nach Hause, weil ihm wieder mal so ein Ding um die Ohren geflogen ist.« Sie äffte ihn nach: »Mama, das tut so weh, ich brauch 'nen Schuss.«

Nun war es dem Mann zu viel. »Und warum muss ich mich mit dieser Scheiße abplagen? Doch nur, weil du zu blöd bist, ein Gummi zu benutzen.« An den Comisario gewandt, erklärte er: »Sie müssen nämlich wissen, dass Maria früher das Rathausklosett hatte. Das hat sie nicht nur sauber gemacht, sie hat nebenher auch noch den Herren von der Stadtverwaltung die Schwänze poliert. Einer von diesen Idioten hatte Aids, und ausgerechnet den musste sie ungeschützt bedienen.«

»Was soll ich denn machen?« Jetzt war sie es, die ihren Mann ohrfeigte. »Mit Gummi zahlt ihr Ärsche ja noch nicht einmal die Hälfte.« Sie wollte ein zweites Mal zuschlagen, aber der Comisario hinderte sie daran.

»Der Nächste von Ihnen beiden, der gewalttätig wird, bekommt von meinem Kollegen eins auf die Fresse«, brüllte er. »Verstanden?«

Beide sahen ihn an, schwiegen aber, und die Situation entspannte sich zusehends.

»So, Herrschaften. Sie können sich ja mal darüber unterhalten, ob Sie an unserem Drogenprogramm teilnehmen wollen. Wir gucken uns hier so lange um.«

»Moment«, protestierte Pol Posito. »Haben Sie überhaupt einen Durchsuchungsbeschluss?«

Berger drängte sich am Comisario vorbei, griff den Mann am Revers seines völlig verfleckten Bademantels und zog ihn zu sich heran. »Chef, soll ick ihn totmachen?«

»Ja«, kam es gelangweilt von García Vidal. »Halt ihn dabei aber auf Abstand, der pisst dich vor lauter Angst sonst noch an.« Er schüttelte sich angeekelt. »Dieses Pack ist unser schönes Heroin gar nicht wert.«

»Heroin, sagen Sie?« Maria Posito wurde hellhörig. »Richtig gutes Heroin, kein Methadon?«

Der Comisario nickte.

»Und als Nachtisch«, sie steckte sich eine Zigarette an, »vielleicht auch noch einen kleinen Joint?«

»Wenn Sie wollen, so dick wie ein Ofenrohr.«

»Okay, aber Sie kommen her, wenn Sie einen gelutscht kriegen wollen. Hausbesuche mach ich nicht mehr.« Sie machte einen tiefen Lungenzug, legte die Zigarette auf den Rand eines übervollen Aschenbechers, ging vor García Vidal auf die Knie und wollte seine Hose öffnen.

Der Comisario entzog sich dieser Behandlung durch einen Schritt nach hinten. »Nein, Frau Posito. Das machen wir lieber nachher, wenn ich Ihnen den Stoff bringe. Jetzt wollen sich mein Kollege und ich uns zuerst ein wenig bei Ihnen umsehen, ob Sie überhaupt für das Programm geeignet sind.«

»Wie, jetzt gibt es noch gar nichts?«

»Nein. Sollen wir wieder gehen?«

Sie machte sofort einen Rückzieher. »Nein, nein, schauen Sie sich nur um. Aber machen Sie keine Unordnung.«

Berger war viel gewohnt, aber der letzte Satz dieser Dame ließ ihn fassungslos nach Luft schnappen.

In allen Räumen des Hauses war es das Gleiche. Überall war Krimskrams bis unter die Decke hochgestapelt und eine Begehung nur über ganz schmale Schneisen möglich. Es herrschte dennoch eine gewisse Ordnung. In einem Raum zum Beispiel war alles aus Papier. Stapelweise ungeöffnete Briefe, komplette Jahrgänge von Tageszeitungen mehrerer Jahrzehnte, Bücher, Prospekte und sonstige Schriften. Außerdem tonnenweise Seidenpapier, wozu auch immer das benötigt wurde. Der Inhalt des Schlafzimmers hingegen hätte ausgereicht, um ganz Zentralafrika mit Altkleidern zu versorgen, und im Hof stapelte sich, was aus Blech oder Aluminium und ehemals mit Lebensmitteln gefüllt gewesen war. Dementsprechend würzig duftete es, und immer, wenn es irgendwo klapperte, huschte eine fette Ratte weg. Das Wohnzimmer schien die Puppen- und Spielzeugabteilung des Ehepaars zu sein, und sämtliche Dinge, die einen Stecker hatten oder mit Batterien angetrieben wurden, waren in den restlichen Räumen untergebracht. »So stelle ich mir die Wohnung eines zwanghaft ordnungsfanatischen Messies vor«, raunte Berger.

»Fragt sich nur, was sie mit den Rohrpostkartuschen der Wellness-Finca machen.«

Berger sah sich um. »Sie machen nichts damit, sonst würden sich hier Hunderte von den Dingern stapeln, und dieses Wrack Posito müsste nachts nicht auf Bruch gehen.«

Damit wollte sich der Comisario nicht zufriedengeben. »Der letzte Bote hat sie draußen in die Wasserklappe gelegt. Die ist im linken Bereich des Hauses.«

»Richtig, und zwar«, Berger zeigte dorthin, wo er ein Fenster vermutete, »irgendwo in dieser Region.«

Sie gingen beide den Gang entlang, der in die Richtung führte.

»Sehen Sie, Cristobal, da ist nur Müll. Es hat seit Monaten niemand mehr versucht, da von innen dranzukommen. Die Klappe ist nichts weiter als ein toter Briefkasten. Uns wird nichts weiter übrig bleiben, als uns davor auf die Lauer zu legen.«

Sie gingen zurück zu dem entzückenden Pärchen, das teilnahmslos in den Fernseher stierte, der wie in fast jedem spanischen Haushalt den ganzen Tag über für einen erhöhten Geräuschpegel sorgte.

»Wir gehen dann mal«, brüllte García Vidal, um den Lärm zu übertönen, »und kommen heute Abend mit dem Stoff wieder.« Weder sie noch er reagierte auf die Ansprache, beide schauten noch nicht einmal hoch.

Berger und García Vidal verließen das Haus. Bevor sie zu ihrem Wagen gingen, inspizierten sie noch die Wasserklappe. Berger schob den Riegel zur Seite und öffnete sie. In dem Wandschacht waren ein Rohrstutzen, an den der Wasserfahrer einen Feuerwehrschlauch anschließen konnte, um von seinem Lkw aus die Zisterne zu füllen, und ein Abwasserrohr, das ziemlich steil nach unten führte.

»Die Kartuschen passen da mit Sicherheit rein, aber wo rutschen sie hin?«

García Vidal zuckte mit den Schultern. »Das werden wir sehen, wenn wir heute Abend wieder hier aufschlagen.«

»Moment mal, Cristobal, die wollen doch heute Abend Stoff von uns haben.«

»Richtig, und den werden sie bekommen.«

»Aber woher nehmen, wenn nicht stehlen?«

»Wir werden Tomeu darum bitten. Für solche Sachen ist eindeutig er der Spezialist.«

★★★

Wenn im Namen der Großherzogin etwas getwittert wurde, dann musste es der ultimative Brüller sein. Und so war der Parkplatz bereits voll, als Angela Bischoff und Gräfin Rosa bei der Wellness-Finca vorfuhren.

»Kinder, was ist denn das für ein Irrenhaus hier? Es sollte doch erst morgen richtig losgehen.« Gräfin Rosa steuerte ihren Wagen kurzerhand auf den Fußweg zwischen Parkplatz und Empfang und wurde dort auch standesgemäß von einem Beamten begrüßt. Leider hatte Ramirez vergessen, seine Leute auf das Schwein vorzubereiten. Als Filou aus dem Wagen sprang, war die Reaktion eher verhalten.

»Was gucken Sie denn so, junger Mann?« Rosa überreichte dem Polizisten in Zivil die Wagenschlüssel.

»Ich, äh, bin mir nicht sicher«, stammelte der junge Beamte, »ob ich Sie mit dem Ferkel reinlassen darf.«

Angela lächelte ihn breit an. »Señor, das ist erstens kein Ferkel, sondern ein speziell für den Dienstgebrauch ausgebildetes Polizeischwein, und wenn ich Ihnen einen Tipp geben darf, dann schauen Sie dem Tier niemals direkt in die Augen. Es ist auf Kehle dressiert.«

»Aber wenn dieses Tier so gefährlich ist, dann …«

»Ist schon gut, Kollege«, ertönte es plötzlich hinter ihnen. Ramirez befand sich, ebenfalls in Zivil, auf einem seiner inzwischen sehr häufigen Kontrollgänge. »Ich kenne das Schwein.«

Mit einem Achselzucken trollte sich der junge Mann.

»Carmen hat, wie mit ihr besprochen, über den Account der Großherzogin getwittert, dass die Finca Zarzarrosa zukünftig von Ihnen geführt wird, Gräfin von Zastrow.« Er nickte Rosa zu. Der große Ansturm, der erst für morgen eingeplant war, stellte sich schon Minuten später ein.«

Angela schaute sich um. »Hier ist Himmel und Hölle los. Auf diesem Parkplatz standen mit Sicherheit noch nie so viele Autos im Wert von über hunderttausend Euro pro Stück.«

»Dann wird der Rubel ja rollen.« Ramirez grinste, doch das Gesicht der Gräfin verfinsterte sich.

»Ich bin mir nicht so sicher, dass das auch gut ist. Dann müssen wir die hiesigen Nachtigallen nämlich mit Rizinusöl füttern, um genug Singvogelkot für die Gesichter des mallorquinischen Jetsets zu haben.«

Filou war unruhig geworden und entschloss sich, nun das Foyer der Finca zu stürmen. Da das Tier den adligen und adelsinteressierten Kreisen der Insel natürlich bekannt war, wusste jeder, der ihn sah, dass die zukünftige Chefin nicht weit sein konnte, und die wartenden Wellness-Gäste begannen zu applaudieren. Während der Gräfin das unverhoffte Bad in der Menge sichtlich peinlich war, ließ sich das Schwein nicht irritieren und steuerte schnurstracks auf den Seiteneingang des Empfangstresens zu. Dort war die muskulöse Empfangsdame mit zwei Kolleginnen damit beschäftigt, die vielen Neuanmeldungen entgegenzunehmen.

»Gnädigste«, hörte man sie flehen, »ich weiß wirklich nicht, von welcher Gräfin Sie sprechen.«

Filou stellte sich hinter sie und grunzte freundlich.

Wie vom Donner gerührt, hielt die Dame inne und drehte sich langsam nach dem ungewohnten Geräusch um. Als sie das entspannt lächelnde Schweinsgesicht erblickte, reagierte sie nicht so, wie man es von einer jungen Frau vielleicht erwarten würde, sondern wurde von blanker Hysterie gepackt. Wie von der Tarantel gestochen, sprang sie auf, kreischte gellend, trampelte wild auf der Stelle und fuchtelte mit den Händen wirr in der Luft herum, um danach ohnmächtig nach hinten zu kippen. Ihre beiden Kolleginnen hatten Mühe, sie aufzufangen.

»Das ist eine Wellness-Finca, kein Bauernhof«, keifte die eine. »Wo kommt das Schwein her?«

Die Gräfin trat, gefolgt von Angela, ebenfalls hinter den Tresen. »Das ist Filou, das neue Empfangsschwein dieser Finca.« Sie gab zwei herbeigeeilten Zivilbeamten ein Zeichen, die Ohnmächtige möglichst schnell zu entfernen. Sie kamen herbei und hoben die Frau auf.

»Wohin?«

»Schmeißt die hysterische Ziege in den Pool.«

»Sie wird ertrinken«, protestierte ihre Kollegin.

»Blödsinn. Sie wird wach werden«, entgegnete die Gräfin. »Und wenn sie es ist, soll sie gefälligst wieder ihren Job machen.«

»Wer sind Sie überhaupt?«

»Ich bin Gräfin Rosa von Zastrow, Ihre neue Chefin. Und nun bedienen Sie unsere Kunden hübsch weiter, sonst werde ich ganz schnell zu Ihrem Alptraum.«

***

Im Observierungsbus wurde der Auftritt der Gräfin mit Spannung und Hochachtung verfolgt. Von den Anwesenden hätte ihr niemand einen derart forschen Auftritt zugetraut.

Carmen grinste. »Tja, meine Herren, das ist Frauenpower.«

»Es ist hart an der Grenze«, entgegnete Andrea Bastos. »Stell dir nur einmal vor, das Mädel wird nicht gleich wach, sondern aspiriert Wasser.«

»Um die Belegschaft einzuschüchtern, muss man solche Nummern durchziehen. Und sie kann es sich bei dem Ruf, der ihr durch die Gäste vorauseilt, leisten. Die Leute kuschen.«

Ein Kollege meldete sich. »Hier wird ein Handy angeschaltet, das wir bisher nicht geortet hatten.«

»Kannst du dich einhacken?«

»Da gibt es nichts zu hacken. Der oder die telefoniert nicht.«

Carmen stellte sich neben den Kollegen und schaute gebannt auf den Bildschirm.

»Jetzt wird eine SMS verschickt.« Er versuchte, sie zu entziffern. »Das ist, glaube ich, Deutsch. Du kannst doch Deutsch, Carmen, was steht da?«

»Wie sollen wir reagieren?«, las sie vor. »Es gibt hier auf der Finca neue Chefs. Hat das seine Richtigkeit?«

»Aha«, murmelte Andrea. »Es formiert sich Widerstand. Kannst du das Handy räumlich orten?«

»Wenn es noch angeschaltet wäre, ja, aber der Besitzer hat es nach Absetzen der SMS gleich wieder ausgeschaltet.« Er klickte die Liste der bereits georteten Handys an und wartete einen Moment. »Da haben wir den Bösewicht. Diese Nummer hat sich kurz vor Absetzen der SMS ausgeloggt und ist jetzt wieder aktiv. Er oder sie könnte sich kurz einer anderen SIM-Karte bedient haben.«

»Kannst du sehen, wo sich die Person befindet?«

»Sí, am Empfangstresen.«

In einem Konferenzraum der Finca Zarzarrosa saßen Carmen und Angela einige Minuten später einer völlig verschreckten jungen Frau gegenüber.

»Mein Name ist Carmen Lukas von der Policía National, und das ist Angela Bischoff von der deutschen Polizei.«

Die Augen der Frau wurden immer größer. »Sie sind von der Polizei? Bin ich jetzt verhaftet?«

»Um es offen zu sagen: Das hängt ganz von Ihnen ab.«

»Was wirft man mir vor?«

»Noch nichts. Aber fangen wir vorn an. Ihr Name ist Karin Andermatt?«

»Ja.«

»Sie sind Schweizer Staatsbürgerin.«

»Ja. Ich arbeite seit der Eröffnung vor drei Monaten hier auf Zarzarrosa.«

»Was ist Ihr Aufgabenbereich?«

»Ich bin ich als Physiotherapeutin eingestellt worden, helfe aber, wenn es eng wird, außerdem am Empfang aus. Wie es alle anderen auch tun.«

»Frau Andermatt, Sie haben vor einer halben Stunde von Ihrem Handy aus mit einer anderen SIM-Karte eine Art Notfall-SMS abgesetzt. Ist das richtig?«

Sie bekam einen knallroten Kopf. »Das stimmt.«

»An wen ging die?«

»An den Padrón.«

»Wer ist das?«

»Es mag sich abenteuerlich anhören, doch ich weiß es nicht. Das weiß hier niemand, bis auf unsere Chefin natürlich, aber die ist verschwunden.«

»Und wer hätte es noch wissen können?«

»Peer, ihr Freund. Aber der ist ja tot.«

Angela musterte sie genau. »Und Sie fanden es gar nicht seltsam, dass Sie für einen Menschen arbeiten, der sich niemals blicken lässt und nur wie ein Phantom über allem schwebt?«

Sie kramte ein Tempotuch aus der Hosentasche und schnäuzte sich. »Ist das nicht sogar normal? Unsere Geschäftsführerin, Frau Dr. Svensson, hat hier die Anweisungen gegeben. Sie hat sich um uns gekümmert, und das Geld am Monatsende stimmte auch. Das ist doch das Wesentliche. Wo ist Dr. Svensson eigentlich, wissen Sie das?«

»Nein, das können wir Ihnen auch nicht sagen. Nach ihr wird gefahndet.«

»Und weswegen, wenn ich fragen darf?«

»Im Zusammenhang mit dem Tod von Peer Gunnarsson.«

Frau Andermatt lachte auf. »Das glauben Sie doch wohl selbst nicht. Die haben sich geliebt!«

»Wir ermitteln nicht gegen sie als Tatverdächtige, sondern wollen sie als Zeugin vernehmen. Aber noch mal zu Ihrer SMS. Warum haben Sie die abgesetzt?«

»Weil ich mich dazu verpflichtet fühlte. Würden Sie es etwa als normal einstufen, wenn plötzlich eine Horde von Faschisten mit Gewalt und einem sogenannten Dienstschwein in Ihr Büro stürmt und einen Ihrer Kollegen in den Pool wirft?« Sie funkelte Carmen böse an. »Und jetzt sagen Sie bloß nicht, Sie haben keinen Pool in Ihrer Dienststelle.«

Carmens Gesichtsausdruck wurde versöhnlicher. »Erstens haben wir den wirklich nicht, und zweitens hätte ich unter diesen Umständen wahrscheinlich genauso gehandelt. War die SMS Ihre Idee, oder war das für den Notfall so vorgesehen?«

»Die SIM-Karte liegt zusammen mit schriftlichen Anweisungen für Notfälle in einem gesonderten Umschlag am Tresen.« Sie musterte nun ihrerseits Carmen und Angela. »Und jetzt sind bitte

Sie an der Reihe, mir zu erklären, was hier eigentlich gespielt wird.«

»Frau Andermatt, Ihre Führungsetage, wer immer das auch sein mag, ist in illegale Machenschaften verwickelt und derzeit in Auflösung begriffen«, erklärte Angela. »Dafür gibt es deutliche Anhaltspunkte, die ich Ihnen aus ermittlungstechnischen Gründen nicht näher erläutern darf. Hätten wir hier nicht zugegriffen, hätte es vermutlich irgendeine mafiös strukturierte Bande getan, und dann wäre Ihre Kollegin nicht im Pool, sondern vor ihrem Schöpfer gelandet.«

»Wollen Sie damit sagen«, die junge Frau war sichtlich geschockt, »dass ich für Verbrecher gearbeitet habe?«

Carmen nickte. »Es sieht ganz so aus.«

***

Camila und Freaky saßen schon länger wieder vor dem Computer, ohne dass sich etwas tat, doch jetzt öffnete sich auf dem Bildschirm ein Fenster.

»Na, da bist du ja«, sagte Freaky grimmig. »Nun friss mal schön, was ich dir in den Napf getan habe. An deinem Bäuerchen danach können wir sehen, in welcher Höhle du wohnst.« Er sah Camila an. »Nun gilt es zu warten, bis er den Computer wieder runterfährt. Ihm wird dann angezeigt, dass ein Update installiert wird, und wir bekommen eine Mail mit seinen Stammdaten.«

»Du schlägst ihn quasi mit seinen eigenen Waffen.«

Freaky nickte. »Auf dem Feld fühlt er sich überlegen und wird dementsprechend blind für drohende Gefahren.« Er lehnte sich in seinem Stuhl zurück. »Sag mal, woher kannst du eigentlich so gut Deutsch?«

»Mein Vater war hier bei der Policía Local und hatte tagtäglich mit sehr vielen Touristen zu tun. Die meisten von ihnen waren Deutsche. Da er sicher war, dass es auf Mallorca bald keine anderen Arbeitsplätze mehr geben würde als die im Tourismus, bestand er darauf, dass wir in der Schule Deutsch belegen. Und durch die vielen Touristen haben wir häufig Gelegenheit, die Sprache auch zu sprechen.«

»Das ist gut.«

»Für wen?«

Freaky errötete etwas. »Für die Touristen und vor allem für mich. Ich fände es schade, wenn ich bei dir nur ein Bier bestellen könnte.«

Sie lächelte. »Du wärest allerdings der Einzige, dem ich es auch bringen würde.«

Das Eintreffen der Mail kündigte sich durch ein akustisches Signal an. Freaky öffnete den Bildschirm, und sie überflogen die Stammdaten. Dann griff Camila zum Telefon und wählte die Nummer des Comisarios.

»Señor Comisario, hier ist Camila. Wir haben den IT-Experten des Padrón ausfindig machen können. Sein Name ist Pol Posito, er ist gemeldet in der Carrer de la Fe in 07680 Manacor.«

Sie lauschte García Vidals Anweisungen.

»Okay, wir stehen dann vorn an der Apotheke und warten auf Sie.« Sie legte auf und wandte sich Freaky zu. »Wir haben noch eine Viertelstunde Zeit.«

Er ergriff ihre Hand und küsste sie vorsichtig. »Das mit dem Bier hast du schön gesagt.«

»Philipp, wir sollten mit offenen Karten spielen«, erwiderte sie, ließ ihn aber gewähren. »Darum muss ich dir sagen, dass ich vierundzwanzig Jahre alt und Jungfrau bin. Ich habe noch nicht mal jemanden richtig geküsst.«

»Wolltest du nicht?«

Sie errötete leicht. »Hätte es jemals zur Debatte gestanden, hätte ich bestimmt darüber nachgedacht. Aber so stellt sich das Problem erst jetzt.«

»Na super«, sagte Freaky und sackte in sich zusammen.

»Jetzt hast du das Interesse verloren. Bin ich dir zu unerfahren?«

»Nein. Ich habe dir nur bisher verschwiegen, dass ich zehn Jahre älter bin als du und ebenfalls noch als Jungfrau zähle. Was das Küssen betrifft, schalte ich, bevor im Fernsehen die große Knutscherei beginnt, sogar jedes Mal um.«

Sie sahen sich an und mussten lachen.

»Vermutlich haben wir in dieser Hinsicht beide mehr Fragen als Antworten«, sagte Freaky.

Sie beugte sich vor und gab ihm einen zarten Kuss. »Dann haben wir nachher ja etwas zu googeln, wenn wir etwas mehr Zeit für uns haben.«

***

Michael Berger saß in der Bar Sa Plaça, trank seinen geliebten Cortado, las die »Ultima Hora« und wartete auf den Comisario, der eigentlich nur kurz zur Bank und zum »Spar« gegangen war. Schwer atmend setzte sich die Großherzogin neben ihn auf einen Stuhl.

»Das ist gut, mein Sohn, dass ich dich hier einmal allein treffe. Anatol kauft gerade ein. Ich denke, wir beide haben etwas miteinander zu bereden.«

Berger erhob sich, gab ihr einen Kuss auf die Wange und faltete seine Zeitung zusammen. »Gibt es ein Problem?«

Sie bestellt sich ebenfalls einen Cortado. »Ich denke ja, mein Junge. Du weichst mir in letzter Zeit aus, und das ist nicht gut. Was ist mit dir, sag es mir.«

Berger seufzte. »Auguste, Gott weiß, wie sehr ich mich dadurch geehrt und auch von dir geliebt fühle, dass du mich adoptieren willst. Auch ich liebe dich, und noch viel mehr tut das meine Rosa. Ich wiederum liebe sie so sehr, dass ich es nicht ertragen könnte, wenn ihr durch die Adoption Nachteile entstünden.«

»Das weiß ich, mein Junge, und das ehrt dich auch. Aber was meinst du mit Nachteilen?«

»Ich wäre der mieseste Herzog, den du dir überhaupt vorstellen kannst, und das würde uns der Hochadel tagtäglich spüren lassen. Ich habe für diese Position einfach nicht den richtigen Stallgeruch.«

Die alte Dame schwieg und überlegte.

»Tantchen, wärst du die Intendantin eines großen Opernhauses, würdest du bei der Inszenierung von Schwanensee doch nie auf die Idee kommen, mich als Schwan zu besetzen. Dafür gäbe es Bessere.«

»Und wen stellst du dir als meinen Erben und Herzog vor?«

»Die Idealbesetzung. Diese Rolle, ist ihr doch wie auf den Leib geschneidert.«

»Ihr?«, kam es fragend.

»Ja, Ihrer Königlichen Hoheit Herzogin Rosa von Schleswig-Holstein Gottorf.«

»Und als was siehst du dich?«

»Als das Beiwerk. An der Rolle des Prinzgemahls hätte ich genug zu tragen, aber ich denke, dass ich ihr wohl gerecht werden könnte.«

»Hm, ist das dein letztes Wort?«

»Ja, Königliche Hoheit. Hiermit bewerbe ich mich offiziell für die Stelle als Schwiegersohn.«

Sie griff nach seiner Hand und drückte sie herzlich. »Mein Junge, du hast sie. Es ist aber schon ein wenig schade, dass du Höherem soeben abgedankt hast. Du wärest der erste männliche Großherzog von Schleswig-Holstein Gottorf geworden, der auch das Format dazu gehabt hätte.«

»Rosa ist die absolute Idealbesetzung. Sie hat das Format, sie hat den Biss, und vor allem hat sie ein so großes Herz wie du. Dadurch wird sie den Laden in deinem Sinne weiterführen.«

ZEHN

Der Comisario hatte zuerst Berger und danach Freaky und Camila in Santanyí, das in der Nachmittagssonne schmorte, abgeholt, um mit ihnen nach Manacor zu fahren.

»Wer hätte gedacht, dass der gute Pol dazu noch in der Lage ist?«, fragte er sich laut und verzog anerkennend das Gesicht.

Freaky war weniger beeindruckt. »Der Spion als solches ist mit Sicherheit nicht von ihm. Das Ding ist irgendwo in Asien für teueres Geld in Auftrag gegeben worden. Er musste ihn Camila nur einschleusen lassen und ernten, was der Spion zurückmeldet, und das macht ein ehemaliger Programmierer sogar noch, wenn er high ist.«

»Hat die Untersuchung der Blutproben aus dem Wellness-Tempel eigentlich schon etwas ergeben?«, wollte Berger vom Comisario wissen.

»Ja. Das Blut, das wir im Appartement von Isabell Svensson gefunden haben, stammt eindeutig von Peer Gunnarsson. Die Schweden haben uns übrigens darüber aufgeklärt, dass die beiden verheiratet waren.«

»Dann ist Gunnarssons besorgter Anruf bei der Polizei ja nachvollziehbar. Wenn wir von ihr kein Blut gefunden haben, können wir wohl davon ausgehen, dass Frau Doktor bei ihrem erlesenem Aussehen jetzt, da ihr Gatte nichts mehr dagegen hat, auf der Flucht oder auf dem Weg nach ›Tausend und eine Nacht‹ ist.«

»Stimmt, wo immer das auch sein mag«, pflichtete García Vidal ihm bei.

In der Carrer de la Fe wurden sie schon vor dem Haus von Pol Posito in Empfang genommen.

»Señor Posito, woher wussten Sie, dass wir kommen?«

»Sie haben es doch versprochen«, entgegnete der Mann aufgeregt. »Ich warte hier schon seit zwei Stunden. Haben Sie es dabei?«

»Natürlich.«

»Kann ich es sehen?«

Der Comisario hielt zwei kleine Plastiktütchen hoch. Pol Posito wollte danach greifen, da zog García Vidal seine Hand zurück. »Vorher, mein Freund, müssen wir noch ein ernstes Wort miteinander reden.«

»Was ist denn nun schon wieder?«, maulte der schwer süchtige Mann, während er mit zitternden Fingern die Haustür aufschloss. »Und wen bringen Sie denn da mit? Sind das schon die Ärzte, die uns untersuchen sollen?«

Sie betraten das organisierte Chaos.

»No, Señor Posito. Das sind zwei Spezialisten der Polizei, die sich gern Ihren Computer ansehen würden.«

»Aber wieso das denn?«

»Weil Sie damit krumme Dinger machen, Pol. Wir wissen, dass Sie früher selbst einmal Fachmann waren, also kommen Sie uns jetzt nicht mit irgendwelchen Märchen.«

»Seit wann ist es verboten, Dateien, die mir geschickt werden, weiterzugeben?«

García Vidal hob erneut die beiden Herointütchen hoch und wedelte damit vor Pols Gesicht herum. »Sie wissen doch: Dummheit säuft und Intelligenz ›drückt‹. Wenn Sie sich also dumm anstellen, kann ich Ihnen einen Schnaps anbieten, aber bestimmt nicht das hier.«

Posito stöhnte auf. »Wollen Sie mich umbringen? Die werden mich glatt töten, wenn ich etwas sage.«

»Wer?«

»Das kann ich nicht verraten«, jammerte er.

»Señor Posito«, sagte der Comisario ruhig. »Wissen Sie, was ein Ork ist?«

»Nein.«

García Vidal zeigte auf Berger. »Das ist einer. Er sieht eigentlich harmlos aus, doch wenn ich ihm sage, dass er mit Ihnen machen kann, was er will, dann wird es bitter für Sie. Der reißt Ihnen nicht nur die Eier ab, er zerquetscht sie Ihnen vorher auch noch. Wollen Sie das?«

Diabolisch grinsend schob Berger den Comisario zur Seite und ging mit ausgestreckten Armen auf den panisch dreinschauenden Posito zu. »Darf ich, Chef?«

Pol Posito wich zurück, stolperte über einen Haufen abgelaufener Bohnenkonserven und stürzte in einen Stapel schon lange nicht mehr feuchter Toilettentücher. »Um Gottes willen, halten Sie den Mann zurück, ich sage Ihnen doch alles, was Sie wissen wollen.«

Der »Ork« zeigte sich ob dieser unverhofften Wendung frustriert und stellte sich wieder hinter den Comisario.

»Ich höre«, fordert García Vidal.

»Mein Job ist es, die Dateien, die mir gemailt werden, an eine bestimmte E-Mail-Adresse weiterzuschicken. Ich empfange sie mit einem PC und verschicke sie mit einem anderen, auch die Accounts sind verschieden.«

»Und an wen schicken Sie sie?«

»Ich habe keine Ahnung, an wen.«

García Vidal winkte mit einer lässigen Handbewegung nach seinem Ork. »Kümmern Sie sich bitte um ihn, er braucht offenbar doch etwas Hilfestellung.«

Bevor Berger sich erneut in Bewegung setzten konnte, kreischte Posito schon vor Angst das ganze Haus zusammen. »Gucken Sie doch selbst nach! Das Passwort ist ›Ensaimada‹.«

»Wo stehen die Computer?«

»Im Nachbarraum, und im Wohnzimmer habe ich das Notebook.« Freaky und Camila machten sich sofort an die Suche.

»Und was ist nun mit meinem Stoff?«

»Den gibt es erst, wenn die Kollegen fündig geworden sind.«

***

Norman Foster, ein freundlicher älterer Herr mit schlohweißen Haaren, fühlte sich nach seiner Algenpackung sichtlich wohl. Er genoss die Entspannung auf seiner Liege, die im Schatten einer großen Palme am Pool der Finca Zarzarrosa stand. In Reichweite stand auf einem kleinen Tisch ein großes Glas Zitronenlimonade.

Die Gräfin ließ es sich nicht nehmen, jeden einzelnen Gast persönlich nach seinem Wohlbefinden zu befragen. Dazu führte sie auf einem iPad die Kundenkartei mit sich, in der die »Stammblätter« der heutigen Gäste mit einem Lichtbild versehen waren.

Irgendwann war auch Norman Foster dran. »Mister Foster«, sprach sie ihn auf Englisch an, »mein Name ist Gräfin Rosa von Zastrow. Ich bin die neue Geschäftsführerin dieses Hauses. Ich hoffe, Sie fühlen sich hier rundum wohl?«

»Von Zastrow?«, antwortete er in einwandfreiem, aber nicht ganz akzentfreiem Deutsch. »Alter preußischer Adel, wenn ich mich richtig erinnere.«

»Richtig, Sir. Sie haben in Deutschland gelebt?«

»Ich war als britischer Soldat lange Jahre in Berlin stationiert.«

»Sie sprechen ein hervorragendes Deutsch. Ich gratuliere Ihnen.«

»Nach meiner Militärzeit gehörte ich zu Ihrer Majestät diplomatischem Korps. Die letzten zehn Jahre meiner Laufbahn war ich in der britischen Botschaft in Berlin als Handelsattaché tätig.«

Rosa zeigte sich nach außen hocherfreut, war aber dennoch etwas irritiert. Sie hatte Menschen, die in der Diplomatie tätig waren, als eher verschwiegen kennengelernt. »Das muss im vereinigten Berlin eine Wonne gewesen sein. Die Gebäude waren ja dann auch alle neu, oder nicht?«

»Brandneu«, antwortete der alte Mann vergnügt. »Das war für so einen alten Zausel wie mich einfach wunderbar. Es ist schon ein Genuss, in so einer Weltmetropole feudal am Spree-Ufer residieren zu dürfen.« Er trank einen Schluck von seiner Limonade. »Aber sagen Sie, werte Gräfin, was können Sie mir für meine Schlupflider empfehlen?«

»Wozu?«, fragte sie lachend. »Sie haben doch schon welche. Ich hätte etwas dagegen.«

Nun musste auch er lachen. »Sie sind wenigstens ehrlich. Was hätten Sie also dagegen?«

»Ich würde eine Gesichtsmaske aus dem Schleim der laotischen Nacktschnecke empfehlen. Das strafft und erfrischt die Gesichtshaut ungemein. Darf ich Sie für vierzehn Uhr dreißig eintragen?«

»Gern.« Er legte seine Stirn in Falten. »Und Sie beziehen die Tiere auch tatsächlich aus Laos?«

»Nicht die Tiere, nur ihren nachhaltig von Rangern des Xe-Tap- Nationalparks gewonnenen Schleim.«

Er lächelte sie schelmisch an. »Und werden Sie dann persönlich meine kleine ›Schleimerin‹ sein?«

Na holla, dachte Rosa, der geht aber ran. »Wenn Sie darauf Wert legen, werde ich sehen, dass ich das arrangieren kann.« Sie verbeugte sich höflich und zog weiter.

»Was war denn das für ein Lustgreis?«, raunte Angela ihr zu, die die Konversation mitbekommen hatte. »Denkt der, dass wir hier einen Puff eröffnet haben?«

»Ich denke mal, er hofft drauf.« Sie sah noch einmal zu dem Alten rüber. »Er ist ja ganz nett, aber irgendwie seltsam.«

»Der ist nicht seltsam«, brummte Angela, »sondern schleimig, schon vor der Behandlung. Solche Leute kann ich auf den Tod nicht ab.«

***

Annmarie war der jungen Ärztin sehr dankbar, dass sie es geschafft hatte, an Bord etwas Unterwäsche und einen Trainingsanzug der spanischen Küstenwache für sie aufzutreiben.

»Das neueste Modell ist es zwar nicht«, sagte Monica Servantes während der Anprobe, »aber fürs Erste reicht es.«

»Es passt zur Frisur«, scherzte Annmarie. »Ich sehe nach meinem unfreiwilligen Bad aus wie ein Clown aus der Gosse.«

»Zum Friseur können Sie aber erst wieder gehen, wenn die Fäden der Platzwunde am Kopf gezogen wurden.«

Die Tür des Lazarettraumes ging auf, und Fregattenkapitän Henriquez betrat die Krankenstation.

»Madame Colonel, es ist mir eine Ehre, Sie hier an Bord begrüßen zu dürfen.«

Die Stabsärztin stand sofort stramm und bekam einen roten Kopf. »Colonel, Madame, warum haben Sie denn nichts gesagt?«

Annmarie lachte. »Ich bin Ärztin und Reserveoffizierin der luxemburgischen Armee, machen Sie doch bitte nicht so ein Tamtam.« Sie sah die Ärztin fast flehend an. »Und stehen Sie um Gottes willen bequem.«

Monica Servantes war noch immer verlegen. »Ich hatte ja keine Ahnung, Capitán.«

»Ich habe auch erst davon erfahren, als wir vorhin die Vermisstenmeldung widerlegten. Mit Ihrem Fall, Colonel Momperen, ist ein sehr fähiger Mann betraut, der mir einiges über die ganzen Verwicklungen erzählt hat, die Ihre Entführung zum Bestandteil einer Reihe vergleichbarer Straftaten mit mafiösem Hintergrund machen.«

»Dann schießen Sie mal los, Señor, denn mich interessiert brennend, wo ich da hineingeraten bin.«

Henriquez erzählte ihr schonungslos alles, was er selbst wusste. »Madame«, endete er, »es ist wirklich ein Riesenglück, dass Sie überhaupt hier sitzen.«

Annmarie räusperte sich. »Bei den anderen Frauen sind Geld und Leben weg. Ich habe wenigsten noch Letzteres.«

»Da können Sie sich wirklich glücklich schätzen.« Henriquez zeigte ihr einen Ausdruck, auf dem verschiedene Kisten abgebildet waren. »Madame, Sie erzählten Dr. Servantes vorhin etwas von Kisten, die von der Sea-King der Algerier auf einer Patientrage über die Außenwinde geladen wurden. Ich habe hier Bilder von einigen Behältern. Sind die Kisten, die Sie gesehen haben, dabei?«

Annmarie zeigte, ohne zu zögern, auf eine längliche Metallbox. »Es waren zwei Kisten auf der Trage, und ihre Form entsprach dieser hier, aber ich könnte schwören, dass sie aus Plastik waren, wie so ein moderner Reisekoffer.«

Der Kapitän machte ein ernstes Gesicht. »Madame, Sie befanden sich in den Fängen eines international gesuchten Waffenschieberringes.«

»Dann waren in den Kisten Gewehre?«

Henriquez lachte auf. »Gewehre wären ja noch harmlos. Darin waren Boden-Luft-Raketen, die auf diesem Wege nach Afghanistan oder Palästina geschmuggelt werden. Ich gehe davon aus, dass Sie nicht wussten, zu welchem Zweck der Flug durchgeführt wurde, als Ihr algerischer Freund Ihnen diesen Freiflug verschaffte?«

Annmarie sah ihn ungläubig an. »Es tut mir leid, Capitán, aber ich kann mir beim besten Willen nicht vorstellen, dass Yussuf Al Madgier Raketen schmuggelt.«

»Haben Sie ihn denn schon erreichen können? Mir wurde gemeldet, dass Sie mit Algerien telefoniert haben.«

»Leider nicht. Sein Handy ist abgeschaltet.«

»Wenn Sie recht damit haben, dass er unschuldig ist, könnte er in Gefahr sein. Kapitän Ben Brahim hat so ziemlich alles geschmuggelt, was Geld bringt. Vor allem aber Waffen und Frauen. Er selbst muss den Kopf dafür nicht hinhalten, denn er hat sich umgebracht, um einer Verhaftung zu entgehen. Aber auf Ihren Yussuf sind nun möglicherweise gleich zwei Parteien sauer, einmal die Waffenschmuggler, die zufällige Mitwisser nicht dulden können, und die Frauenhändler, denen er ins Handwerk gepfuscht hat.«

Annmarie sah ihn ängstlich an. »Und wie kann man ihn schützen?«

Henriquez überlegte. »Die algerische Armee hängt, wie auch die ägyptische, total am Tropf der Amerikaner. Mit den Amis wollen und können sie es sich nicht verscherzen. Kennen Sie vielleicht einen von den US-Oberindianern in Brüssel? Die SAR-Fliegerstaffeln der Mittelmeeranrainerstaaten haben doch einen internationalen Sonderstatus.«

Annmarie zuckte mit den Schultern. »Was heißt kennen? Ein Zwei-Sterne-General vom US Medical Corps hat mich im vergangenen Jahr auf einer Tagung fürchterlich angebaggert. Der war auch Anästhesist. Ein Major General Mike van Cleeven.«

»Dann auf, Madame. Kommen Sie mit in den Funkraum, und wir versuchen unser Glück. Was anderes fällt mir nicht ein, um Ihrem Retter etwas Gutes tun zu können.«

***

Die Warterei brachte Yussuf beinahe um den Verstand. Es gab keine Minute, in der er nicht an Annmarie dachte. Selbst in der Nacht hatte er kein Auge zumachen können. Inzwischen war er sich sicher, dass ihr etwas passiert sein musste, da sie sich sonst schon längst bei ihm gemeldet hätte. Es klopfte an seiner Appartementtür.

»Herein«, brüllte er in der Erwartung, dass Hakim eintreten würde.

Ein Leutnant der Militärpolizei stürmte in Begleitung von vier Militärpolizisten in die kleine Wohnung. »Major Yussuf Hussein Ibn Draghi al Madgier?«

Yussuf war völlig verwirrt. »Der bin ich. Wie kann ich Ihnen helfen?«

»Gegen Sie liegt ein Haftbefehl der Militärgerichtsbarkeit vor.«

Yussuf verschlug es fast die Sprache. »Und wessen beschuldigt man mich?«

»Ich verhafte Sie wegen Mordes an Ihrer Ehefrau.«

Er sprang entsetzt auf. »Aber ich habe sie nicht ermordet.«

Der Leutnant hielt eine Plastiktüte mit Annmaries blutiger Kleidung in die Höhe. »Und was ist das hier?«

»Das ist das Blut von Frau Annmarie Momperen. Das gebe ich ja gern zu, aber sie lebt noch.«

»Reden Sie keinen Blödsinn. Wer so viel Blut verloren hat, kann nicht mehr leben.« Er gab seinen Gehilfen ein Zeichen, dass sie Yussuf Handschellen anlegen sollten. Als das geschehen war, zog einer von ihnen breites Klebeband aus seiner Uniformtasche und verklebte Yussuf damit den Mund. Sie nahmen kaum Rücksicht darauf, dass sie ihm beinahe eine Schulter auskugelten, als sie ihn an den Armen aus seinem Appartement schleiften.

Yussuf verstand die Welt nicht mehr. Dass die Militärpolizei genau wusste, wo er die blutgetränkten Kleider versteckt hatte, konnte nur zwei Dinge bedeuten: Entweder war das Telefonat mit seinem Vater vom Militärischen Abschirmdienst abgehört worden, oder sein eigener Vater lieferte ihn ans Messer.

Er wurde, als handelte es sich bei seinem Körper um einen Kartoffelsack, auf einen mit laufenden Motoren wartenden Militärlaster gewuchtet. Auf der Ladefläche zerrte man ihn erneut an den Armen hoch und drückte ihn auf eine Holzbank. Mit Entsetzen stellte er fest, dass ihm Hakim, einer ihrer Bordmechaniker, und Nathan Belouschi gegenübersaßen, ebenfalls mit Handschellen gefesselt und mit verklebten Mündern. Weswegen hatte es sie erwischt?

Als Marinepiloten hatten sie natürlich das Morsealphabet gelernt. Über das Klimpern mit den Augenlidern konnten sie sich auch jetzt noch verständigen.

»Was ist los?«, fragte Hakim.

»Ich soll Annmarie umgebracht haben. Und was werfen sie dir vor?«

»Waffenschmuggel und Homosexualität.«

Yussuf war bestürzt. »Denkst du, dass wir unsere Väter irgendwie erreichen können?«

»Ich fürchte«, antworteten ihm zwei von Tränen nasse Augen, »dass wir sie bald wiedersehen werden. Soweit ich gehört habe, sind sie in der vergangenen Nacht exekutiert worden, und ich denke, dass wir ihnen heute noch folgen werden.«

Eine Minute lang wusste Yussuf vor Schreck und Bestürzung nichts darauf zu erwidern. »Aber warum denn?«, fragte er dann.

»Unsere Väter waren der Dreh- und Angelpunkt, was die Waffengeschäfte betrifft.«

»Was denn für Waffengeschäfte?«, fragte Yussuf verzweifelt. »Warum weiß ich nichts davon?«

»Sie hielten dich für ungeeignet. Du bist zu weich für so etwas. Das habe ich ihnen gesagt, und meine Eindrücke deckten sich mit den ihren.«

»Was ist das für ein Waffengeschäft?«

»Mit fingierten Einsätzen wie dem, mit dem wir Annmarie außer Landes brachten, schmuggeln wir schon seit geraumer Zeit Boden-Luft-Raketen.«

»Und wohin gingen die?«

»Keine Ahnung, damit hatte ich nichts zu tun. Es kam ein Lkw zum Hangar, der die Dinger abtransportiert hat.«

Sie überlegten eine Weile.

»Wir können nur hoffen, dass die internationale Gemeinschaft hinter diesen Waffendeal gekommen ist, dann haben wir vielleicht noch eine Chance, mit dem Leben davonzukommen. Verbrecher müssen als Beweis dafür, dass die Gerichtsbarkeit funktioniert, lebend vor Gericht und der Presse vorgeführt werden.«

Hakim schüttelte den Kopf. »Dann hätten sie unsere Väter vorgeführt und nicht uns. Nein, ich denke, dass man uns in einer Stunde irgendwo in der Wüste verscharren wird.«

Yussuf hatte zwar geahnt, dass mit ihren Vätern etwas nicht

stimmte. Dass sie etwas mit dem Frauenhandel zu tun hatten, war auch klar, aber mit Waffen?

»Wer hat alles an den Waffengeschäften verdient?«

»Die Gewinne gingen in die Trinkgeldkasse der Luftwaffe. Das Heer hat ja die ›Blutdiamanten‹, die sie über Mali aus Zentralafrika nach Europa schmuggeln, und die Marine hat ihre Strafzölle für die Handelsschiffe.«

Natürlich hatte Yussuf schon von entsprechenden Gerüchten gehört, sich jedoch geweigert, ihnen Glauben zu schenken oder gar nachzugehen, weil er sich sonst jeglicher Ideale beraubt gefühlt hätte. Annmarie würde jetzt sicher sagen, dass es keinen Sinn hatte, vor Problemen die Augen zu verschließen, doch er hatte ja überhaupt erst Probleme, seitdem er nicht mehr vor ihnen weglief.

Er steckte ganz schön in der Klemme. Dennoch hatte er das Gefühl, das Richtige getan zu haben. Der Alltag hängt voller Spiegel, in denen man sich immer wieder begegnet.

***

Schon nach kurzer Zeit hatten Freaky und Camila die Festplatten der beiden Computer durchstöbert. Pol Posito hatte die Wahrheit gesagt und die E-Mails, die er empfangen hatte, wirklich ungeöffnet an einen Empfänger weitergeleitet, der, wie sich herausstellte, seine elektronische Post täglich über Satellitentelefon herunterlud. Eine Lokalisierung dieser Person über Sendemasten war demnach nicht möglich.

Inzwischen war auch die Frau des Hauses vom Einkaufen zurückgekommen, und beide hatten sich über das mitgebrachte Heroin hergemacht. Danach saßen sie satt und zufrieden wieder vor dem Fernseher.

»Ich frage mich«, sinnierte García Vidal, »ob wir denen das Zeug nicht zu früh gegeben haben.«

Berger war nicht der Meinung. »Wir sollten die friedliche Stimmung der beiden ausnutzen und uns noch einmal genauer umsehen. Die sind dermaßen abgefüllt, dass sie das nicht weiter stören dürfte.«

»Aber was gibt es hier anderes zu betrachten als Müllberge?«

»Nicht viel, abgesehen von der Zisterne. Wenn sie wirklich als toter Briefkasten benutzt wird, sollte sie trocken sein.«

Sie gingen in die Küche, in der an einer Wand ein Brunnen angemauert war, über dem ein Schöpfeimer hing. Berger betätigte den Lichtschalter neben dem Schacht und sah hinein.

»Halb voll«, hallte es aus der Tiefe dumpf zu ihnen zurück, »und so frisch, wie es hier drin riecht, ist die Zisterne auch in Betrieb.« Er zog seinen Kopf wieder heraus. »Das Plastikrohr draußen muss irgendwo anders hinführen.«

Er nickte García Vidal aufmunternd zu. »Lassen sie uns eine Etage höher suchen. Es *muss* hier etwas geben, was auf eine Verbindung mit diesem sagenhaften Padrón schließen lässt.«

Der Comisario stöhnte auf. »Okay. Dann aber in dem großen Raum, in dessen Ecke der Computer steht. Dort habe ich einen Wust von Bürounterlagen gesehen. Vielleicht verschafft uns das einen Eindruck von dem Ablagesystem dieses Messies, und wir werden schneller fündig. In dem ganzen Chaos steckt nämlich auf perfide Weise so etwas wie eine Ordnung.«

»Nur ist die leider höchst individuell«, pflichtete Berger ihm bei. »Aber wenn wir nur meckern, finden wir gar nichts.«

In dem betreffenden Raum war wirklich alles gestapelt, was Pol Posito jemals in seinem Leben an amtlichen Schreiben bekommen hatte.

»Wenn wir das alles lesen sollen, sind wir in zehn Jahren noch beschäftigt«, sagte García Vidal resigniert.

»Wir sind inzwischen auch schon auf Papier umgestiegen«, erwiderte Freaky aus der Ecke, in der der PC stand. »Aber im Gegensatz zu Ihnen steigen wir langsam durch.«

Der Comisario guckte mürrisch drein. »Sind Sie auch ein Messie, oder sind Sie einfach nur genial?«

»Etwas von beidem«, erwiderte Freaky belustigt. »Wissen Sie, wie eine Festplatte im Detail funktioniert?«

»Nein.«

»Natürlich nicht. Wenn Sie es wüssten, Comisario, wäre Ihnen aufgefallen, dass das Chaos in diesem Haus der Ordnung auf einer Festplatte ähnlich ist.«

»Wenn Sie da durchsteigen, dann sagen Sie mir doch mal bitte, von was Señor Posito eigentlich lebt?«

»Er ist Rentner.«

»Wie kommen Sie denn darauf?«

»Weil ich hier einen Kontoauszug vom 2. Mai 2008 in den Händen halte, nach dem Señor Posito 1.183,53 Euro von der staatlichen französischen Rentenkasse erhalten hat. Im September 2009 waren es 1.227,32 Euro, was einer Rentenerhöhung von drei Komma sieben Prozent entspricht.«

»Und ich habe hier ein Schreiben von der Bußgeldstelle wegen Falschparkens«, ergänzte Camila. »Deren Angaben zufolge wurde Pol Posito am 23.03.1958 in Manacor geboren.«

Berger war verblüfft. »Welcher Spanier, der Mitte fünfzig ist, bekommt seine Rente aus Frankreich?«

»Etwas Geduld bitte«, bat Freaky, »darüber müssten wir ein Stück weiter etwas finden.«

»Ich hab hier was«, kam es kurz darauf von Camila. »Pol ist 2002 aus gesundheitlichen Gründen nach dreiundzwanzig Dienstjahren als Stabsfeldwebel bei der Fremdenlegion ausgeschieden.«

»Das kann doch kein Zufall sein«, rief García Vidal. »Schon wieder die Fremdenlegion.«

»Mein lieber Cristobal«, protestierte Berger. »Sie wollen doch wohl nicht behaupten, dass dieses Wrack da unten das gerichtsmedizinische Institut abgefackelt hat.«

»Es kann doch aber kein Zufall sein, dass wir innerhalb von vierundzwanzig Stunden nun schon zum zweiten Mal über die Fremdenlegion stolpern. Posito mag vielleicht nicht der Brandstifter sein, aber er hat als Veteran der Fremdenlegion möglicherweise Kontakt zu jemandem, der mit Carbid so umgeht, wie es Fremdenlegionäre der alten Schule früher gern getan haben.«

»Ich kenne da jemanden, der jemanden kennt«, ließ Freaky verlauten. »Soll ich mal nachbohren, mit wem Franck Le Blanc in welcher Kompanie Dienst geschoben hat?«

»Wer zum Teufel ist Franck Le Blanc?«, schimpfte García Vidal genervt.

»Ich halte hier einen alten französischen Wehrpass in der Hand, dessen Inhaber Monsieur Le Blanc enorme Ähnlichkeit mit Señor Posito hat.«

García Vidal nickte grimmig. »Wir nehmen den ganzen Quatsch mit. Und in der Bar, Señor Freaky, werden Sie bitte Ihre Wunderkiste anschmeißen. Vielleicht kriegen Sie Licht in die Sache.«

»Dürfen wir die Unterlagen überhaupt mitnehmen?«

»Solange die da unten derartig zugedröhnt sind, dürfen wir alles.«

***

Die Empfangshalle der Wellness-Finca glich inzwischen einem Tollhaus. Carmens Tweet hatte eine mittlere Völkerwanderung aller auf Mallorca ansässigen wellnessbedürftigen Twitter-User mit Adelsbewusstsein ausgelöst. Der Vorteil dabei bestand darin, dass alle über die nötige Barschaft verfügten, um die horrenden Preise bezahlen zu können. Der Nachteil war der, dass sie sich auch so benahmen. Da in der Kürze der Zeit natürlich niemand einen Termin hatte machen können, herrschte am Empfangstresen ein einziges Hauen und Stechen um die wenigen Behandlungsplätze.

»Gräfin«, stöhnte Carmen genervt auf, »es gibt auf der ganzen Welt nicht so viel Nachtigallenkot, wie wir für die vielen Vorbestellungen benötigen.«

Rosa ließ sich von dieser Nachricht nicht aus der Ruhe bringen. »Dann nehmen wir eben unseren Babyschiss, mischen ein bisschen Deckweiß rein, und fertig ist die Chose. Dafür würden wir vom BUND sogar einen Umweltpreis für Nachhaltigkeit bekommen.«

Carmen ging das gegen den Strich. »Ich bin Polizistin. Was Sie da vorhaben, ist Betrug.«

»Was ist dabei denn Betrug? Den Leuten muss doch wohl klar sein, dass man, um einhundertfünfzig pfannkuchengroße Gesichter bedecken zu können, ein ganzes Geschwader durchfallgebeutelter Steinadler im Hinterhof halten müsste. Die sollen froh sein, dass wir keine Taubenscheiße nehmen. Die könnte ich tonnenweise aus Deutschland ankarren lassen.«

Carmen blieb uneinsichtig. »Damit es legal bleibt, müssen wir die Gesichtspackungen dann auch so deklarieren.«

»Schreib doch ›Kacke nach Nachtigallenart‹ drauf«, polterte Rosa.

»Wer schmiert sich denn so etwas ins Gesicht?«

Angela amüsierte sich über die beiden. »Wir müssen es nur dreimal so teuer machen wie bisher, dann badet Palmas Schickeria sogar freiwillig im örtlichen Klärbecken.«

Eine der Physiotherapeutinnen meldete sich verschüchtert. »Entschuldigen Sie bitte, Señora. Wissen Sie, wo Annabelle gerade eingesetzt wird?«

»Wer zum Kuckuck ist Annabelle?«, erwiderte die Gräfin schroff.

»Das ist unsere philippinische Bergpython, die wir bei der Rückenmassage einsetzen.«

Gräfin Rosa ließ sich auf einen der freien Stühle fallen und sackte in sich zusammen.

»Sie wird entweder in ihrem Käfig sein, oder sie verspeist gerade einen unserer Gäste. Egal, Hauptsache, das Vieh ist beschäftigt und nervt nicht.«

»Aber ich habe einen Kunden für sie.«

»Dann setzen Sie sich gefälligst selbst auf seinen Rücken und ahmen Bewegung und Geräusch einer massierenden Würgeschlange nach.« Sie erhob sich wieder und brüllte laut: »Meine Damen und Herren, wir bedauern es sehr, dass wir für heute leider keine Termine mehr vergeben können. Es tut mir leid, wenn Sie den weiten Weg nach Porto Petro umsonst gefahren sind. Bitte lassen Sie sich einen Termin für die nächsten Tage geben. Als kleine Entschädigung darf ich Sie sicher auf ein Gläschen Champagner einladen.«

Während die freien Angestellten panikartig nach Gläsern und Sekt suchten, entspannte sich die Lage zusehends. Nur eine sehr unangenehm auftretende Dame bestand auf sofortige Behandlung. »Ich habe einen Gutschein von meinem Hotel bekommen und gedenke nicht, ihn verfallen zu lassen.«

»Selbstverständlich, gnädige Frau.« Angelas Stimme wurde zuckersüß. »Annabelle ist zwar ausgebucht, aber wir könnten

Ihnen Oscar anbieten. Ich schwöre Ihnen, dass er sich rührend um Sie kümmern wird.«

»Ist Oskar auch eine Bergpython?«

»Nein, Teuerste. Unser Oscar ist ein hungriges Anaconda-Männchen.«

***

Freaky war es egal, wo er sein Supernotebook aufschlug, Hauptsache, er hatte Zugriff auf ein leistungsstarkes DSL-Netz, und diese Voraussetzung war in der Bar Sa Plaça in Santanyí für so gute Gäste wie Berger, den Comisario und deren Mitarbeiter gegeben.

Während sich die beiden Computerspezialisten an die Arbeit machten, um alles über Pol Posito und seine Zeit bei der Legion herauszubekommen, rührten Berger und der Comisario etwas lustlos in ihren Cortados herum.

»Cristobal, ich komme mir bei diesem Fall reichlich überflüssig vor. Ich sollte auf die Finca gehen und Esmeralda hüten.«

»Sie könnten natürlich auch der Großherzogin bei den Vorbereitungen zu Ihrem Verlobungsfest helfen.«

Berger lachte auf. »Dabei bin ich noch viel überflüssiger. Tantchen kümmert sich um das Gesellschaftliche, während Anatol den Rest fest im Griff hat.«

»Haben Sie inzwischen mit ihr reden können?«

Berger nickte. »Sí, und sie schien für meine Überlegungen auch offen zu sein. Ich habe das Gefühl, dass sie mir an manchen Stellen sogar recht gab.«

»Und wie geht es nun weiter mit Ihnen beiden?«

»Keine Ahnung.« Berger leerte sein Cortado-Glas. »Wie es bei ihr so üblich ist, wird sie sicher bald ihren Beschluss verkünden, und der ist dann endgültig.«

»Was, wenn sie Sie allen Bedenken zum Trotz weiterhin adoptieren will?«

»Dann muss ich diese Kröte eben schlucken. Selbst wenn es sich dabei um einen Ochsenfrosch handelt. Was tut man nicht alles für so eine wunderbare Gräfin, wie meine Rosa eine ist?«

Er orderte zwei neue Cortados. »Apropos, wir sollten uns mal auf der Wellness-Finca sehen lassen.«

»Sie haben völlig recht, Miguel, doch ich bitte Sie, einen Grund dafür zu finden, uns das zu ersparen.«

»Den gibt es nicht. Wir haben einen Fall aufzuklären, und wenn unsere Damen der Meinung sind, dass uns Algenpampe im Gesicht guttut, dann ist das eben so.«

»Aber bevor Sie das Schlammbad genießen«, warf Freaky ein, »habe ich hier etwas über ›Adjutant le Blanc‹ für Sie. Der Kollege vom Militärischen Abschirmdienst hat mir die Akte besorgt. Franck le Blanc war demnach Feldwebel in einer schnellen Eingreiftruppe, die die französische Botschaft in Ruanda vor Hutu-Rebellen schützen sollte. Bei einer Sicherungspatrouille gerieten sie mitten in ein Massaker, bei dem im August 2001 über vierhundert Tutsie-Frauen und -Kinder mit Macheten niedergemetzelt wurden. Einzelheiten möchte ich Ihnen ersparen. Auf jeden Fall hat der gute Pol das nicht auf die Reihe bekommen und danach versucht, das Erlebte mit Alkohol und Drogen zu vergessen. 2002 wurde er deswegen aus der Legion entlassen.«

»Armes Schwein«, kommentierte der Comisario den Bericht. »Haben Sie eine Liste derer, mit denen er zusammen gedient hat?«

»Ja. Er diente in der fünften Kompanie des zweiten Fallschirmjägerregiments und war auf Korsika stationiert. Dort hat er auch seine Ausbildung als IT-Spezialist gemacht. Ich habe hier eine Liste mit den Namen aller Soldaten seines Zuges.«

García Vidal war zufrieden. »Und die vergleichen wir jetzt mit den Einreisedaten der Einwanderungsbehörde. Vielleicht erhalten wir einen Treffer.« Sein Handy empfing eine SMS. Er sah auf das Display und lächelte zufrieden. »Madame Momperen wird zusammen mit Kapitän Henriquez gegen zweiundzwanzig Uhr auf dem Grundstück der gräflichen Finca landen. Er bittet darum, den Parkplatz etwas zu beleuchten.« Er klappte sein Handy wieder zusammen. »Die Befragung wird also in einem angenehmen Ambiente stattfinden, wenn Sie nichts dagegen haben.«

Berger schüttelte den Kopf. »Nein, habe ich nicht. Hoffentlich ist das für uns dann auch endlich der erhoffte Durchbruch. Ich habe nämlich das Gefühl, da brennt langsam etwas an.«

***

Nachdem Serge den Padrón von der Wellness-Finca abgeholt hatte, fuhren sie direkt weiter nach Manacor. Obwohl sich der alte Mann nichts anmerken ließ, wusste Serge, dass er innerlich bebte. »Das ist nun mal eine Übernahme, wie sie im Milieu durchaus üblich ist, wenn sich die Leitung, so wie wir, bedeckt hält.«

»Das weiß ich selbst. Was mich an der Sache aber wurmt, ist, dass das Ganze offenbar unter den Augen der Polizei stattfindet.«

»Was haben die denn für Gelder zu waschen?«

Krause ballte die Hände zu Fäusten. »Genau das würde mich auch interessieren.«

»Wäre es nicht sinnvoll, wenn sich unsere Anwälte mit diesem Problem beschäftigen würden?«

»Das ist vielleicht genau das, was die wollen. Anwälte müssen ja von irgendjemanden ein Mandat haben, um tätig werden zu können, und an diese Daten wollen die ran.«

»Dann müssen unsere Strohmänner ran.«

»Bis die Anwälte auf den Cayman Islands tätig geworden sind, haben wir uns schon längst abgesetzt. Wir werden später den ganzen Laden offiziell verkaufen, und dann ist gut. Es wird noch interessant, was die mit dem Geld machen, das sie momentan einnehmen. Der Laden brummt wie noch nie, das muss ich denen lassen.«

Sie fuhren das Grundstück in Manacor von der Carrer Caritat aus an.

»Serge, du kümmerst dich, nachdem du mir mit der Deutschen geholfen hast, um die beiden Positos. Ich will, dass das ein Ende hat.«

***

Antonia von Siehl schreckte aus dem unruhigen Schlaf hoch, in den sie nach Tagen der Schlaflosigkeit gefallen war. Durch die lange Dunkelheit in ihrem Kellerverlies bereitete ihr das grelle Licht heftige Schmerzen in den Augen. Inzwischen war sie so kraftlos und dehydriert, dass sie sich kaum dagegen wehren konnte, von zwei starken Händen ergriffen und in einen anderen Raum mehr geschleift als geführt zu werden. Bevor sie begriff, was mit ihr geschah, fand sie sich auf einer Art OP-Tisch wieder, auf dem sie fest angeschnallt wurde.

»Ich habe Durst«, zischte sie immer wieder mit ihrem schmerzenden, stimmlosen Kehlkopf. »Hören Sie doch, ich werde verdursten!«

»Sie bekommen jetzt eine Spritze«, hörte sie eine alte Stimme sagen, dann spürte sie schon den Einstich im Arm. Es wurde dunkel um sie.

Krause bemerkte die Bewusstlosigkeit der Frau zu spät, um die Propofoldosis noch verringern zu können. Verärgert schlug er seinem Opfer ins Gesicht. »Gut, dann erledigen wir eben erst den anderen Job.«

Mit Serge zusammen durchquerte er den gesamten Keller, um durch eine Hintertür auf den Hof an der Carrer de la Fe zu gelangen, auf dem die Positos ihren Metallmüll stapelten. Beide saßen, von dem guten Stoff, den sie vom Comisario bekommen hatten, noch immer völlig zugedröhnt, vor dem Fernseher und bemerkten die Eindringlinge erst gar nicht.

»Was ist denn jetzt los?«, schimpfte Krause ungehalten. »Die sind ja zu bis zum Stehkragen. Woher haben die das Zeug?«

Jetzt erst wurden sie von Pol Posito registriert.

»Serge, was machst du denn hier? Und wen hast du da mitgebracht?«

Serge ging nicht weiter auf die Fragen seines ehemaligen Waffenbruders ein. »Woher hast du das Heroin, Pol?«

»Tja, mein Junge, da staunst du! Das ist von der Stadtverwaltung. Wir nehmen da an einem völlig neuen Programm teil und bekommen den Stoff umsonst.«

»Nun rede doch keinen Blödsinn!« Der sonst so ruhige Serge wurde ungehalten. »Das sind doch Bullen, die dich weichgeklopft haben. Was wollten die von dir wissen?«

»Nichts weiter. Die haben sich hier nur ein bisschen umgesehen und an meinen Computern herumgespielt.«

Maria Posito schreckte wie aus einem Wachkoma auf. »Und wenn das Bullen sind, ist das auch egal. Wir haben lange keinen so guten Stoff mehr gehabt. Der Staat ist eben der beste Dealer.« Sie begann, hysterisch zu lachen. »Jetzt schmeiß die beiden Penner raus. Wir sind ab sofort gesetzestreue Bürger.«

Nach einem »Plopp« und einem seltsamen Schmatzgeräusch erstarb Marias wirres Lachen schlagartig. Verwundert wandte Pol Posito sich zur Seite, sah in die weit aufgerissenen Augen seiner Frau und staunte über das kreisrunde Löchlein in ihrer Stirn. Sein Blick wanderte höher, und er registrierte wie durch einen dicken Nebel das viele Blut und die Gehirnmasse, die über dem Sofa an der Tapete klebte. Wie in Trance drehte er den Kopf wieder Serge zu. Es dauerte eine Weile, bis sein zugedröhntes Hirn realisiert hatte, dass dieser gerade seine Frau erschossen hatte. »Hör mal«, lallte er geschockt, »das ist aber nicht in Ordnung.«

»Pol«, zischte Serge eiskalt, »wissen die, dass du bei der Legion warst?«

»Weiß nicht, aber warum auch nicht!« Er erhob seine Stimme. »Darauf wäre ich stolz. Was bleibt mir denn sonst?«

Als hätte ihn ein elektrischer Stromstoß durchzuckt, ruckte Pol kurz hoch und sackte neben seiner Frau in sich zusammen. Der hässliche Fleck an der Wand hatte sich schlagartig vergrößert.

»Wenn die wissen«, brummte Krause verärgert, »dass dieser Haufen Elend bei der Legion war, werden sie bald auf dich stoßen. Sicherheitshalber wirst du sofort aus der Finca ›Amapola‹ auschecken. Für ein paar Tage wirst du in unserem Lieferwagen schlafen müssen, aber das wird ja kein Problem für dich sein.«

»Was machen wir mit den Frauen?«

»Du bringst unsere drei Damen nach Cala d'Or. Bis du da bist, wird das Schiff ja wohl eingelaufen sein. Ich verarzte solange die Deutsche. Die wird ja bald wieder aufwachen.«

»Und was«, wollte Serge wissen, »passiert mit der Sauerei hier?«

»Wenn wir endgültig abhauen, wird hier alles in Flammen

aufgehen. Regle das. Was meinst du, wie gut diese Müllberge brennen.«

***

Auf der Wellness-Finca hatte sich die Lage sichtlich entspannt. Jetzt, da niemand mehr aufgeregt die Rezeption stürmte, konnten nach und nach alle gewünschten Anwendungen freundlich und professionell abgearbeitet werden.

»So voreingenommen ich der Crew gegenüber auch war«, bemerkte Gräfin Rosa, »so beeindruckt bin ich jetzt von den Leuten.«

»Sogar Annabelle haben sie wiedergefunden«, erwiderte Carmen. »Sie war auf dem Campo und genehmigte sich ein fettes Rattenfrühstück.«

»Dennoch kann ich mich nicht an eine Schlange im Haus gewöhnen«, brummte Angela, die sich um die Personalplanung der nächsten Tage kümmerte. »Schon gar keine Python. Was machen wir mit dem Vieh, wenn wir den Laden hier schließen müssen?«

»Vielleicht haben sie im Marineland Verwendung für sie.« Gräfin Rosa sah auf ihre Uhr. »Langsam werde ich sauer auf unsere Herren. Die haben sich den ganzen Tag noch nicht blicken lassen.«

»Freaky hat sich vorhin bei mir gemeldet und Bericht erstattet«, sagte Angela. »Unsere beiden Herren sind ein gutes Stück weitergekommen und auf dem Weg hierher. Sie wollen dich abholen, damit du die Luxemburgerin, die von der Küstenwache mit dem Helikopter gebracht wird, willkommen heißen kannst.«

»Landen die denn bei uns?«

»Sí, Señora.«

»Was soll's. Genug Platz haben wir ja.«

Marga Santo kam mit einer langen Liste zu Carmen hinter den Tresen. »Sieh mal, Carmen. Wir haben die Auswertungen der DNA-Tests bekommen. Bei den Toten im Asylantenheim handelt es sich um die Personen, die sich hier auf der Finca am Kleiderfundus bedient haben. Wesentlich interessanter ist aber die

Tatsache, dass der Mörder des Schweden auch der Bombenbauer von Felanitx ist.«

Carmen ließ sofort alles stehen und liegen und schaute sich ebenfalls die Liste an. »Ja, es besteht kein Zweifel. Wir müssen den Comisario sofort davon unterrichten.«

»Wovon, wenn ich fragen darf?« García Vidal und Berger waren wie aus dem Nichts hinter ihnen aufgetaucht. Nur Filou hatte sie bemerkt und begrüßt.

Carmen reichte ihm den Computerausdruck.

»Wir sind Idioten, Miguel. Warum haben wir vom Ehepaar Posito keine DNA-Proben genommen? Dass er nicht der Brandstifter sein kann, war rein hypothetisch.« Er klärte die anderen über Positos Fremdenlegionsvergangenheit auf.

»Trotzdem war er es nicht, und genauso wenig ist dieses Wrack der Bombenleger, dessen bin ich mir sicher. Dieses schmale Hemd kann auf keinen Fall den Schweden überwältigt haben.«

Angelas Handy klingelte. Sie sah auf das Display und stellte den Anruf laut. »Ja, Freaky, was ist?«

»Der gute Pol Posito ist nicht das unbescholtene Schäfchen, als das er sich so gern präsentiert. Ich habe auf seiner Festplatte sein französisches Stammdatenblatt und auch noch andere Meldeblätter gefunden. Er war es, der sich in die Telefonanlagen der Konsulate eingehackt hat.«

Angela sah García Vidals zufriedenes Gesicht. »Das kommt gerade zur rechten Zeit. Danke, Freaky.« Sie legte auf.

Der Comisario nickte. »Das war für Posito die Fahrkarte in den Knast. Arantxa und Jordi sollen bitte nach Manacor fahren, ihn festnehmen und sich dabei eine DNA-Probe der beiden besorgen.«

»Die sollen aber Ramirez und ein paar seiner Leute mitnehmen«, entschied Carmen. »Die beiden Posten, die schon da sind, reichen nicht.«

»Und warum, wenn ich fragen darf?« García Vidal fühlte sich anscheinend etwas auf seinen Autoritäts-Schlips getreten.

»Weil nach Ihrer Theorie ein weiterer Legionär aus Positos Umfeld auf dieser Insel herumläuft, für den Menschenleben nichts bedeuten. Ich möchte auf jeden Fall vermeiden, dass Arantxa und Jordi diesem Killer ins Feuer laufen.«

García Vidal nickte. »Okay, du hast die Einsatzleitung, es geschieht, was du anordnest.«

»Ich denke auch, dass wir da vorsichtig sein sollten«, sagte Berger.

García Vidal lächelte. »Spricht Ihr Urin wieder zu Ihnen?«

»Wenn ich ehrlich bin, ja.«

»Dann sollten wir lieber mitfahren.«

***

Yussuf döste trotz seiner Angst immer wieder leicht ein, bis ihn das nächste Schlagloch erneut durchschüttelte. Mit einem Mal hielt der Lastwagen an, und der Motor wurde ausgestellt. Schlagartig waren die Gefangenen wach. Ohne auf ihre Befindlichkeit zu achten, wurden sie von der Ladefläche gezerrt und zum Warten in den Wüstensand geworfen. Mühsam setzten sie sich mit auf dem Rücken gefesselten Händen auf. Vor ihnen spielte sich einer dieser wunderschönen Sonnenuntergänge ab, wie man ihn in der Wüste oft beobachten konnte. Sollte das ihr letzter sein?

Hakim wies mit dem Kopf in eine bestimmte Richtung. Yussuf drehte sich so, dass er das Geschehen ebenfalls beobachten konnte. Vier Soldaten waren damit beschäftigt, ein leichtes Maschinengewehr im weichen Sand aufzustellen. Alles deutete darauf hin, dass da eine der berüchtigten Wüstenexekutionen vorbereitet wurde und sie nur noch wenige Minuten zu leben hatten. Berüchtigt waren diese Hinrichtungen deshalb, weil dabei jegliches religiöse Befinden absichtlich vernachlässigt wurde, um die Delinquenten nachhaltig zu demütigen. Yussuf hatte auch von diesem Prozedere schon öfter gehört, es aber immer als unvorstellbar abgetan. Es hieß, die armen Teufel bekämen Handgranaten umgehängt und würden so lange beschossen, bis diese schließlich explodierten. Derartige Exekutionen sollten grundsätzlich bei Sonnenuntergang durchgeführt werden, denn bis zum Morgengrauen hätten Schakale und Wüstenfüchse die zerfetzen Leiber bereits bis auf die Knochen abgenagt und die Reste verscharrt.

Yussuf hatte seltsamerweise keine Angst, obwohl sein Körper doch jede Menge Adrenalin produzierte. Er fragte sich lediglich, über wen sich die Tiere zuerst hermachen würden? Seltsam, dachte er. Da hat man nur noch Minuten zu leben und überlegt, wessen Kadaver der attraktivste für die Viecher ist, der eigene oder der eines anderen.

Die Soldaten kamen auf sie zu, zerrten sie hoch, und da waren sie wirklich, die Handgranaten, die ihnen in die Hemden- und Jeanstaschen gesteckt wurden. Zum Schluss war nur noch ein junger Leutnant bei ihnen. Hakim versuchte, etwas zu sagen, aber das breite Klebeband über seinem Mund hinderte ihn daran. Sogar die letzten Worte wurden ihnen verweigert.

Eigentlich hatte Yussuf seinem Tod, wenn er ihm gegenüberstand, ins Auge sehen wollen. Er wollte die letzten Eindrücke seines Lebens nicht verpassen, um Allah davon berichten zu können. Aber würde er ihm überhaupt begegnen, jetzt, wo seinem Körper so Schändliches widerfahren sollte?

Der Leutnant entfernte sich nun ebenfalls, also konnte die Exekution beginnen. Anstatt des typischen »Ratatatata« eines Maschinengewehres hörten sie aber ein pfeifendes Zischen, dem eine gewaltige Explosion folgte. Die Druckwelle riss die Delinquenten brutal nach hinten. Es folgten mehrere kurze Salven von gedämpften automatischen Waffen, und dann herrschte gespenstische Ruhe.

Bin ich nun tot?, fragte sich Yussuf. Fühlt es sich so an, wenn man von einer Granate zerrissen wurde? Er spürte Schritte neben sich im Sand. Aha, da kommen sie schon, die wilden Tiere. Beißt mir bitte nicht zuerst in die Eier. Ich lebe doch noch, oder etwa nicht? Darin geübte Hände zogen ihm die Handgranaten aus der Kleidung, und jemand riss das Klebeband von seinem Mund.

»Aua«, schimpfte er. Vorsichtig schlug er die Augen auf. Im Halbdunkel der Dämmerung erkannte er eine Art Lehmmenschen, ein bewaffnetes, von Kopf bis Fuß in Wüstenkhaki gehülltes Wesen, dessen Augen ihn durch eine ebenfalls khakifarbene Sturmhaube ansahen. Yussuf wurde auf die Seite gedreht, und das Wesen löste zuerst die dicken Plastikhandfesseln, danach befreite es seine Füße. Wenigstens im Himmel darf ich mich wieder bewegen, dachte er, doch bevor er wieder damit begann, über Allah und das Paradies zu philosophieren, wurde ihm plötzlich eines klar: Engel trugen kein Khaki, Jungfrauen keine Sturmhauben, und im Paradies benötigte man keine Tar-21-Sturmgewehre. Die gab es, wenn überhaupt, nur im jüdischen Jenseits. Yussuf richtete sich auf. »Wer sind Sie?«

»Mein Name ist Aaron Wiese, ich bin Hauptmann der israelischen Streitkräfte. Sind Sie Major Hakim Ben Brahim?«

»Nein, der müsste hier auch irgendwo im Sand liegen. Mein Name ist Yussuf Hussein Ibn Draghi al Madgier, ich bin Major der algerischen Luftwaffe.« Er stutzte. »Oder ich war es zumindest. Nachdem ich gerade offiziell erschossen wurde, glaube ich nicht, am nächsten Ersten noch Geld zu bekommen.«

»Sie sind einer der Sea-King-Piloten der SAR-Einheit von Oran.«

Yussuf nickte.

»Dann nehme ich Sie im Namen der internationalen Gerichtsbarkeit hiermit wegen Waffenschmuggels fest. Alles, was Sie von nun an sagen, kann gegen Sie verwendet werden. Ihnen wird so bald wie möglich ein Anwalt zur Verfügung gestellt.«

Yussuf war irritiert. Er wurde also in der Wüste in Algerien von einem Israeli wegen Waffenschmuggels festgenommen, nicht wegen Mordes. Das bedurfte einiger Antworten seines Freundes Hakim, der sich in diesem Augenblick neben ihn setzte. »Hör mal, wenn sogar die Israelis mehr über deine krummen Geschäfte wussten als ich, dann wird da ja wohl länger schon etwas gelaufen sein, oder?«

»Es tut mir leid, dir das sagen zu müssen, aber es geht schon seit über zwei Jahren so.«

»Und kein Wort davon zu mir?«

»Unsere Väter wussten über uns Bescheid. Sie drohten mir damit, uns wegen homosexueller Umtriebe festnehmen zu lassen, wenn ich bei dem Waffendeal nicht mitmachen würde.«

»Dann wären wir eben gesteinigt und nicht erschossen worden.« Yussuf schnaubte vor Wut durch die Nase. »Machst du dir überhaupt eine Vorstellung davon, wie ich mich jetzt fühle? Dank dir bin ich nun der Depp der gesamten Garnison!«

»Die Entscheidung, dich da rauszuhalten, stammt von unseren Vätern. Wie sich jetzt herausgestellt hat, war sie richtig.«

»Was heißt ›jetzt herausgestellt‹? Willst du damit etwa sagen, dass es uns irgendwie besser ergangen ist, weil ich nicht wusste, dass du Boden-Luft-Raketen in eines der heißesten Krisengebiete der Welt schmuggelst?«

»Nein, ich will damit sagen, dass wir in diesem Geschäft keine so labilen Typen wie dich gebrauchen konnten.«

»Du bezeichnest mich als labil, weil ich mich mit einer Frau angefreundet habe.«

»Schnauze, ihr Schwuchteln«, ertönte es hinter ihnen. »Aufstehen und aufsitzen.«

Sie kletterten mit ihren acht Befreiern in zwei kleinere Geländewagen und fuhren los. Nach etwa zehn Minuten erreichten sie auf dem Plateau einer riesigen Sanddüne eine dort auf sie wartende Bell-V-22, die Armeeversion eines senkrecht startenden Transportflugzeuges. Ohne anzuhalten, fuhren sie die Laderampe hoch, die sich hinter ihnen sofort verschloss. Die Triebwerke wurden angelassen, und während sie noch in den Jeeps saßen, erhob sich das schwere Flugzeug dröhnend in die Lüfte.

ELF

Krause war ungehalten, dass er so lange auf Serges Rückkehr aus Campos warten musste. Er beschäftigte sich damit, hin und wieder nach seinem Opfer zu sehen, aber die Deutsche lag noch immer in einem tiefen Koma. Er fürchtete inzwischen um sein Vergnügen, ihr genüsslich beim Sterben zusehen zu können. Dementsprechend ungnädig empfing er seinen Freund.

»Was hat denn da so lange gedauert?«

»Ich musste in der Fereteria noch digitale Eieruhren kaufen und sie umlöten. Ich will schließlich schon ein Stück weit weg sein, wenn denen der ganze Laden hier um die Ohren fliegt.«

»Willst du denn sprengen?«

»Nein. Ich habe nur Brandsätze vorbereitet, aber bei der Müll- und Papiermenge wird sich alles explosionsartig entzünden. Wie sieht es bei dir aus?«

»Sie gibt noch immer keinen Mucks von sich. Entweder hat sie eine allergische Reaktion auf das Propofol entwickelt, oder sie war für die Dosis schon zu geschwächt.«

»Gut, wir sollten die drei anderen Frauen inzwischen schon mal im Lieferwagen verstauen, danach mache ich drüben alles scharf.«

Als sie die Tür des Kellerverschlages öffneten, waren sie sich sicher, die Wehrhaftigkeit der Frauen durch die mehrtägige Dunkelhaft schon so weit gebrochen zu haben, dass sie leichtes Spiel mit ihnen haben würden. Doch kaum hatte Serge die Holztür entriegelt, wurde sie auch schon von innen aufgestoßen, sodass sie Krause äußerst schmerzhaft vor den Kopf gestoßen wurde. Im Lichtkegel der Gangbeleuchtung erschien die kleine russische Gräfin, von der im Vergleich zu ihr riesig wirkenden Schwedin von hinten fest umklammert. Eine Hand umspannte dabei das zitternde Kinn der zierlichen Frau. Isabell Svensson wusste um Serges Nahkampfqualitäten und zog ihre Geisel aus seiner direkten Reichweite. »Pfeif deinen Wachhund zurück, Padrón. Bei der kleinsten Bewegung werde ich dem Täubchen hier das Genick brechen, und das geht für euch ins Geld.«

»Was willst du damit erreichen?« Krause blieb eiskalt.

»Lasst mich einfach nur gehen. Ich werde niemandem etwas sagen, ich will nur weg.«

Krause schüttelte angewidert den Kopf. »Doktorin, du hast mich bitter enttäuscht. Ihr Weiber habt eben keinen Stil.« Er wandte sich von ihr ab. »Serge, mein treuer Freund, mach sie tot. Wir brauchen sie nicht mehr.«

Ohne das Gesicht zu verziehen, hob Serge seine schallgedämpfte Pistole und richtete sie auf die Frauen.

»Ich weiß ganz genau«, rief Isabell Svensson mit sich überschlagender Stimme, »dass du auf so viel Geld niemals verzichten wirst. Macht mir sofort Platz!«

Es ploppte erneut, und zwischen den vor Panik aufgerissenen Augen der Russin entstand ein kreisrundes Loch. Isabell Svensson lockerte fassungslos ihren Griff, und ihr Opfer rutschte leblos auf den felsigen Fußboden. Sie sah an sich herab, und das Letzte, was sie registrierte, war der Blutschwall, der aus ihrer Brust quoll. Sterbend sackte sie in sich zusammen.

»Wenn die Ware schon verdorben ist, sollte man wenigstens Munition sparen.« Krause nickte anerkennend. »Dann werden wir den Preis für die hübsche Mallorquinerin eben etwas erhöhen. Schnapp sie dir, Tiger.«

Olivia Campillo war von dem bisher Erlebten viel zu sehr geschockt, als dass sie sich ernsthaft gegen den Griff des Franzosen hätte wehren können. Wie in Trance ließ sie sich in die Garage führen und in den Lieferwagen verfrachten. Nach einem gezielten Handkantenschlag gegen ihren Hals sackte sie bewusstlos zur Seite.

»Gut, nun kümmern wir uns noch um unser Sorgenkind.« Während Serge die Zeitzünder im Hause Posito scharf machte, ging Krause zu seinem letzten Opfer. Antonia von Siehl lag noch immer bewusstlos auf ihrer Pritsche. Missmutig fühlte er ihren Puls. »Das wird nichts mehr«, murmelte er. »Die ist auch so gut wie hin. Heute ist eben nicht mein Tag.«

***

Als der Comisario mit Berger zusammen an der Carrer de la Fe eintraf, hatte die Policía Local die Straße bereits an beiden Enden abgesperrt. Arantxa Burguera und Jordi Vidal waren nur Sekunden früher da gewesen als ihr Chef und hatten mit gezogener Dienstwaffe links und rechts der Haustür Position bezogen. Je ein SEK-Trupp stand in den Nachbargärten bereit, um das Haus von der Gartenseite her stürmen zu können. Als García Vidal und Berger ebenfalls in Stellung waren, erfolgte der Zugriffsbefehl.

Es war ein altes Haus mit alten Türen und Fenstern, die sich besonders von der Gartenseite her problem- und annähernd geräuschlos öffnen ließen. Innerhalb von Sekunden waren Beamte in jedem Raum des Hauses.

»Comisario«, ertönte es über Funk, »kommen Sie doch bitte ins Wohnzimmer. Die Gesuchten liegen mit Einschusslöchern in der Stirn leblos auf der Couch.«

»Sind schon da.« Der Comisario quetschte sich an Jordi Vidal vorbei, um bei den beiden Toten sicherheitshalber den Puls zu kontrollieren. Er schüttelte den Kopf. »Nichts. Die können aber noch nicht sehr lange tot sein.«

»Comisario«, quäkte eine aufgeregte Stimme aus dem Funkgerät. »Hier oben im Büro liegt ein Brandsatz mit Zeitzünder, der in drei Minuten hochgeht.«

Ein anderer Kollege meldete fast gleichzeitig: »Hier und im Nachbarraum ist überall Brandbeschleuniger ausgekippt worden.«

»An alle«, rief García Vidal in sein Mikrofon. »Wer Brandsätze entdecken kann, schmeißt sie durchs Fenster auf die Straße. Sollte das aus irgendeinem Grund nicht gehen, gebt mir Rückmeldung, dann müssen wir evakuieren.«

An mehreren Stellen des Hauses hörte man Fensterscheiben klirren. Ein Kanister mit brennbarer Flüssigkeit platzte auf der Straße auf, und es bildete sich eine relativ große Benzinlache. Sofort waren Beamte der Guardia Civil mit ihren tragbaren Schaumlöschern zur Waldbrandbekämpfung zur Stelle und setzten vorsorglich die halbe Straße unter Schaum.

»Konnten alle Brandsätze entfernt werden?« Die Stimme des Comisarios klang gereizt.

Vier Teams meldeten sich der Reihe nach und meldeten Vollzug.

»Dennoch«, rief García Vidal in sein Funkgerät. »Alles verlässt das Haus. Erst drei Minuten, nachdem die entdeckten Zeitzünder abgelaufen sind und die Feuerwehr eingetroffen ist, gehen wir wieder rein.«

Berger und García Vidal suchten draußen hinter einem Mannschaftswagen der Polizei Deckung. Ramirez kam zu ihnen. Er hielt eine der Eieruhren, die Serge umgelötet hatte, in einer Plastiktüte in der Hand. Alle drei sahen gespannt auf das Display. Als die Anzeige auf null sprang, herrschte in der gesamten Straße Hochspannung, aber nichts geschah, alles blieb ruhig. Kurz bevor die drei Minuten Karenzzeit abgelaufen waren, trafen auch die Feuerwehrwagen ein.

»Okay«, sagte Ramirez. »Das Haus ist sicher, aber den Hof müssen wir noch gründlich untersuchen. Da liegt so viel Schrott herum, dass wir das unmöglich schon freigeben können. Ich werde zwei Teams durchs Hinterhaus zur Carrer Caritat rausschicken, um dort ebenfalls alles abzusichern. Vermutlich gibt es da eine Verbindung. So etwas ist relativ häufig bei diesen Häusern.«

***

Serge saß abfahrbereit am Steuer des Lieferwagens und wartete nur noch auf Krause, der sich gern Zeit fürs Töten nahm. Er schaute unruhig auf seine Uhr. Irgendetwas stimmte nicht. Das Haus der Positos hätte schon seit einer Minute lichterloh brennen müssen. Er sprang aus dem Wagen und eilte in den Keller. Dort fand er den Padrón ratlos vor. »Ich weiß nicht, was ich falsch gemacht habe, Serge. Diese dumme Pute wird einfach nicht wach.«

»Das ist jetzt egal. Wir müssen schleunigst los. Du setzt dich am besten schon in den Lieferwagen, während ich noch mal drüben nach den Brandsätzen schaue.«

»Und was ist mit ihr?« Krause zeigte auf die noch immer schlafende Antonia von Siehl.

Serge hatte keinerlei Geduld mehr. Aus gut drei Metern Entfernung schoss er zweimal auf die wehrlose Frau, deren Körper bei den Einschüssen trotz der tiefen Bewusstlosigkeit aufzuckte. »So, nun ist sie tot. Jetzt geh!«

Wie eine Raubkatze schlich Serge durch den Kellergang und wechselte dabei sein Pistolenmagazin. Er lauschte an der Tür zum Hof, bevor er sie öffnete. Dahinter schien alles still zu sein. Geduckt, seine Pistole in Anschlag, huschte er mit geschmeidigen Bewegungen über den Hof. In Positos Haus, in dem er gerade erst die zwei Toten hinterlassen und alles präpariert hatte, war zweifelsohne wieder jede Menge Leben eingekehrt. Er hielt inne und überlegte fieberhaft, als sich die Küchentür zum Hof öffnete und ein SEK-Beamter vor die Tür trat. Es machte zweimal »Plopp«, und der Polizist sackte stöhnend in sich zusammen. Ein drittes »Plopp« streckte seinen Passmann, der kurz danach die Küche verließ, ebenfalls nieder.

Serge hatte keine Zeit, Genugtuung über seinen kleinen Erfolg zu empfinden. Er spürte förmlich die Blicke in seinem Rücken. Und dann hörte er tatsächlich die Rufe, von denen ihm schon so viele berichtet hatten, die er aber noch nicht selbst hatte hören müssen.

»Hände hoch, Sie sind umstellt. Legen Sie Ihre Waffe vor sich auf den Boden.«

Er hörte aus mehreren Richtungen, wie Schusswaffen entsichert wurden. Serge wusste, dass es Selbstmord war, dennoch entschloss er sich, kämpfend unterzugehen. Selbst in europäischen Gefängnissen würde er als Massenmörder ein kaum mehr menschenwürdiges Dasein fristen müssen. Dafür war er sich sicher, dass in der Hölle für ihn ein warmes Plätzchen reserviert war. Im Herumdrehen riss er seinen Waffenarm hoch. Er kam nicht mehr dazu, selbst abzudrücken. Serge Gaugin hörte noch nicht einmal mehr die Schüsse, die ihn töteten.

***

»Zugriff auf dem Hof«, plärrte es aus García Vidals Funkgerät. Um nicht in einen Querschläger zu rennen, blieben er und Berger mit gezogenen Waffen so lange hinter der Hoftür in Deckung, bis sie das »Gesichert« aus dem Walkie-Talkie vernahmen. Erst jetzt betraten sie, gefolgt von zwei SEK-Kollegen, den Hof. Serge lag keine fünf Meter von der Küchentür entfernt auf dem Steinfußboden, während die beiden getroffenen SEK-Beamten direkt davor lagen. Die Beamten kümmerten sich bereits um ihre Kollegen, während Berger und der Comisario auf den toten Franzosen zusteuerten.

Der Comisario bückte sich und fühlte am Hals des Getroffenen nach dessen Puls, während Berger die Waffe sicherte. »Der Mann ist tot. Hat jemand gesehen, wo er herkam?«

Einer der Guardistas zeigte auf die Hoftür des kleinen Nebengebäudes. »Dort drüben kam er heraus.«

Nachdem García Vidal daran gehorcht hatte, öffnete er sie vorsichtig.

»Ich finde, wir beide sind zu alt für den Scheiß«, raunte Berger neben ihm. »Wir sollten da nicht hineingehen.«

»Dann bleiben Sie schön hinter mir, alter Mann.« Der Comisario bedeutete zwei weiteren SEK-Leuten, ihm zu folgen. Neben der Türzarge befand sich ein Lichtschalter, den er betätigte. Unter der offen stehenden Bodenklappe einer kleinen Abstellkammer wurde eine Kellertreppe von zwei müden Glühbirnen beleuchtet. Schritt für Schritt, die Waffen in Feuerbereitschaft haltend, schlichen sie treppab. Unten führte ein Gang nach rechts in Richtung Nachbargebäude.

»Schau an«, flüsterte Berger, »da gibt es wohl tatsächlich eine Verbindung zwischen den Häusern.«

Nach ein paar Metern standen sie am Fuß einer Treppe, die wieder nach oben führte. Sie entschieden sich, ihr zu folgen und die oberen Räume zu sichern. Die Erkundung des Kellers konnte warten. Vorsichtig schlichen sie treppauf und versuchten, so wenige Geräusche wie möglich zu machen, doch das Knarzen des alten Holzes war unter dem Gewicht der vier ausgewachsenen Männer nicht zu vermeiden. Sollte oben jemand auf sie lauern, hätten sie sich damit unter Garantie verraten. Sie waren auf halber Höhe der Treppe, da wurde oben die Kellertür aufgerissen, und sie sahen in zwei grelle Scheinwerfer. »Polizei! Waffen fallen lassen«, rief alles durcheinander. Dass keiner von ihnen auf den anderen schoss, war nur dem eisernen Training für genau solche Situationen zu erklären.

»Tut mir leid, Señor Comisario«, kam es kleinlaut von Ramirez. »Sie haben nicht angesagt, wo Sie sich gerade befinden.«

García Vidal hatte etwas weiche Knie. »Gut, dass Sie nicht gleich losgeballert haben. Die dabei verbrauchte Munition hätte ich Ihnen sofort vom Gehalt abgezogen. Ist da oben alles sauber?«

»In diesem Haus hat die letzten Jahre kein Mensch gewohnt. Hier ist alles voller Spinnweben, und es gibt nicht ein einziges Möbelstück. Das Einzige, was wohl ständig in Gebrauch war, ist der Weg von der riesigen Garage zu dieser Kellertür. In der Garage gibt es übrigens noch eine Kellertreppe.«

Sie stiegen die restlichen Stufen nach oben, um sich dort umzusehen. In der Küche war wieder eine gemauerte Zisterne. Daneben stand ein Fangnetz mit einem verlängerbaren Stiel, und auf einem in die Wand gemauerten Küchenregal lagen diverse Rohrpostkartuschen.

»Na sieh mal einer an«, meinte Berger. »Nun wissen wir doch wenigstens, dass wir hier an der richtigen Adresse sind.«

»Comisario«, plärrte es aus García Vidals Lautsprecher, kommen Sie mal schnell in den Keller. Hier liegen noch mehr Tote.«

Sie nahmen den Weg, den sie gekommen waren, und standen nach ein paar Schritten vor zwei toten Frauen.

»Die Blonde ist doch die Frau Dr. Svensson aus der Finca, oder?« Berger leuchtete ihr mit einer Taschenlampe ins Gesicht.

»Kein Zweifel«, murmelte der Comisario. »Das ist sie. Und die Frau daneben habe ich auch schon auf irgendeinem Bild gesehen.«

Berger leuchtete auch ihr ins Gesicht. »Ist das nicht die russische Gräfin, die vermisst wird?«

»Sí, Miguel. Das ist sie. Ich vermute, wir stehen hier im Auslieferungslager der Frauenhändler.«

»Dann fehlen aber noch mindestens zwei. Die Freifrau von Siehl und die Schwester von Camila.«

»Comisario, hier hinten liegt noch eine«, rief jemand aus einem der hinteren Kellerräume.

Sekunden später standen sie neben dem jungen Polizisten, der nach ihnen gerufen hatte, und waren irgendwie erleichtert, dass es sich bei der Frau, die wirklich in einem erbärmlichen Zustand war, nicht um Olivia handelte. So bestand immer noch die Möglichkeit, sie unversehrt zu finden. Der junge Mann konzentrierte sich darauf, den Puls der Frau zu erfühlen. Sein Gesicht hellte sich auf. »Ich glaube, die lebt noch.«

Auch Berger fühlte nach ihrem Puls. »Aber wie die noch lebt.«

»Das Notarztteam soll sofort in den Keller im Nebenhaus kommen«, brüllte García Vidal in sein Walkie-Talkie. »Wir haben hier eine Schwerverletzte.«

Berger sah sich um und ihn schauderte. »Cristobal, sehen Sie mal. Da liegt die Tauchermaske, mit der die Leute ertränkt wurden.« Er zeigte auf einen kleinen Tisch neben der Verletzten. »Und hier haben wir sogar chirurgische Instrumente. Ich fürchte, wir stehen in der Folterkammer eines furchtbaren Sadisten, der obendrein noch Literaturfan war.« Er machte einen Schritt auf ein aufgeklapptes Buch zu, das auf einem der Beistelltische lag. »Der Zauberlehrling von Johann Wolfgang von Goethe«, las er vor. »Hier scheinen die Ereignisse dem Meister seines Faches zur Abwechslung mal um die Ohren geflogen zu sein.«

García Vidal drehte sich zu dem Polizisten um. »Haben Sie in diesem Gebäude sonst noch jemanden gefunden?«

»Ja, gleich beim Reingehen oben in der Garage. Da saß eine junge Frau völlig apathisch in einem Lieferwagen. Äußerlich scheint sie unverletzt, aber entweder hat sie einen schweren Schock, oder sie steht unter Drogen.«

»Und sonst war niemand hier?«

»Nein. Als wir anrückten, haben wir einen völlig verdreckten Penner aufgescheucht, der sich wohl aus ollen Säcken, die oben gestapelt sind, ein bequemes Nachtlager bauen wollte.«

»Und das war wirklich ein Penner?«

»Hundertprozentig«, kam es überzeugt von dem jungen Mann. »Dreckig wie sau, wirres Haar und kein Zahn mehr im Maul. Mit Pennern kenne ich mich nach zehn Jahren Streifendienst nun wirklich aus.«

Berger überlegte. »Haben wir mit dem Toten oben im Hof nun den Padrón erwischt?«

»Schwer zu sagen, Miguel. Wir sollten ihn mit dem Handy fotografieren und Camila das Bild simsen. Vielleicht kennt sie den Mann.«

***

Bonifac Diaz alias Jaques Betrand alias Norman Foster oder auch einfach nur Erwin Krause war schon auf der Via Portugal, als er den Kohlensack, den er sich als Tarnung über beide Schultern gelegt hatte, abstreifte. Sein Gebiss war schnell aus der Hosentasche geholt und wieder eingesetzt. Jetzt musste er nur noch vor einem Schaufenster seine Haare kämmen und sie am Hinterkopf mit einem Gummi zusammenbinden, und schon war aus dem Landstreicher ein älterer, aber durchaus passabel aussehender Tourist geworden.

Kurze Zeit später stieg er auf der Plaça Ramon Llull in ein Taxi. »Nach Campos bitte, und fahren Sie langsam, ich habe es nicht eilig.«

***

Das Verhältnis zwischen Hakim und Yussuf war so weit abgekühlt, dass es für keine weitere Unterhaltung auf dem insgesamt neunzigminütigen Flug mehr reichte. Yussuf konnte sich gut vorstellen, was in seinem Kameraden vor sich ging. In der Hand der Israelis zu sein, die einen mit Grund des Waffenschmuggels bezichtigten, war kein Pappenstiel. Andererseits verdankten sie eben diesen Israelis ihr Leben. Während Hakim einer eher unschönen Zeit entgegensah, konnte Yussuf auf eine Zukunft in Freiheit hoffen, wenn man seiner Version der Ereignisse Glauben schenken würde. Vielleicht sogar auf eine Zukunft an der Seite einer Frau, seiner Frau?

Die Landung mit diesem seltsamen Flugzeug verlief ziemlich ruppig. Schon der Anflug auf die Landebahn war unruhig, und beim Aufsetzen wurde alles durcheinandergeschüttelt. Seltsamerweise rollte der Flieger danach auf keiner Landebahn aus. Er schien gestoppt zu haben, bevor das gesamte Flugzeug anfing zu schaukeln. Yussuf kam sich vor wie ein Floh, der auf einem Lastenkamel gelandet war.

Als die Heckklappe des Flugzeugs geöffnet wurde, durften sie die Jeeps verlassen. Erst jetzt war ihnen durch die frische Seeluft klar, dass sie auf einem Schiff gelandet sein mussten. Sie wurden einzeln aus dem Flugzeug geführt, und auf dem kurzen Stück, das Yussuf über das Schiffsdeck ging, erkannte er, dass es sich um eine ultramoderne Corvette der israelischen Marine handelte. Er glaubte, bei einem seiner vielen Einsätze als Hubschrauberpilot der Seenotrettung schon einmal mit seiner Sea-King auf diesem Schiff gelandet zu sein, als die Besatzung Schiffbrüchige aus Seenot gerettet hatte.

»Das ist doch die ›Eilat‹«, brüllte er dem Mann zu, der ihn unter Deck führte.

Der Soldat war sichtlich konsterniert. »Woher wissen Sie das?«

»Wir haben im vergangenen Winter von diesem Schiff algerische Schiffbrüchige abgeholt.«

Der Soldat schien sich an den Vorfall zu erinnern, hatte aber vermutlich die Order, sich nicht mit den Gefangenen zu unterhalten, denn er schwieg. Nachdem sie mehrere schmale Treppen hinabgestiegen waren, wurde Yussuf in eine kleine, aber dennoch recht komfortable Kabine geführt.

»Major, diese Kabine werden Sie nicht mehr verlassen, bis wir in Sardinien eingetroffen sind.«

Yussuf dachte kurz nach. Das waren, von hier aus gesehen, knapp sechshundert Seemeilen, und die »Eilat« machte geschätzte zwanzig Knoten. »Super.« Er nickte dem Soldaten zu. »Dann sind wir ja schon in knapp eineinhalb Tagen da.«

***

Jordi Vidal saß noch immer kreidebleich auf einem großen Stein im Garten des »Messie-Palastes«, wie er das Haus nannte. Er war derart mit den Nerven runter, dass er sich eine Zigarette nach der anderen direkt an der Glut der vorigen ansteckte. Berger setzte sich neben ihn. »Na, mein Junge. Hose voll?«

»Aber bis zum Hemdkragen. Hätte Carmen nicht damit den

goldenen Riecher gehabt, dass sie uns nicht allein reingehen ließ, wäre es um uns geschehen. Wenn wir nicht verbrannt wären, hätte uns der Kerl auf dem Hof gekillt.«

»Um als Polizist das Rentenalter zu erreichen, muss man eben auch Glück haben. Neben einer großen Portion Können.«

Jordi nahm wieder einen tiefen Zug. »Wo ist Arantxa?«

»Sie ist mit Frau von Siehl ins Krankenhaus gefahren.«

»Warum haben die Sanitäter eigentlich so lange an der rumgemacht?«

»Nach dem, was ich beobachten konnte«, erwiderte Berger, »haben sie die Arme reanimieren müssen. Hätte das nicht geklappt, würden sie jetzt einen Sack mit ihr füllen.«

»Und was ist mit den verletzten Kollegen?«

»Der eine hat einen Schultersteckschuss, dem geht es gut. Der andere Kollege wurde zweimal in den Bauch getroffen, ein Treffer landete leider direkt unter der Weste. Der hat wohl noch zu kämpfen.«

Aus Jordis Walkie-Talkie ertönte García Vidals Stimme. »Ist der Residente irgendwo?«

»Er ist im Garten von Positos Haus«, antwortete Jordi.

Keine Minute später setzte sich der Comisario neben sie. »Miguel, jetzt scheinen wir zwar endlich ein Stück dieses kriminellen Regenwurms abgehackt zu haben, aber ich glaube immer mehr, dass der Tote im Hof nicht unser Mann ist. Und solange wir mit dem Padrón nicht den Kopf des Ganzen erwischen, wird der Spuk, fürchte ich, weitergehen.«

»Wir sind ihm aber schon dicht auf den Fersen, Cristobal.«

»Wie kommen Sie darauf?«

»Für den Padrón scheinen Ritualmorde eine Befriedigung gewesen zu sein. Er benötigte dafür diese unsägliche Maske, und ihm schien einer abgegangen zu sein, wenn er dem Opfer Goethe vorlas. Die im Keller gefundenen Utensilien, das Buch, die Maske, die Skalpelle, sind für so jemanden sehr persönliche Werkzeuge. Dass er sie neben dem noch nicht getöteten Opfer einfach hat liegen lassen, sagt mir, dass wir ihm gefährlich nah waren.«

»Er lebt also Ihrer Meinung nach noch?«

»Sí, Cristobal. Jemand, der so mit einer schallgedämpften 45er-

Armeepistole umgehen kann wie unser Toter, braucht keinen Goethe und keine Tauchermaske, um zu töten. Wer Spaß an einem sauberen Blattschuss hat, macht sich nicht freiwillig mit chirurgischem Besteck die Hände schmutzig.«

»Miguel, was ist es, was diesen Kerl von unseren bisherigen Verbrechern unterscheidet?«

»Er kann rechtzeitig aufhören.«

García Vidal schaute auf seine Uhr. »Hier gibt es im Moment nichts mehr für uns zu tun, die Spurensicherung hat jetzt das Heft in der Hand. Wenn wir uns beeilen, schaffen wir es noch pünktlich zum Empfang dieser Luxemburgerin.«

Berger schaute ihn skeptisch an. »Und was erwarten Sie sich noch davon?«

»Klarheit. Und als Zugabe vielleicht ein Phantombild des Padrón.«

***

Gräfin Rosa, Angela und Carmen hatten es erst spät geschafft, sich von ihrem Wellness-Job loszueisen. Als ihr Wagen die Auffahrt hochfuhr, setzte der Helikopter der Küstenwache bereits auf dem von Tomeu gut ausgeleuchteten Parkplatz zur Landung an. Nachdem der mächtige Rotor zum Stillstand gekommen war, öffnete sich die Seitentür der Maschine, und Gómez Henriquez sprang heraus. Mit großer Fürsorge half er Annmarie Momperen, die durch ihre verletzte Schulter gehandicapt war, aus dem Hubschrauber und führte sie zur Hausherrin.

»Condesa Rosa«, sagte er hocherfreut, »ich bin untröstlich, dass mir immer nur die Arbeit das Glück eines Treffens mit Ihnen beschert.« Er begrüßte sie mit einem formvollendeten Handkuss. »Darf ich ihnen Frau Dr. Annmarie Momperen vorstellen? Ich glaube, über ihre Geschichte muss ich Ihnen nichts erzählen.«

Rosa machte lächelnd einen Schritt auf Annmarie zu und drückte ihr die gesunde Hand. »Madame Momperen, herzlich willkommen auf meiner Finca. Entschuldigen Sie bitte das Irrenhaus, das Sie hier gleich erleben werden, aber wir geben am kommenden Wochenende einen großen Empfang, und große Ereignisse werfen bekanntlich Schatten.«

Annmarie war noch ganz von dem Gefühl überwältigt, hier auf europäischem und damit für sie sicheren Boden zu stehen. »Ich fühle mich geehrt, Gräfin Rosa, hier sein zu dürfen.«

»Wir versuchen nur, an Ihnen, Frau Doktor, das wiedergutzumachen, was Ihnen die Insel angetan hat.«

»Es war nicht die Insel, Gräfin, es waren einige wenige Menschen, die mir das angetan haben. Aber andere Menschen, die mir unter Einsatz ihres Lebens zurück in die Freiheit geholfen haben, haben das längst wiedergutgemacht.«

»Kinder, wenn man uns bei diesem gestelzten Kauderwelsch zuhört, wird einem ja schwindelig.« Rosa nahm ihren Gast nun vorsichtig, aber herzlich in den Arm. »Bitte nennen Sie mich Rosa.« Sie zeigte auf ihre beiden Begleiterinnen. »Das sind zwei meiner besten Freundinnen, Angela und Carmen. Leider Gottes sind sie Polizistinnen, wie fast alle meine Lieben, aber das ist es auch, was das Leben hier so bunt macht.«

Vor ihnen ertönte ein beleidigtes Grunzen.

»Und bei der Vorstellung der Bewohner der ›Finca Limonera‹ darf natürlich das gräfliche Haus-, Hof- und Kampfschwein Filou ebenso wenig fehlen wie sein Freund Shakespeare. Hund und Schwein werden für Ihre Sicherheit garantieren, solange Sie hier wohnen.« Als ob Filou jedes Wort verstanden hätte, setzte er sich sofort brav neben Annmarie, und der Hund tat es ihm nach.

»Diese Finca hat zu Ihrem Schutz aber auch noch einen Saurier zu bieten«, ergänzte Tante Auguste. Sie hatte sich von hinten mehr oder weniger angeschlichen.

Rosa wurde formell. »Ihre Königliche Hoheit Großherzogin Auguste von Schleswig-Holstein Gottorf.«

Mit dem formvollendeten Hofknicks klappte es bei Annmarie der Schulter wegen nicht so recht. Die Drainage war zwar schon gezogen, der Arm aber noch immer fest in einen Gilchristverband eingebunden.

»Bleiben Sie senkrecht, mein Kind. Nach allem, was ich über Sie gehört habe, müsste ich vor Ihnen knicksen.«

Nun hatten es auch Berger und der Comisario zum Parkplatz

geschafft. »Dem können wir uns nur anschließen, Madame Momperen. Mein Name ist Michael Berger, ich bin der Grafgemahl in spe, und das ist Comisario García Vidal von der Policía National. Er wird Ihnen den Abend mit endlosen Fragen verderben.«

»Vorher wird aber noch gegessen«, sagte Gräfin Rosa und bat die Gesellschaft ins Haus. »Dabei kann uns Gómez erzählen, was er alles recherchiert hat.«

***

Nach einem recht fröhlichen Essen – die beim Einsatz angeschossenen Kollegen und Olivia waren außer Lebensgefahr und versorgt, und die Freifrau schien auch über den Berg zu sein – hatte Annmarie vor versammelter Mannschaft ihre Geschichte erzählt. Sie war schon mehrfach in Mallorca gewesen und hatte regelmäßig Wellness-Kurse, die Peer Gunnarsson mit Isabell Svensson zusammen in den Hotels abgehalten hatte, gebucht. Das Bild des toten Serge ließ sie zusammenzucken. Er war es, der sie zu Verhören von einem Kellerverlies zum anderen geschleift und ihr dann die Augen verbunden hatte, damit sie den Mann, den er Padrón nannte, nicht erkennen konnte.

»Ist Ihnen an seiner Stimme etwas aufgefallen oder haben Sie seine Hände sehen können?«, fragte García Vidal.

»Nein, sehen konnte ich nichts. Aber es war die Stimme eines älteren Mannes. Bei meinem ersten Mallorcaurlaub hatte ich einen Kurs ›Entspannung unter Hypnose‹ belegt. Die Stimme und Aussprache des Mannes erinnerten mich an den Dozenten, einen gewissen Señor Bonifac Diaz. Ich erinnere mich so genau an seinen Namen, weil er vorgab, ein Mallorquiner zu sein, sich aber, wenn er Deutsch sprach, dem Dialekt nach so anhörte, als würde er aus dem Norden Deutschlands stammen. Seltsamerweise erinnere ich mich nicht mehr an sein Gesicht, und das ging allen Kursteilnehmern so. Niemand konnte sich nach Seminarende an das Gesicht dieses Herrn erinnern.«

»Hat er Sie denn hypnotisieren dürfen?«

Annmarie nickte. »Das gehörte ja zur Entspannung. Er hypnotisierte uns und trank, während wir entspannten, Zitronenlimonade. Er nahm das ganze Seminar über nichts anderes zu sich.« Sie hielt inne und wurde sichtlich blass. »Und jetzt, in diesem Augenblick, erinnere ich mich, dass der Padrón aus dem Keller ebenfalls Zitronenlimonade trank. Ich konnte sie riechen, meine Augen waren ja verbunden.«

»Und wie war sein Spanisch?«

Sie zuckte mit den Schultern. »Ich spreche die Sprache nicht, es hat sich aber für mich wie Spanisch angehört. Er hat in meiner Gegenwart ja auch höchstens mal etwas zu den Hausangestellten gesagt.«

»Gibt es sonst noch etwas, an das Sie sich erinnern können?«

»Nein.«

García Vidal war sichtlich enttäuscht. »Mag Zitronenlimonade und hört sich an wie ein alter norddeutscher Spanier. Das ist für eine Fahndung ein bisschen wenig. Die Suche nach einem alten, bilingualen, Limonade vernichtenden Hypnotiseur wäre erfolgversprechender, denke ich.«

Tomeu und Esmeralda kamen herein, damit die Kleine sich ihren Gutenachtkuss abholen konnte. Sie rannte sofort auf Carmen zu und kuschelte sich in ihren Schoß. Tomeu hatte ihr eine kleine Drehorgel geschenkt, die eine kurze Melodie spielte, wenn man an einer winzigen Handkurbel drehte. Esmeralda musste ihren Schatz natürlich vorführen. Schon bei den ersten Tönen begann Annmarie, am ganzen Leib zu zittern.

Gräfin Rosa versuchte, sie zu beruhigen. »Was ist denn, meine Liebe? Fühlen Sie sich nicht wohl?«

Annmarie stand der kalte Schweiß auf der Stirn. »Ich weiß es nicht. Die Töne dieser kleinen Drehorgel bringen mich völlig aus der Fassung.«

»Kommen Sie.« Die Gräfin erhob sich von ihrem Platz und half Annmarie beim Aufstehen. »Ich werde Sie auf Ihr Zimmer bringen. Ich schätze, dass das alles ein bisschen viel für Sie war.«

Annmarie nickte nur und murmelte ein paar Entschuldigungen.

Als die beiden aus dem Raum waren, konnte man dem Comisario die Enttäuschung deutlich ansehen. »Das alles ist nicht nur maßlos unbefriedigend, es ist ganz große Scheiße.

»Wir wissen jetzt immerhin, dass der tote Gangster Serge hieß und die rechte Hand des Padrón war«, sagte Angela. »Ich habe den Namen Bonifac Diaz eben gegoogelt. Bei Skype gibt es zwei und bei Facebook sogar fünf, aber keiner von denen ist älter als vierzig.«

Carmen war auch fleißig gewesen. »Und ich habe in den Datenbanken achtunddreißig auf Mallorca und über vierhundert auf dem Festland gefunden. Der Löwenanteil lebt in Catalunya.«

Berger schüttelte den Kopf. »Wenn er einen norddeutschen Dialekt gesprochen hat, ist der Name mit Sicherheit nicht echt. Cristobal, Sie sollten sich mit dem Gedanken anfreunden, dass uns der Padrón durch die Lappen gegangen ist.«

Der Comisario biss sich erst auf die Unterlippe, dann suchte er nach Worten. »Sie mögen recht haben, aber ich wäre nicht ich, wenn ich das glauben würde. Aufgeben ist weder mein Ding noch das des Padrón. Der lässt sich sicher nicht so einfach von ein paar Bullen seine Wellness-Finca abnehmen. Das Ding ist so, wie es im Moment läuft, eine wahre Gelddruckmaschine. Er lässt auch nicht aus einer Laune heraus seinen Kram in der Folterkammer liegen. Schon gar nicht sein Goethebuch. Der hat ein Ding an der Waffel, und für gestörte Leute sind solche Fetische lebenswichtig.«

Der Kopilot des Hubschraubers kam in den Raum und flüsterte Henriquez etwas ins Ohr.

»Cristobal, anhand der Hafenbücher haben wir herausbekommen, dass die ›Santa Eulalia‹, ein alter Zweimaster aus Cala d'Or, immer dann in Alicante festgemacht hatte, wenn euch auf Mallorca zwei bis drei blonde Damen abhandengekommen waren und Hamid Ben Brahim, der Kapitän der Fähre, Dienst hatte. Mir wurde soeben mitgeteilt, dass es uns vor einer Stunde gelungen ist, die ›Santa Eulalia‹ aufzubringen. Der Skipper hat sich der Festnahme zwar durch Selbstmord entzogen, aber die beiden Matrosen waren sofort geständig. Die ›Santa Eulalia‹ wird zurzeit noch nach Palma geschleppt und im Marineteil des Hafens vertäut. Eure Spusi kann sich dann ja dort über das Boot hermachen.«

Nachdem sich außer Berger und dem Comisario nach und nach alle anderen zurückgezogen hatten, saß García Vidal wie ein Häuflein Elend vor seinem Cortado und stierte ins Nichts, während er den Zucker hineinrührte. Berger legte mitfühlend die Hand auf seine Schulter. »Cristobal, mein Freund, warum so trübsinnig? Die Bösen sind fast alle tot.«

»Aber das Böse selbst noch nicht. Dieser Padrón schwirrt wie eine Art Bienenkönigin über unserem schönen Mallorca und kann jederzeit einen neuen kriminellen Bienenstaat gründen. Allein bei diesem Gedanken könnte ich kotzen.«

»Ihr Team hat hervorragende Arbeit geleistet. Das allein wäre schon mal ein Grund, etwas zufriedener in die Gegend zu gucken.«

»Das ist Blödsinn. Wir haben lediglich staunend zugesehen, wie ein Schwerverbrecher seine eigene Organisation blutig abgewickelt hat. Okay, seine rechte Hand haben wir erwischt.«

»Und genau deswegen könnte der Herr Comisario erheblich entspannter in die Welt gucken.«

»Eben nicht. Jetzt beginnt nämlich die unspektakuläre Kleinarbeit. Wir müssen noch einmal alle in Frage kommenden Hotels abklappern, ob die etwas über einen norddeutschen Hypnotiseur wissen, der ständig Zitronenlimonade trinkt. Wir müssen anhand der DNA-Spuren herausbekommen, wer die Frauen sind, die auf diesem Segelschiff und der Fähre nach Nordafrika entführt wurden. Wir müssen mit den dortigen Behörden Kontakt aufnehmen, was einem diplomatischen Kraftakt gleichkommt.«

»Aber ich kann doch sicher sein, dass Sie übermorgen an unserem Fest teilnehmen werden?«

»Und wie ich daran teilnehmen werde. Wie heißt es so schön auf den alten Steckbriefen: dead or alive.«

»Dann bitte alive. Dead macht so viel Dreck.«

***

Als Yussuf nach einer ersten Befragung geduscht und sich einen frischen Overall der israelischen Marine angezogen hatte, wunderte er sich über den Luxus in seiner Kabine. Er konnte die Zeit zwischen den Verhören sogar damit verbringen, TV zu sehen. Entweder lohnte es sich, in Israel Verbrechen zu begehen, oder er wurde inzwischen als ein minder schwerer Fall eingestuft. Sicher hatten Hakim und seine Hubschrauber-Besatzung ihn in puncto Waffenhandel entlastet. Dennoch machte sich Yussuf Vorwürfe. Er konnte es nicht fassen, dass er überhaupt nichts von diesen Waffengeschäften mitbekommen hatte. Vielleicht lag das daran, dass die Behälter mit den Raketen nach ihrer Ankunft in Oran immer sofort auf Lkw verladen und abtransportiert worden waren. Wenn er den Offizier, der die Verhöre führte, richtig verstanden hat, war Hakims Vater zudem mehr in die Sache verstrickt als sein eigener.

Die Tür seiner Kabine wurde geöffnet, und eine Offizierin, den Schulterstücken nach zu urteilen, kam herein. Yussuf wusste nicht, ob diese Frau im Dienstrang nun höher oder niedriger als er war. Sicherheitshalber stand er auf und salutierte. Sie grüßte zurück, und beide setzten sich an den kleinen Tisch.

»Major al Madgier, ich bin Commander Yael Elazar vom Judge Advocate General's Corps der israelischen Kriegsmarine. Ihre Angaben, nicht an dem Waffenhandel beteiligt gewesen zu sein, haben sich bestätigt. Selbst vom Vorwurf des Mordes sind Sie dank Zeugenaussagen befreit. Dennoch bleibt die Tatbeteiligung an Menschenhandel und Vergewaltigung in Tateinheit mit Freiheitsberaubung bestehen. Wie bekennen Sie sich?« Yussuf konnte den Ekel in den Augen dieser aparten jungen Frau sehen.

»Sind Sie für die Anklage hier, oder verteidigen Sie mich?«

»Ich bin in Ihrem Fall die Anklägerin.«

»Dann plädiere ich auf schuldig und unschuldig.«

»Würden Sie sich bitte für eines entscheiden?«

»Das geht nicht. Ich bin schuldig, weil ich Angehöriger eines Stammes bin, der es als völlig normal ansieht, eine Frau zu kaufen und diese den Stammesritualen durch Gewalt zu unterwerfen. Ich bin schuldig, dagegen nicht aufbegehrt und eine gekaufte Frau sogar als mein Eheweib angenommen zu haben. Unschuldig im Sinne der Anklage bin ich, weil ich mich an der Frau, die mir mein Sheik geschenkt hat, nicht vergangen habe. Im Gegenteil, ich habe ihr zur Flucht verholfen. Ich wäre Ihnen dankbar, wenn

Sie diese Tatsache auch meinem Waffenbruder Hakim Ben Brahim gutschreiben würden. Er hat mir maßgeblich dabei geholfen.«

»Wissen Sie überhaupt, ob die Flucht gelungen ist? Sie gaben an, daran gezweifelt zu haben.«

»Nein, das weiß ich nicht. Ich habe aber dafür gesorgt, dass die Konsulate über den Vorfall informiert wurden. Ich hoffe, man hat Colonel Momperen retten können.«

Die Gesichtszüge der Anwältin entspannten sich etwas. »Und wenn ich Ihnen jetzt sage, dass ich Ihre Verteidigerin bin?«

Yussuf zuckte mit den Achseln. »Dann hätte ich dem nichts hinzuzufügen. Dem Gesetz nach bin ich wahrscheinlich unschuldig, aber bei Allah, kann ich mit dieser befleckten Unschuld leben?«

»Major al Madgier«, sie blätterte in ihren Unterlagen, »Sie trugen bei Ihrer Verhaftung Ihre gesamten persönlichen Dokumente inklusive aller Zertifikate, Urkunden und Zeugnisse bei sich. Ist das in Algerien so üblich, oder waren Sie auf der Flucht?«

»Ja, ich war zumindest darauf vorbereitet, jederzeit fliehen zu müssen. Um ehrlich zu sein, wollte ich es auch.« Er sah sie flehentlich an. »Aber sagen Sie bitte, Commander, hat es Frau Momperen geschafft?«

Sie lächelte nun sogar etwas. »Colonel Momperen ist nach einem ziemlich gewagten Husarenstreich der spanischen Küstenwache leicht verletzt, aber in einem guten Allgemeinzustand in Sicherheit.«

Yussuf rannen ein paar Tränen der Erleichterung über die Wangen. »Hat sie etwas Schlimmes?«

»Nichts, was sich nicht schnell wieder beheben lassen könnte.«

»Dann bin ich zufrieden, und Sie können mit mir machen, was Sie wollen.

»Diese Einstellung ehrt Sie, Major. Wären Sie bereit, mir Näheres über den Menschenhandelsring zu berichten?«

»Alles, was ich weiß, aber es ist nicht viel.« Er berichtete ausführlich, was ihm Annmarie erzählt und was er sich selbst zusammengereimt hatte.

***

Der Freitag stand ganz im Zeichen der umfangreichsten Recherchen, die jemals vom kleinen Policía-National-Büro in Santanyí aus gemacht wurden. Die Kollegen Santo, Vidal, Burguera und Bastos klapperten unabhängig voneinander die Hotels ab, um Adressen von Teilnehmern der Entspannungsseminare dieses spanischen Norddeutschen zu bekommen. Carmen und García Vidal koordinierten alles. Von der Guardia Civil ausgeborgte Beamte besetzten sämtliche Computerplätze, um kleinere Arbeiten zu erledigen. Hinzu kamen noch die beiden Computer, die Freaky und Camila im städtischen Rathaus geradezu qualmen ließen, und das sehr erfolgreich. Bis zum Mittag wusste sie aus den Datenbanken der Fremdenlegion alles über den Stabsfeldwebel Serge Gaugin, nur nichts über seine Herkunft. Darüber gebe es keinerlei digitale Aufzeichnungen, hieß es.

Als die ersten Ergebnisse der in den Hotels ermittelnden Kollegen eintrudelten, ließ Angela sofort ihre Kontakte zu den Polizeibehörden der einzelnen Länder und zu Interpol spielen. Bereits am Abend stand fest, dass der Padrón, sein Killer Serge, Isabell Svensson und ihr so harmlos wirkender Riese und Ehemann Peer Gunnarsson innerhalb der vergangenen drei Jahre eine annähernd dreistellige Millionensumme zusammenergaunert hatten. Da die Wellness-Finca im Besitz einer Holding mit Sitz auf den Cayman Islands war, musste davon ausgegangen werden, dass das Geld auch dorthin verschwunden war.

»Was meinst du«, sinnierte García Vidal, »ob wir denen das jemals wieder abluchsen können?«

Carmen war in diesem Punkt voller Zuversicht. »Da mit einem gewissen Lord Carrington auch ein britischer Staatsbürger unter ihren Opfern ist, haben die Briten großes Interesse an der Aufklärung dieses Falles angemeldet. Und weil dieser verschwundene Brite nicht nur adelig, sondern auch ein Mitglied des House of Lords ist, werden die Behörden alles tun, um es sich mit dieser mächtigen Instanz nicht zu verscherzen.«

»Du hast recht. Wenn es einer schafft, dann die Briten. Sollte es ihnen aber nicht gelingen, dem Padrón den Geldhahn zuzudrehen, kann sich der Kerl eine ganze Armee von Profikillern zusammenkaufen. Ich fürchte, der wird mit uns noch ein Hühnchen rupfen wollen, und dann gnade uns Gott!« García Vidal tigerte aufgeregt in seinem Büro auf und ab. »Carmen, wo ist der Residente? Im Laufe des Tages werden immer mehr Informationen hier eintrudeln. Er muss uns beim Zusammenfügen dieses Riesenpuzzles helfen.«

»Er hilft der Herzogin bei den Vorbereitungen für das Fest. Die Gräfin macht schließlich ihren Job auf der Wellness-Finca. Sollten wir Rosa dort abziehen, sodass sie ihre Tante unterstützen kann und wir den Residente für uns haben?«

»Auf die Idee bin ich auch schon gekommen, aber sie hat abgelehnt. Es wurde für diese Finca mit dem Namen der Großherzogin Reklame gemacht, und wenn da jetzt nicht alles klappen sollte, wäre ihr Ruf geschädigt.«

Carmen lächelte ihn an. »Dann werden wir uns eben ohne ihn durchschlagen. Wenn der Residente erst einmal Prinz ist, werden wir sowieso alles allein machen müssen.«

García Vidal, der während der Unterhaltung die ganze Zeit auf seinen Bildschirm gestarrt hatte, wurde plötzlich unruhig. »Na, das ist ja interessant. Angela hat die ersten Aussagen aus Deutschland für uns gebündelt. Demnach haben mehrere Teilnehmer dieser Kurse ausgesagt, dass sie Anzeige erstatten wollten, weil jemand über Geldautomaten auf ihre Konten zugegriffen habe. Es fehlten immer Beträge zwischen tausend und dreitausend Euro. Die Banken konnten aber jedes Mal belegen, dass die jeweiligen Teilnehmer selbst an den Geldautomaten gewesen waren. Obwohl die sich durchweg weder an die Abhebungen noch an Seminarleiter erinnern konnten.«

Carmen hatte inzwischen ebenfalls die Seite aufgerufen, auf der Angela sie mit frischen Informationen versorgte. Nun war sie es, die aufgeregt auf den Bildschirm zeigte. »Gucken Sie doch mal hier. Zwei der Kursteilnehmer haben ausgesagt, nach ihrer Reise geradezu panisch auf Glockenspiele reagiert zu haben.«

García Vidal ging zu Carmen rüber, um gemeinsam mit ihr auf ihren Bildschirm sehen zu können. »Da steht nichts von einer bestimmten Melodie, nur etwas von Glockenspielen.« Er überlegte kurz. »Jetzt ist mir klar, warum die Momperen gestern so seltsam auf Esmeraldas Spieluhr reagiert hat. Ihr erging es ebenso.«

Er richtete sich auf, ging zu seinem Schreibtisch, griff sich seine Dienstwaffe und steckte das Holster an den Hosengürtel. »Lass uns zu ihr fahren. Wenn wir ihr das mit den Glockenspielen sagen, wird sie sich vielleicht an etwas erinnern oder irgendwas dazu sagen können. Wo ist sie gerade?«

»Mit Tomeu und Esmeralda zusammen in Santanyí. Sie wollte sich ein paar Klamotten kaufen.«

»Ruf sie an, wir treffen uns in der Bar.«

ZWÖLF

Zu ihrer Überraschung war von Tomeu und Annmarie in der Bar noch nichts zu sehen, dafür saßen die Großherzogin und Berger an einem der Tische einträchtig nebeneinander.

»Señora Gran Duquesa«, der Comisario verbeugte sich höflich, »es ist mir eine Ehre.«

»Sie zu treffen mir auch«, erwiderte sie und nickte ihm zu, »nur hier zu sitzen nervt mich.«

Carmen begrüßte die alte Dame mit einem Handkuss. »Und warum sind Sie dann nicht zu Hause?«

Berger grinste vergnügt. »Anatol hat uns rausgeworfen. Wir würden nur stören, hat er gesagt. Und ich kann es nachvollziehen. Wenn zwei Feldmarschälle in einer Armee kommandieren, kann es nur Chaos geben.«

»Was mich am meisten wurmt«, brummte die Großherzogin, »ist die Tatsache, dass wirklich alles besser klappt, wenn Anatol allein das Sagen hat.« Sie trank ihren Cortado aus und bestellte mit einem Handzeichen vier neue. »Der Mann hat auch die kleinste Kleinigkeit im Kopf und vergisst nie etwas. Es gibt als Butler und Hofmarschall eben niemand Besseren als Anatol.« Ein tiefer Seufzer entrag sich ihrer Brust. »Und sonst ist er auch toll.«

Mit Filou als Bodyguard vorneweg betraten Annmarie und Esmeralda die Bar. Ihnen folgte Tomeu, der den Packesel gab. Shakespeare hielt dem Tross den Rücken frei. Während die Kleine sofort auf den Kühlschrank mit dem Eis zusteuerte, ließ sich Annmarie erschöpft auf einen der freien Stühle am Tisch fallen. »Herrje, war das ein Tag. Es fing schon mit einem Riesenhallo an, als ich mich heute Morgen beim ärztlichen Direktor meiner Klinik meldete. Ich bin froh, dass ich meinen alten Job sofort wiederhaben kann und zu Hause nicht vor dem Nichts stehe. Vorher mache ich aber erst einmal Erholungsurlaub.«

»Und den machen Sie hübsch bei uns, meine Liebe, damit Sie uns nicht wieder abhandenkommen«, befahl Tante Auguste.

»Eine Einladung, für die ich Ihnen sehr dankbar bin, denn ich hätte ganz allein auf der Insel doch ein wenig Angst.«

»Was ich gut verstehen kann, Madame«, pflichtete ihr der Comisario bei. »Womit wir auch schon beim Thema sind. Was war gestern mit Ihnen los, als Esmeralda diese kleine Spieluhr betätigte?«

Allein schon die bloße Erwähnung dieses Vorfalls führte bei Annmarie zu einem erneuten Schweißausbruch, und ihre Hände begannen zu zittern. »Ich habe keine Ahnung, aber es fängt schon wieder an.«

Filou sprang sofort alarmiert auf, und Carmen legte schützend einen Arm um sie. »Es kann Ihnen nichts passieren, Annmarie. Wenn Sie sich ein wenig gefasst haben, wäre es aber sehr wichtig für uns, dass wir uns darüber unterhalten.«

Als Annmarie den ersten Cortado innehatte und sich besser fühlte, fasste García Vidal die Einzelheiten zusammen, die sein Team inzwischen zusammengetragen hatte.

»Tja«, hob sie an, »wenn ich ein Glockenspiel höre, krampft sich in mir auch alles zusammen, und ich habe das Gefühl, etwas ganz Bestimmtes machen zu müssen, ich habe nur keine Ahnung, was.«

»Und was sagt die Ärztin Annmarie Momperen dazu?«, fragte Berger.

»Also mir kommt das so vor«, platzte die Großherzogin dazwischen, »als wären Sie unter Hypnose darauf konditioniert worden, bei einer ganz bestimmten Melodie von so einer kleinen Drehorgel in Trance zu fallen. Esmeralda hatte vermutlich nur nicht die richtige Walze auf dem Riemen.«

Annmarie nickte erleichtert. »Genau das könnte es sein. Die Patientin hatte Hemmungen, aber die Ärztin hätte es nicht besser auf den Punkt bringen können.«

»Das, mein Kind, erinnert mich an meine Cousine Gräfin Elfriede zu Tecklenburg-Trabach. Ihr Mann hat sie zum Hypnotiseur geschickt, damit sie ihre Lust auf Schokolade und damit die Angst vor der Waage verlieren sollte. Er schenkte ihr großzügig fünfzig Sitzungen. Was die Schokolade betraf, war mein Elfriedchen nach der ersten Sitzung schon clean, dafür hat sie bei den anderen neunundvierzig Terminen den Hypnotiseur vernascht.«

Carmen brach in Gelächter aus. »Es fragt sich nur, wer da wen in Trance versetzt hat.«

»Ganz eindeutig sie ihn. Er war ein schöner Mann, sie hingegen sah aus wie eine Kuh ohne Hörner«, prustete die Großherzogin los.

Berger wirkte dagegen in sich gekehrt. »Was ist eigentlich aus den anderen beiden noch lebenden Opfern des Padrón geworden?«

»Olivia, die Schwester von Camila«, informierte ihn Carmen, »hat einen derartigen Schock erlitten, dass sie von den Ärzten erst einmal sediert werden musste und frühestens in einer Woche vernommen werden kann. Die Freifrau von Siehl ist leider noch immer auf der Intensivstation. Sie ist operiert worden und wird, um sie zu schonen, im künstlichen Koma gehalten. Ihre Prognose ist aber definitiv positiv.«

Der Comisario hielt plötzlich inne. »Miguel und Carmen, würdet ihr euch bitte einmal unauffällig den untersetzten Typen drüben am Geldautomaten ansehen? Ich denke, dass der mit seiner ›Teletüte‹ Fotos von uns macht.«

»Der saß eben noch neben uns und hat Zeitung gelesen«, sagte Carmen. »Soll ich ihn mal fragen, was er von uns will?«

García Vidal tat so, als ob er sich köstlich über einen Witz amüsieren würde, und streckte den Daumen nach oben. Carmen verschwand in Richtung Toilette, bog aber vorher ab und verließ die Bar durch den Hinterausgang, um den Mann von hinten zu überraschen. Als sie an der Ecke ankam, war der Fotograf aber schon weg.

»Wie vom Erdboden verschwunden«, keuchte sie außer Atem, als sie wieder in der Bar war. »Sind Sie sicher, dass das kein Tourist war?«

»Ziemlich«, murmelte García Vidal. »Solche Teleobjektive benutzt man unter Sportfotografen oder bei der Personenüberwachung.« Er sah auf. »Da drüben ist er wieder.«

Carmen wollte wieder aufspringen.

»Bleib sitzen, ich schnapp ihn mir auf meine Weise.« Er zückte sein Handy, rief bei der Policía Local an, und schon nach drei Minuten wurde der schnaufende Mittfünfziger von zwei Beamten ziemlich rabiat in die Bar Sa Plaça begleitet. Der Comisario deutete auf einen freien Stuhl, auf dem der Mann widerwillig Platz nahm.

»Ich denke«, eröffnete García Vidal das Verhör, »dass wir Ihnen nicht sagen müssen, wer wir sind. Wir hingegen haben nicht die Ehre, Sie zu kennen. Also, wer sind Sie, und in wessen Auftrag spionieren Sie uns nach?«

Der Fremde sah sich mit finsterem Blick um. »Mein Name ist Gabriel Ballester. Ich bin Privatdetektiv aus Palma. Es ist richtig, ich observiere Sie, aber wer mein Auftraggeber ist, weiß ich nicht.«

»Wissen Sie was, ich habe keinen Bock, irgendwelchen Firlefanz mit Ihnen zu veranstalten. Machen wir es also kurz. Wenn Sie uns nicht innerhalb einer Viertelstunde das Dossier übergeben, das Sie Ihrem Auftraggeber auf welchem Weg auch immer zukommen ließen, werde ich persönlich dafür sorgen, dass Sie in Europa nie wieder eine Lizenz bekommen. Und ich schwöre Ihnen, dass Sie auch sonst kein Bein mehr auf den Boden bekommen werden.«

Dem Detektiv wurde es sichtlich ungemütlich. »Die Macht haben Sie gar nicht«, versuchte er aufzubegehren.

Annmaries brandneues Handy klingelte. Sie zog es verwundert aus ihrer Jeans und meldete sich. Sie hatte diese SIM-Card erst seit einer knappen Stunde.

»Mit wem spreche ich bitte?« Sie horchte angespannt. »Hallo?«

»Hier in der Bar ist der Empfang mies«, erklärte Berger. »Sie sollten besser vor die Tür auf die Plaça gehen.«

Sie erhob sich von ihrem Stuhl und machte mit dem Telefon am Ohr ein paar Schritte, blieb dann jedoch wie vom Donner gerührt stehen. Als sie weiterging, hatten ihre Schritte, die eben noch geschmeidig gewesen waren, etwas Roboterhaftes. Filou war der Einzige, der sofort begriff, dass Annmarie nicht mehr Herrin ihrer Sinne war. Irgendwie schien das Tier die unglaubliche Stresssituation, in der sich die Ärztin befand, zu spüren. Wild quiekend rannte er um sie herum und stieß ihr mit seiner

Schweinenase immer wieder gegen die Schienbeine, doch es gelang ihm nicht, sie zu stoppen. Filou rannte zurück in die Bar, wo erst einmal niemand von ihm Notiz nahm.

»Aua«, brüllte Berger plötzlich. Entsetzt schaute er neben sich. »Bist du wahnsinnig, du Schwein?« Aufgebracht rieb er sein Bein an der Stelle, an der Filou ihn gezwickt hat. »Was ist denn in dich gefahren?«

Carmen war diejenige, die schließlich begriff, was Filou dazu bewegt haben könnte, plötzlich die »Sau« rauszulassen. Sie sprang auf. »Wo ist Madame Momperen?«

Alles sah sich um.

»Auf dem Klo?«, mutmaßte García Vidal.

Carmen rannte aufs Klo, um sie zu suchen, Tomeu lief vor die Bar, aber nirgendwo war etwas von ihr zu sehen.

»Sie hat doch einen Anruf bekommen«, sagte Berger. »Ich habe ihr gesagt, dass der Empfang auf der Plaça besser ist als hier.«

Gemeinsam mit dem Comisario rannte er hinaus zu Tomeu. Sie suchten zu dritt die Plaça und sämtliche anliegenden Restaurants ab, doch Annmarie blieb verschwunden.

García Vidal steuerte, als er die Bar wieder betrat, direkt auf den Detektiv zu. »Haben Sie die neue Nummer von Señora Momperen an Ihren Auftraggeber weitergegeben?«

Dem Mann wurde langsam klar, dass er in eine ziemlich heiße Sache verstrickt worden war. Das Ganze nahm für ihn eine Wende, die ihn offensichtlich überforderte. Er zog es vor zu schweigen.

García Vidal packte ihn am Revers und zog ihn von seinem Stuhl hoch. Obwohl der Mann gut einen Kopf größer war als der Comisario, hing er mehr in dessen Griff, als dass er stand. »Hören Sie, Señor Ballester, entweder rücken Sie jetzt auf der Stelle mit allem heraus, was Sie an Ihren Auftraggeber weitergegeben haben, oder ich nehme Sie sofort in U-Haft. Dort werden Sie heute Abend noch duschen. Ganz allein, und ich schwöre Ihnen, dass jeder inhaftierte Gewaltverbrecher darüber informiert sein wird, dass in der ›Fliesenabteilung‹ jemand ganz dringend Liebe braucht.«

»Die Frau im Elektroladen hat mir die Nummer gegeben«,

jammerte der Detektiv. »Ich habe einfach behauptet, dass die Kundin ihr Portemonnaie auf der Straße verloren hätte.«

»Und die Nummer haben Sie dann weitergegeben?«

»Natürlich, das war mein Job!«

»Señor Comisario«, die Stimme des Wirtes drang durch den allgemeinen Lärm in der Bar. »Telefon für Sie.«

Auch Berger erhob sich von seinem Platz und folgte seinem Freund. Wer konnte García Vidal erreichen wollen und verfügte nicht über seine Telefonnummer?

Der Comisario nahm den Hörer und horchte. Völlig irritiert hielt der nach ein paar Sekunden den Hörer so, dass Berger mithören konnte. Ein Glockenspiel wie von einer kleinen Drehorgel erklang und spielte die »Internationale«.

García Vidal wurde blass. »Mein Gott, er hat sie. Bonifac Diaz, der norddeutsche Hypnotiseur, ist der Padrón.«

»Wie kommen Sie darauf?«

»Der Padrón ist der Einzige, der ein Interesse an Madame Momperen haben könnte, da sie die Einzige ist, die ihn identifizieren könnte. Sie muss durch den Anruf auf ihrem Handy unter irgendwelchen Zwängen gestanden haben, sonst hätte sie jemandem mitgeteilt, wohin sie geht. Das heißt, dass der Hypnotiseur am anderen Ende der Leitung war. Seit dem Seminar ist sie auf Glockenspiel konditioniert, und nun wird uns wie zum Hohn die Melodie vorgespielt, die sie wie so einen Roboter aktiviert. Aber wer sollte sich auf diese Weise an ihr rächen, wenn nicht der Padrón?«

Berger nickte nur stumm. »Ich fürchte, Sie haben recht.«

»Carmen.« Der Comisario setzte sich wieder auf seinen Stuhl. »Sorge bitte dafür, dass Freaky sofort herkommt und wir mit Angela eine Konferenzschaltung machen können. Sie sollen dafür draußen zwei Tische zusammenstellen, hier drin ist es zu laut.«

Inzwischen war sich auch der Detektiv des Ernstes der Lage bewusst und machte eine Auflistung aller Informationen, die er an seinen Kunden weitergegeben hatte. Nach zehn Minuten war alles bereit, und Angela erschien auf Freakys Bildschirm. Sie saß im Büro am Computer, Andrea, Arantxa, Marga und Jordi waren über Handy zugeschaltet.

Zuerst erklärte García Vidal kurz und knapp, was in der Zwischenzeit in der Bar passiert war. Dann bat er um neue Hinweise, die ihnen helfen könnten, mittels einer systematischen Datenbanksuche den Padrón und damit Annmarie zu finden.

»Ich habe«, begann Angela, »alles aufgelistet, was bei den Befragungen der Seminarteilnehmer an Beschreibungen des Seminarleiters zusammenkam: Er soll Spanier sein, spricht aber sehr gut Deutsch mit norddeutschem Akzent, trinkt ständig Limonade aus großen Krügen mit Limettenscheiben und Eis. Einige vermissen nicht unerhebliche Summen Geldes, die sie nach Recherchen der Bank selbst abgehoben haben sollen, woran sie sich aber nicht erinnern können, und einer der Betroffenen, den Kollegen im Krankenhaus besucht haben, wusste etwas von langen weißen Haaren zu berichten. Das ist ihm aber erst eingefallen, nachdem er vor Kurzem auf einem Parteitag der ›Linken‹ in Berlin zusammengebrochen ist.«

»Weißt du, warum er kollabiert ist?«, fragte Carmen.

»Nein. Hier steht nur, er sei beim Singen eines Liedes in eine psychische Notsituation geraten.«

»Natürlich«, rief Berger dazwischen. »Die Linken sind die alten SED-Fuzzies, und was singen die zum Abschluss?« Er schmetterte los: »Völker, hört die Signale, auf zum letzten Gefecht … Sie singen«, sprach er weiter, »die Internationale, das Lied, das dem Comisario eben über Telefon auf Glockenspiel vorgetragen wurde.«

Carmen war nicht überzeugt. »Aber warum sollte er sich damit verraten?«

»Weil er nicht weiß, über welche Informationen wir verfügen. Hätte er davon auch nur den leisesten Schimmer, würde er sich bestimmt bedeckt halten. Er fühlt sich aber völlig sicher und glaubt, mit uns spielen zu können.«

García Vidal trommelte nervös auf seiner Stuhllehne. »Was ist mit euch, habt ihr etwas auf eurer Hoteltour herausbekommen?«

Jordi meldete sich. »Ich habe im Hotel Serrena Palace mit einem Barkeeper gesprochen, der auf meine Frage nach diesem speziellen Seminarleiter einen ›Einsteinverschnitt mit glatten Haaren‹ nannte, der stündlich mit einem Krug Zitronenlimonade versorgt werden musste. Der war immer mit einem jüngeren Freund zusammen im Hotel. Er kannte ihn nur als Gast, würde sich aber nicht wundern, wenn dieser Typ auch derartig schräge Kurse geben würde.«

García Vidal wurde hellhörig. »Kannst du noch einmal zu dem zurückgehen?«

»Das ist nicht nötig, ich sitze immer noch an seiner Bar.«

»Wunderbar. Freaky, können Sie Jordi bitte mal das Bild des toten Legionärs einspielen?«

»Sicher.«

»Er erkennt ihn«, meldete Jordi. »Er sagt, dieser Serge sei immer in Begleitung dieses älteren weißmähnigen Engländers hier gewesen. Der Mann hieß Norman Foster. Ein Stammgast.«

Auf García Vidals Gesicht entstanden hektische Flecken. »Hat der vielleicht als eine Art Seelendoktor im Hotel Sprechstunden abgehalten?«

»Nein, hat er nicht. Er war einfach nur Gast.«

»Dennoch bin ich mir sicher, dass dieser Engländer, der Hypnotiseur und der Padrón ein und dieselbe Person sind. Okay, Leute, das war's fürs Erste. Freaky wird seine Datenbank nun mit allen Informationen füttern, mal sehen, ob wir damit schon etwas anfangen können. Bis auf Weiteres Ende.«

Freaky schaltete die Videokonferenz ab und begann, im Intranet des BKA alle Begriffe in eine Art Suchraster einzugeben.

»Schreiben Sie bitte auch ›Stasi‹ auf«, bat ihn Berger.

»Und warum?«, erkundigte sich Carmen.

»Weil jemand, der das olle Kampflied der Proletarier als seine Arbeitsmelodie auserkoren hat, durchaus ein ›Ewiggestriger‹ sein könnte. Davon gab es viele bei der Staatssicherheit der DDR.«

Schon kurze Zeit später hatte Freaky achtundsiebzig Treffer.

»Fällt jemandem noch ein Attribut ein, das wir dem Padrón anhängen könnten, um es weiter einzugrenzen?«

»Mein Junge, schreib doch mal was von durchtrennten Stimmbändern hin«, merkte die Großherzogin an, die sich bisher dezent zurückgehalten hatte. »Darüber habt ihr euch doch so aufgeregt.«

Kaum war das eingegeben, erschien auf dem Bildschirm nur noch ein Eintrag.

»Bingo. Der Mann, auf den alles zutrifft, heißt Erwin Krause, gebürtig aus der Nähe Rostocks. Er war einer der berüchtigsten Folterknechte in den norddeutschen Stasigefängnissen und bekannt dafür, dass er den Delinquenten gern die Stimmbänder durchtrennte, damit sie ihn bei der Folter nicht durch Schreie belästigten. Er summte bei der Arbeit immer die ›Internationale‹. Gegen ihn gibt es schon seit über zwanzig Jahren einen internationalen Haftbefehl, der jährlich erneuert wird. Der muss eine ganz große Nummer gewesen sein. Bei Luschen machen die so etwas nicht.«

»Das ist unser Mann«, jubelte der Comisario. »Freaky, können Sie den Kerl auf diesem Bild dreißig Jahre älter machen und ihn mit langen weißen Haaren versehen?«

»Kein Problem. Camila wird mir dabei helfen. Was Grafik betrifft, hat sie das bessere Händchen.« Die junge Frau, die die ganze Zeit still neben ihm gestanden hatte, setzte sich vor Freakys Notebook und ließ ihre Finger über die Tastatur fliegen.

»Und du, Carmen«, sagte García Vidal, denn er wusste, dass nur sie diese Aufgabe lösen konnte, »wirst dieses Bild bitte an alle Einsatzkräfte dieser Insel weitergeben. Ich wünsche, dass es innerhalb der nächsten Stunde an sämtlichen Hotelrezeptionen Mallorcas gezeigt wird.«

Carmen war skeptisch. »Ich denke nicht, dass so viele Beamte, wie wir dafür benötigen würden, von der Guardia Civil oder den Municipales freigestellt werden können.«

»Dann soll eben die Armee, die Feuerwehr und meinetwegen auch die Heilsarmee helfen. Der Padrón wird Annmarie töten wollen. Wir haben Glück, dass er sich dabei gern Zeit lässt, aber deswegen dürfen wir das Ganze nicht auf die lange Bank schieben.«

***

Yussuf stand an der Reling der israelischen Corvette »Eilat« und stierte ins Wasser. Dass er seine Kabine nun endlich mal verlassen durfte, wertete er als komplette Rehabilitation. Commander Yael Elazar trat neben ihn.

»Major Al Madgier, ich freue mich, Ihnen mitteilen zu können, dass Colonel Momperen gestern Abend sicher auf Mallorca angekommen ist und Ihre Version der Geschehnisse zudem in vollem Umfang von Ihren Mitgefangenen und den inzwischen konsultierten spanischen Behörden bestätigt wurde.«

Obwohl Yussuf ein Stein vom Herzen fiel, konnte er sich nicht richtig über diese Nachricht freuen.

»Wären da nicht ein paar hundert Seemeilen Wasser zwischen uns und dem Festland, Major, wären Sie jetzt ein freier Mann.«

»Theoretisch, aber was sagt die Praxis? Kann ich mich in meinem Heimatland je wieder sehen lassen?«

»Sie wurden vom Syndikat gejagt, nicht von der Armee«, erwiderte der Commander.

»Die Armee ist das Syndikat, Frau Rechtsanwalt. Nach Hause kann ich nicht mehr und auch in kein anderes Land. Die Armee wird mich als Fahnenflüchtigen behandeln.«

»Ich denke, dass sich in diesem Punkt auf diplomatischem Wege sicher etwas bewerkstelligen lässt. Ein Machtwort des amerikanischen Militärattachés in Algerien, und Sie sind mit allen bürgerlichen Rechten in Ehren entlassen. Wir sind übrigens auf dem Weg nach Sardinien. In Cagliari werden die drei Gefangenen den italienischen Behörden übergeben und von dort aus dem Internationalen Gerichtshof in Den Haag überstellt. Sie können dort gern von Bord gehen, wenn Sie wollen.« Sie drückte ihm einen Umschlag mit tausend Euro in die Hand. »Betrachten Sie das bitte als Haftentschädigung unsererseits.«

»Was mich noch interessiert«, fragte Yussuf leise, »wäre die Frage, wie Sie uns in der Wüste überhaupt gefunden haben.«

»Wir waren Ihren Kameraden schon lange auf den Fersen«, erklärte Commander Yael Elazar. »Unser Geheimdienst hat uns schon zwei Stunden vor Ihrer Verhaftung darüber informiert, sodass Sie die ganze Zeit unter Beobachtung standen. Parallel dazu hat ein anderes Sealteam die geschmuggelten Raketen in Sicherheit gebracht.«

Yussuf sah sie betreten an. »Wenn neben den Waffen nicht auch die Waffenhändler von Interesse wären, dürfte ich jetzt bereits tot sein, oder?«

»Sie sind es, und Sie leben. Nichts anderes zählt.«

Yussuf lächelte traurig. »Und was darf ich Ihnen dafür, dass Sie mir das Leben gerettet haben, anbieten?«

»Major, wenn Sie sich für Frauen weiterhin so ritterlich einsetzen, wie Sie es für Frau Momperen getan haben, wäre das Gegenleistung genug.«

»Ich fürchte, ich war nicht ritterlich, sondern einfach nur verliebt.«

Jetzt war sie es, die lächelte. »Alle guten Ritter waren verliebt, also schämen Sie sich dessen bitte nicht.«

***

Gräfin Rosa war, nachdem sie ihr Tagwerk auf der Finca Zarzarrosa verrichtet hatte, in der Bar Sa Plaça eingetroffen, weil sie von Tomeu erfahren hatte, dass alle außer Anatol dort waren.

Nachdem Camila mit der Bildbearbeitung fertig war und Carmen für die Weitergabe sorgte, machte sich Freaky an die Arbeit, das Bild mit den Daten der spanischen Einwanderungsbehörde abzugleichen. Nach kurzer Zeit gab es drei Treffer. Zum einen den Spanier Bonifac Diaz, dann den Franzosen Jaques Betrand und zuletzt Norman Foster, einen betagten Briten.

»Warum fällt dem Computer nicht auf, dass drei Leute auf seiner Festplatte dieselbe Visage haben?«, schimpfte Garcia Vidal.

»Weil er nicht darauf konditioniert ist, die Inhalte seiner Datenbanken miteinander zu vergleichen. Man kann nur Fremdbilder eingeben.«

»Das ist aber scheiße.«

»Sagen Sie das bitte nicht mir, sondern Ihren Regierungsheinis. Die haben das Geld, diesen Zustand zu beseitigen.«

»Haben sie eben nicht«, erwiderte Garcia Vidal bockig.

»Dann ist es wie im Leben«, beendete Berger den kleinen Disput. »Keine Ärmchen, keine Kekse.«

Freakys Gesicht hellte sich auf. »Señor Comisario, nun habe ich aber mal etwas Positives für Sie. Ihre Touristendatenbank sagt mir, dass ein Señor Norman Foster, geboren am 23. Juli 1939 in Faversham, gestern in der Finca ›Amapola‹ eingecheckt hat.«

Garcia Vidal sprang auf. »Dann lasst uns sofort dorthin fahren.« Im Laufen zog er sein Handy aus der Tasche und alarmierte Ramirez. »Auf, Señor, packen Sie zusammen und kommen Sie mit Ihren Leuten zur ›Amapola‹ nach Campos.«

Berger, der den Grund für den Aufbruch nicht mitbekommen hatte, weil er gerade dabei war, der Gräfin die Ereignisse des heutigen Tages zu erzählen, schreckte hoch.

»Wohin geht's?«

»Nach Campos. Dort hat der Padrón im Hotel eingecheckt.«

»Cristobal, glauben Sie denn, dass der so bescheuert ist, mit einer Geisel im Schlepptau zurück ins Hotel zu gehen? Hat er dort vielleicht die Suite ›Dracula‹ mit Folterecke gebucht?«

»Egal. Ich fahre da jetzt hin und werde mir zur Not eben nur das Zimmer ansehen. Vielleicht gibt es dort Anhaltspunkte für seinen tatsächlichen Aufenthaltsort.« Zu mehr Diskussionen ließ sich der Comisario nicht hinreißen und war weg.

»Ich muss Ihnen recht geben«, sagte Gräfin Rosa. »Was will der im normalen Hotel?«

»Also ich«, bemerkte die Großherzogin trocken, »würde an seiner Stelle in diesen Schafsstall gehen, den ihr schon mehrfach erwähnt habt. Dort hat er doch alle Ruhe der Welt, um genussvoll jemanden abzumurksen.«

»Tantchen«, sagte Berger und lächelte sie an, »wenn ich nicht schon in Rosa verliebt wäre, würde ich mich jetzt in Sie verknallen!« Er sprang auf. »Sagt Carmen Bescheid, wo sie hinzukommen hat, ich mache mich schon mal auf den Weg.«

»Komm, Mädel«, raunte Auguste der Gräfin zu. »Wenn dein Mann erst einmal in Aktion ist, braucht er einen Bremser, um nicht Kopf und Kragen zu riskieren. Ihr beide seid ein gutes Team. Du solltest mitgehen.«

Als Gräfin Rosa, nachdem sie sich kurz im Bad erfrischt hatte, wieder in den Schankraum zurückkam, fand sie dort neben Berger nur noch Freaky und Camila vor. Auf dem Bildschirm war noch immer der Padrón zu sehen.

»Das ist doch der Brite von der Wellness-Finca, der früher in Berlin in der britischen Botschaft gelebt hat. Was macht der auf Ihrem Bildschirm?«

Freaky grinste sie an. »Das mit dem Briten wüsste ich aber, Gräfin. Das ist kein Geringerer als Erwin Krause, der Padrón.«

»Dieser alte Mann?«, amüsierte sich Rosa.

»Warum nicht?«, gab Berger zurück. »Sogar ›Jack the Ripper‹ soll ein Gentleman gewesen sein.«

***

In der Finca »Amapola« gab es zwar jede nur erdenkliche Annehmlichkeit, doch die Luxusherberge war kein Hotel im herkömmlichen Sinne. Zum Beispiel gab es dort keine rund um die Uhr besetzte Rezeption, sodass niemand dem Comisario auf einen Blick sagen konnte, welche Gäste gerade anwesend waren. Doch García Vidal kannte Georg Scherzner, den Hotelier, schon lange und hatte mit ihm über sein Privathandy Kontakt. An der Ronda de l'Estació traf er sich mit der SEK-Einheit von Capitán Ramirez, bevor sie sich voll ausgerüstet dem Objekt näherten.

Scherzner hatte sich an die Absprache gehalten, nicht auf eigene Faust zu überprüfen, ob sein britischer Gast in der Suite war. Er bemühte sich stattdessen, das Haupttor möglichst geräuschlos von Hand zu öffnen, denn den starken Elektromotor konnte man in verschiedenen Bereichen des Hauses hören. Von außen war nicht zu sehen, ob in der Suite Licht brannte, denn es handelte sich dabei um ein Extragebäude, das dicht umwachsen war. Diese Sichtbarriere war so perfekt, dass man in dem eigenen kleinen Pool sogar völlig unbeobachtet nackt baden konnte. Das machte auch den Reiz dieses kleinen Palastes aus.

Cameron Diaz war bei Dreharbeiten einmal in dieser Suite zu Gast gewesen, und Scherzner hatte einen jammernden Paparazzo aus dem dichten Kakteenwall herausschneiden lassen müssen, bevor der erfolglose Fotograf der Polizei übergeben werden konnte.

Innerhalb von Minuten war das kleine Nebengebäude umstellt, und der Zugriff konnte erfolgen. Da die Einsatzkräfte über Scherzners elektronischen Generalschlüssel verfügten, drangen sie völlig geräuschlos in die Suite ein. Der Padrón war nicht anwesend.

»So ein Mist«, murmelte García Vidal verärgert. »Es wurmt mich langsam, dass dieser Residente immer recht haben muss.«

»Können wir wieder abrücken?« Ramirez scharrte schon wieder mit den Hufen. Er wusste, dass Berger in der Nähe der Finca Zarzarrosa nach dem Padrón suchte, und wäre jetzt zumindest gern in der Nähe.

»Ja, fahrt schon mal nach Porto Petro.« Der Comisario steckte seine Pistole wieder ins Holster. »Ich weise die Kollegen der Spusi ein und komme dann nach.«

***

Berger war mit seiner Dyane noch nie so schnell auf den Landstraßen Mallorcas unterwegs gewesen wie auf dieser Fahrt nach Porto Petro. Der Gräfin neben ihm wurde angst und bange. »Wenn Sie weiter so wie ein Henker fahren, wäre es fair, Anatol zu bitten, die Festvorbereitungen einzustellen, weil wir beide dann wohl für morgen absagen müssen.«

»Sie sollen mich beim Schießen bremsen, nicht beim Fahren, meine Liebste.« Inzwischen war es dunkel geworden, und die für diese Insel so typischen Steinmauern schienen im Scheinwerferlicht noch enger zusammengerückt zu sein.

»Hinter der nächsten Kurve ist der Stall, Michael. Sollten wir hier nicht schon halten?«

»Nein, ich fahre dran vorbei. Das soll's ja auf einer Landstraße schon mal geben, dass ein Auto irgendwo langfährt, und so können wir schon mal einen Blick riskieren. Mein Auto kennt der mit Sicherheit nicht.«

Sie fuhren mit mäßiger Geschwindigkeit an dem kleinen Gebäude vorbei. Es war von innen beleuchtet. Berger konnte sich gerade noch beherrschen, keine Vollbremsung hinzulegen. Während sie daran vorbeifuhren, wurde das Licht gelöscht.«

»Wenn man jemanden umbringen will, macht man doch kein Licht«, bemerkte die Gräfin erstaunt.«

»Wieso nicht? Auch Mörder müssen bei ihrer Arbeit etwas sehen können, und wir erkennen dadurch schon von Weitem, dass jemand zu Hause ist.«

»Gibt es in dem Stall denn überhaupt Strom?«

Berger zuckte mit den Achseln. »Der wird sich den Saft von der Rohrpost abzwacken. Eine eigene Leitung hat der Schafstall mit Sicherheit nicht.«

Als sie um die nächste Ecke gebogen waren, hielten sie an und stiegen aus. Berger griff nach dem Handy und unterrichtete den Comisario über die aktuelle Lage. Dann folgte er der Gräfin, die sich in sicherer Deckung einer Steinmauer immer näher an das Objekt heranpirschte. Der Padrón schien sich in Sicherheit zu wähnen, denn das Licht im Stall ging wieder an. Sie waren jetzt knappe einhundert Meter weit weg, und es waren sogar Stimmen zu hören.

»Der scheint sich vollkommen sicher zu sein, dass ihm hier nichts passieren kann«, flüsterte die Gräfin. »Wann kommt denn die Kavallerie?«

Bergers Handy vibrierte. Per SMS teilte ihm Ramirez mit, dass seine Leute in Position waren.

Seltsam, dachte Berger. Hier ist der beste Platz, um zu observieren, warum ist hier niemand?

In diesem Augenblick tippte ihm jemand auf die Schulter. Einer der beiden SEK-Beamten, die sich geräuschlos an sie herangeschlichen hatten, bat ihn durch Handzeichen, etwas Platz für sie zu machen. Erneut fuhr ein Auto an dem Stall vorbei. Das Licht wurde sofort wieder gelöscht, und es herrschte Ruhe in dem kleinen Gebäude.

»Der Strom von der Rohrpostanlage ist jetzt aus«, flüsterte ihm einer der SEK-Leute ins Ohr, und beide Polizisten setzten Nachtsichtgeräte auf. Kaum hatten sie die Optik scharf gestellt, rissen sie sich die Masken auch schon wieder vom Gesicht, denn das Licht im Stall ging an und schmerzte, durch die Geräte um ein Vielfaches verstärkt, höllisch in ihren Augen.

»Dann gibt es dort wohl doch noch Strom«, kommentierte der Comisario das Geschehen vom Einsatzleitbus aus, in dem er neben Ramirez Platz genommen hatte.

»Ich habe im Katasterplan keinen Eintrag darüber«, schimpfte der Capitán.

»Darin steht auch nichts von der Rohrpost. Habt ihr denn schon eure Richtmikrofone aufgestellt?«

»Ja, eben, aber die scheinen sich auf Schwedisch oder Norwegisch zu unterhalten.«

»Lassen Sie doch mal hören.«

Ramirez zog den Regler der Soundanlage auf, und eine fast fröhlich anmutende Unterhaltung war zu hören, jedoch in einer Sprache, die niemand im Bus verstand.

»Solange die Stimmung im Stall so gut ist, müssen wir nicht überstürzt eingreifen, das spielt uns in die Karten.«

Schon wieder fuhr ein Auto an dem Stall vorbei, und das Prozedere ging erneut los. Licht aus, Licht an und wieder die Unterhaltung.

»Wir sollten ständig jemanden am Stall vorbeifahren lassen, dadurch lullen wir die beiden ein und können sie vielleicht im Schlaf überraschen.«

García Vidal wirkte angespannt und unsicher. »Egal, in welcher Sprache die sich da unterhalten, es hört sich wie ein Kaffeeplausch ohne Tassen an. Da stimmt doch was nicht.«

Die Wagentür des Busses öffnete sich, und Berger und die Gräfin kamen herein.

»Wer unterhält sich denn da?«, entfuhr es Berger.

»Das vermeintliche Opfer und ihr Folterknecht«, antwortete Ramirez. »Wollen Sie ein wenig lauschen?«

»Nein.« Berger dachte nach. »Nach den ersten beiden Autos, die vorbeifuhren, ging nach einem ziemlich identischen Zeitraum das Licht wieder an. Beim letzten Auto habe ich die Zeit gestoppt. Es war genau eine Minute. Ihr zeichnet doch alles auf. Könnt ihr die Zeiten mal genau ausstoppen?«

Der Techniker machte sich sofort ans Werk. »Stimmt«, teilte er ihnen kurz darauf mit. »Die letzte Lichtpause dauerte bis auf das Hundertstel genau eine Minute.« Die Spannung im Bus stieg. Alles sah dem Techniker gebannt bei der Arbeit zu. »Auch die anderen beiden Lichtpausen dauerten exakt eine Minute.«

»Es kann eine Schaltung sein«, schlussfolgerte García Vidal.

»Und das Gebrabbel?«, fragte Gräfin Rosa ungläubig. »Ist das nichts weiter als eine Tonbandschleife? Wozu?«

Berger kniff die Augen zusammen. »Vielleicht will hier jemand auf diese Weise Kräfte binden, die momentan woanders viel dringender gebraucht werden.«

***

Annmarie erwachte wie aus einem bösen Traum. Ihr Körper, ihre Gliedmaßen und vor allem ihr Hirn waren wie aus Blei. Selbst ihre Augenlider schienen ein Gewicht von je einer Tonne zu haben. Sie erkannte den Mann, der vor ihr stand, sofort wieder.

»Ist das Seminar zu Ende?«

»Ja, Madame, setzen Sie sich bitte.«

Annmarie schaute sich erstaunt um. Sie befand sich in einer Art Büro. Die Schreibtische waren penibel aufgeräumt, und alle Plakate, Kalender und sonstige Beschriftungen waren auf Catalan. »Wo sind wir hier?«

»Im Hotel.«

Jede kleine Bewegung fiel ihr unendlich schwer. »Das hier ist kein Hotel. Das ist ein Büro in einer Behörde, wie es aussieht.«

Obwohl sie den Schlag mit dem Handrücken wie in Zeitlupe auf sich zukommen sah, konnte sie keinerlei Abwehrhaltung annehmen. Krause traf sie hart am Mundwinkel. Sie taumelte etwas zurück und konnte sich irgendwie halten, sodass sie nicht lang hinschlug. Ein zweiter Schlag traf sie ins Gesicht. Ihr wurde klar, dass sie sich zwar bewegen konnte, es aber aus irgendeinem Grund nicht schaffte, eine Abwehrhaltung ihrem Peiniger gegenüber einzunehmen, geschweige denn ihn auszuschalten, wie sie es eigentlich bei der Armee gelernt hatte. »Was haben Sie mit mir gemacht?«

»Ich habe dafür gesorgt, dass du meine Behandlung genießen kannst.«

Sie begriff mit einem Mal, mit wem sie es hier zu tun hatte.

***

Carmen koordinierte die inselweite Suche nach dem Padrón so professionell und effizient wie immer, doch ohne die Hilfe von Zacarias Hidalgo, dem Chef der Policía Local von Santanyí, wäre sie an der Aufgabe gescheitert. Camila hatte ihn gebeten, ihr zu helfen. So seltsam der Mann manches Mal wirkte, er genoss auf der gesamten Insel ein hohes Ansehen bei seinen Polizeichefkollegen, und es gab niemanden, der ihm nicht helfen wollte. Über Polizeifunk verfolgten sie nebenher die Aktionen auf der Finca »Amapola« und am Schafstall. Als seine Hilfe nicht mehr benötigt wurde, ging Hidalgo wieder zu seiner Dienststelle, um von dort aus die Suche in Mallorcas Südosten zu koordinieren.

Als Carmens Handy klingelte, war Freaky dran. »Señora Lucas, ich bitte Sie, so schnell wie möglich zur Bar Sa Plaça zurückzukommen. Im Rathaus gehen seltsame Dinge vor sich. Entweder ist Camilas Schwester überraschend aus dem Krankenhaus entlassen worden, was angesichts ihres Schockzustands kaum möglich ist, oder jemand treibt sich mit ihrem Hausausweis im Rathaus herum.«

Sie kniff die Augen zusammen. »In fünf Minuten bin ich da.«

Der Weg von der Carrer de la Ravandella zur Bar war in drei Minuten geschafft.

»So, sagt mir bitte, was genau vorgefallen ist.«

»Wir waren noch mal drüben im Rathaus«, begann Camila, »und auf dem Rückweg zog ich meinen Ausweis durch den Scanner, um die Alarmanlage einzuschalten. Das geht aber nur, wenn sich jeder, der sich eingescannt hat, auch wieder ausgescannt hat, ansonsten blockiert die Alarmanlage, weil noch jemand im Haus ist. Eben hat sie blockiert.«

»Was heißt das genau?«

»Die Alarmanlage lässt sich nicht scharf machen.«

»Und was hat nun Olivia damit zu tun?«

»Ich bin ins System rein und musste feststellen, dass Olivia oder zumindest ihr Ausweis vor einer knappen Stunde die Schranke passiert hat.«

»Du bist also sicher, dass sich jemand ihren Ausweis geschnappt hat?«

»Das bin ich.« Camila nickte.

»Sich freitags in einem Rathaus zu verstecken, hat etwas Geniales«, merkte Freaky an, »es gibt wohl keinen Ort auf Mallorca, wo man mehr Ruhe hätte.«

»So ein Coup würde gut zum Padrón passen.« Carmen überlegte. »Sämtliche Eingänge des Rathauses werden videoüberwacht. Sind diese Videos über Computer abspielbar?«

Camila nickte. »Ja, aber nur, wenn man dazu autorisiert ist. Onkel Zacarias und sein Stellvertreter sind es.«

»Er war eben noch bei mir im Büro. Weißt du, wo ich ihn jetzt erreichen kann?«

»Wir haben ihn ebenfalls gebeten zu kommen, er ist drüben im Revier.« Camila nickte zur Tür. »Da ist er schon.«

Hidalgo war nach einer kurzen Erklärung im Bilde, und Freaky gab den Code ein.

Camila tippte auf den Bildschirm. »Hier haben wir es im Klartext: Olivia ist über den Eingang in der Carrer d'es Centro ins Rathaus gelangt. Dann hat sie auf direktem Weg die Räume des Ordnungsamtes angesteuert.«

»Und was ist mit dem Video, das du mir versprochen hast?«

»Moment.«

Sie gab den Timecode ein, auf dem Bildschirm öffnete sich ein Fenster, und ein alter Mann war zu sehen, der eine Frau ziemlich unsanft durch die Eingangstür schob.

»Das ist zweifelsfrei Annmarie Momperen, und wenn wir uns nicht ganz schnell etwas einfallen lassen, waren das die letzten Bilder von ihr im lebenden Zustand.«

***

Mit aller Vorsicht näherten sich die Beamten dem Stall. Die Einsatzleitung war über die Helmkameras live dabei. Die Aktion konnte für das SEK in dem Sinne als Erfolg gewertet werden, da weder der Akustik- noch der Bewegungsmelder ausgelöst wurde, so vorsichtig näherten sie sich dem Objekt. Richtig befriedigend war es für die Verantwortlichen jedoch nicht, eine LED-Lampe und einen Kassettenrekorder mit Hilfe von jeder Menge Technik und Manpower überwältigt zu haben.

»Meine Herren«, maulte Berger. »Der lässt uns wie blutige Anfänger aussehen. Es wird wirklich Zeit, dass wir ihm das Handwerk legen.«

Der Kollege vom Funktisch meldete sich. »Señor Comisario, Señora Lucas bittet Sie, so schnell wie möglich zur Bar zu kommen. Der Padrón ist mit Frau Momperen im Rathaus gesichtet worden.

***

Carmen überlegte zusammen mit Hidalgo, was zu tun war. »Gibt es noch weitere Überwachungskameras im Inneren des Rathauses, sodass wir vielleicht live sehen können, was der Typ da gerade veranstaltet?«

»Das geht leider nicht.« Hidalgo machte eine entschuldigende Geste. »Nur in den Gängen hängen Kameras. Die Büros wurden ausgespart. Der Betriebsrat war dagegen.«

»Freaky, können Sie mein Handy mit Ihrem Notebook orten?«

»Ja, wenn Sie die GPS-Ortung zulassen.«

Carmen reichte ihm ihr Handy. »Stellen Sie das bitte ein. Ich hole aus meinem Auto noch ein paar Sachen.«

Nach kurzer Zeit kam sie mit einer schusssicheren Weste und einigen Ersatzmagazinen am Gürtel wieder in die Bar. »Ist mein Handy eingerichtet?«

Freaky nickte.

»Okay, dann weist die Kollegen, die ich gerufen habe, bitte ein, wenn sie da sind. Wo ist dein Onkel, Camila?«

Carmen sah sich suchend um, konnte ihn aber nicht entdecken.

»Gut, dann brauche ich deine Karte.«

Camila reichte sie ihr, und Carmen machte sich auf den Weg. Als sie über die Plaça Major ging, hörte sie Schritte hinter sich. Sie drehte sich um und sah Hidalgo, der ebenfalls mit einer Sicherheitsweste ausgerüstet war. »Mädchen, das Rathaus ist mein Reich. Da lasse ich dich nicht allein rein.«

»Das ist lieb, Zacarias, aber sind Sie nicht ein wenig alt für solche Unternehmungen?«

»Im Prinzip schon, aber wenn der Täter noch älter ist als ich, können wir schon mal eine Ausnahme machen, oder?«

Sie gingen an dem diensthabenden Polizisten im Rathauseingang vorbei. »Chef«, fragte er, »was machen Sie denn hier?«

»Wir räumen auf. Nimm deine Knarre und ballere auf alles, was hier gleich rauskommen will und weiße Haare hat.« Hidalgo zog seine Karte durch den Scanner, die Tür summte, und sie traten ein. »*Vamos.* Bonny und Clyde sind jetzt bei den Guten.«

***

Krause hatte Annmarie auf einen der Bürostühle gesetzt und ihre unverbundene Hand an der Armlehne mit Kabelbindern gefesselt. Die Füße band er an den Rollenstreben des Stuhls fest.

»Warum machen Sie das? Ich kann mich doch nicht wehren.«

Krause lächelte sie bedauernd an. »Wenn die Schmerzen zu groß werden, hilft auch keine Hypnose mehr. Und ich schwöre Ihnen, gleich wird es wehtun.« Er holte eine Stoffrolle aus seiner Jacketttasche und legte sie feierlich vor Annmarie auf den Schreibtisch. »Es tut mir leid, wenn das Ganze in dieser Umgebung etwas würdelos abläuft. Seien Sie versichert, dass ich das mehr bedaure als Sie. Eine Frau mit Stil wie Sie hätte weiß Gott eine First-Class-Behandlung verdient. Also verzeihen Sie bitte meine Improvisation.« Er rollte den Stoff auseinander, und chirurgisches Besteck kam zum Vorschein. »Sie werden verstehen, dass die Sterilität unter so widrigen Umständen nur von sekundärer Bedeutung ist.«

Annmarie schnaubte verächtlich. »Primär hingegen ist wohl der Wahnsinn, der Ihr Hirn vernebelt hat.«

Krause prüfte die Schärfe der Klinge seines Skalpells, indem er mit dem Daumen darüberfuhr, und begann zu lachen. »Ich glaube, dass mein Messer und ich viel Spaß mit dir haben werden.«

»Das werden Sie nicht wagen!« In Annmarie kroch Panik hoch. »Ich werde das ganze Haus zusammenbrüllen.«

»Das ist mir klar, schöne Frau, deshalb werde ich Ihnen auch lieber ihre Stimme nehmen.« Er kicherte hysterisch. »Die brauchen Sie ja ohnehin bald nicht mehr.«

***

Carmen und Hidalgo erreichten den Rathaustrakt, im dem das Ordnungsamt untergebracht war, ohne Zwischenfälle. Es handelte sich um sechs Büros mit jeweils drei Ein- und Ausgängen. Eine Tür führte hinaus auf den gemeinsamen Flur und je ein Mauerdurchbruch in die links und rechts angrenzenden Räume, sodass in den Büros quasi noch ein weiterer Flur entstand. Vorsichtig horchten die beiden so lange an den Bürotüren, bis Krauses Unterschlupf einwandfrei von ihnen geortet werden konnte. Er hatte den Raum rechts der Mitte dieser sechs nebeneinanderliegenden Büros gewählt. Ihnen war klar, dass sie jetzt handeln mussten, als Annmaries Schreie immer klagender wurden.

»Haben Sie schon eine Nachricht bekommen, dass Verstärkung da ist?«

Carmen schüttelte den Kopf. »Damit ist frühestens in zehn Minuten zu rechnen. Wir müssen uns allein etwas einfallen lassen, wenn wir sie einigermaßen ungeschoren aus den Fängen dieses Irren befreien wollen.«

Hidalgos Blick fiel auf den Raum der Reinigungskräfte. »Was halten Sie davon, wenn wir die Büros einmal richtig durchputzen? Sie, Carmen, sind mit Sicherheit die bessere Schützin von uns beiden. Ich beginne hinten zu saugen und treibe Ihnen den Kerl hier vorn vor die Kimme.«

Carmen nicke. »Wir sollten aber auch so aussehen wie Putzleute. Ich denke mal, dass da drin auch Kittel hängen.«

Sie suchten alles in dem kleinen Raum nach Kleidung ab. Nachdem sie den vierten Spind aufgebrochen hatten, wurden sie auch in Hidalgos Größe fündig.

»Sie müssen die Uniformhose ausziehen. Die guckt unterm Kittel vor.«

Missmutig zog er sie aus. »Carmen, wenn irgendjemand erfährt, dass ich in Unterhose auf Verbrecherjagd gegangen bin, werde ich zum Gespött der ganzen Insel.«

»Nein, Zacarias. Sie haben einen grandiosen Ruf. Sie könnten nackt über den Ballermann laufen, es würde sich nichts daran ändern.«

Er nahm diese Anerkennung kopfnickend zur Kenntnis und ließ die Hose fallen.

Carmen lächelte. »Ich nehme an, dass die Beine, die täglich aus diesem Kittel herausgucken, auch nicht viel schöner sind.«

Sie setzte sich noch ein Kopftuch auf, beide staffierten sich mit Putzutensilien aus und versteckten ihre Dienstwaffen, so gut es ging, in den Kitteln. Während sich Carmen daran machte, den Flur zu wischen, ging Hidalgo fröhlich pfeifend und einen Staubsauger hinter sich herziehend zum anderen Ende des Flurs.

***

Annmarie ergriff Panik. Sie war überzeugt, dass sie jetzt dazu fähig wäre, sich gegen diesen Wahnsinnigen zu verteidigen. Doch sosehr sie auch an ihrer Armfessel riss und zerrte, sie gaben keinen Millimeter nach. Sie schnitten nur umso mehr in ihre Haut.

Krause schien das verächtliche Grinsen ins Gesicht gemeißelt zu sein. Er griff nach dem Tuch, in das er seine Instrumente eingewickelt hatte, und tränkte es mit der Flüssigkeit aus einer braunen Flasche. Annmarie erkannte sofort den Geruch von Chloroform. Sie konnte ihren Kopf noch so sehr hin- und herwerfen, gegen seine Kräfte hatte sie keine Chance. Das Tuch bedeckte nicht nur Nase und Mund, sondern auch ihre Augen. Nach zwei Atemzügen erschlaffte ihre Gegenwehr, und sie fiel in tiefe Bewusstlosigkeit.

Als Krause nach dem Laryngoskop griff, hörte er plötzlich jemanden im Nachbarbüro die Tür öffnen. Ein Staubsauger wurde eingeschaltet. Seine Gedanken überschlugen sich. Ohne weiter zu überlegen, beschloss er, in die Offensive zu gehen. Er kippte den Bürostuhl mit der bewusstlosen Annmarie einfach nach hinten über und schob sie so dicht, wie es nur ging, an den Tresen, der die Mitarbeiter der Stadt von ihren Besuchern abschirmte. Dann knipste er an der Schreibtischlampe das Licht an, öffnete eine Schublade, nahm ein paar Papiere heraus und setzte sich damit an den Schreibtisch, als würde er daran arbeiten. Gefühlte endlose Minuten des Wartens verstrichen. Annmarie regte sich bereits wieder und kam langsam zu sich. Krause griff nach der Flasche, befeuchtete erneut das Tuch mit der Flüssigkeit und drückte es ihr so lange aufs Gesicht, bis ihre Muskeln wieder deutlich erschlafften. Er kehrte an den

Schreibtisch zurück, aber die Putzfrau wollte sich einfach nicht blicken lassen.

Hidalgo spürte instinktiv, dass er den alten Mann mit seiner Saugerei langsam weichkochte. Es dauerte auch gar nicht lange, bis der Padrón zu ihm rüberkam und ihm von hinten auf die Schulter tippte. Auf Spanisch brüllte er ihn an, doch bitte mit der Saugerei aufzuhören, da er noch zu arbeiten habe.

Hidalgo drückte auf den Ausknopf. »Entschuldigen Sie bitte, Señor. Ich habe nur meine Arbeit machen wollen.«

»Dann machen Sie sie woanders. Das Haus ist ja groß genug«, wies Krause ihn barsch an.

Der Polizeichef zog mit seinem Staubsauger ab. Er spürte, wie Krause hinter ihm aufatmete und wieder in das Büro zurückging, um seine Mission zu beenden.

Als Hidalgo wieder auf dem Flur auftauchte, zog sich Carmen in den Putzraum zurück. Nur dort konnten sie gefahrlos miteinander reden.

»Wir wissen jetzt, wie er reagiert. Wenn ich gleich zurückgehe und wieder mit der Saugerei beginne, tickt der garantiert aus. Dann musst du dich von der anderen Seite heranpirschen. Und sei vorsichtig, mein Mädel, er ist bewaffnet. Der hat eine Pistole in der Hosentasche.«

Sie kam gar nicht mehr dazu, etwas zu erwidern, Hidalgo war schon wieder draußen.

Krause hatte Annmarie gerade wieder so hingelegt, dass er mit dem Laryngoskop arbeiten konnte, da hörte er es wieder, dieses infernalische Dröhnen des Saugers. Wutentbrannt rannte er nach nebenan, riss vollkommen außer sich den Stecker des Saugers aus der Wand und brüllte Hidalgo an.

Nun war es für Carmen Zeit, möglichst geräuschlos vorzugehen. Blitzschnell hatte sie die Tür des Nachbarbüros geöffnet und sah durch die Flucht der geöffneten Verbindungsdurchbrüche, wie Krause zwei Räume weiter tobte. Sie schlich in den mittleren Raum und fand Annmarie bewegungslos, aber unversehrt hinter dem Tresen liegend vor. Erleichtert fühlte sie an der Halsschlagader ihren Puls. Dann stellte sie sich mit gezogener Pistole hinter die Türzarge und spähte vorsichtig um die Ecke. Krause hatte ebenfalls seine Waffe gezogen und bedrohte damit Hidalgo. Mit hinter dem Kopf verschränkten Armen ließ sich der Polizeichef vor ihm hertreiben, direkt in ihre Arme. Als die beiden an Carmen vorbeikamen, machte sie einen Schritt nach vorn und schlug dem Padrón so fest wie möglich ihre Waffe ins Genick. Im Fernsehen klappte das immer, wie sie schon seit ihrer Kindheit beobachtete, in der Realität schien ihre Kraft jedoch nicht ausgereicht zu haben. Wie in Zeitlupe drehte sich Krause um und schlug ihr mit gestrecktem Arm die Faust ins Gesicht. Carmen ließ vor Schreck die Waffe fallen und stürzte rücklings ins Nachbarbüro. Mit wutverzerrtem Gesicht hob Krause die andere Hand mit der Pistole und zielte auf sie.

Carmen schloss die Augen und wartete auf den Knall.

Er war leiser als gedacht und irgendwie ziemlich weit entfernt. Sie spürte auch gar nicht, dass ein Projektil in ihren Körper drang, sie hörte nur etwas vor sich auf den Boden plumpsen. Vorsichtig öffnete Carmen die Augen und sah Krause vor sich liegen, um seinen Kopf herum eine pulsierend immer größer werdende Blutlache. Sie blickte nach oben und sah einen völlig entsetzten Hidalgo, die Pistole noch immer im Anschlag. »Scheiße, das wollte ich nicht, aber ich wusste mir nicht anders zu helfen«, sagte er betroffen.

Carmen rappelte sich auf. »Das wollte niemand, Zacarias, aber Sie hatten keine andere Wahl, um uns zu retten.«

Hinter dem Tresen hörten sie ein leichtes Stöhnen. Sie richteten Annmarie mit ihrem Stuhl zusammen auf, bevor sie mit einem Messer ihre Fessel löste. Völlig benebelt öffnete sie ihre Augen.

»Carmen, was machen Sie denn hier? Vorsicht, der Padrón versteckt sich hinter einem liebenswürdigen alten Mann. Er ist eine Bestie.« Tränen der Angst rannen ihr über die Wangen.

Carmen nahm sie schützend in ihre Arme. »Es ist alles vorbei, meine Liebe. Wir haben ihn erledigt. Er wird Ihnen nie wieder etwas tun können. Sie sind in Sicherheit.«

In diesem Augenblick stürmten SEK-Beamte, gefolgt von García Vidal, die Büros.

»Carmen, wo bist du?«

»Hier hinten, Chef. Die Gefahr ist beseitigt. Machen Sie aber nicht so einen Krach, wir sind im Moment etwas schreckhaft.«

Nun kamen auch Berger und die Gräfin herein. Während sie sich gleich mit Carmen um Annmarie kümmerte, sah der Residente, dass Hidalgo ebenfalls Hilfe benötigte. Er zitterte noch immer am ganzen Leib. »Ich habe in solchen Situationen immer irgendetwas getan«, sagte er leise. »Waffe nachladen oder Weste sauber machen. Damit habe ich das Zittern überspielen können, und das sah sehr cool aus.«

Hidalgo war dankbar für diesen Tipp und begann, auf seinem Kittel herumzuwischen. »Ich bin eine lächerliche Figur des Jammers.«

»Nein, Zacarias, Sie und Ihr Undercoverdress werden in die Geschichte der Policía Municipal eingehen.«

DREIZEHN

Tante Auguste meinte, dass ihm der Smoking, den er trug, wie auf den Leib geschneidert sei. Berger selbst empfand ihn als Zwangsjacke. Die Fliege, die ihm Gräfin Rosa dazu verordnet hatte, schnürte ihm die Luft ab. Aber ohne ging es nicht, selbst Filou hatte zur Feier des Tages eine um, er trug sie allerdings mit sehr viel mehr Würde, als es der Residente vermochte.

»Mein zukünftiger Gemahl sieht zum Anbeißen aus, wenn ich das so sagen darf.« Rosa kniff ihm liebevoll in den Hintern. »Und jetzt, wo Sie das Ding endlich anhaben, möchte ich es Ihnen auf der Stelle vom Leibe reißen.«

»Ach«, raunte Berger ihr von der Seite zu. »Wenn Sie bitte sofort tätig werden wollen, dann können wir uns den Rest des Abends sparen.«

Die Schlange der wartenden Gäste, die sie mit der Großherzogin und Filou zusammen begrüßten, schien kein Ende zu nehmen, und bei jedem Paar, das vor Tante Auguste knickste und dienerte, las Anatol, ganz vollendeter Hofmarschall, Rang und Namen der betreffenden Personen von den jeweiligen Visitenkarten vor.

Berger war überzeugt, dass selbst die Großherzogin höchstens fünf Prozent der an ihnen vorbeidefilierenden Menschen kannte. So machte er gute Miene zum bösen Spiel und wartete darauf, dass das Buffet eröffnet wurde. Es sollte an festlich geschmückten Stehtischen eingenommen werden, die rund um den großen Pool verteilt waren. Vorher gab es aber noch eine Rede der Großherzogin, in der sie dann wohl auch ihre Entscheidung über die Adoption bekannt geben würde.

»Meine Damen und Herren«, begann sie, »ich danke Ihnen sehr herzlich im Namen meines Hauses, im Namen meiner Nichte und im Namen ihres zukünftigen Gemahls für Ihr zahlreiches Erscheinen. Ich bin nun in einem Alter, in dem ich darüber nachdenken muss, wer eines Tages Chef im Hause Schleswig-Holstein Gottorf werden soll, da mein Mann und ich leider nicht mit Kinder gesegnet waren. Dafür bereicherte Gott mein Leben mit einer entzückenden Nichte, die mir mit ihrem gesamten kleinen gräflichen Hofstaat unendlich ans Herz gewachsen ist. Mein Glück wäre vollkommen, wenn sie mir die Ehre erweisen würde, zukünftig als meine legitime Tochter zusammen mit ihrem Prinzgemahl Geschlecht und Hof derer zu Schleswig-Holstein Gottorf weiterleben zu lassen.«

Beifall brandete auf.

»Haben Sie sich das ausgedacht?«, zischte Gräfin Rosa entsetzt.

»Ich habe es ihr vorgeschlagen, weil Sie einfach ideal für diesen Job sind. Hat das Tantchen denn nicht mit Ihnen darüber gesprochen?«

»Kein Wort hat sie gesagt!«

Berger spitzte die Lippen. »Das ist wieder mal typisch. Und werden Sie annehmen?«

»Nur mit Ihnen an meiner Seite.«

Er küsste sie. »Als Prinzgemahl habe ich an Ihrer Seite nichts zu suchen, ma chérie, sosehr ich Sie auch liebe. Ich werde aber immer zwei Schritte hinter Ihnen sein, um Ihren Rücken zu decken und ihn zur Not auch zu wärmen.«

Rosa trat mit erröteten Wangen vor. »Königliche Hoheit und geliebte Tante Auguste, noch vor zehn Minuten hätte ich wohl dankend abgelehnt, hättest du mir die Bitte deiner Nachfolge angetragen. Ich hätte fürchten müssen, mit dieser Aufgabe überfordert zu sein. In diesen zehn Minuten hat sich aber viel getan. Ich habe nämlich die schönste Liebeserklärung bekommen, die ein zukünftiger Prinzgemahl einer zukünftigen Großherzogin nur machen kann. Ich weiß zwar nicht, ob das überhaupt geht, aber mit einem tollen Mann, einem hinreißenden Schwein und vielen phantastischen Freunden, wie ich sie hier auf Mallorca gefunden habe, kann man ein so umwerfendes Angebot nur dankend annehmen. Dieses Amt zu führen, wird keine große Herausforderung für mich sein. Es aber so zu führen, wie du es getan hast, liebe Tante, wird all mein Können, meine Kraft und auch meine Liebe in Anspruch nehmen, und selbst dann werde ich es wohl kaum schaffen, dass man die Großherzogin Auguste nicht weiterhin schmerzhaft vermissen wird.«

Als sich die beiden Frauen nach dieser Ansage in den Armen lagen, raunte Rosa der Großherzogin zu: »Tantchen, du hast mich komplett überrumpelt. Darüber reden wir noch.«

Auguste erwiderte strahlend: »Mein Kind, ich hatte leider keine andere Wahl«, und nahm unter dem Tisch einen Zwanzigeuroschein von Anatol entgegen. Wettschulden waren Ehrenschulden und mussten immer sofort beglichen werden.

Als Rosa, Berger, García Vidal und Angela später zusammenstanden, gesellte sich Konsulin Flach zu ihnen. »Herr Berger, Señor García Vidal, ich soll Ihnen beiden und Ihrem gesamten Team im Namen aller auf Mallorca tätigen Konsuln vor allem Anerkennung und natürlich auch unseren herzlichen Dank übermitteln. Wir freuen uns, Ihnen mitteilen zu können, dass vom gesamten in Algerien akkreditierten diplomatischen Korps und natürlich mit Hilfe der Amerikaner ein derartiger Druck auf die neue algerische Regierung ausgeübt werden konnte, dass innerhalb von nur zwei Tagen eine Niederländerin, eine Ukrainerin, eine Tschechin und eine Norwegerin aus ihren Haremsgefängnissen befreit werden konnten. Der englische Konsul lässt Ihnen ausrichten, dass die Regierung der Cayman Islands ebenfalls Unterstützung in diesem Fall signalisiert hat. So können die Opfer dieser Verbrechen respektive ihre Erben zumindest mit einer teilweisen Rückerstattung der ergaunerten Summen rechnen.« Sie sah sich um. »Ist Madame Momperen eigentlich hier? Ich hätte ihr diese frohe Botschaft gern persönlich mitgeteilt.«

»Ich bedauere, Señora Flach«, García Vidal machte eine entschuldigende Geste, »aber nach den Erlebnissen der vergangenen Tage hielten es die Mediziner für besser, sie zur Beobachtung noch ein paar Tage im Klinikum zu behalten.«

»Hat sie denn dort jemanden, der sich um sie kümmert?«, erkundigte sich die Konsulin besorgt.

»Ihr Ehemann ist heute auf Mallorca eingetroffen. Er hat in Algerien den Armeedienst quittiert, und die beiden sichten nun Jobangebote, die fast stündlich bei ihm eintrudeln. Für die beiden hängt der Himmel voller Geigen, und das haben sie auch verdient. Eine bessere Medizin gibt es weder für Leib noch Seele.«

»Das freut mich zu hören.« Konsulin Flach trank einen großen Schluck Champagner. »Und was ist mit dem Urheber dieser ganzen schrecklichen Ereignisse? Ich habe gehört, dass er bei der Festnahme schwer verletzt worden sein soll.«

»Der Padrón ist durch einen Kopfschuss so schwer hirnverletzt, dass er wohl nie wieder laufen oder sich überhaupt kontrolliert artikulieren können wird. Allein die Tatsache, dass er lebt, ist schon ein kleines Wunder.«

»Ich weiß nicht, ob man das als Wunder bezeichnen kann, denn schlimmer hätte ihn das Schicksal kaum treffen können«, widersprach der Comisario. »Er erleidet nun das, was er seinen Opfern angetan hat, nur hat er viel länger etwas davon.«

»Apropos etwas davon haben. Was wird eigentlich aus eurer Beute?«, wollte Angela wissen.

»Was für eine Beute?«

»Ich meine damit die bei der feindlichen Übernahme erbeutete Wellness-Finca.«

Gräfin Rosa lächelte zufrieden. »Da scheint auch alles in trockene Tücher zu kommen. Der Inselratspräsident hat mich gebeten, auf diesem Grundstück in seinem Namen die Einrichtung einer Ausbildungsstätte für Fachangestellte im Wellness-Bereich zu koordinieren. Ich werde diese Schule zusammen mit Olivia und Camila Campillo managen, sowie sie wieder auf dem Damm ist.«

»Und was wird aus Annabelle, der therapeutischen Python?«

»Die ist bereits in einem eigenen Terrarium im Marineland und scheint sich dort gut einzuschlängeln.«

»Apropos schlängeln«, flüsterte Berger seiner Gräfin ins Ohr. »Ich hätte Lust, mit Ihnen auf der Tanzfläche die Hüften zu schwingen.«

»Gern, allerdings nur, wenn der Herr Prinzgemahl sich beim Tanz dazu herablässt, nicht hinter mir, sondern vor mir zu stehen.«

Er nahm sie in den Arm. »Aber nur auf der Tanzfläche …« Er flüsterte ihr etwas ins Ohr.

»Oh, wie nett!«, rief Gräfin Rosa lachend.

Freaky, der mit Camila unmittelbar neben ihnen tanzte, glaubte »… und im Bett« verstanden zu haben. »Was wollen die im Bett?«, raunte er, nahm ihre Hand und küsste sie. »Haben die keine Notebooks?«

Danksagung

Ich danke meinen drei Testlesern Birgit Frohn, Stephanie Hoffend-Wohlgemut und Lutz Reichert für ihre Mühe und vor allem meiner Lektorin Marit Obsen für ihre Geduld, die sie mit mir hat.

Andreas Schnabel
TOD ODER FINCA
Mallorca Krimi
Broschur, 224 Seiten
ISBN 978-3-89705-652-7

»Flott und unterhaltsam zu lesen. Die Dialoge bestechen durch Witz und Geschwindigkeit.« Mallorca-Magazin

»Leichtfüßig und ziemlich bissig. Wortwitz und mallorquinisches Flair liefert der Krimi.« Belgischer Rundfunk

Andreas Schnabel
TOD IN PALMA
Mallorca Krimi
Broschur, 208 Seiten
ISBN 978-3-89705-724-1

»Amüsant. Mit Sinn fürs Inselkolorit, einem spannenden Plot und munteren Dialogen verteilt Schnabel seine Seitenhiebe Rich tung High Society.« Westdeutsche Zeitung

»Witzige Dialoge und einiges an Lokalkolorit.« ekz

Andreas Schnabel
TOD AUF DER INSEL
Mallorca Krimi
Broschur, 208 Seiten
ISBN 978-3-89705-811-8

»Ein spannender Thriller, der vom Autor mit viel Humor und Ortskenntnis gewürzt wird – eine unterhaltsame Lektüre nicht nur für Urlauber.« Westdeutsche Zeitung

»Mit viel Lokalkolorit, eine Reverenz an alle Mallorca-Fans, hat der Autor wieder einen Plot konstruiert, der den Leser kreuz und quer über die Insel führt. Dankenswerterweise ist dem Buch erneut eine Karte der Insel beigefügt, auf der sämtliche Schauplätze der Handlung durchnummeriert sind. Also nicht nur Spannung, sondern auch Service.« Rhein-Erft-Rundschau

Andreas Schnabel
TOD AUF CABRERA
Mallorca Krimi
Broschur, 304 Seiten
ISBN 978-3-89705-974-0

»Humoristische Mallorca-Krimis mit viel Lokalkolorit sind sein Spezialgebiet: Andreas Schnabel.« Mallorca Magazin

»Wer sich in den Sog dieses ebenso spannenden wie unterhaltsamen Romans hineinversetzen lässt, wird viel über das kleine Eiland erfahren.« Rhein-Erft-Anzeiger

www.emons-verlag.de